Aus Freude am Lesen

Eine Frau, ein Mann, eine Sommerliebe. Sascha und Wolodja werden durch einen Krieg getrennt und können sich nur Briefe schreiben. Sie erzählen einander darin von allem und jedem: von Kindheit, Familie, Alltag, von Freud und Leid. Ein normaler Briefwechsel zweier Liebender – bis sich beim Leser Zweifel regen und klar wird, dass die Zeit der beiden ver-rückt ist, dass sie durch Raum und Zeit getrennt sind. Sie lebt in der Gegenwart, er kämpft im Boxeraufstand zu Beginn des 20. Jahrhunderts gegen chinesische Rebellen. Ein großer, anrührender Liebesroman, der die grundlegenden Fragen der menschlichen Existenz behandelt und der durch die Macht des Wortes die Gesetze von Zeit und Raum außer Kraft setzt.

Michail Schischkin ist einer der meist gefeierten russischen Autoren der Gegenwart. Er wurde 1961 in Moskau geboren, studierte Linguistik und unterrichtete Deutsch. Seit 1995 lebt er in der Schweiz. Seine Romane wurden national und international vielfach ausgezeichnet, u.a. erhielt er als Einziger alle drei wichtigsten Literaturpreise Russlands. 2011 wurde ihm der Internationale Literaturpreis Haus der Kulturen der Welt in Berlin verliehen. Für seinen neuesten Roman Briefsteller, der in 30 Sprachen übersetzt wurde, bekam er den hoch dotierten Bolshaja kniga (»Das große Buch«) zum zweiten Mal.

Michail Schischkin bei btb:
Venushaar. Roman (74505)

# Michail Schischkin
# Briefsteller

Roman

*Aus dem Russischen
von Andreas Tretner*

btb

Die Originalausgabe erschien unter dem Titel
»Pismovnik« bei AST, Moskau.

Die Übersetzung wurde gefördert von der
Michail Prochorow Stiftung, Moskau, im Rahmen des
Transcript-Programms, unterstützt.

Verlagsgruppe Random House FSC® N001967
Das für dieses Buch verwendete FSC®-zertifizierte
Papier *Lux Cream* liefert Stora Enso, Finnland.

1. Auflage
Genehmigte Taschenbuchausgabe Mai 2014,
btb Verlag in der Verlagsgruppe Random House GmbH, München
Copyright © 2010 by Mikhail Shishkin, www.nibbe-wiedling.de
Copyright © der deutschsprachigen Ausgabe 2012 by
Deutsche Verlags-Anstalt, München, in der Verlagsgruppe
Random House GmbH
Umschlaggestaltung: semper smile, München nach einem
Umschlagentwurf von glanegger.com, Büro für Buch und Grafik,
München Umschlagmotiv: Gemälde Magnolia liliiflora, Künstler
unbekannt; © The Natural History Museum, London
Druck und Einband: CPI – Clausen & Bosse, Leck
MK · Herstellung: sc
Printed in Germany
ISBN 978-3-442-74789-4

www.btb-verlag.de
www.facebook.com/btbverlag
Besuchen Sie auch unseren LiteraturBlog www.transatlantik.de

Wie ich die Zeitung von gestern aufschlage, steht da etwas über Dich und mich.

Da steht: Am Anfang wird wieder das Wort sein. Während sie den Kindern in der Schule immer noch die alte Geschichte auftischen, dass es zuerst einen großen Knall gab und alles, was da war, in Fetzen flog.

Aber dann muss das alles ja schon vor dem Knall existiert haben: alle noch unausgesprochenen Wörter und alle sichtbaren und unsichtbaren Galaxien. So wie dem Sand schon das künftige Glas innewohnt, Sandkörner sind Samenkörner für dieses Fenster hier, vor dem gerade ein Junge vorbeiläuft, der sich seinen Fußball vorne unter das Trikot geklemmt hat.

So ein Knäuel aus Wärme und Licht.

Und dieses Ding – mit Stübchen und Bübchen: nicht Tür noch Tor führn ein und aus, wie heißt nun dieses kleine Haus? – war ungefähr wie ein Fußball so groß, sagt die Wissenschaft. Oder wie eine Melone. Die Bübchen darin waren wir. Und all das reifte heran und tat dicke und wollte mit Macht heraus.

Die Urmelone platzte.

Die Samen stoben in alle Winde und sprossen.

Ein Kernlein keimte aus und wurde Baum, der Schatten seines Astes schurrt über unser Fensterbrett.

Ein anderes wurde zur Erinnerung eines Mädchens, das ein Junge sein wollte. Einst ging es zum Kinderfasching als gestiefelter Kater, aber alle wollten es immer nur am Schwanz ziehen und gaben nicht länger Ruh, bis sie ihn abgerissen hatten und das Mädchen den Schwanz in der Hand mit sich herumtragen musste.

Ein drittes Kernlein, das vor Zeiten auf fruchtbaren Boden fiel, wurde zum Jüngling, welcher es gern hatte, wenn ich ihm den Rücken kraulte, und Lügen nicht ausstehen konnte, besonders wenn sie von allen Tribünen schallten: dass es keinen Tod gebe und geschriebene Worte eine Art Straßenbahn zur Unsterblichkeit seien.

Dem Horoskop der Druiden nach war er Mohrrübe.

Bevor er sein Tagebuch und alle Manuskripte verbrannte, schrieb er noch einen letzten, furchtbar komischen Satz: »Die Gabe hat mich verlassen.« Ich konnte ihn gerade noch lesen, bevor Du mir das Heft aus den Händen rissest.

Wir standen am Feuer und hoben die Hände gegen die Hitze vors Gesicht, sahen auf die Fingerknochen, die sich im durchscheinenden roten Fleisch abzeichneten. Ascheflocken rieselten auf uns herab – verbrannte Seiten, noch warm.

Ja, das war mir fast entfallen – bis zu dem Tag, wo sich alles, was da ist, wieder in einem Punkt zusammenzieht.

Rübchenbübchen, wo magst Du gerade sein?

Und übrigens, wie kommt mir das vor? Die dumme Jule strengt sich an und schickt ihm Briefe, doch Monsieur Saint-Preux in seiner Hartherzigkeit begnügt sich mit ein paar launigen Kurzbotschaften – teils in Versen, worin sich Seelen auf Makrelen reimt, Munition auf Sublimation, verschissenes Loch auf Lächeln der Mona Lisa (weißt Du übrigens, worüber sie lächelt? Ich hab es, glaube ich, heraus), Nabel auf Babel und Gott auf Kompott.

Mein Geliebter!

Warum hast Du das getan?


Ich muss mir nur noch einen Krieg aussuchen. Aber daran wird es nicht scheitern. Solcher Segen liegt dem keuschen Vaterland ja doch am Herzen und genauso den befreundeten

Reichen: Kaum blättert man die Zeitung auf, schon werden Babys aufs Bajonett gespießt und alte Frauen vergewaltigt. Ein unschuldig getöteter Zarensohn im Matrosenanzug weckt dabei immer noch am meisten Mitleid. Alte, Frauen und Kinder, das geht zum einen Ohr rein, zum anderen raus, ein Matrosenanzug ist was anderes.

Bin nur ein armer Solotambour, o Abendlied, o Glockenklang, die Heimat ruft.

Auf der Einberufungsstelle wurde die Berufung ausgegeben: Jedem sein Waterloo!

Wohl wahr.

Der Militärarzt der Musterungskommission – riesiger knorriger Kahlschädel – sah mich an mit forschendem Blick.

»Du hast für die Menschen nur Verachtung übrig«, stellte er fest. »Ich war auch einmal so, weißt du. Bei meinem ersten Krankenhauspraktikum war ich in deinem Alter. Eines Tages bekamen wir einen Obdachlosen rein, den hatte ein Auto angefahren. Er lebte noch, war aber arg zugerichtet. Man gab sich nicht groß Mühe mit dem Alten. Es war klar, dass er niemandem wichtig war, kein Hahn würde nach ihm krähen. Er stank und starrte vor Dreck, hatte Läuse, Geschwüre. Man legte ihn abseits, möglichst weit weg, damit er nichts besudelte. Dort sollte er sein Leben aushauchen. Und ich sollte hinterher den Dreck wegmachen, die Leiche waschen und ins Schauhaus bringen. Alle gingen weg, ließen mich mit ihm allein. Und ich ging erst mal eine rauchen. Dachte: Wieso mache ich das hier eigentlich? Was geht dieser Alte mich an? Wozu ist er überhaupt gut? Während ich rauchte, tat er uns den Gefallen und starb. Und während ich ihm notdürftig Blut und Eiter abwischte, um ihn schleunigst in die Kühlkammer zu bugsieren, da kam mir der Gedanke: Vielleicht ist er ja auch Vater von irgendwem? ... Ich schleppte eine Schüssel heißes Wasser an und begann ihn zu waschen. Der Körper war alt und verwahrlost, das blanke Elend. Den hatte seit Jahren keiner gestreichelt. Und ich wusch ihm die Füße, die grässlich verkrüppelten Zehen, fast ohne Nägel – die hatte der Fußpilz weggefressen. Mit dem Schwamm wusch ich alle seine Narben und offenen Wunden aus, und dabei redete ich leise mit ihm: Na, Alter, das Leben hats nicht gut mit dir gemeint, wie? Ist schon hart, wenn einen keiner liebt. Wie fühlt man sich auf der Straße, in deinem Alter, so als streunender Hund? Aber jetzt hat das ja alles ein Ende. Ruh dich aus. Jetzt ist alles gut. Nichts tut mehr weh, keiner kann dich hetzen … So hab ich den gewaschen und mit ihm geredet. Keine Ahnung, ob ihm das im Tod geholfen hat, aber mir hat es im Leben sehr geholfen.«

Ach, meine Saschenka!

*L*iebster Wolodenka!

Ich sehe der Sonne beim Untergehen zu und denke – womöglich tust auch Du das gerade? Dann wären wir also beieinander.

Welch eine Stille ringsumher.

Welch ein Himmel!

Der Holunder da treibt auch Weltempfindung.

In solchen Momenten scheint es, als wüssten die Bäume alles, könnten es nur genauso wenig sagen wie wir.

Und auf einmal spürst du ganz deutlich, dass Worte und Gedanken aus demselben Stoff sind wie diese Glut am Himmel, oder überhaupt dieselbe Glut, nur gespiegelt in der Pfütze da, oder meine Hand mit dem verbundenen Daumen, ach, könntest Du all das jetzt sehen!

Ja, stell Dir vor, ich war so geschickt, mir mit dem Brotmesser in den Daumen zu schneiden, bis in den Nagel hinein. Ich habe recht und schlecht einen Verband angelegt und zuletzt

Augen und Nase daraufgemalt. Fertig war der kleine Däumling. Mit dem rede ich schon den ganzen Abend über Dich.

Ich habe Deine erste Karte wiedergelesen. Ja, ja, ja: Alles reimt sich, das ist wahr! Man muss sich bloß umschauen. Überall Reime! Hier die sichtbare Welt und da – wenn du die Augen schließt – die unsichtbare. Hier die Zeiger der Uhr, da der Reim auf sie: Strombus, die Meeresschnecke, aus der ein Aschenbecher wurde. Hier die Kiefer, deren Ast am Himmel unentwegt etwas zu flicken hat – dort auf dem Regal ein Kräutlein aus der Apotheke, geeignet, Winde zu vertreiben. Hier mein verbundener Daumen – bestimmt bleibt da jetzt eine Narbe fürs Leben – und als Reim darauf derselbe Daumen, nur vor meiner Geburt oder wenn ich mal nicht mehr bin, was vermutlich dasselbe ist. Alles ist mit allem in der Welt verreimt. Die Reime halten die Welt zusammen wie Nägel, bis an die Köpfe sind sie hineingetrieben, damit ja nichts auseinanderfällt.

Und was das Erstaunliche ist: Diese Reime waren immer schon da, von Anfang an, man kann sie sich gar nicht ausdenken. So wie man sich, sagen wir, eine gewöhnliche Mücke nicht ausdenken kann oder diese Wolke da, aus der Sparte der Langstreckenflieger. Sich die simpelsten Dinge auszudenken übersteigt alle Fantasie, verstehst Du?

Bei wem stand das von den glücksüchtigen Leuten? Das ist gut gesagt! Süchtig nach Glück – das bin ich.

Außerdem ertappe ich mich in letzter Zeit dabei, dass ich Deine Gesten imitiere. Deine Art zu sprechen. Dass ich die Welt mit Deinen Augen sehe. Denke wie Du, schreibe wie Du.

Immerzu sehe ich unseren Sommer vor mir.

Unsere morgendlichen »Etüden in Öl«: schmelzende Butter auf getoastetem Brot ...

Unser Tisch unterm Flieder, die Wachstuchdecke mit dem braunen Dreieck, weißt Du noch? Ein Abdruck vom heißen Bügeleisen.

Und dann das, woran Du Dich garantiert nicht erinnern kannst, die Erinnerung gehört mir allein: wie Du am Morgen über die Wiese läufst, und hinter Dir bleibt etwas wie eine leuchtende Skispur in der Sonne zurück.

Und erst die Düfte aus dem Garten! Die so dicht und dick in der Luft hängen wie eine Emulsion, man meint sie sich als Likör ins Glas zapfen zu können.

Und alles um einen her scheint nur das eine im Kopf zu haben: Man läuft durch Wald und Feld und wird unentwegt bestäubt und besamt. Die Socken von Grassamen wie überzogen.

Und weißt Du noch, wie wir den Hasen im Feld fanden mit abgeschnittenen Läufen, er war in den Mähbalken gekommen.

Kühe, braunäugig.

Ziegenkötel auf dem Schlängelpfad.

Und unsere Talsperre: trüber Grund, blühende Fäulnis, alles voll Froschlaich. Silberkarpfen springen wie stößige Böcklein den Himmel an. Man steigt aus dem Wasser und zupft sich die Schlingpflanzen von der Haut.

Ich strecke mich zum Sonnenbad aus, lege mir das Hemd übers Gesicht, der Wind knattert leise, es klingt wie gestärkte Bettwäsche. Plötzlich ein Kitzeln im Nabel, ich öffne die Augen: Das bist Du! Lässt mir aus der Faust in dünnem Strahl Sand auf den Bauch rieseln.

Auf dem Weg nach Hause testet der Wind die Bäume und uns auf Segelfähigkeit.

Wir lesen Falläpfel auf – die ersten, noch sauren, gut fürs Kompott –, bewerfen uns damit.

Gezackter Wald im Abendrot.

Und mitten in der Nacht weckt uns die zuschnappende Mausefalle.

Saschenka, Liebste!

Dann werd ich die Briefe eben von jetzt an nummerieren, damit Du weißt, was weggekommen ist.

Verzeih, dass mein Geschriebs immer so kurz ist – man findet einfach keine Zeit für sich. Und sowieso fehlt es an Schlaf, die Augen fallen einem zu, man möchte im Stehen einschlafen. Descartes hat täglich früh um fünf aufstehen müssen, um der Königin Christine von Schweden Vorlesungen in Philosophie zu halten, das hat ihn zuletzt ins Grab gebracht. Ich halte mich noch ganz tapfer.

Heute war ich im Stab und sah mich in kompletter Montur zufällig im Spiegel. Was für eine komische Verkleidung!, hab ich gedacht. Ich und Soldat – das wundert mich immer noch.

Trotz alledem, es hat etwas, sein Leben nach dem Kinn des vierten Manns in der Reihe auszurichten.

Ich erzähle Dir die Geschichte einer Mütze. Sie ist kurz. Denn sie wurde mir geklaut. Die Mütze, meine ich. Und ohne Mütze anzutreten ist eine Verletzung der Dienstvorschrift, also ein Verbrechen.

Unser Zugführer, Kommandeur der Kommandeure, Befehlshabender aller Befehlshabenden, stampfte mit dem Fuß auf vor Wut und verhieß mir, ich würde die Latrine schrubben bis ans Ende aller Zeiten.

»Auslecken wirst du sie, du Arsch!«

Also sprach er.

Nun ja, die Sprache beim Militär ist erfrischend. Irgendwo las ich, Stendhal habe durch das Studium der Gefechtsbefehle Napoleons gelernt, einfach und klar zu schreiben.

Und die Latrine, meine liebe Saschka in der Ferne, sie bedarf einer besonderen Erläuterung. Stell Dir ein Reihe Löcher vor in einem total verdreckten Fußboden. Oder nein, stell sie Dir besser nicht vor. Und noch dazu scheint jeder bestrebt, seinen Haufen nicht ins Loch zu machen, sondern ein Stück daneben. Und das Wort Haufen trifft es nicht, es ist eine Pfütze. Ein einziger großer Sumpf. Die Darmtätigkeit Deines Ergebensten und seinesgleichen, das ist nämlich ein Thema für sich. In der hiesigen Abgeschiedenheit kneift der Bauch eigentlich immerzu. Unklar, wie man sein Leben der Kunst zu siegen weihen soll, wenn man die ganze Zeit über dem Loch hängt und ausläuft?

Jedenfalls, ich sage zu ihm: »Wo soll ich denn jetzt eine Mütze hernehmen?«

Darauf er: »Du hast dir deine klauen lassen, also klau dir wieder eine!«

Also ging ich eine Mütze klauen. Was nicht so einfach ist. Es ist sogar überaus schwierig, denn jeder versucht es.

Ich tigerte sinnlos umher.

Und dachte auf einmal: Wer bin ich denn? Wo bin ich?

Und ging die Latrine putzen. Und die Welt wurde gewissermaßen schwerelos.

Ich musste erst hier herkommen, um die einfachsten Dinge verstehen zu lernen.

Scheiße ist überhaupt nicht schmutzig, verstehst Du?

*D*ies wird ein Nachtbrief. Vorhin habe ich einen Brotkanten im Bett geknabbert, jetzt hindern mich die Krümel am Einschlafen, sie wandern übers Laken und zwicken.

Im Fenster über meinem Kopf: Sternengewimmel.

Die Milchstraße teilt den Himmel schräg mittendurch. Das ist wie ein gigantischer mathematischer Bruch: Das halbe All im Zähler, die andere Hälfte im Nenner. Bruchrechnen habe ich immer gehasst, genauso Quadrat- und Kubikzahlen und irgendwelches Wurzelziehen. Das ist alles so abstrakt und unvorstellbar, nichts, woran man sich festhalten könnte. Eine

Wurzel ist eine Wurzel, nämlich von einem Baum. Die stößt kräftig in den Boden vor, krallt sich fest, frisst sich ins Erdreich, ist zäh, unaufhaltsam, saugend, gierig, lebendig. Und dieser Quatsch mit Häkchen – will eine Wurzel sein!

Oder die Sache mit dem Minuszeichen. Minus Fenster – wie soll das gehen? Von einem Minus lässt sich kein Fenster beeindrucken, es bleibt an Ort und Stelle, genau wie das, was durch das Fenster zu sehen ist.

Oder: minus ich? Das gibt es doch gar nicht.

Ich bin sowieso mehr für das, was sich anfassen lässt. Und riechen!

Riechen ist sogar noch wichtiger. Wie in dem Buch, aus dem mir Papa früher immer vor dem Einschlafen vorgelesen hat. Da gibt es verschiedene Menschen. Solche, die immerzu gegen Kraniche kämpfen. Solche mit nur einem Bein, auf dem sie flott vorankommen, hinwieder ist die Sohle des Fußes so breit, dass sie in ihrem Schatten Schutz vor der ärgsten Mittagssonne finden und Siesta halten können wie in einem Haus. Und Leute gibt es, die leben ausschließlich vom Duft der Früchte. Gehen sie auf Reisen, packen sie Obst ein. Und fährt ihnen etwas Übles in die Nase, sind sie dem Tode nah. So eine bin ich.

Alles Lebendige, so es auf der Welt bestehen will, muss riechen, verstehst Du? Irgendeinen Geruch haben. Wohingegen diese Brüche und was sie uns sonst noch in der Schule beizubringen versuchten – das riecht alles nicht.

Draußen torkelt ein Spätheimkehrer vorbei, kickt eine leere Flasche. Der helle Klang von Glas auf dem Asphalt der leeren Straße.

Jetzt ist sie kaputt.

Nachts in solchen Momenten kann es ganz schön einsam sein. Dann will man wenigstens Anstoß sein für irgendwas.

Wie gern wäre ich jetzt bei Dir. Nicht auszuhalten ist das!

In Deinen Armen liegen, mich ankuscheln.

Willst Du wissen, was herauskommt, wenn man den Sternenzähler da oben durch den Sternennenner teilt? Die eine Hälfte des Universums durch die andere? Heraus komme ich. Genauer, wir zwei.

Heute sah ich ein Mädchen, das mit dem Fahrrad gestürzt war und sich das Knie aufgeschlagen hatte, es saß da und weinte bitterlich, die weißen Kniestrümpfe waren schmutzig. Das war an der Uferstraße, wo die Löwen sitzen – die Rachen vollgestopft mit Müll, Bonbonpapier und Eisstielen. Hinterher beim Nachhausegehen kam mir der Gedanke, dass die wirklich großen Bücher oder Gemälde gar nicht von Liebe handeln, das geben sie nur vor, damit das Lesen Spaß macht. In Wirklichkeit geht es um den Tod. Da ist die Liebe nur Fassade, oder besser gesagt: eine Augenbinde. Damit man nicht zu viel sieht. Sich nicht graust.

Jetzt weiß ich nicht, was das mit dem vom Fahrrad gefallenen Mädchen zu tun hat.

Sie hat ein bisschen geweint und das Ganze dann wohl schnell vergessen, während im Buch das aufgeschürfte Knie fortleben würde, über den Tod des Mädchens hinaus.

Eigentlich handeln die Bücher wohl nicht vom Tod, sondern von der Ewigkeit, aber diese Ewigkeit ist nicht echt – sie ist ein Fragment, eine Momentaufnahme, so wie die berühmte Mücke im Bernstein. Hat sich nur für ein Sekündchen hingesetzt, um sich die Hinterbeine zu reiben – und dann wars für immer. Klar, da wird ausgewählt, allerlei berückende Momente – aber ist es nicht schrecklich, für immer darin zu verweilen wie ein Nippes aus Porzellan? Der Schäfer, der sich nach vorne reckt, die Schäferin zu küssen …

Porzellan muss ich nicht haben. Es soll am Leben sein, hier und jetzt. Du, Deine Wärme, Deine Stimme, Dein Körper, Dein Geruch.

Du bist jetzt fern genug von mir, dass ich nicht scheue, Dir etwas zu beichten: Damals auf der Datscha war ich des Öfteren in Deinem Zimmer, wenn Du nicht da warst, und habe alles beschnüffelt! Deine Seife. Dein Rasierwasser. Den Rasierpinsel. Die Schuhe. Von innen! Ich hab Deinen Schrank aufgemacht. Die Nase in den Pullover gesteckt. Den Hemdärmel. Den Kragen. Hab einen Hemdknopf geküsst. Mich über Dein Bett gebeugt, am Kissen gerochen... Ich war ja glücklich, doch das war nicht genug. Für das Glück braucht es Zeugen. Erst wenn man irgendeine Art Bestätigung bekommt, wird es perfekt. Wenn nicht mit einem Blick, einer Berührung, in Anwesenheit – dann eben in Abwesenheit, durch ein Kissen, einen Ärmel, einen Knopf in Vertretung. Einmal hättest Du mich um ein Haar erwischt, ich kam gerade noch zur Tür hinaus. Da sahst Du mich und warfst mir Kletten ins Haar, ich war wütend auf Dich. Was gäbe ich heute dafür, von Dir Kletten ins Haar geworfen zu kriegen!

Ich denke an Dich, und die Welt teilt sich in zwei Hälften: vor dem ersten Mal und danach.

Unsere Rendezvous am Denkmal.

Ich beim Schälen einer Apfelsine – meine Hand an Deiner klebend.

Der Zahnarztgeruch, der von Dir ausging, als Du mit einer frischen Plombe im Mund aus der Poliklinik kamst. Ich durfte sie mit dem Finger berühren.

Und hier sind wir auf der Datscha beim Deckeweißen, Möbel und Fußboden mit alten Zeitungen abgedeckt. Wir sind barfuß, die Zeitungen bleiben an den Füßen kleben. Besudelt von Kopf bis Fuß, polken wir uns gegenseitig die Farbe aus den Haaren. Zähne und Zunge von Sumpfkirschen schwarz.

Später hängten wir Tüllgardinen auf, einmal ergab es sich, dass wir auf verschiedenen Seiten der Gardine waren, ich ersehnte Deinen Kuss durch den Tüll...

Und hier trinkst Du Tee und verbrühst Dir die Zunge; bläst, damit er schneller abkühlt; trinkst schlückchenweise und schlürfst dabei laut und ungeniert, obwohl man uns als Kind eingeimpft hat, dass sich das nicht gehört. Und ich schlürfe mit. Weil wir ja keine Kinder mehr sind. Wir dürfen alles.

Dann der See.

Wir kraxeln den Steilhang hinab, nähern uns dem versumpften Ufer, der Pfad schmatzt und federt unter den nackten Füßen.

Wir suchen uns einen Abschnitt, der frei von Entengrütze ist, waten hinein. Das Wasser ist trübe und von Sonne voll. Kälteres, von den Quellen her, strömt einem von unten entgegen.

Im Wasser berührten sich unsere Körper zum ersten Mal. Am Ufer hatte ich es nicht gewagt, Dich anzufassen, hier konnte ich Dich einfach anspringen, Deine Schenkel mit den Beinen umklammern, Dich unter Wasser drücken. So hatte ich als Kind mit Papa im Meer herumgetollt. Du reißt Dich los, willst die Klammer meiner Arme lösen, ich lasse es nicht zu. Versuche hartnäckig Deinen Kopf unter Wasser zu drücken. Deine Wimpern sind verklebt, Du hast Wasser geschluckt, lachst und spuckst, schnaufst und fauchst.

Dann sitzen wir in der Sonne.

Du hast einen Sonnenbrand auf der Nase, die Haut löst sich in kleinen Fetzen.

Wir betrachten das sich zerfasernde Spiegelbild des Glockenturms vom anderen Ufer im Wasser.

Da sitze ich nun beinahe nackt vor Dir, aber was mich am meisten geniert, sind meine Füße. Die Zehen, genauer gesagt. Ich wühle sie in den Sand.

Ich bedrohe eine Ameise mit der brennenden Zigarette, Du rettest ihr das Leben.

Wir nehmen den kürzesten Nachhauseweg querfeldein. Grashüpfer springen durch das dürre Gras, hängen sich an meinen Rock.

Auf der Veranda hast Du mich in den Korbsessel gesetzt und mir den Sand von den Füßen gestrichen. Wie einst Papa: Wenn wir vom Strand kamen, rieb er mir genauso die Füße ab, damit zwischen den Zehen kein Sand blieb.

Und auf einmal war alles ganz einfach und klar. Unausweichlich. Lang ersehnt.

Ich stand vor Dir im nassen Badeanzug, mit hängenden Armen.

Sah Dir in die Augen. Du griffst nach den Trägern, zogst mir den Anzug aus.

Ich war seit Langem dazu bereit, hatte den Moment erwartet, gefürchtet zugleich. Deine Furcht war wohl noch größer; es hätte schon früher passieren können, aber damals im Frühjahr, weißt Du noch, als ich Deine Hand nahm und dorthin legen wollte, hattest Du sie weggezogen. Jetzt warst Du ganz anders.

Weißt Du, was meine Befürchtung war? Nicht der Schmerz. Es tat ja dann auch überhaupt nicht weh, ging ohne Bluten ab. Aber vielleicht denkt er jetzt, es ist gar nicht mein erstes Mal, hab ich gedacht.

Erst am Abend fiel mir der Badeanzug wieder ein und dass ich ihn nicht zum Trocknen aufgehängt hatte. Zusammengeknüllt lag er auf der Veranda, nass und kalt, mit brackigem Geruch.

Ich schmiegte mich an Dich, küsste Deine abgeblätterte Nase. Wir flüsterten, obwohl sonst keiner da war. Zum ersten Mal konnte ich Dir in Ruhe, ohne Furcht und Verlegenheit, in die Augen schauen: Sie waren rehbraun, mit grünen und haselnussbraunen Sprenkeln auf der Netzhaut.

Überhaupt war plötzlich alles anders – man durfte anfassen, was zuvor unberührbar war, weil es einem nicht gehörte.

Eben noch fremd, jetzt zugehörig – so als hätte mein Körper sich ausgedehnt, mit Deinem zusammengetan. Und auch mich selbst spürte ich nun ausschließlich über Dich. Meine Haut war nur da, wo Du sie berührtest.

In der Nacht schliefst Du, ich konnte nicht. Mir war nach Weinen zumute, doch ich hatte Angst, Dich zu wecken. Also stand ich auf und ging ins Bad, wo ich nach Herzenslust heulen konnte.

Und dann plötzlich diese Welle von Glückseligkeit am nächsten Morgen vor dem Waschbecken – beim Anblick unser beider Zahnbürsten im selben Becher. Da standen sie, die Stiele gekreuzt, und sahen einander an.

Es sind die einfachsten Dinge, bei denen man sterben könnte vor Glück. Wieder zu Hause in der Stadt, Du warst im Bad, auf dem Klo, und ich – weißt Du noch? – ging vorbei auf dem Weg in die Küche, konnte auf einmal nicht an mich halten, ging vor der Tür in die Hocke und flüsterte durchs Schlüsselloch: »Ich liebe Dich!« Erst ganz leise, dann noch einmal lauter. Du aber verstandest mein Geflüster wohl falsch: »Ja doch, bin gleich fertig«, brummtest Du.

Dabei musste ich gar nicht aufs Klo, ich musste zu Dir!

Ich sehe Dich vor der Backröhre hocken mit einem Löffel in der einen Hand und dem aufgeschlagenen Kochbuch in der anderen. Etwas war in Dich gefahren, Du wolltest kochen, Du ganz allein, ich sollte nur nicht stören. Ich aber kam immer wieder in die Küche gerannt, wie um irgendwas zu holen, dabei wollte ich Dich nur sehen. Du warst dabei, Hackfleisch zu kneten, ich musste unbedingt meine Hände in den Topf dazustecken: Wie wunderbar, mit Dir gemeinsam die duftende Rindfleischmasse zu walken, dass sie einem durch die Finger quoll!

Ansonsten standest Du mit Schöpfkellen, Topflappen und Bratpfannen eher auf Kriegsfuß. Beständig gewannen die

Dinge unter Deinen Fingern ein Eigenleben, wollten Dir entschlüpfen, entrinnen, entspringen.

Ich weiß das alles noch ganz genau.

Wie wir dalagen, außerstande, voneinander zu lassen – und hinterher hattest Du von meinen Zähnen einen Halbkreis an der Schulter.

Unsere Beine ineinander verflochten, die Sohlen immer auf Kontaktsuche, anschmiegsam, liebesbedürftig – und die eingecremten Zehen glitschen fröhlich ineinander.

Wie die Leute in der Straßenbahn sich nach uns umdrehten. Deine Faust vor meiner Nase, meine Lippen an Deinem Juliknöchel.

Der Fahrstuhl zu Dir hinauf schien unerträglich langsam zu kriechen.

Deine Schuhe unter dem Tisch, mit den darin steckenden Socken.

Das war, als Du mich zum ersten Mal dort unten küsstest. Ich konnte lange nicht lockerlassen. Man ist doch aufgewachsen mit dem Wissen: Berühren verboten! Und dass es nur die Jungen sind, die sich einbilden, die Mädchen hätten zwischen den Beinen ein Geheimnis, wo es in Wirklichkeit nur schleimig, feucht und übelriechend ist, eine Bruthöhle von Bakterien.

Am Morgen fand ich meinen Schlüpfer nicht wieder, ich suchte überall, er war verschwunden. Ich denke ja immer noch, dass Du ihn Dir gegriffen und versteckt hast. Also ging ich ohne los. Lief die Straße lang, der Wind strich mir unter den Rock, und ich hatte das sonderbare Gefühl, Du wärest noch da.

Zu wissen, dass ich bin, genügt nicht, ich muss mich dessen ständig versichern. Anfassen und angefasst werden. Ohne Dich bin ich ein leer über der Stuhllehne hängender Pyjama.

Nur Deinetwegen sind mir meine Arme und Beine lieb und teuer geworden, ist mir mein Körper etwas wert: weil Du ihn küsstest, weil Du ihn liebst.

Ich sehe in den Spiegel und ertappe mich bei dem Gedanken: Ah, das ist die, die er liebt! Und prompt beginne ich mir zu gefallen. Was früher nie vorkam.

Ich schließe die Augen und stelle mir vor, Du wärest hier. Ich könnte Dich berühren. Umarmen.

Ich küsse Deine Augen – meine Lippen werden sehend.

Und mein sehnlichster Wunsch in diesem Moment ist, wie damals mit der Zungenspitze Deine Naht da unten entlangzufahren, die aussieht wie bei einem frischen kleinen Nackedei, den man gerade aus zwei Hälften zusammengefügt hat.

Die Körperteile, die am stärksten riechen, sollen der Seele am nächsten sein, stand irgendwo zu lesen.

Ich habe das Licht gelöscht, um mich nun doch langsam einzukringeln und zu schlafen. Sieh da, der Himmel hat sich bewölkt, während ich Dir schrieb. Die Sterne sind wie mit einem schmutzigen Lappen von der Schultafel gewischt, zurück blieben weißliche Schlieren.

Alles wird gut, ich fühle es. Das Schicksal malt mitunter den Teufel an die Wand – doch es passt auf dich auf, behütet dich vor wirklichem Unheil.

Saschka, meine Liebe!

Ich leiste mir kecke Sprüche, aber in Wirklichkeit wäre ich hier ohne Dich, ohne Deine Briefe längst krepiert oder jedenfalls nicht mehr ich selber – ich weiß nicht, was schlimmer wäre.

Ich schrieb Dir schon von unserem Peiniger; ich habe ihm den Spitznamen Commodus verpasst, der sich gehalten hat; keiner außer mir, wie Du Dir denken kannst, hat dabei Marc

Aurel im Sinn, der Kerl ist einfach ein Schrank. Heute gab er sich besonders viel Mühe, mir das wahre Leben vor Augen zu führen. Näheres erspare ich Dir und mir. Besser ist es, sich abzulenken, an etwas ganz Abwegiges zu denken – warum nicht an Marc Aurel.

Zwar weiß ich nicht, was dieser Mann – berühmt, obschon tot seit einer Million Jahren – zu schaffen hat mit mir, der ich hier in kratzigen Armeeunterhosen hocke, und keiner kennt mich.

Andererseits ... War er es nicht, der geschrieben hat: Glücklich ist nur der auf Erden, der sein Glück zu schätzen weiß?

Und das dürfte es sein, was ihn und mich verbindet: Wir sind glückliche Menschen. Dass er tot ist und ich bin noch da, spielt keine Rolle. Gegen unser beider Glück ist der Tod eine Bagatelle. Der alte Römer schritt darüber hinweg und kam zu mir, so leicht wie über eine Schwelle.

Das Glücksgefühl, es rührt von der Erkenntnis her: Alles ringsum ist nur Schein. Das Reale ist, wie ich damals zum ersten Mal bei Dir zu Hause war, zum Händewaschen ins Bad ging und den Schwamm auf dem Wannenrand liegen sah, und es durchzuckte mich: Der hat Deine Brust berührt.

Saschenka mein! Dass ich mit Dir zusammen war, das wird mir erst hier richtig klar.

Jetzt denke ich daran zurück und wundere mich, wie achtlos ich doch gewesen bin.

Weißt Du noch, wie bei Euch auf der Datscha die Sicherung durchbrannte? Du leuchtetest mir mit der Kerze, ich stand auf dem Stuhl und hantierte mit einem Draht zum Überbrücken. Mein Blick fiel auf Dich – Du sahst im Schummerlicht so fantastisch aus! Wie der Kerzenschein über Dein Gesicht flackerte! Die Flamme spiegelte sich in Deinen Augen.

Oder beim Spazierengehen im Park: Immerzu ranntest Du vom asphaltierten Weg in die Wiese hinein, rupftest hier ein Blatt und da eine Rispe, kamst damit zu mir.

»Und wie heißt dies? Und was ist das?« An Deinen Absätzen klebte frische Erde.

Einmal hattest Du Arme einen tiefblauen Zeh, da war Dir in der Straßenbahn jemand draufgetreten, Du trugst Sandaletten.

Und den See sehe ich vor mir.

Das Wasser wie eingedickt, zugewachsen mit Entengrütze und Wolken.

Du tratest zum Rand, tunktest, den Rock gerafft, probehalber einen Fuß bis zum Knöchel ein. Ein Aufschrei.

»Kalt!!«

Du zogst den Fuß wieder heraus und fuhrst damit über die Wasserfläche, so als strichest Du die Falten glatt.

Ich sehe es vor mir, als geschähe es eben jetzt.

Du zogst Dich aus, verknotetest sorgfältig das Haar, damit es ja nicht auseinanderfiel, und gingst ins Wasser, den Sitz des Knotens noch ein paarmal prüfend.

Drehtest Dich auf den Rücken und bearbeitetest das Wasser mit schnellen Fußschlägen, sodass die Fersen in einer Garbe von Schaum rosa aufleuchteten.

Dann machtest Du »den Stern«: Arme und Beine zur Seite gestreckt. Natürlich war der Knoten auf dem Kopf doch aufgegangen, Dein langes Haar breitete sich nach allen Seiten aus.

Später am Ufer warf ich einen verstohlenen Blick dorthin, wo sich zwischen Deinen Beinen die feuchten Locken unter dem Gummizug des Badeanzugs hervorkringelten.

Als Nächstes sehe ich Dein Zimmer vor mir.

Du beim Schuheausziehen, Dich hinunterbeugend – erst die eine Schulter, dann die andere.

Ich küsse Deine Hände. »He«, sagst Du, »die sind schmutzig!«

Deine Arme um meinen Hals. Beim Küssen beißt Du mir in die Lippen.

Plötzlich schreist Du auf, ich erschrecke. »Was ist?« – »Du hast mir mit dem Ellbogen die Haare eingeklemmt!«

Du, über mich gebeugt, mit der Brustwarze meine Brauen und Wimpern streifend. Dein fallendes Haar wie ein Zelt über uns beiden.

Ich ziehe Dir das Höschen aus; ein Kinderschlüpfer, scheint mir, cremefarben, mit Schleifchen… Du hebst die Knie, um behilflich zu sein.

Ich küsse Dich da, wo die Haut am weichsten und zartesten ist – an der Innenseite der Schenkel. Wühle meine Nase ins dichte, warme Gestrüpp.

Das Bett knarrt so gotterbärmlich, dass wir auf den Fußboden umziehen.

Dein Stöhnen unter mir, und wie Du Dich zur Brücke bäumst.

Dann liegen wir da, ein Luftzug streicht angenehm über die schweißnassen Beine.

Der zarte Flaum zwischen Deinen Schulterblättern und das Muster von den harten Rändern der chinesischen Bambusmatte.

Ich fahre mit dem Finger Deine spitzen Wirbel entlang. Greife mir vom Tisch einen Stift und verbinde die Muttermale auf Deinem Rücken mit Tintenstrichen. Es kitzelt Dich. Später drehst und biegst Du Dich vor dem Spiegel, äugst Dir über die Schulter, um das Ergebnis zu betrachten. »Nein!«, sagst Du, als ich es wieder auswischen will. »Lass es.« – »Willst Du so herumlaufen?« – »Ja.«

Du stemmst die Füße gegen die Zwischenwand und beginnst auf einmal mit winzigen schnellen Schritten die Tapete hinaufzutrippeln; im Hohlkreuz, die Ellbogen auf die Matte gestützt, die Beine nach oben gestreckt, verharrst Du. Ich kann nicht anders, als Dich in Deiner Mitte zu küssen; Du klappst zusammen und fällst um.

Als ich los muss und Du mich zur Tür bringst, hast Du nur das Unterhemd an, nichts darunter; als Du es merkst, genierst Du Dich und zerrst den vorderen Hemdsaum nach unten.

Und weißt Du noch, unsere letzte Nacht?

Ich bin später noch einmal aufgewacht und hörte Dich schnaufen. Du schliefst »eingemummt«, wie Du es gewöhnt warst, den Kopf unter der Decke, mit einem Loch zum Atmen. Du warst mit einer Praline im Mund eingeschlafen, und nun floss Dir ein kleiner Schokoladenbach aus dem Mundwinkel, das sah lustig aus.

Ich lag da und bewachte Deinen Atem.

Ließ mich auf Deinen Rhythmus ein, atmete mit Dir: ein-aus, ein-aus. Ein-aus.

Lang-sam. Ja-wohl.

Ein.

Aus.

Nie zuvor im Leben hatte ich mich so wohl und behaglich gefühlt wie in diesem Moment. Ich betrachtete Dich, Du Schöne, friedlich Schlafende, berührte Dein Haar, das aus dem Deckenkokon hervorquoll, und mein sehnlichster Wunsch war, Dich in Schutz zu nehmen vor dieser Nacht, dem Gejohle draußen vor dem Fenster, vor der ganzen Welt.

Schlaf, meine Saschenka! Schlaf gut! Ich bin da, atme mit Dir.

Ein.

Aus.

Ein.

Aus.

Ein.

Aus.

*E*in Blick in den Briefkasten – wieder nix von Dir.

Ich müsste mich auf das Seminar morgen vorbereiten, doch mein Kopf ist leer. Drauf gepfiffen! Ich brühe mir einen Kaffee, mache es mir auf dem Sessel bequem und schwatze erst mal eine Runde mit Dir. Pass auf!

Weißt Du noch, was wir für einen Spaß hatten, uns gegenseitig Geschichten aus der Kinderzeit zu erzählen?

Aber vieles hab ich Dir von mir noch gar nicht erzählt.

Und jetzt knabbere ich an meinem Stift und weiß nicht, wo anfangen.

Soll ich Dir sagen, warum ich Sascha heiße?

Als Kind liebte ich heiß und innig schöne Schachteln, Schatullen aller Art, wie sie in den untersten Schüben unseres Wohnzimmerbüfetts lagerten. Brachte Ewigkeiten damit zu, die Dinge zu sortieren und zu betrachten, die Mama dort aufhob: Hals- und Armbänder, Broschen, alte Spiel- und Postkarten – alles, was sich nur denken lässt.

In einer der Schachteln stieß ich auf ein Paar Kindersandaletten – winzig und verschrumpelt. Beinahe wie Puppenschuhe.

Wie sich herausstellte, hatte ich einen Bruder gehabt.

Mit drei Jahren war er krank geworden, ins Krankenhaus gekommen. Und dort geschah das, wofür man das grausige Wort Kunstfehler gebraucht. Mein Bruder starb.

Die Eltern entschieden sich kurzerhand für ein weiteres Kind, an seiner statt.

Es wurde ein Mädchen. Das war ich.

Mama hat das Kind anfangs abgelehnt, mir nicht die Brust gegeben, mich nicht sehen wollen. Das erfuhr ich alles später.

Mein Vater hat mich aufgepäppelt. Mich und Mama.

Aus dem Holzgitter meines Kinderbetts waren drei Stangen herausgesägt, damit ich aussteigen konnte. Es war *sein*

Bett gewesen, sein Schlupfloch also, wovon ich freilich keine Ahnung hatte. Mir gefiel es, mich dort hindurchzuwinden – und dabei ahmte ich, ohne es zu wissen, seine Bewegungen nach.

Für mich war dieser Junge ungreifbar, zurückgeblieben in einem Leben vor meiner Geburt, das, wenn überhaupt existent, mit allen prähistorischen Zeiten verschmolzen war; für Mama hingegen war er anwesend im Hier und im Heute, an meiner Seite, ohne Unterlass. Einmal saßen wir auf dem Weg zur Datscha im Zug, gegenüber eine Oma mit Enkelkind. Das war ein gewöhnlicher rotznäsiger, quengeliger kleiner Schreihals, der immerzu etwas wollte und von seiner Großmutter beständig zurechtgewiesen wurde. »Jetzt halt endlich den Mund!«, zischte sie ihn an. Und ich erinnere mich, wie Mama zusammenzuckte, als sie die Alte den Namen sagen hörte: »Sascha, komm jetzt, wir steigen aus!«

Draußen auf dem Bahnsteig wandte Mama sich von mir ab, wühlte verzweifelt in der Handtasche, und ich sah ihre Tränen fließen. Erst als ich selbst zu plärren anfing, drehte sie sich um, bedeckte mein Gesicht mit tränennassen Küssen und besänftigte mich: Ihr sei da nur etwas ins Auge geflogen ... »Jetzt ist alles wieder gut!« Sie schnäuzte sich, tuschte ihre Wimpern nach, die Puderdose klappte zu, und beherzt schritten wir aus in Richtung Datscha.

Und ich weiß noch, wie ich damals dachte: Bloß gut, dass dieses andere Kind gestorben ist, wo wäre sonst ich? Und in den Rhythmus meiner Schritte flocht ich Mamas tröstliche Worte: »Jetzt ist alles wieder gut!«

Ich bin auf der Welt. Alles spricht dafür, dass es so kommen musste. Alles um mich her, was war, ist und sein wird, darf als Beweis gelten – selbst das hin- und herknarrende Fensterchen da oben und diese Sonnenflecken auf dem Fußboden und die Blüten aus geflockter Milch im Kaffeebecher und dieser ausgeblichene Spiegel, der mit dem Fensterflügel das alte Spiel spielt, wer wen länger anschaut, ohne zu zwinkern.

Als kleines Mädchen konnte ich mich stundenlang in mein Spiegelbild vergucken, Aug in Aug. Warum ausgerechnet diese Augen?, fragte ich mich. Warum dieses Gesicht? Warum dieser Körper?

Und wenn ich es gar nicht bin? Nicht meine Augen, nicht mein Gesicht, nicht mein Körper?

Sondern – mitsamt den Augen, dem Gesicht, dem zufälligen Körper – nur die Erinnerung einer alten Frau: der, die ich einmal sein würde?

Öfter hatte ich die Vorstellung, es gäbe mich zweimal. Zwillingsschwestern. Ich und sie. So wie im Märchen: die gute und die böse. Ich das brave Töchterlein, sie das kleine Biest.

Ich trug damals das Haar lang, und ewig nörgelte meine Mutter, ich sollte mich kämmen. Und was macht *sie?* Greift zur Schere und schneidet den Zopf einfach ab – aus purer Bosheit!

Und wenn wir auf der Datscha eine Theatervorführung gaben, dann waren sämtliche tragenden Rollen selbstverständlich durch sie besetzt, während es mir überlassen blieb, den Vorhang auf- und zuzuziehen. Es kam die Stelle, wo sie sich das Leben nimmt, das muss man sich vorstellen: Sie spricht ihre letzten Worte und hat das Messer schon in der Hand, das sie sich alsdann mit voller Wucht gegen den Schädel rammt, es spritzt echtes Blut, alles springt entsetzt auf, und sie liegt da und wird nicht wieder – weil das Stück es so will und noch dazu vor Begeisterung, denn außer ihr weiß nur ich, dass sie zuvor eine rote Rübe gerieben und ein Loch in ein Hühnerei gemacht und das Ei ausgeblasen und anschließend mithilfe einer bei Mama entwendeten Spritze den Rübensaft in das Ei gefüllt und das Ei unter ihrer Perücke verborgen hat. Am Ende springt sie auf, rübenblutbeschmiert, doch wiehernd vor Vergnügen, dass sie es vermocht hat, alle an der Nase herumzuführen: »Reingefallen, reingefallen!«

Du kannst Dir nicht vorstellen, was es heißt, die ganze Zeit von ihr abhängig zu sein! Du kannst Dir nicht vorstellen, wie es ist, ein Lebtag ihre Kleider abzutragen! Ihr, der Prinzessin ohne Erbse, kauften die Eltern immer alles neu, und hinterher, wenn die Dinge alt und unansehnlich waren, gingen sie an mich. Nach den Sommerferien, wenn die Schule wieder anfing, bekam *sie* neue Schuhe, und ich durfte ihren alten Mantel tragen mit den löchrigen Taschen und dem Fleck am Revers.

Die ganze Kindheit hindurch hat sie mich nach Herzenslust tyrannisiert. Ich weiß noch, dass ich auf dem Fußboden unseres Zimmers einen weißen Kreidestrich zog, der es in zwei Hälften teilen sollte. Sie wischte ihn aus und zog ihn neu, aber so, dass ich gerade noch vom Bett zum Tisch und zur Tür kam. Sich bei Mama zu beschweren wäre sinnlos gewesen, denn vor ihr spielte sie das Engelchen, nur wenn wir allein waren, begann sie mich zu kneifen und an den Haaren zu ziehen, damit ich nicht petzte.

Nie werde ich vergessen, wie ich diese wunderbare Puppe geschenkt bekam. Sie war riesig und konnte sprechen, die Augen auf- und zuklappen, sogar laufen. Kaum hatte ich einen Moment nicht hingesehen, war mein Quälgeist schon dabei, sie nackig auszuziehen, um zu sehen, was sie nicht hatte – und es ihr anzumalen. Heulend lief ich zu den Eltern, aber die lachten bloß.

Mit ihr übereinzukommen war ganz unmöglich. Hatte ich etwas vorzuschlagen, stampfte sie mit dem Fuß auf und widersprach. »Hier wird gemacht, was ich sage!«, verkündete sie. »Oder die Sache fällt ganz aus!«

Dabei verengten sich ihre Augen und schossen Blitze, sie fletschte die spitzen Zähne, als wollte sie sich gleich in mich verbeißen.

Ich weiß noch, wie ich erschrak, als meine Mutter mich fragte, mit wem ich denn spräche.

»Mit mir selbst«, log ich.

Heute weiß ich, es geschah immer dann, wenn ich geliebt werden wollte. Wenn ich bei anderen um Liebe buhlte, kam sie ins Spiel. Und das war beinahe immer der Fall – selbst wenn ich allein war. Nur mit Papa hatte ich das nicht nötig. Mit Papa war alles anders.

Häschen nannte er mich – und Mama genauso. Wahrscheinlich gefiel es ihm, wenn zwei auf seinen »Häschen!«-Ruf antworteten – die eine aus der Küche, die andere aus dem Kinderzimmer.

Kam er abends nach Hause, musste ich, so hatte man mir eingeschärft, vor dem Öffnen der Tür »Wer da?« fragen, um nicht versehentlich Fremde einzulassen.

Seine Antwort war: »Hans Dampf in allen Gassen!«

Auch wenn er sich nur die Schuhe auf dem Abtreter im Flur säuberte, sah es aus, als tanzte er.

Gern brachte er seltsame Geschenke mit.

»Rate, was es heute ist!«

Es zu erraten war vollkommen unmöglich. Mal war es ein Fächer, mal eine asiatische Trinkschale, mal ein Lorgnet, ein leeres Flakon, eine Teebüchse, ein kaputter Fotoapparat. Oder eine japanische Nō-Theatermaske. Einmal schleppte er gar von irgendwoher ein echtes Elefantenbein an, ausgehöhlt, als Schirmständer tauglich. Mama schimpfte ihn aus, während mich seine Geschenke immer selig machten.

Aus heiterem Himmel konnte er sagen: »Jetzt lass deine Schulaufgaben mal liegen!« – und wir veranstalteten ein Konzert. Mit Vorliebe bliesen wir auf Kämmen, um die Zigarettenpapier gelegt war, wovon die Lippen furchtbar kribbelten. Eine leere Tortenschachtel wurde zur Trommel. Papa schlug eine Ecke des Teppichs um und vollführte dort einen Stepptanz, bis die Nachbarn von unten klopften. Oder er schnappte sich die Schachtel mit den Schachfiguren und schüttelte sie im Rhythmus, dass es nur so schepperte.

Er wollte immer, dass ich mit ihm Schach spiele, gewann jedes Mal und freute sich über sein Matt wie ein kleiner König.

Er kannte alle Tänze der Welt und brachte mir vieles bei. Besonders liebte ich den hawaiianischen Hula, wir tanzten ihn mit den Händen in den Hosentaschen.

Einmal am Tisch ermahnte er mich, ich solle nicht so herumkaspern, sonst würde er mir sein Glas Kefir über dem Kopf auskippen.

»Tust du ja doch nicht!«, sagte ich.

Im nächsten Augenblick troff mir der Kefir vom Kopf. Mama war entsetzt – ich war hin und weg.

Um seine Liebe musste ich niemals kämpfen.

Aber wenn Papa nicht dabei war, setzte mein anderes Ich, das Biest, mir unablässig zu.

Ich hatte immer Probleme mit meiner Haut, während ihre glatt und rein war. Dabei ist die Haut ja nicht bloß der Sack für die Eingeweide, sie ist das, worüber die Welt mit uns Fühlung aufnimmt. Eine kranke Haut ist der beste Weg, sich von der Welt abzuschotten, Berührungen zu vermeiden. Man hockt in sich verborgen wie in einem Kokon. Davon hatte die andere keine Ahnung. Von all meinen Ängsten, deren größte es war, unter Menschen zu sein. Sie konnte sich nicht vorstellen, wie man irgendwo zu Besuch sein konnte und, wenn die anderen ihren Spaß miteinander hatten, auf die Toilette flüchten, auf der Brille herumhocken, ohne die Hosen herunterzulassen. Auch nicht, wie man den Beweis für den Satz des Pythagoras auswendig wissen konnte und, zur Tafel gerufen, trotzdem den Mund nicht aufbekam, stattdessen zur Salzsäule erstarrte, den eigenen Körper verließ und irgendwo im Raum schwebte, wo man sich selbst, dieses elende, hilflose, verlassene Wesen, von der Seite betrachten konnte.

Von Pythagoras weiß ich heute nur noch, dass, als die Eltern ihm als Kind ein paar der einfachsten Formen, in denen das Unsichtbare vor den Menschen Gestalt annimmt, auf seinem kleinen Tisch auslegten: Kugel, Pyramide, Würfel, Äpfel, Honigküchelchen, wollene Flicken, einen Krug mit Wein, und ihm aufsagten, wie das alles zu benennen war – dass der kleine Pythagoras sich die Erläuterungen brav anhörte und dann den Tisch umwarf.

Ihre Aufsätze hingegen schrieb immer ich. Und bekam Fünfen dafür. Wobei die Lehrerin gern vor versammelter Klasse daraus vorlas und am Ende seufzte: »Ach, Saschenka, du wirst es einmal schwer haben im Leben ...«

Die Fünfen bekam ich dafür, dass ich regelmäßig das Thema verfehlte. Drei Themen gab es zur Auswahl, man durfte sich für das erste, das zweite oder das dritte entscheiden – ich aber kam vom Hundertsten ins Tausendste, weil die mir in dem Moment wichtiger vorkamen.

Ich war eine Kreatur aus der Familie der Armfüßer, der Flügelkiemer, der Moosigen. Dagegen sie: der Reigen zu Mahanaim, mit Augen wie die Teiche von Heschbon am Tor Bat-Rabbim. Ich erinnere mich an den Blick, mit dem der Sportlehrer sie während des Unterrichts ansah, und wie mich das bestürzte.

Einmal, als ich mich nach der Schule umzog, bemerkte ich ein auf mich gerichtetes Fernglas in einem Fenster gegenüber. Vor Schreck ließ ich mich unter das Fensterbrett fallen, während sie, das ganze Gegenteil, sogleich eine Zirkusvorstellung daraus machte.

Als ich noch kleiner war, erzählte sie mir nachts Schauergeschichten: Sie sei eine Hexe und herrsche über die Menschen. Zum Beweis führte sie ihre Augen an, von denen das linke wasserblau und das rechte dunkelbraun war. Früher habe sie Warzen gehabt, so behauptete sie, aber einmal, als wir bei Leuten übernachteten, habe sie sich mit dem fremden Bastwisch gewaschen, davon seien ihre Warzen weggegangen und das Kind dieser Leute habe welche bekommen. Na gut, die Augen waren natürlich das Hauptargument. Sie habe den bösen Blick, könne verhexen, wen immer sie wolle, sagte sie. Andere Mädchen taten zwar ganz unerschrocken ... Ha!

Blut besprechen konnte sie zum Beispiel tatsächlich. Sie brauchte nur einmal über einen blutenden Riss zu lecken und etwas dazu zu flüstern, schon hörte das Bluten auf.

Sie vergällt mir das Leben bis heute. Wann sie das nächste Mal auftaucht, weiß man nie. Mal bleibt sie monatelang weg, und auf einmal: Hoppla, da bin ich, hab ich dir sehr gefehlt?

Sie macht sich lustig über mich, weil ich in der Bibliothek immer die Bücher ausleihe, die sonst keiner haben will – aus Mitleid mit den Autoren, die tot und niemandem nütze sind, an sie denkt ja sonst keiner. Bist sonst so eine liederliche Liese, spottet sie, und hier unterstreichst du treffliche Gedanken fein säuberlich mit dem Kamm! Sie stellt sich in Positur und belehrt mich wie eine ältere Schwester: dass man kein Waschlappen sein darf im Leben, dass man beizeiten lernen muss, auf den Putz zu hauen, jawohl! Lieber Neid als Mitleid wecken, Schwesterlein, das ist der siebzehnte Sinnspruch des Thales von Milet, schreib ihn dir hinter die Ohren!

Und erst, wie sie ihr Gespött mit Dir trieb!

Wir saßen auf der Veranda und futterten Erdbeeren, weißt Du noch, die Beeren waren sauer und fad, wir tunkten sie in Zucker. Bei ihr musste es natürlich Honig sein. Sie löffelte ihn aus dem Glas auf eine Untertasse und leckte hinterher den Löffel ab. Dabei sah sie Dich an und prüfte ihren Blick zugleich im Spiegel. Einen Blick, den ich nur zu gut kenne:

die Pupillen in den zwiefarbigen Augen schon geweitet von kessem Mutwillen.

Sie leckt also diesen Löffel ab, greift ihn mit spitzen Fingern am oberen Ende, pfeffert ihn plötzlich über ihren Rücken zum offenen Verandafenster hinaus.

Und sieht Dich dabei an.

»Hol ihn!«

Stopp!, wollte ich brüllen, tus ja nicht! – und brachte doch kein Wort über die Lippen.

Du standest auf und gingst den Löffel suchen. Er lag im Dickicht aus verwilderten Brombeeren und Himbeeren. Ganz zerkratzt kamst Du zurück, Blutströpfchen wie Perlen an den Armen. Legtest den Löffel, an dem Erde und trockene Halme klebten, stumm auf den Tisch, drehtest Dich um und gingst.

Derweil hatte sie nur Augen für den dreckigen Löffel. Tunkte ungerührt weiter ihre Erdbeeren in den Honig, schlug ihre Beißerchen hinein.

Ich hielt es nicht länger aus und stürzte Dir nach, griff nach Deiner Hand, wollte den Kratzer an Deinem Arm mit meiner Zunge stillen, das Blut besprechen wie die andere. Doch Du stießest mich weg.

»Hau ab!«

Den Blick voller Verachtung. Stiegst auf Dein Fahrrad und fuhrst davon.

Was habe ich Dich gehasst in dem Moment!

Beziehungsweise sie.

Euch beide!

Wünschte, Dir möge etwas zustoßen, auf der Stelle, irgendein Unheil.

Schwor mir, Dir ganz bestimmt nicht nachzulaufen.

Ging schon am nächsten Tag zu Dir.

Ich sehe es vor mir wie heute, spüre es geradezu auf meiner Haut: den Nieselregen am Morgen, und wie der Nebel über den Zaun kriecht. Pfützen auf allen Wegen. Ich laufe unterm Regenschirm. Auf der Brücke über der Schlucht wird der Regen stärker.

Zwischen unserer und Eurer Datscha liegt ein Waldstück; alle Schleichwege aufgeweicht, verrottendes, namenloses Grün; nur Du wusstest Pflanzen Namen zu geben.

Vorbei am Grundstück Eurer Nachbarn an der Ecke. Ich schaue auf die Rosen hinterm Zaun, Blüten wie Kohlköpfe, prall und schwer. Der Regen verstärkt ihren Duft.

Die Stufen hinauf zur Tür scheue ich vorerst, klappe den Schirm zusammen und schleiche mich ans Verandafenster. Stelle mich auf Zehenspitzen, spähe durch die verregnete Scheibe, sehe – Dich. Auf dem Sofa liegend, den bandagierten Fuß auf die Lehne gestützt, in einem dicken Buch lesend.

Ich hatte Dir ein Unglück an den Hals gewünscht, und es war geschehen: Du warst mit dem Fahrrad in den Graben geschlittert.

Nun weißt Du, warum Du Dir an dem Abend den Fuß verstauchtest und das Bett hüten musstest.

Ich stand im Regen und schaute Dich an. Du musst es gespürt haben, denn Du hobst den Kopf, sahst mich und lächeltest.

Ja, Saschenka, Du meine Sommerliebe. Lang, lang ists her, wie in einem ganz anderen, fernen Leben.

Es machte Spaß, herumzuliegen und allen Quatsch ins Tagebuch zu kritzeln, dabei dem Rauschen des Regens zu lauschen und dem Sirren der Mücken auf der Veranda. Ein Blick aus dem Fenster – der Nebel hatte den Apfelbäumen die Stämme amputiert. Die Klammern an der Wäscheleine tropfnass.

Der Regen sorgte dafür, dass es zum Lesen zu dunkel war, man musste Licht machen, mitten am Tag.

Ich hatte mir einen dicken Band Shakespeare über die Knie gelegt, darauf schrieb es sich bequemer.

Die langen, doppelten Kiefernnadeln dienten als Lesezeichen.

Soll ich Dir sagen, was ich an dem Tag schrieb? Es ging um Hamlet. Beziehungsweise um mich, denn auch mir war der Vater abhanden gekommen – gestorben oder auch nicht –, und die Mutter hatte wieder geheiratet, noch dazu einen Blinden. Doch ist es überhaupt nicht einzusehen, warum hier alle einander immerzu vergiften und mit spitzen Gegenständen durchbohren müssen – eigentlich müssten die Akteure auf der Bühne längst im Blut waten. Was, wenn Menschen ohne schlau eingefädelte Missetaten und Intrigen zu Tode kommen, einfach so, jeder für sich, weil das Leben zu Ende gelebt ist – ist das etwa kein Hamlet? Es ist vielleicht noch ärger!

Der Vater als Gespenst, na toll. Kindergrusel. Gift, ins Ohr geträufelt – allein schon das!

Und warum hebt das Ganze erst mit seiner Heimkehr ins väterliche Schloss an – ist er denn vorher nicht Hamlet gewesen? Als noch nichts passiert ist, der Vorhang noch zu, Bernardo und Francisco sich noch nicht behakeln, wer als Erster sich zeigen soll, obwohl es dazu klare Dienstvorschriften gibt ... Alles ungelegte Eier, aber Hamlet ist trotzdem schon Hamlet!

Und dabei wäre es das Allerinteressanteste zu wissen, wie es ihm zuvor erging, vor all diesen Gespenstern, Giftmorden und billigen Theatertricks – dass einer hinter der Gardine steht und horcht zum Beispiel.

Er wird einfach sein Leben gelebt haben, so wie ich meines. Ohne Sterbemonologe in Reimform.

Dieses Vorleben gehört aufgeschrieben. Zum Beispiel, wie er als Kind Briefträger gespielt hat – mit einem Stapel alter Zeitungen im Arm, die er in die umliegenden Briefkästen steckte. Und wie er sich in den Schulpausen mit einem Buch in den Umkleideraum oder in die Bibliothek verzog, Zielscheibe des Hohns selbst der größten Feiglinge und Schlappschwänze, die sich an ihm rächten für das, was andere ihnen angetan... Weißt Du übrigens, wie die hohe Literatur mich zum ersten Mal reingelegt hat? Ich hatte in irgendeinem schlauen Buch gelesen, wie die Narren im Mittelalter sich ihre Herren mit spitzfindigen Fragen vom Leib hielten, denn die ließen sich brav darauf ein zu antworten und waren am Ende die Gelackmeierten. So versuchte auch ich meine Peiniger auf dem Schulhof mit scheinheilig-treudoofen Fragen hinzuhalten, aber die hörten gar nicht zu, knallten mir – plopp! – die flachen Hände auf die Ohren.

Über Hamlet wäre noch zu erzählen, wie einmal beim Baden im See ein älterer Mann zu ihm geschwommen kam und sagte: »Junge, du schwimmst gar nicht übel, aber dein Stil ist noch unsauber. Komm, ich zeig dir, wie es richtig geht!« Und dieser Schwimmlehrer hielt ihn die ganze Zeit von unten, und die Hand am Bauch wanderte abwärts und immer tiefer, wie ganz zufällig.

Und das vom Taubenschlag. Da wohnten wir noch in der alten Wohnung, ein Nachbar hielt Brieftauben auf dem Hof, und wenn er auf die Rückkehr seiner Tauben wartete, schaute er nicht in die Höhe, sondern unter sich in ein Becken mit Wasser; so sehe man den Himmel deutlicher, erklärte er.

Was ich außerdem eintrug: dass ich zu mir selber finden möchte. Denn ich bin noch nicht ich. Oder soll *das* etwa ich sein? Kann nicht sein.

Ich hätte mich am liebsten aus dem Kalender gerissen.

Zack, schon passiert.

Bloß gut, dass Du nicht siehst, wo ich gerade bin und was hier los ist. Ich beschreibe es Dir nicht, so ist es gewissermaßen nicht vorhanden.

Weißt Du noch, Du hattest auf Deinem Regal die schönen Steine liegen, Mitbringsel vom Meer. Einmal nahmst Du einen der runden Kiesel zur Hand und klemmtest ihn Dir wie ein Monokel vors Auge. Den Stein habe ich später eingesteckt, er lag lange bei mir auf dem Fensterbrett, sah mich die ganze Zeit an. Bis ich darauf kam, dass es jemandes Pupille sein musste, und dieser Jemand konnte mich sehen. Und nicht nur mich – alles. Vor diesem Kieselstein, noch bevor er einmal mit der Wimper zuckt, verrinnt alles und vergeht: ich, das Zimmer, die Stadt draußen vor dem Fenster. In dieser Sekunde spürte ich die Nichtswürdigkeit von allem, was ich je gelesen oder geschrieben, und mehr noch; ich war außer mir, von unsäglicher Aufregung ergriffen, da ich doch nun erkannte, wie es sich wirklich verhielt: dass diese Pupille im Gegenteil weder mich noch das Zimmer sehen konnte, selbst wenn sie es gewollt hätte, denn ich war eine viel zu kurzzeitige, flüchtige Erscheinung, um von ihr wahrgenommen zu werden ... Von diesem Auge lässt sich sagen, dass es wirklich existiert – während ich vor ihm kaum existent sein dürfte.

Existiere ich denn wenigstens vor mir selbst? Existieren, was heißt das überhaupt? Genügt es, am Ende zu wissen, dass man auf der Welt war? Und beweist es sich mit den Erinnerungen, die man hat?

Was schert sich dieses Auge um meine Arme und Beine, meine Muttermale, meine von der Graupensuppe kollernden Gedärme, meine abgekauten Fingernägel, meinen Hodensack? Meinen Thalamus? Meine Kindheitserlebnisse? Einmal zu Weihnachten wachte ich auf in aller Früh und rannte barfüßig zum Tannenbaum, die Geschenke zu sehen. Aber im Wohnzimmer schliefen fremde Leute, und unter dem Tannenbaum war nichts – zwar hatten sie Geschenke gekauft, aber nach zu viel Wodka und Sekt sie hinzulegen vergessen.

Ich ging in die Küche und saß dort heulend herum, bis Mama aufstand ... Ist das belanglos?

Um wirklich zu existieren, reicht es wohl nicht, ein Bild von sich im eigenen Bewusstsein zu haben, das viel zu unzuverlässig ist, dem Schlaf unterworfen, beeinflusst von Träumen, wo man nicht weiß, bin ich oder bin ich nicht – nein: Man muss sich schon im Bewusstsein eines anderen verankern. Und nicht irgendeines anderen. Es sollte schon jemand sein, dem nicht egal ist, ob es dich gibt oder nicht. Von Dir, Saschenka, weiß ich, dass es Dich gibt. So wie Du weißt, es gibt mich. Nur das macht mich hier, wo in jeder Beziehung verkehrte Welt ist, zu einer gesicherten Größe.

Dann gibt es übrigens noch die Geschichte, dass ich als Kind wie durch ein Wunder dem Tode entkam: Ich war nachts aufgestanden, um austreten zu gehen, als das Bücherregal von der Wand brach und das Kinderbett unter sich begrub.

Zum ersten Mal richtig über den Tod nachgedacht habe ich damals im Tierkundeunterricht. Wir hatten einen Lehrer, der alt und krank war; er hatte uns vorgewarnt für den Fall, dass er in Ohnmacht fiel, wir sollten ihm schnell eine Tablette aus seiner Jackentasche in den Mund legen. Das taten wir, aber die Tablette half nicht.

Er hatte die Gewohnheit gehabt, sich mit dem Schlips die Brille zu putzen.

Vorher hatte er bei uns schon Pflanzenkunde gegeben, und ich liebte ihn so sehr, dass ich immerzu botanisieren ging und Herbarien anlegte; später beschloss ich dann, Vogelkundler zu werden wie er.

Er konnte sich sehr komisch darüber aufregen, dass verschiedene Pflanzen und Vögel aussterben.

Vor der Tafel stehend, brüllte er auf uns ein, als wären wir die Schuldigen: »Wo ist die Schatten-Herbstzeitlose geblieben? Wo die Schuppenfrüchtige Gelb-Segge? Die Caldesie?

Die Sommer-Knotenblume? Die Dubjanski-Flockenblume? Wo? Warum sagt ihr nichts? Und erst die Vögel! Wo sind die Vögel alle hin? Wo ist der Schwarze Riesenseeadler? Der Bartgeier? Der Braune Sichler? Der Kurzfangsperber? Ich frage euch: Wo ist die Marmelente? Und wo der Nippon-Ibis? Der Nippon-Ibis! Wo ist er?«

Dabei wirkte er selbst wie ein zerzauster Vogel. Jeder Lehrer hatte seinen Spitznamen, ihn nannten wir den Nippon-Ibis.

Soll ich Dir sagen, was mein Traum war? Ich träumte davon, dass mir eines Tages, früher oder später, mein Vater über den Weg läuft. Und dann sagt er: »Zeig mir mal deine Muskeln!«

Ich beuge den Arm und spanne den Bizeps an. Papa umfasst ihn und schüttelt verwundert den Kopf. »Na, sieh einer an!«, brummelt er. So ein Kerl!

Was nun die unsichtbare Welt anging, so wurde ich in sie eingeführt, als meine Großmutter in einer Sommerschule für blinde Kinder zu arbeiten anfing und mich dahin mitnahm.

Von klein auf war ich gewöhnt, in ihrer Wohnung auf Dinge zu stoßen, die für Blinde bestimmt waren: Zum Beispiel legte sie ihre Patiencen mit einem besonderen Blatt, dessen Karten in der rechten oberen Ecke kleine punktförmige Huckel hatten. Und zum Geburtstag bekam ich von ihr ein Blindenschachspiel geschenkt, bei dem die weißen Figuren größer als die schwarzen waren.

»Die spielen das dort sowieso nicht«, hörte ich sie zu Mama sagen.

In dieser Sommerschule kam einem zunächst alles sonderbar vor, aber am Ende gefiel es mir sogar, denn ich hatte plötzlich das Gefühl, unsichtbar zu sein.

Da kommt zum Beispiel ein Junge mit einer Gießkanne gelaufen, sein Fuß streift leicht die Wegeinfassung, ich gehe an ihm vorbei, und er sieht mich nicht ... Aber das schien nur so. Oft wurde ich angerufen: »He, wer ist da?«

In Wirklichkeit ist es schwer, sich vor einem Blinden zu verstecken.

Der Tag begann mit Frühsport, und dann ging es bis zum Abend weiter mit Spiel und Unterricht. Beim Frühsport liefen sie in Kette, einer die Hand des anderen auf der Schulter, das sah erst einmal komisch aus.

Auf dem Hof gab es Käfige mit Kaninchen, die zu versorgen waren. Eines Morgens waren alle Käfige leer, die Kaninchen gestohlen, das war eine große Tragödie.

Es wurde viel gesungen. Oft wird behauptet, Blinde verfügten über außerordentliche musikalische Fähigkeiten, ein besonders feines Gehör und so weiter, und dass sie die geborenen Musiker seien, aber das ist natürlich Unsinn.

Auch geknetet wurde jeden Tag. Ein Mädchen knetete einen Vogel, der auf einem Zweig saß, aber so wie ein Mensch auf einem Stuhl.

Überhaupt lief der Unterricht bei ihnen sehr viel anders ab als bei uns in der normalen Schule. Ich erinnere mich an mein Erstaunen, als die Kinder im Unterricht aufgefordert wurden, die Hände ins Aquarium zu tauchen und die Fische zu betasten. Und es schien viel Spaß zu machen! Später, als keiner im Raum war, trat ich vor das Aquarium hin und schloss die Augen. Krempelte einen Ärmel auf, senkte den Arm ins Wasser. Der Goldfisch, dieses wunderschöne Tier, entpuppte sich zwischen meinen Fingern als ein ekliges, schleimiges Ding... Da bekam ich Angst, richtig Angst, ich könnte eines Tages erblinden.

Für sie ist es das Normalste auf der Welt. Was der Blinde am meisten fürchtet, ist Taubheit. Dass ihm schwarz vor den Ohren wird.

Und sowieso ist Blindheit ein Wort, das die Sehenden erfunden haben.

Für den Blinden ist die Situation, wie sie ist. Er lebt damit, geht davon aus und nicht von dem, was ihm verwehrt ist. Zu vermissen, was man nicht hat, das muss man erst mal können. Was sich im Farbspektrum rechts von Violett befindet, sehen wir ja auch nicht, und es macht uns nichts aus. Wenn wir unglücklich sind, dann bestimmt nicht deswegen.

Meine Großmutter hatte ein Herz für die Kinder, und sie mochten es, mit ihr zu kuscheln. Manchmal kam es mir so vor, als liebte sie diese Kinder mehr als mich. Was natürlich Unsinn war – doch ich hätte nichts dagegen gehabt, auch so von ihr angefasst, im Nacken gestreichelt, an ihre üppige Brust gezogen zu werden, mir ins Ohr flüstern zu lassen: »Mein Spätzelchen!«

Diese Kinder bekamen nie die Rute zu spüren – anders als ich.

Gern hätte ich von ihr etwas über meinen Vater erfahren, traute mich aber nie zu fragen.

Sie erzählte überhaupt wenig. Eine Familienstory immerhin entlockte ich ihr, als ich schon größer war: Ihre Großmutter war als ganz junges Mädchen niedergekommen. Sie sprach von unbefleckter Empfängnis, niemand glaubte ihr. Von Parthenogenese wusste damals noch keiner was. Zu der Zeit setzte gerade der Eisgang ein. Da lief sie nachts zum Fluss und legte ihr Bündel auf eine Eisscholle.

Von der Vorstellung kam ich lange nicht los: tiefe Nacht, die treibende Scholle, das greinende Bündel.

Viele Jahre später las ich Marc Aurel und war getröstet. Da wird ein Ferkel zur Opferbank getragen, heißt es bei ihm. Das Ferkel zappelt und quiekt. Es wird ihm nicht helfen.

Dennoch ist jedes Geschöpf und überhaupt jedes Ding auf Erden am Zappeln und Quieken. Da quiekt das Leben – in jedem Baum, jedem Mensch, der vorübergeht, jeder Lache, jedem Lufthauch. Man muss es nur hören.

*M*ich bei Dir anschmiegen und erzählen, irgendwas ganz Banales, Herzergreifendes – das wäre jetzt schön!

Ich weiß noch, wie meine Eltern zum ersten Mal mit mir ans Meer fuhren. Vielleicht war es gar nicht das erste Mal, doch dieses ist mir in Erinnerung geblieben: wie das Rollen der Brandung mich schluckte, aufnahm wie eine lockere Faust und so durch den Sommer trug – in der Faust.

In allen Einzelheiten sehe ich vor mir, wie wir die krummen Gassen hinabliefen, und das Meer stieg höher und höher, schob den Horizont wie mit Ellbogen auf, alles voller Sonnenblitze, und wie mir der Geruch in die Nase stieg von Salz, Tang, Erdöl, Fäulnis und Weite.

Ich gleich hinaus auf die Seebrücke – die explodierte gerade in der Brandung, so bekam ich vom Meer als Erstes eine schallende nasse Ohrfeige verpasst.

Der Bretterbelag der Promenade wie durchsichtig vom Wasserstaub, Löcher zum Himmel, Möwenspiegelbilder in den Planken.

Mole weiß, Vogelsch…

Algengelump. Stubben, vom Meer gehäutet.

Ein Segel macht sich auf der Woge lang.

Tag für Tag: Strand. Achseln in den Wind!

Welche Wonne, durchs flache Wasser zu pesen! Dass es Wolken spritzt! Die in der Sonne glitzern!

Die Kiesel glühen, und wenn das Wasser lecken kommt, zischt es. Die Wellen brettern gegen deine Knöchel, fassen nach den Beinen, wollen dich umschmeißen und wegzerren, mit sich in die Tiefe ziehen.

Flinke schwarze Fliegen hüpfen über die Knäuel von Seekohl, die der Sturm vor Kurzem an Land geworfen hat. Die Wellen schleichen sich seitlich an. Erschrocken stieben die Fliegen auf.

Rund geschliffnes Flaschenglas. Seedrops! Das Meer nuckelt und spuckt. Ich lese sie auf, spendiere sie meinen Eltern.

Papa baut mit mir ein Schloss aus Sand und Geröll, wir legen einen Wassergraben an, errichten Mauern, Türme. Er findet Gefallen daran, gerät in Rage. Ich verziere die Türme mit Muschelsplittern, Fähnchen aus Bonbonpapier; er verscheucht mich, behauptet, ich sei ihm im Weg. Ich bin beleidigt: Schließlich ist das doch mein Schloss, er baut es für mich! Dann kommt auf einmal eine große Welle und reißt alles ein. Ich breche in Tränen aus, auch Papa ist verstimmt. Ihm fällt nichts weiter ein, als die verbliebenen Ruinen auch noch dem Erdboden gleichzumachen. Ich mache mit. Wir hüpfen auf den Resten unseres Bauwerks umher und können schon wieder selig kichern. Er packt mich in seine Armbeuge und schleppt mich ins Wasser, wir fallen in die Brandung. Er albert herum, taucht, faltet vor dem Tauchen die Hände wie zum Stoßgebet.

Das Wasser ist so klar, dass meine roten Fußnägel zu erkennen sind – ich habe Mamas Nagellack ausprobiert. Ich kneife mir die Nase zu und schiebe den Kopf unter Wasser, Papa hält mich, ich treibe dahin, Druck auf den Ohren, unter mir die türkisfarbene Tiefe und Steine irgendwo am Grund, denen ein Fell gewachsen ist, das sich sachte bewegt. Dann tauche ich auf, und es ist wieder Krach.

So schwimmen wir bis zum Steg. Dem Pfahl ist im Laufe seines langen Seelebens ein grüner Zottelbart gewachsen. Ein Anblick zum Fürchten für die junge Fischbrut.

Ein haariger breiter Rücken treibt vorbei.

Mich zieht es ins tiefere Wasser, Papa lässt es nicht zu. Aus Rache versuche ich ihn unterzutauchen, klammere mich an seine Schultern, ziehe ihn an Haaren und Ohren – er kämpft sich frei, hält sich am glitschigen Pfahl, taucht ab und prustend wieder auf, Tropfen glänzen in seinen Wimpern, er lacht.

Wir erklimmen den Steg, laufen über die Planken und passen auf, dass wir uns keinen Splitter einziehen, das Holz ist rissig, zerfressen vom Salz. Wir rennen zu Mama, bibbernd beide, zähneklappernd, hüllen uns in die Tücher.

Papa will immerzu von mir wissen, wie spät es ist.

Er hat mir eine Kinderarmbanduhr geschenkt – mit aufgemalten Zeigern, keine echte. Stolz schaue ich darauf und sage: »Zehn vor zwei.«

Auf ihr ist es immer zehn vor zwei.

In der Sonne zwickt es auf der Haut, das macht das Salz.

Mama sonnt sich auf einem breiten Handtuch, die Träger hat sie von den Schultern gestreift, damit die Bräune gleichmäßiger wird. Sie bittet Papa, den Bikini aufzuhaken. Ein Stück weiter liegt ein Mann mit kräftigen Fußballerbeinen auf den nackten Kieseln und schaut herüber.

Mama tut so, als bemerke sie nichts.

Der Mann stützt sich auf die Ellbogen, um besser zu sehen, guckt dahin, wo sich ihre Brüste prall und schwer ins Handtuch drücken.

Ich sehe ganz ahnungslos zu.

Beziehungsweise war mir da schon längst alles klar.

Papa fing die fremden Blicke auf. Besitzerstolz in seinen Augen! Etwas zu haben, wovon andere träumen, das gefiel ihm.

Einige Male sahen wir am Strand ein sehr besonderes Paar. Jung, schön und verliebt – aber ihr eines Bein ging nur bis zum Knie. Ich sah sie mit gespreizten Beinen in der Sonne liegen: zehn vor zwei. Der ganze Strand schaute hin, wenn er sie auf die Arme nahm und zum Wasser trug. Dort tollten sie herum, juchzten und spritzten, schwammen weit hinaus, bis zu den Bojen. Wenn sie aus dem Wasser kamen, sahen sie glücklich aus. Lachend entwand sie sich seinen Armen und hüpfte ihm auf einem Bein davon, zu ihrem Handtuch. Die

Leute sahen atemlos zu und wussten nicht, ob sie die beiden bedauern oder beneiden sollten.

Zurück aus dem Wasser, mit nassem Sand beklebt und eiskalt, falle ich gleich über Mama her, setze mich rittlings auf sie, rutsche mit nassem Badehöschen über ihren heißen Rücken. Mama kreischt auf, wirft mich ab und will nun selbst baden gehen. Gründlich wie bei allem, was sie tut, bereitet sie sich darauf vor: hakt sich betulich, die Arme über die Schulter geknickt, das Bikinioberteil zu, richtet die Träger, setzt die weiße Gummibadekappe auf, hat lange damit zu tun, alle Haare unter sie zu schieben. Dann geht sie langsam, als müsste sie jeden Schritt kontrollieren, in Richtung Wasser. Ich tanze um sie herum, Spritzer fliegen, sie quietscht und ruft, ich soll aufhören, versucht mir einen Klaps auf den Po zu geben. In der Badekappe sieht ihr Kopf auf einmal ganz klein aus.

Sie kauert sich ins Wasser und schaufelt mit Gummiarmen darin herum – jedenfalls sehen sie unter Wasser so aus, als wären keine Knochen darin. Und plötzlich, daran erinnere ich mich genau, kann ich im klaren Wasser erkennen, dass sie pinkelt. Das kam mir damals äußerst sonderbar vor, doch ich scheute mich, etwas dazu zu sagen.

Sie schwamm weit hinaus, die weiße Badekappe schaukelte auf den Wellen wie ein Tischtennisball.

Ich saß mit Papa in der Brandung, und wir schauten zu Mama hinaus... Wie wunderbar das alles! Dazusitzen, mit den Zehen im Wasser zu planschen, derweil werden die Beine von den Wellen immer weiter auseinandergeschoben. Ringsum nichts als glückliche Menschen, glückliche Wellen, glückliche Beine, glückliches Juchhe.

Erst später begriff ich, dass mein Vater gar nicht schwimmen konnte. Mama schwamm immer sehr ausgiebig, sodass ich mir jedes Mal Sorgen machte. Aber Papa lachte nur: »Was soll unserm Schwimmhäschen denn passieren? Die Mama bringt keiner zum Sinken!«

Und dann kommt Mama aus dem Wasser, trocknet sich ab, und der Mann mit den Fußballerbeinen fängt wieder an zu gucken, schaut zu, wie sie sich mit dem Handtuch den Bikini abtupft und den Nabel und unter den Achseln und zwischen den Beinen ...

Dann legt sie sich wieder auf den Bauch, streift die Träger des Bikinis ab und liest ihr Buch. Ich setze mich neben sie und flechte ihr kleine Zöpfe.

Das Salzwasser hinterlässt beim Trocknen auf ihrer Haut winzige Kristalle.

Über uns schweben Möwen. Kann es sein, dass sie dem Wind die Zöpfe flechten?

Ich strecke mich im Windschatten von Mama aus und schließe die Augen. Das Rauschen der Wellen hört sich an, als blättere jemand die Seiten in einem großen Buch um.

Glücklich schlummere ich ein.

Wach werde ich von einem Donnerschlag. Der Himmel ist düster, der Wind bläst in heftigen, kalten Böen. Ein Gewitter naht. Alle verlassen eilig den Strand. Die ersten Tropfen knallen auf die nackte Haut wie kleine Steine.

Wir schnappen unsere Sachen und flüchten.

Der Wind weht so gewaltig, dass er Liegestühle umwirft; halb nackte Leute flitzen den Strand entlang, ihren davonfliegenden Sonnenschirmen, Handtüchern und Röcken nach. Das Meer, nun schon grau und aufgewühlt, schlägt Wellen kreuz und quer. Wir schaffen es gerade so in unser Quartier, dann bricht ein Platzregen los. Ich steige mit Mama unter die Dusche, sie löst mir die Zöpfe, um das Salz aus den Haaren zu waschen. Ich schmiege mich an ihre kühle Gänsehaut.

Dann sitze ich, in eine Decke gehüllt, auf dem Sofa und warte auf Papa, der versprochen hat, mir etwas vorzulesen.

Einstweilen steht er noch unter der Dusche und schmettert irgendeine Arie.

Zu der Zeit war Papa nämlich Dirigent.

Das fand ich nicht weiter sensationell.

Sein Vater – mein Großvater – sei Geiger gewesen, so erzählte er mir, und habe zu Hause viel geübt. Da habe mein kleiner Papa sich öfter zwei Stöckchen genommen und das Geigenspiel *seines* Papas nachgeahmt.

Ich wiederum weiß noch, dass ich als kleines Kind für mein Leben gern auf dem Klavierhocker saß und mich drehen ließ. Und Papa hat mit mir Klavier gespielt: Mit ein paar Clustern in den Bässen bei gedrücktem Pedal malte er düstere Gewitterwolken. Hohe, spitze Klänge, vom Pedal aufgefangen – ein paar wirbelnde Schneeflocken, getaut, noch ehe sie zu Boden fallen. Ein kurzer Sommerregen hingegen ging so, dass die beiden Zeigefinger geschwind von Taste zu Taste sprangen – der eine über die schwarzen, der andere über die weißen. Mit seiner breiten Hand konnte Papa anderthalb Oktaven greifen.

Außerdem entsinne ich mich, wie er einmal den Deckel aufklappte, um mir das Instrument von innen zu zeigen.

»Da staunst du, was? Dem Schwierigen, Unerklärlichen wohnt stets etwas Einfaches inne. Wir bringen ein paar Filzhämmerchen zum Klopfen, weiter nichts.«

Er bestand darauf, dass ich Klavierunterricht nahm; es kam so weit, dass ich unseren guten alten Rönisch zu hassen anfing.

Ich saß und übte, spielte endlos Tonleitern und Läufe, er aber sagte zu mir: »Zieh nicht so ein Gesicht!«

Vor Anstrengung bekam ich schon die gleiche steile Falte zwischen den Brauen wie er.

War Papa nicht in der Nähe, trickste ich: stellte über die Noten auf dem Pult ein Buch und las, während ich die immergleichen Übungen blind herunterspielte. Einmal erwischte er mich bei dieser Art Beschäftigung und schimpfte mich furchtbar aus. Stürmte durch die Wohnung und brüllte, mir sei doch ein Elefant auf die Ohren getreten, und womit habe er das verdient. Die Natur ruhe sich aus bei den Kindern der Genies, das wisse man ja ... Von solchen Reden kamen mir die Tränen, und mein Spiel wurde noch jämmerlicher. Früher hatte er mich niemals angebrüllt. Mein Papa kam mir vor wie ausgewechselt, nicht mehr der alte. Das konnte ich damals nicht verstehen. Dabei hatte er sich nur in seine neue Rolle vertieft, sie zu verlassen war nicht möglich.

Während meines Spiels ging er extra in die Hocke, um zu sehen, ob meine Hand nicht etwa durchhing, zuckte bei jeder falschen Note zusammen und stöhnte, als hätte er sich auf die Zunge gebissen; einmal, als ich einen Triller nicht, wie vorgeschrieben, mit dem vierten und fünften Finger spielte, sondern, weil ich dachte, er merkt es nicht, mit dem zweiten und dritten, da geriet er vollkommen außer sich, es fehlte nicht viel, und er hätte mir den zerfledderten Czerny auf den Kopf gehauen.

Am Ende steckte Mama den Kopf durch die Tür, mit nassem Handtuch um die Stirn, und wollte, dass Ruhe einkehrte. Ich bin mir nicht sicher, ob sie tatsächlich Migräne hatte oder mich nur erlösen wollte.

Ich weiß noch, wie Papa einmal spätabends miesepetrig nach Hause kam. Er habe das ganze Konzert hindurch mit diesem Schnupfen gekämpft, klagte er, sich umständlich die Nase putzend. Außerdem ärgerte er sich, die falsche Zugabe gespielt zu haben. Und selbst der Frack, den Mama zum Lüften auf den Balkon gehängt hatte, konnte sich lange nicht beruhigen und dirigierte weiter.

Ich erinnere mich, wie er zu Hause in Unterhosen das Dirigieren probte, zu einer Schallplatte mit irgendeiner Sinfonie. Ich sah durch den Türspalt zu, wie er den Tischen und

Stühlen, dem Fenster und den Bücherregalen seinen Willen aufzwang. Die Kommode war das Schlagwerk. Der Teppich an der Wand gab die Bläser. Das unabgeräumte Geschirr auf dem Frühstückstisch die Geigen. Stieß er mit seinem Stab in Richtung Sofa, setzten die Kontrabässe ein. Warf er die Hände gegen die Deckenlampe, spielte von ferne ein Horn. Er fuchtelte und zappelte, dass ihm der Schweiß in Strömen floss und von der Nase tropfte.

Zwischendurch schaute Mama herein und sagte, er solle doch lieber mal die kaputte Glühbirne im Kronleuchter wechseln, doch Papa verdrehte nur die Augen, ohne sein wildes Kopfschütteln einzustellen, und schlug ihr die Tür vor der Nase zu.

Zuletzt, im Großen Finale, krallte er alle unter dem Kronleuchter schwebenden Töne in seine Faust und würgte sie ab.

War er aus dem Haus, nahm ich, ohne zu fragen, das Futteral, in dem er seinen Dirigentenstab verwahrte, stellte den Plattenspieler auf volle Lautstärke und ging gleichfalls ans Dirigieren. Dabei trat ich auf den Balkon hinaus und dirigierte gleich den ganzen Hof samt den Nachbarhäusern, den Bäumen und Pfützen, dem Hund, der unter einem Baum das Bein hob, und den Wolken. Doch am meisten Spaß machte es mir, die Musik am Ende in meiner Faust zu erdrosseln.

Worauf ich zurück ans Klavier ging, Mendelssohns *Lied ohne Worte* hämmerte und mich immer an denselben Stellen verspielte.

Später wurde Papa zum Polarflieger, und das gefiel mir besser.

Allein schon wie betörend das Leder seines langen schwarzen Mantels duftete!

Die pelzgefütterte Kombi, die Fliegerstiefel und die Hörkappe machten aus ihm einen anderen Menschen. Ich griff mir die Stiefel, stieg mit beiden Füßen in einen hinein und hüpfte damit durch die Wohnung – wie die Einbeinigen aus Papas Gutenachtbuch.

Seine Mitbringsel waren jetzt aus Walross-Elfenbein geschnitzte Figürchen, Schmuck aus aufgefädelten Zähnen, eingezuckerte Torfbeeren, ein Rentierfell.

Wenn er mich ins Bett brachte, erzählte er davon, wie er schon als kleiner Junge davon geträumt hatte, Pilot zu werden – nämlich als er auf einem Feld ganz in der Nähe seines Dorfes ein Flugzeug hatte notlanden sehen.

Für ihn, den einfachen Dorfjungen, war es nicht einfach gewesen, sein Ziel zu erreichen – er hatte viel lernen müssen. Und überhaupt war das Leben an so einer Fliegerschule kein Zuckerschlecken. Es hatte am selben Ort eine Infanterieschule gegeben; regelmäßig kam es zu schweren Prügeleien zwischen den Entlassungskandidaten beider Einheiten, man schlug mit Koppeln aufeinander ein; beinahe hätte so eine Koppelschnalle Papa das Auge gekostet, er zeigte mir die Narbe an der Stirn. Mitfühlend fuhr ich mit dem Finger über den weißlichen Huckel.

Einmal hatte er in Arrest gesessen, im Bau, so hieß das da. Der Anlass war, dass er in einer Winternacht bei den Flugzeugen Wache schob, und als er mit dem Sturmgewehr seine Runde um den Hangar drehte, war ihm plötzlich, als sähe er jemanden durch die Dunkelheit huschen. Da war aber keiner, nur Finsternis und außerdem Tauwetter, überall tropfte es und dunstete. Er legte den Finger an den Abzug, lugte vorsichtig um die Ecke – und bekam im selben Moment einen schweren Schlag auf den Kopf. Riss dabei natürlich instinktiv den Abzug durch. Ein Schuss ging los, ein Echo hallte. Allgemeines Tohuwabohu, die aufgeschreckten Vorgesetzten kamen gerannt, und was stellte sich heraus? Der nasse Schnee auf dem Hangardach taute vor sich hin, und just in dem Moment, als Papa den Kopf um die Ecke streckte, war ein Schneebrett heruntergekracht.

Papa brachte mir das Fliegen bei – zwar nur im Spiel, doch mir kam es vor wie im echten Leben. Das Sofa war kein Sofa, sondern die Pilotenkanzel.

Der Bordtechniker greift nach einem Propellerblatt und reißt den Motor kräftig an.

»Zündung ein!«, ruft er, vom Motor wegspringend.

»Zündung ist ein!«, brülle ich fröhlich zur Antwort.

Der Motor niest ein paarmal, spuckt graublauen Rauch und kommt langsam in Schwung. Die Bremsklötze unter den Rädern sind entfernt, wir rollen zur Startbahn. Der Starter winkt mit der weißen Flagge. Papa gibt Vollgas. Die vom Propeller erzeugten Wirbel lassen das Flugzeug vibrieren, es setzt sich in Bewegung. Zügiger Start, das Tempo nimmt rapide zu. Die Startbahn ist uneben, kleine Buckel bringen die Tragflächen zum Schaukeln, es sieht aus wie ein Seiltänzer, der mit rudernden Armen die Balance hält.

Papa drückt den Knüppel etwas nach vorn, der Schwanz löst sich vom Boden. Dann zieht er den Knüppel gleichmäßig zu sich heran, das Flugzeug legt sich gerade. Er zieht noch ein bisschen, und das Flugzeug schwebt in der Luft, gewinnt an Höhe, was ich mit allen Fasern des Körpers spüre. Die Erde rutscht unter den Füßen weg; ein flaues Gefühl macht sich breit in der Brust.

Wir sehen, wie der Schatten des Flugzeugs auf der Erde uns verfolgt. Das Brummen des Motors wird sanfter und gleichmäßiger; Hangars und Garagen auf der sonnenüberfluteten Bahn werden immer kleiner, sehen bald schon so aus wie auf dem Boden ausgestreute Würfel oder die kleinen Häuser aus meinem Baukasten.

Papa tritt auf das Pedal, führt den Steuerknüppel mal nach rechts, mal wieder nach links – das Flugzeug gehorcht, dreht erst eine rechte, dann eine linke Rolle. Es sieht so aus, als drehte sich nicht das Flugzeug um seine Achse, sondern Erde und Himmel drehten sich um uns herum.

Wir steigen über die Wolken, fliegen dahin im strahlenden Sonnenlicht, unser Schatten kann uns kaum noch folgen, fällt immerzu in Wolkenlöcher.

Ich sehe, wie Papas Blick konzentriert von Instrument zu Instrument wechselt, wie sicher er unser Flugzeug in die Klüfte zwischen den unförmigen Wolkenbänken lenkt, und weiß in diesem Moment, wie sehr ich ihn liebe – mehr als alles auf der Welt, mehr als Mama, mehr als mich selbst.

Papa hat mir auch von seinen ums Leben gekommenen Kameraden erzählt.

»Ein jeder hängt am Leben, aber nicht alle kehren von ihren Flügen zurück«, sagte er.

Die Sache war die, dass bei seinen Freunden mitten in der Steilkurve der Motor ausfiel. Stille trat ein, wie Piloten sie am allermeisten fürchten. Die flirrende Propellerscheibe vor ihren Augen verschwand, die drei Propellerblätter standen steif wie Stöcke. Bis zum Flugplatz war es weit. Die Flieger mussten nach einem geeigneten Landeplatz Ausschau halten.

»Was meinst du, Alter, kriegen wir das hin?«, fragte der Pilot seinen Steuermann.

»Das sollten wir schon!«, erwiderte der. »Sonst verfallen meine Theaterkarten.«

Es fand sich kein Landeplatz, also mussten sie das Flugzeug verlassen, mit dem Fallschirm abspringen. Nur waren da unten überall Dörfer, wo Menschen wohnten. Die Piloten hätten sich in Sicherheit bringen können, doch wo würde die sich selbst überlassene Maschine aufschlagen, was würde sie anrichten?

Der Pilot befahl seinem Steuermann abzuspringen, doch der ließ seinen Freund nicht im Stich. Also blieben beide in der Maschine und versuchten sie möglichst weit weg von menschlichen Behausungen zu lenken.

Die Absturzstelle fand man erst am nächsten Tag. Die Trümmer lagen weit verstreut: verzogene Tragflächen, abgeknickte Propellerflügel, ein gen Himmel ragendes Heck. Irgendetwas musste zuletzt mit dem Höhenruder passiert sein, man fand die beiden ins Handrad verkrallt im vergeblichen Versuch, die Maschine abzufangen.

Papa führte mich auf einen Friedhof, wo es viele Gräber mit aufgepflanztem Propeller anstelle des Kreuzes gab. Von den Fotografien an den Naben schauten junge, schmucke Gesichter.

Einmal bekam Papa einen Sonderauftrag. Es ging um einen Notfalleinsatz: Er hatte auf einer abgelegenen Wetterstation eine Frau aufzunehmen, der eine komplizierte Geburt bevorstand, und sie in die Klinik zu befördern. Ein Schneesturm kam dazwischen, Papa sah sich genötigt, auf einem zugefrorenen Fluss zu landen. Dabei ging zu allem Unglück auch noch eine Kufenstütze zu Bruch. Papa führte mit einer Handbewegung vor, wie er das Flugzeug auf einer Kufe landete. Es rutschte auf dem Bauch übers Eis, als wollte es eine Schwalbe machen. Durch die Bremswirkung ließ sich die Maschine immer schwerer in der Gewalt behalten, der Flügel auf der Seite ohne Kufe sackte durch und schurrte über das Eis, das Flugzeug wurde scharf herumgerissen wie um den Schaft eines Zirkels, dann stand es. Bald war es vom Schnee verweht, Papa baute unter einer Tragfläche eine Art Iglu, darin hockten sie zwei Tage, bis man sie fand. Die Frau hatte unentwegt geschrien, bis sie ihr Kind schließlich gebar, Papa musste Geburtshilfe leisten.

Vor jedem Flug stopfte sich Papa meinen alten Fausthandschuh in die Manteltasche, das war sein Talisman. Damals auf dem Eis, als sie nicht wussten, ob Hilfe kommt oder nicht, da hat ihn mein Handschuh gerettet, so erzählte er.

Dann war er wieder eine Weile weg, und immer wenn ich am Himmel ein Flugzeug sah, dachte ich: Ist das etwa er? Und winkte ihm. Das Flugzeug hing hoch am Himmel wie eine Spinne im unsichtbaren Netz.

Angst hatte ich nie um ihn – wozu auch, er hatte ja meinen Handschuh dabei, der sich um ihn kümmerte, ihn vor allem bewahrte.

Papa konnte sehr interessant über das Leben der Korjaken erzählen. Die sich selber *Tschawtschyw* nannten, das heißt Rentiermenschen. Mehrmals hatte er Gelegenheit gehabt, in einer echten Jaranga unterzukommen, und gestaunt, wie diese Rentiermenschen es fertigbringen, sich binnen weniger Minuten an jedem beliebigen Ort ein bequemes, warmes Haus aus Walfischrippen und Rentierhäuten zu errichten.

Einmal, an die Geschichte erinnere ich mich, musste er in so einer Jaranga mitten in der Tundra übernachten und bekam einen Rentiermarkknochen gereicht, den durfte er abnagen. An der Stelle steckte Mama den Kopf aus der Küchentür und fragte, ob es denn stimme, dass bei diesen Rentiermenschen der Hausherr dem Gast als Zeichen der Gastfreundschaft seine Frau zur Nacht überlassen muss. In ihrer Stimme schwang so ein seltsamer Ton mit, als bezweifelte sie den Wahrheitsgehalt seiner Berichte, das fand ich ziemlich gemein. Papa aber lachte nur und sagte, ja, natürlich habe ihm der Hausherr seine Frau angeboten, aber die war alt und hatte Hautausschlag, außerdem wimmelte es in ihrem Haarknoten von Parasiten, und das sei kein Wunder, denn die Rentiermenschen waschen sich in ihrem Leben von der Wiege bis zur Bahre kein einziges Mal.

Manchmal dauerten Papas Dienstreisen länger; dafür saß er dann, wenn er zurück war, Abend für Abend an meinem Bett und las vor. Ich hatte so meine Lieblingsbücher, in denen es um ferne, unglaubliche Länder ging; mein liebstes handelte vom Reich des Priesterkönigs Johannes. Ich konnte mich nicht satthören daran. Papa verwandelte sich beim Lesen; ich hatte nicht das Gefühl, aus einem gedruckten Buch vorgelesen zu bekommen, nein, es war, als läse er die Hieroglyphen von den Palmreisern oder Hammelknochen ab. Er band sich meine Strickjacke wie einen Turban um den Kopf, setzte sich im Türkensitz vor mich hin und sprach mit sonderbar fremder Stimme: »Hier bin ich, Priester Johannes, Führer der Nacktweisen, Herr über alle Herren, König über alle Könige, der ich residiere in der Metropole der Metropolen, Hauptstadt aller besiedelten und unbesiedelten Gefilde. Mein Domizil ist ein hoher Turm, den des Nachts die Sternendeuter erklimmen, um in der Zukunft zu lesen. Meine Ländereien bereise ich in einem Palazzino, der von einer Elefantenkuh getragen wird. Die Flüsse aber fließen hier tags in die eine Richtung und nachts in die andere.«

Er hätte das Buch gar nicht gebraucht, kannte alles längst auswendig und erfand immer noch einiges dazu – während ich jedes Mal mit angehaltenem Atem den wundersamen Worten lauschte, denn die schienen nicht von dieser Welt.

»In meinem Lande sind Dromedare heimisch, einhöckrige ebenso wie zweihöckrige, sie hausen allhier; des Weiteren Hippopotami, Krokodile, Methagallinarii, Giraffen, Panther und wilde Esel, Löwen weiß und rotgülden, stumme Baumgrillen, Greifen und Lamien. Außerdem siedeln hier unverwesliche Menschen, es gibt das Einhorn, den Papagei, Ebenholz, Zimt und Pfeffer und einen wohlriechenden Halm. Und ich habe eine Tochter, Königin der Königinnen, sie ist Gebieterin über das Leben, und mein Reich ist ihr Reich.«

Und während er dies vortrug, wurde alles um uns her unwirklich – das Zimmer, der Kronleuchter mit der ewig kaputten Birne, der Zeitungsstapel auf dem Fensterbrett, die lärmende Stadt draußen vor dem Fenster –, allein das Reich des Priesterkönigs war echt und wahrhaftig und Johannes selbst, der nicht mehr bei mir auf der Bettkante saß, sondern in seinem Palazzino auf der Elefantenkuh thronte und den königlichen Blick über seine Besitztümer schweifen ließ.

Und tatsächlich dehnte sich ringsum, so weit das Auge reichte, das Reich des Priesterkönigs Johannes, darinnen die stummen Baumgrillen hausten und die unverweslichen Menschen.

Saschenka, Liebes!

Sei nicht böse, es war einfach keine Zeit zu schreiben.

Jetzt endlich einmal will keiner etwas von mir, ich habe ein Minütchen, um bei Dir zu sein.

Warum werden Küsse in Briefen eigentlich immer hintangestellt?

Ich küsse Dich sofort, und zwar überüberallhin!

Na schön, ich reiße mich zusammen.

Gestern waren Schießübungen, und Du kannst Dir nicht vorstellen, was unser Commodus für Augen machte, als die Zieler mein Ergebnis herüberwinkten: von fünf abgegebenen Schüssen auf die Kopfscheibe drei Treffer, und das auf vierhundert Schritt!

Da liegt es nahe, sich Gedanken über den Zufall zu machen!

Die ganze Welt besteht aus Zufällen. Warum sind wir in dieses Jahrhundert hineingeboren und nicht, na, sagen wir, ins vierunddreißigste? Warum in die beste aller möglichen Welten und nicht in die ärgste? Und vielleicht sitzt just in diesem Moment irgendwo einer und liest in einem Buch über das Glöcknerhandwerk? Und warum sind meine Kugeln nicht in die Zukunft oder die Vergangenheit geflogen, sondern in diesen armen, zerlöcherten Scheibenkopf? Wenn nämlich

Da siehst Du's, meine liebe Sascha, es war mir schon wieder nicht vergönnt, den Satz zu Ende zu schreiben. Doch wenigstens gibt es nun etwas Neues zu vermelden. Bin nämlich nicht mehr irgendwer, habe die Ehre! Werde mir fürderhin im Stab den Hosenboden abwetzen beim Pinseln von Tagesbefehlen und Totenscheinen. Der Alte hat mich mit dieser Idee gehörig überrascht. Bestellt mich zu sich und ernennt mich, alldieweil des Schreibens mächtig, kurzerhand zum Stabsschreiber! Darauf ich, strammstehend, den Ellbogen gegen das schmutzige Fenster gerichtet, darin unser geliebter Sonnenuntergang glühte, die Fingerspitzen an der Perückenbuckel:

»Herr Kommandeur, Euer Gnaden, melde gehorsamst ...«

»Was gibts noch zu melden?«

»Ich bin dafür nicht der Richtige. Meine Handschrift ist ... undurchschaubar.«

Darauf er: »Durchschaubarkeit, das ist, woraufs beim Schreiben nicht ankommt, mein Sohn. Hauptsache, aufrichtig. Kapiert?«

Und er schenkt ein.

Hält mir einen hin.

»Auf die Ernennung!«

Ich kippe ihn hinter.

Er schiebt mir Hering auf Schwarzbrot mit Zwiebel über den Tisch.

»Ich war auch mal in deinem Alter, mein Sohn, und auf einmal, da kam mir die Erleuchtung. Und dann hab ich mein restliches Leben damit verbracht rauszukriegen, worin die Erleuchtung bestand. Nimm dir vom Speck, der ist vortrefflich! Merk dir eins: Das Wort ist immer klüger als die Feder. Und wegen der Totenscheine mach dir keine Sorgen. Was dein Vorgänger war, der hat sich das alles furchtbar zu Herzen genommen. Wenn er ein Gläschen zu viel hatte, ist er mir an die Schulter gekippt und hat sich ausgeheult wie ein Rotzjunge: Kolja, verzeih mir, dass ich noch nicht tot bin, huhu, ich bin den ganzen Krieg noch kein einziges Mal an der Front gewesen ... Hat mich um Verzeihung gebeten, aber gemeint waren die, für die er die Scheine ausgefüllt hat ...«

*R*ate mal, wo ich gerade bin?
In der Badewanne.
Kennst Du die Geschichte, wo König David im Badehaus ist und sieht sich nackt dastehen und sagt: »Weh mir, ich bin nackt und ohne alles!«
Nackt und ohne alles, so liege ich hier drin.
Nabelschau.
Welch grandiose Beschäftigung!
Du hast einen Knopfnabel, entsinne ich mich.
Ich einen Ringnabel. Wie Mama.
Mit dem Ring bin ich eingeklinkt in eine endlose Menschenkette. Die einfach immer weitergeht, in zwei Richtungen. An der Kette hängt alles dran.
Schon seltsam, dass dieses Ringlein an meinem Bauch der Nabel der Welt sein soll. Die Kette, die hindurchgeht, ist die Achse des Universums, um die die ganze Welt sich dreht – derzeit mit einer Geschwindigkeit von Millionen Lichtjahren.
Nackt und ohne alles, das ist wohl doch nur sein Problem. Bei mir hängt allein schon am Nabel der ganze Weltenbau dran, von A bis Z.
Als Kind hatte ich mal die Windpocken, fällt mir ein, den ganzen Körper voll Pusteln. »Weißt du wie viel Sternlein stehen«, war Papas ganzer Kommentar.
So ging dann auch mein Spiel: Aus dem Ausschlag an meinem Bauch wurden Sternbilder – mit dem Nabel als Mond. Viele Jahre später entdeckte ich, dass die alten Ägypter so

ihre Himmelsgöttin Nut dargestellt haben: Sie litt wie ich seinerzeit an Sternenwindpocken.

Und eben überkam mich der heiße und innige Wunsch, unter diesem meinem Himmelsbogen möge sich ein Kindlein einnisten, Deines und meins. Ist das ein törichter Wunsch? Kommt er zu früh?

Wenn ich daran denke, wie wir einmal zu zweien in dieser Wanne saßen – einander gegenüber, weißt Du noch, wir gingen gerade so rein... Ich wusch Dir die Füße mit meinen Haaren wie mit einem Waschlappen. Dann nahmst Du meinen Fuß und bissest in die Zehen – genau wie Papa es früher manchmal tat: »Haps, ich fress dich auf!«, hatte er dazu gerufen. Es kitzelte und war ein bisschen beängstigend: Was, wenn er die Zehen nun plötzlich abbiss?

Dann kroch ich hinter Deinen Rücken, steckte die Beine unter Deinen Achseln durch, und Du fuhrst mit dem Schwamm darüber, auch über die Fersen und zwischen den Zehen... Das war so unglaublich angenehm.

Und wie Du mich dann einseiftest – überüberall!

Mein Geliebter, warum bist Du nicht hier, so kannst Du gar nicht sehen, wie mein goldener Busch im Wasser schillert und glänzt...

Verzeih den Quatsch.

Zwischen dem sechsten und dem achten Monat hat ein Kind überall Haare, stell Dir vor, die gehen später wieder aus. Im Krankenhaus zeigten sie uns so ein Kind, das als Frühgeburt auf die Welt kam. Wie das aussah!

Und willst Du den Grund dafür wissen, warum die Menschen überhaupt ihr Fell verloren haben und heute nackt sind? In der Vorlesung gestern hat man es uns erklärt. Denn an sich ist so ein Fell ja doch eine praktische Sache. Schau Dir Katzen an! So weich und bequem, schön obendrein, man möchte es streicheln. Kannst Du Dir eine nackte Katze vorstellen? Das wäre eine Tragödie! Also die Sache ist die, dass es damals die Sintflut gegeben hat. Was man sich über Noah erzählt, sind alles Märchen – kein Mensch kam in Wirklichkeit davon. Nur irgendwelche Affen schafften es, sich dem Leben im Wasser anzupassen. Soundso viel Tausende Generationen lang sind wir Wasseraffen gewesen. Darum gehen bei uns die Nasenlöcher nach unten statt nach oben. Den Delfinen, Robben und so weiter ist damals auch das Fell ausgegangen.

So ein Wasseräffchen bin ich. Hänge hier herum und träume, Du kämest zurück und stiegest zu mir in die Wanne.

Ich sehe an mir herab und leide, dass ich so behaart bin überall, wo es sich nicht gehört. Du hast gemeint, Dir gefalle das, aber ich denke immer noch, das hast Du bloß gesagt, damit ich mich nicht gräme. Wie kann es einem gefallen, hier Haare zu haben und da und sogar da!

So hocke ich hier mit der Pinzette und zupfe sie mir aus. Das tut weh!

Stelle mir ein Höhlenmädchen vor, das zwei Muschelhälften zu Hilfe nimmt, um sich die Haare zu zupfen. Und mit Klingen aus Feuerstein oder dem Horn irgendwelcher Tiere schabt es sich die Haare aus den Achseln und von den Beinen.

Janka hats gut, ihre Haare sind überall blond und kurz.

Ach, was schwätze ich nur wieder, mein Geliebter! Als ob Du keine anderen Sorgen hättest. Hörst Dir geduldig diesen Schwachsinn an.

Janka lässt Dich grüßen, sie kam gestern vorbei.

Erzählte von ihrem neuen Verehrer, was sehr lustig war. Ein alter Mann, stell Dir vor, der sich in sie verliebt und ihr einen Heiratsantrag gemacht hat!

»Kindchen!«, hat er gesagt, »ich hab mich schon in Frauen verliebt, da waren deine Eltern noch nicht geboren!«

Janka machte vor, wie er vor ihr auf den Knien liegt, damit sie ihn heiratet, ihre Beine umklammert, sich anschmiegt, und sie guckt von oben runter auf seinen kahlen Hinterkopf und ist einerseits zu Tränen gerührt, andererseits nahe daran, ihm eine zu schwalben, was denkt er sich denn!

Sie hat natürlich Nein gesagt – aber während sie das erzählte, strahlte sie, als hätte man ihr eine Medaille verliehen!

Er hat sein ganzes Leben als Graveur gearbeitet. Seine Geschichten darüber, was er im Laufe der Zeit so alles hat eingravieren müssen in Uhrdeckel und Zigarettenetuis, waren sehr amüsant.

Und nun rate mal, was er ihr geschenkt hat! In einem roten Etui, wie für einen Ring. Sie klappt es auf, und da liegt – ein Reiskorn! In das hat er ihr etwas eingraviert.

»Liebste Janotschka«, hat er zu ihr gesagt, »es ist das Kostbarste, was ich habe – für dich!«

Sie hat zu Hause die Lupe hervorgeholt, die Schachtel aufgeklappt und wollte sehen, was er auf das Reiskorn geschrieben hat. Dabei rutschte ihr das Korn aus den Fingern und sprang irgendwo hin. Sie hat es ewig gesucht und nicht gefunden. Nun weiß sie nicht, was darauf stand.

Was nur immer alle an Janka finden? Sie hat Hasenzähne. Noch dazu Segelohren. Die sie unter den Haaren versteckt.

Inzwischen schreibe ich Dir aus dem Zimmer. Liege bequem auf dem Sofa, in die Decke gerollt.

Du warst der Erste, der behauptet hat, ich sei schön. Gut, von Papa mal abgesehen. Dem ich aber weniger geglaubt habe als Mama, die mich ihr Aschenputtelchen nannte.

Sie trug immer ihren chinesischen Seidenkittel mit den hellblauen Drachen, der so schön wallte und schillerte. Wir lümmelten auf dem breiten alten Sofa, Füße oben, und tuschelten uns was über Gott und die Welt. Sie hat mir alles erzählt. Zum Beispiel über meine Geburt – wie ich erst nicht auf die Welt wollte, sie mussten einen Kaiserschnitt machen. Ich fuhr mit den Fingern über die harte Narbe an ihrem Bauch; dass ich da durchgekommen sein sollte, war ein seltsamer Gedanke. Geht mir jetzt noch so.

Und über das erste Mal haben wir geredet.

»Es sollte in schöner Atmosphäre passieren«, sagte sie, »und unbedingt mit einem, der es verdient. Hauptsache, dass du es hinterher nicht bereust! Kann gut sein, dass du ihn später gar nicht heiratest, dass es mit ihm wieder auseinandergeht, kommt alles vor – aber an die erste Nacht solltest du ohne Reue zurückdenken.«

Was das Aschenputtelchen anging, glaubte ich ihr, wie gesagt, eher als Papa, und das, obwohl sie mir immer eine Menge Vorhaltungen machte: Ich hätte keinen Geschmack, wüsste mich nicht anzuziehen, und wie ich redete und wie ich lachte, das passte ihr alles nicht. Vor ihr fühlte ich mich immer schuldig. Dabei kam mir gar nicht in den Sinn, sie könnte zu streng oder ungerecht sein. Er sah nur meine Vorzüge – sie nur meine Fehler.

Papa gab mir nicht einmal einen Klaps, von ihr hingegen bekam ich reichlich den Riemen zu spüren, auch Ohrfeigen, die ganze Kindheit hindurch. Einmal – die beiden hatten sich gerade gestritten, ich näherte mich ihr von hinten, um sie zu umarmen, und sie war dabei, eine Tablette zu schlucken – stieß ich aus Versehen gegen ihren Ellbogen, das Wasser schwappte über sie. In ihrer Wut fiel sie über mich her, schlug mich und konnte gar nicht aufhören, bis Papa mich ihr entriss.

Sie stritten auch meinetwegen.

»Warum gängelst du das Mädchen so?«, brüllte er sie an.

»Damit später mal was aus ihr wird!«, brüllte sie zurück.

Einmal fuhr sie ein paar Tage weg und beschwerte sich, als sie wiederkam, dass die Wohnung unaufgeräumt sei. Beim nächsten Mal gab ich mir extra Mühe, brachte alles auf Hochglanz, aber sie war trotzdem unzufrieden, mehr noch als beim vorigen Mal. Vielleicht weil sie spürte, dass Papa und ich auch ohne sie prima zurechtkamen, das Leben in ihrer Abwesenheit ganz normal weiterging.

Das Leben sei kein Roman, niemand streue einem Rosen, man könne nicht bloß tun, was Spaß macht, und überhaupt sei man nicht zum Vergnügen auf der Welt – so ihre Leitsätze, mit denen sie immer wieder kam.

Ihr gefiel es nicht, wenn ich ausging; sie mochte meine Freundinnen nicht, Janka am wenigsten. Alle meine Unarten hätte ich von ihr, behauptete sie.

»Aber man muss doch Freunde haben!«, trat Papa für mich ein.

Alles endete immer damit, dass Mama in Tränen ausbrach.

»Immer schlägst du dich auf ihre Seite!«

Dass zwischen Papa und mir mehr war als zwischen uns, das hat sie gespürt. Wahrscheinlich wussten wir beide, dass ich Papa mehr bedeutete als sie.

Irgendwann begriff ich, was ich an ihr nicht mochte. Sie war eine Frau, in deren Leben alles stimmte. Alles war so, wie sie es wollte – und durfte nicht anders sein. Stets kannte sie ihr Ziel und wusste, wie man es erreicht. Das betraf Möbel ebenso wie Menschen. Sie war immer eine Musterschülerin gewesen. Und ihre Freundinnen irgendwelche armen Würstchen, denen sie zeigen konnte, wie man das Leben anging. Und die sie insgeheim verachtete dafür, dass sie nichts zustande brachten, kein akzeptables Leben führten. Mit unseren Urlaubsbildern klebte sie Alben voll, damit das Glück ordentlich protokolliert war. Papa und mich hätte sie liebend gern nach diesen Fotoalben zurechtgebogen, was aber nicht gelang.

Papa bekam immer seltener Rollen angeboten. Das machte ihm zu schaffen, und er ließ sich gehen. Zu Hause trank er zwar nicht, kam aber immer öfter betrunken heim.

»Papa, du bist ja betrunken!«, sagte ich zu ihm, und er: »Nein, nein, Häschen, ich tu nur so.«

Die beiden scholten und schmähten einander, als wüssten sie nicht, dass man böse Worte nicht einfach zurücknehmen und vergessen kann. Dass ein Streit immer zur Gänze entzweit, während die Versöhnung immer nur halb gelingt, sodass jedes Mal ein Stück von der Liebe abgeschnitten wird, sie schrumpft immer mehr. Das wussten sie sehr wohl und konnten doch nicht an sich halten.

Ich aber zog mich zurück, darbte und verging vor so viel Lieblosigkeit.

Am schlimmsten war der Blick in den Spiegel. Das waren doch keine Augen! Das war doch kein Gesicht! Das sollten Hände sein? Und eine Brust ließ erst recht auf sich warten – das da, noch nicht einmal von der Sonne berührt, war jedenfalls keine.

Mama war solch eine Schönheit – und ich ... Unbegreiflich.

Die da soll ich sein, wie komisch, so hab ich gedacht. Ausgerechnet die, was für ein Pech.

Janka hatte längst ihre erste Liebe hinter sich, auch schon die zweite und dritte. Während ich langsam glaubte, bei mir würde nie etwas daraus werden. Und lautlos vor mich hinwinselte, den stumpfen Blick auf die Tapeten gerichtet.

Und dann geschah es, dass *er* bei uns auftauchte. Papas Jugendfreund, inzwischen Regisseur. Er engagierte Papa für seinen nächsten Film.

Rothaarig. Insbesondere die langen, dichten Wimpern feuerrot. Wie rote Tannennadeln! Das Haar in einer Dichte und Fülle wie bei einem wilden Tier. Beim Essen knöpfte er das Hemd auf – heiß genug war es –, krempelte die Ärmel nach oben, dass man die prallen, mit Sommersprossen besprenkelten Bizepse sah. Und die rote Wolle quoll aus dem Hemdkragen.

Er kam gerade zurück vom Meer, doch seine Haut war ganz hell geblieben; er werde nicht braun, nur rosa, sagte er.

Von nun an kam er öfter.

Papa zeigte mir ein altes Foto, auf dem sie zu zweit herumalberten, kopfunter an einer Stange hingen. Beim Anblick dieser Jungen kam mir zum ersten Mal der Gedanke: War mein Vater auch schon mein Vater, bevor er es wurde? Und dieser Rothaarige, war der auch schon er? Er wer?

Jedenfalls sprach er von sich als eingefleischtem Junggesellen, Papa und Mama scherzten immer, sie müssten endlich eine Braut für ihn finden.

»Ach was«, sagte er, »hat man eine weibliche Brust gesehen, hat man alle gesehen.«

»Von wegen!«, erwiderte meine Mutter. Frauenbrüste seien wie Schneeflocken, keine gleiche der anderen! Worauf sie alle miteinander lachten. Das Gespräch darüber kam mir sonderbar vor, es war mir unangenehm.

Mich nannte er Saschka Plappertaschka. Und das, obwohl ich in seiner Gegenwart stumm und verlegen war. Genauer gesagt, war ich wieder einmal doppelt. Aber die eine, die Furchtlose war im unpassendsten Moment abgetaucht, nur die andere, die sich in die Hosen machte, war noch da.

Er kam zu mir herüber, lugte auf den Umschlag meines Buches.

»Na, wie ist die Lage in Troja?«, fragte er. »Hält es sich noch, oder fällt es schon?«

Ich nahm allen Mut zusammen und fragte, worum es in seinem nächsten Film gehen sollte.

»Pass auf«, antwortete er. »Nehmen wir an, du hast ein Glas Kefir getrunken und davon einen weißen Kefirschnurrbart, und unten an der Haltestelle, so stand es in der Zeitung von gestern, ist der Bus in die Leute gerast, die auf ihn gewartet haben, sie sind alle tot. Zwischen dem weißen Kefirschnurrbart und ihrem sinnlosen Sterben besteht eine direkte Verbindung, wie zwischen allen übrigen Sachverhalten in der Welt.«

Ich verliebte mich unsterblich in ihn.

War er zu Besuch, huschte ich immer wieder unbemerkt in den Flur hinaus, um seinen langen Mantel zu beschnüffeln, den weißen Schal und den Hut. Er benutzte irgendein exotisches Rasierwasser – der Duft war betörend, herb und männlich.

Ich konnte nicht schlafen. Endlich verliebt! Nächtelang heulte ich ins Kopfkissen. Schrieb jeden Tag ins Tagebuch, Seite für Seite, immer nur das eine: Ich liebe Dich, ich liebe Dich, ich liebe Dich.

Es zerriss mich beinahe. Und ich wusste nicht, was damit anfangen.

Mama sah es und litt mit mir, wusste aber auch nicht, wie sie mir helfen sollte. Umarmte mich, versuchte Trost zu spenden, strich mir über den Kopf wie einem kleinen Kind. Wollte mich zur Vernunft bringen.

»Du bist doch noch ein Kind«, sagte sie. »Mit dem Riesenbedürfnis, nicht nur geliebt zu werden, sondern auch Liebe zu schenken. Das ist großartig. Fragt sich nur, wem? Die Bräutigame, die für dich infrage kämen, haben ja bis vor Kurzem noch mit Zinnsoldaten gespielt. Deshalb die vielen Tränen ins Kopfkissen, der Neid, die wilden Fantasien, Albträume, du bist dem Schicksal gram, grollst aller Welt, auch deinen Nächsten. Als wären gerade die an allem schuld. Und so fängst du an, Luftschlösser zu bauen.«

Sie versuchte mich davon zu überzeugen, dass es für die Liebe noch zu früh wäre. Das sei alles noch nicht echt!

»Echt? Was ist denn echt?«, heulte ich.

»Na ... so wie bei Papa und mir.«

Papa kam zu mir ins Zimmer, hockte sich auf den Bettrand und setzte, wer weiß warum, ein reuiges Lächeln auf, so als könnte er tatsächlich irgendwas dafür. Oder als handelte es sich um eine schwere Krankheit, die ihn hilflos machte.

»Häschen«, seufzte er, »*ich* hab dich doch lieb. Genügt dir das nicht?«

Sie taten mir leid!

Ich begann *ihm* Briefe zu schreiben. Jeden Tag schickte ich einen. Da ich nicht wusste, was ich schreiben sollte, steckte ich in den Umschlag das, was der betreffende Tag gerade hergab: einen Straßenbahnfahrschein, eine Vogelfeder, einen Einkaufszettel, einen Bindfaden, einen Grashalm, eine Feuerwanze.

Ein paarmal antwortete er mir. In scherzhaftem Ton und sehr höflich. Nach einer Weile revanchierte er sich mit ähnlich albernem Kram, schickte einen abgerissenen Schnürsenkel, Filmschnipsel. Einmal zog ich eine Serviette aus dem Umschlag, in die ein Zahn gewickelt war – den hatte man ihm am Tag zuvor gezogen. Auf der Serviette stand die Notiz, er schicke mir das in der Hoffnung, dass mir bei diesem Anblick endgültig alle Liebe verginge. Der Zahn sah tatsächlich zum Fürchten aus. Aber ich nahm ihn und steckte ihn mir in den Mund.

Einmal kam er, hatte lange etwas mit Mama und Papa hinter verschlossener Tür zu besprechen, dann klopfte er bei mir. Ich stand am Fenster und war wie gelähmt. Er kam herein und auf mich zu, ich riss den Vorhang zu mir heran, verbarg mich dahinter.

»Schaschka«, begann er, »Saschka Plappertaschka! Mein armes verliebtes Mädchen! Wie kann man sich nur in solch ein Scheusal verlieben! Hör mal, ich muss dir etwas Wichtiges erklären, obwohl ich denke, du weißt auch so Bescheid hinter deiner Gardine. Die Sache ist: Du liebst gar nicht mich. Du liebst, Punkt. Das sind zweierlei Dinge.«

Und damit ging er.

Von da an tauchte er nicht mehr auf. Antwortete auch nicht auf meine Briefe.

Eines Tages schwänzte ich die Schule. Beschloss einfach, nicht hinzugehen. Lief stattdessen durch den Regen spazieren, nahm gar nicht wahr, wie es goss. So wie eine Kuh den Regen nicht bemerkt.

Meine Faust steckte in der Manteltasche, darin sein Zahn.

Der beißende Geruch aus einem brennenden Papierkorb und die zuckersüß lächelnden Jungvermählten im verregneten Schaufenster des Fotografen – das war alles, woran ich mich hinterher noch erinnern konnte.

Ich war pitschnass und zitterte. Trottete nach Hause.

Als ich die Wohnungstür öffnete, stand dahinter ein riesiger aufgespannter Regenschirm.

Noch an der Tür erschnupperte ich den bekannten Geruch. Sah den langen Mantel am Haken, den Hut, den weißen Schal.

Im Bad rauschte das Wasser.

Die Tür zum Schlafzimmer stand offen. Darin tauchte Mama auf mit zerwühlten Haaren, den chinesischen Drachenkittel über den nackten Körper raffend.

»Sascha!«, rief sie entgeistert, »was suchst du denn hier? Ist was passiert?«

Ruft mich doch heute mein Chef, Kommandeur der Kommandeure, Befehlshabender aller Befehlshabenden, zu sich und sagt:

»Setz dich hin, wir schreiben einen Tagesbefehl.«

Ich setze mich also und schreibe: »Brüder und Schwestern! Brave Soldaten! Söldner, Friedensstifter und Assassinen! Das Vaterland, es zerweicht wie ein Löschblatt im Regen! Rückzug gegenstandslos! Wir weichen keinen Fußbreit! Boah, guck dir die an, hast du den Hintern gesehen? Doch nicht die, die andere, ist schon um die Ecke. Das mit dem Hintern musst du wieder streichen. Wo waren wir stehen geblieben? Ah ja. Also. In der Mitte gescheiteltes Haar ist zu einem Haarzopf zu flechten, welch selbiger alsdann mit einem Band zu verknüpfen ist. Toupets sind nicht zugelassen. Schläfenhaar ist einheitlich, wie im Regimente Usus, in langer Buckel zu bändigen, jedoch zuvor ordentlich zu kämmen und zu striegeln, damit nicht Eiszapfenartiges entstehe, bei Frostgraden selbige in größerer Breite, auf dass das Ohr davon bedecket sei. Solch Exerzitium bewahrt vor Müßiggang, welch aller soldatischen Laster und Ungebührlichkeit Anfang und also ein hinreichender Beweggrund, für unablässige Unterweisung des Rekruten Sorge zu tragen. Die Schuhgröße hat wohlangemessen zu sein, nicht zu weit noch zu eng, damit bei Frost eine Unterlage von Stroh oder Werg noch möglich sei, erst recht nicht zu kurz bemessen, damit es Zehen und Ferse nicht wund reibe, was nur dazu führt, dass der Soldat im Felde den Behänderen nicht zu folgen vermag; jedoch sollte der Fuß vom Leder gut umschlossen sein. Allzeit füglich instand gesetzt, geputzt und gewichset, sind die Schuhe täglich von Fuß zu Fuß zu wechseln, um einseitiger Abnutzung vorzubeugen, auch auf dass der Fuß im Felde und sonstigen Gehen nicht verdürbe. Rasieren nicht vergessen. Den Ahnungslosen zur Belehrung: Das Tragen eines Bartes kann bedeuten, im Zweikampf den Kürzeren zu ziehen, alldieweil ein Gegner sich trefflich daran festhalten und so die Oberhand gewinnen kann. Morgen wird ausgerückt. Weit ist der Weg. Kurz ist die Nacht. Wolken im Schlaf. Männer auf Wacht. Als Erstes kommen wir durch das befreundete Reich des Priesterkönigs Johannes, von dessen gewaltiger Macht alle Welt spricht. Er hat das Heer des großen Dschingis Khan ausgehungert und besiegt, wie erst gestern wieder in der Zeitung stand. Die Gegend rauer als rau, schier undurchdringlich. Den Herren Regiments- und Bataillonsführern allen sei hiermit dringendst anempfohlen, ihre Subalternen und Gemeinen dahingehend zu instruieren, sich beim Zuge durch Städte, Dörfer und Gasthöfe jeglicher Verwüstung zu enthalten. Die Bevölkerung in keiner Weise zu kränken, sie zu schonen und in Ruhe zu belassen, auf dass die Seelen der einfachen Leute nicht von Galle erfüllet seien; mithin auf den schmählichen Titel Marodeur entschieden zu verzichten. In kein Anwesen eindringen; den Feind, wo er um Gnade fleht, gnädig behandeln; Wehrlose nicht töten; gegen Weiber keinen Krieg führen; Minderjährige nicht antasten. Zum Zwecke der Ersparnis von Munition sollte ein jeder seinen Feind vor dem Schusse genau anvisieren, um ihn zu treffen und zu töten. Dem Gefallenen Gottes Segen, dem Überlebenden ewiger Ruhm! Panikmacher und Feiglinge sind standrechtlich zu erschießen. Auf, auf! Mir nach! Attacke! Hurra! Das Seitengewehr aufgepflanzt! Schützen voran! Zugestochen! Abgeknallt! Umgehauen! Die greifen wir uns, die schlitzen wir auf, die machen wir kalt! Mach los, keul rein, schlag zu, hau drauf! Krach, bumm, zack, peng, krrrch, uffff!«

Er unterbrach sich, um zu verschnaufen, knöpfte sich den Kragen auf und trat zum Fenster. Tupfte sich mit der Gardine den Schweiß von der Stirn. Zog das Zigarettenetui aus der Tasche. Klopfte das Ende der Zigarette ein paarmal gegen den Deckel. Zerbrach ein Streichholz beim Versuch, es an der feuchten Schachtel anzureiben. Zerbrach noch eins. Der dritte Versuch glückte. Er tat einen tiefen Zug. Blies einen dichten Rauchstrahl in die offene Luke im Fenster.

Für einen kurzen Moment hatte er das Gefühl, all dies schon einmal erlebt zu haben. Diesen tintenbekleckstenJungen vor sich sitzen zu sehen, der ihn so sehr an seinen gefallenen Sohn erinnerte. Der noch die Eierschalen hinter den Ohren hatte, dem Frauen noch ein Rätsel waren. Und die kleine Kanne da mit dem längst erkalteten Teesud, die abgeschlagene Tülle. Alles genau so. Die geblümte Tapete: kleine rosa Blüten, die an Pickel denken ließen, Windpocken womöglich, von der Zugluft übertragen. Das Bündel Dörrfische, durch die Aughöhlen aufgefädelt, am Fensterriegel hängend. Der draußen vorüberschlurfende Mann, beide Jackentaschen von Flaschen gebeult. Das Schild drüben am Badehaus, auf dem in Großbuchstaben *SAU* steht, denn die letzten beiden Lettern hat irgendein Witzbold mit Lehm zugeschmiert. Und jetzt dieses knatternde Geräusch: Da zieht irgendwo um die Ecke ein Kind seine Rute über einen Lattenzaun.

Worauf er sich mit der Hand übers Kinn fuhr, um die Stoppeln knistern zu hören und zu wissen, das hatte er schon einmal getan, schon einmal gehört.

Déjà-vus entstehen vermutlich dadurch, so überlegte er, dass ein jeglicher Umstand im Buch Genesis zwar nur einmal beschrieben steht, doch augenblicklich zu neuem Leben erwacht, sobald einer die betreffende Seite wiederliest. Dann werden diese Tapeten wieder lebendig und die über den Zaun fahrende Rute, der die Nase reizende Fisch am Fensterriegel, das Kratzen am Kinn, das Kännchen mit dem kalten Tee, und die Frauen sind immer noch ein Mysterium.

Jemand liest das hier also gerade – nur darum hat man ein Déjà-vu.

Er schnipste die Kippe aus dem Fenster, sie flog im Bogen eines klassischen Kopfsprungs.

Dann schlürfte er aus der abgeschlagenen Tülle den bitteren kalten Teesud, wischte sich die Lippen mit dem Ärmel und setzte sein Diktat fort:

»Drittens. Womöglich das Wichtigste: Tötet niemals ohne Not. Denkt immer daran: Die anderen sind auch Menschen. Ich weiß, dass das schwerfällt, Leute. Und der Weg bis ans Ende der Welt ist weit. Nicht mal Alexander der Große hat es dahin geschafft, er kam nur bis an die Grenze und hieß eine Marmorsäule aufstellen mit der Inschrift: Ich, Alexander, kam bis an diesen Ort. Das glaubt ihr nicht? Ich werds euch zeigen! Es gibt dort Kakteen mit Ohren, und es gibt das Volk der Nacktweisen. Bei deren Anblick Alexander der Große bass erstaunt war und sagte: ›Verlangt von mir, was ihr wollt, ihr kriegt es!‹ Worauf jene ihm sagten: ›Gib uns Unsterblichkeit, denn die ersehnen wir uns am meisten. Andere Reichtümer brauchen wir nicht.‹ Da sprach Alexander zu ihnen: ›Wie könnte ich Sterblicher euch Unsterblichkeit schenken?‹ Darauf sie: ›Du nennst dich Sterblicher und wagst es, Gräuel säend durch die Welt zu irren und zu streunen?‹ Die waren anscheinend nicht auf den Mund gefallen. Und kaum hat man sich abgewandt, kriegt man eine Kugel ins Genick, nicht wahr. Wir fahren zuerst mit der Eisenbahn, und dann gehts übers Meer. Und wenn wir Menschen mit Hundeköpfen sehen, heißt das, wir sind angelangt. Wir haben unsere Ruder dabei und werden gefragt, was das für Schaufeln seien und was wir damit vorhaben. Auch gibt es dort öffentliche Bordelle, in denen sich Männer als Weiber gebärden, und dergleichen Scheußlichkeiten mehr, seid also stets auf der Hut! Wir sehen die Welt in ihrem Werden, sie sehen sie, wie sie geworden ist. Alles Wissen ist für sie Erinnerung. Ein jeder kennt seine Zukunft und lebt doch sein Leben unbeirrt fort. Sodass Liebende einander schon lieben, ehe sie überhaupt voneinander wissen, sich kennenlernen, ins Gespräch kommen. Für ihr eigenes Wohl zu beten vermeiden sie: Zu welchem Zweck man auf die Welt gekommen, könne man schließlich nicht wissen. Ihre Gottheiten sind einfach gestrickt, doch es sind ihrer so viele, wie es Vögel, Bäume, Wolken, Pfützen, Sonnenuntergänge und uns gibt. Dass es andere Welten außer der unsrigen gebe, bezweifeln sie. Aber für Torheit erklären sie es, positiv zu behaupten, dass es außer unserem Weltall nichts gebe, denn, so sagen sie, ein Nichts gibt es weder in der Welt noch außerhalb von ihr. Sie gehen von zwei Grundursachen alles Irdischen aus: der Sonne als Vater, der Erde als Mutter. Die Luft sei ein unreiner Teil des Himmels; das Feuer stamme aus der Sonne; das Meer sei der Schweiß der Erde; es sei zugleich das Band, das die Luft mit der Erde verbinde, gerade so gut wie das Blut die Verbindung zwischen dem Leib und den Lebensgeistern sei. Die Welt sei ein Tier von ungeheurer Größe, in dessen Innerem wir leben wie die Würmer in unserem Unterleibe. Nur ob ein Wurm glücklich sei, wisse man nicht, während der Mensch im Glücke geboren wird, in ihm lebt und dahingeht – auch wenn er es immer wieder vergisst. Ja, und diese Nacktweisen haben nun überall die Muttern von den Gleisen geschraubt. Und nicht etwa, weil sie Senkblei für ihre Angeln gebraucht hätten, Saubande, beknackte! Nein, es ist nur, weil die Eisenbahnen ihr Feng-Shui stören, was dachtet denn ihr! Dieses ganze Gesindel gehört ausgerottet, gnadenlos. Abknallen wie tollwütige Hunde! Das Antlitz der Erde befreien von dem Gesocks! Ihr wisst doch, jemand muss die Drecksarbeit machen. Männer! Wir treten an, unsere Kameraden und Kampfgenossen zu rächen – die zwar noch am Leben und unter uns sind, frohgemut und am Grinsen, aber das ist nur eine Frage der Zeit. Die Wahrheit ist auf unserer Seite, die Lüge auf ihrer, damit ihrs wisst! Und selbst wenn es andersherum wäre. Das Licht ist die linke Hand der Dunkelheit. Die Dunkelheit ist die rechte Hand des Lichts. Die Sonne will die Erde auch nur versengen. Pflanzen hervorzubringen, Menschen gar, ist ihre Sache nicht. Es gibt keine Sieger in diesem Leben, nur Besiegte. Du spießt sie aufs Bajonett, und derweil denken sie nur: Ach, wozu sich sorgen darum, was einem nach dem Tode widerfährt! Es wäre dasselbe, als fragte man sich, was aus der Faust wird, wenn man sie öffnet, oder aus dem Knie, streckt man das Bein. Also, Jungs, passt auf euch auf! Ohne Anweisung wird nicht geschossen! Denkt an die Hosen des Pythagoras! Aber das sagt euch natürlich wieder gar nichts. Dabei hattet ihr es in der Schule! Zum einen Ohr rein, zum anderen raus! Unterweisen soll man euch Idioten, die ihr euch doch nur für Weiberröcke interessiert. Also, was lehrt Pythagoras? Pythagoras lehrt, dass der Todgeweihte, wenn seine Seele die Mondwelt und das Sonnenlicht verlässt, einen Gang nach links durch Persephones geheiligte Wiesen und Wälder zu machen habe; und fragt ihn einer, wer er sei und woher, muss er antworten: ›Als Böcklein bin ich in die Milch gefallen.‹ So, das wars jetzt. Ach ja, eins noch: Hört auf, dem Stabsschreiber in die Schüssel zu spucken, aus der er seinen Brei löffelt. Lasst den Narren in Frieden! Soll er Totenscheine kritzeln, wen störts? Er will nicht für den König Herodes beten? Na, wer will das schon.«

*K*omme gerade aus der Klinik. Bin noch ganz außer mir.

Dabei habe ich das Studium doch nur angefangen, weil ich helfen wollte, Leben auf die Welt zu bringen. Und nun kriege ich beigebracht, wie man abtreibt.

Sowieso wollte ich erst Tierärztin werden, doch als ich sah, dass man Hunde nur deshalb sterilisiert, weil ihre Herrchen keine Scherereien haben wollen, empörte ich mich und ging weg.

Jetzt schreibe ich Dir, und dann setze ich mich hin und büffele weiter. Wenn Du wüsstest, was die einem so alles weismachen wollen!

Hast Du zum Beispiel schon mal darüber nachgedacht, warum der Mensch bekleidet ist? Nicht aus Scham und nicht wegen der Kälte, stell Dir vor. Nein, am aufrechten Gang hats gelegen! Der Mensch, als er sich auf die Hinterbeine stellte, sah sich gezwungen, seine Geschlechtsorgane zu verhüllen. Und das nicht aus Scham, die bei Tieren nicht vorkommt, sondern um Missverständnisse zu vermeiden: Affen, wenn sie ihre Genitalien vorweisen und so ihre Paarungsbereitschaft signalisieren wollen, stellen sich dafür in eine extra Positur – die bei den Menschen nun zur dauerhaften Gewohnheit wurde! Sie mussten sich also verhüllen, um ihre Nicht-Bereitschaft zu signalisieren!

Es ist doch in Wahrheit ziemlich ernüchternd zu wissen, dass es für alles eine Erklärung gibt. Mutterliebe zum Beispiel. Willst Du wissen, warum sie bei den Menschen besonders ausgeprägt ist? Weil die – im Vergleich zum Affen – ihr Junges viel früher zur Welt bringen. Um eine mit neugeborenen Äffchen vergleichbare Reife zu erreichen, müsste der menschliche Fötus zwanzig Monate im Bauch verbleiben! Und wäre dann wie ein einjähriges Kind. Weil das so ist, trägt die Mutter ihr Kind sozusagen weiterhin – nur nicht mehr im Bauch, sondern außerhalb. Darum fällt ihr das Loslassen später umso schwerer. Das Kind wächst heran, die Mutter klammert sich an ihm fest, kann sich nicht trennen.

Als Kind hätte ich mir niemals vorstellen können, dass eine Zeit kommen würde, wo ich meine Mutter am liebsten ausgekotzt hätte.

Einmal, als keiner zu Hause war, nahm ich ihr Vorzeige-Fotoalbum und riss die Fotos heraus, zerfetzte sie in kleine Schnipsel und schmiss sie ins Klo.

Mit dem Rauchen fing ich nur deshalb an, weil die Mutter es mir verboten hatte.

Kam ich nach Hause, kontrollierte sie. Wusste genau, wo sie die Nase hinhalten musste. Sagte nicht etwa: Hauch mich an! – denn nach der richtigen Sorte Lutschbonbon ist nichts mehr zu riechen. Nein, sie schnüffelte an meinen Händen. Haare und Kleidung nehmen den Geruch an, wenn in Deiner Umgebung jemand raucht. Die Hände nur dann, wenn sie eine Zigarette gehalten haben.

Ich hielt aber gar nicht damit hinterm Berg, rauchte ganz offen, nun gerade.

»Mädchen«, raunte Papa mir zu, »wozu immer mit dem Kopf durch die Wand? Steck die Zigaretten wenigstens weg, sieh doch, sie schauen aus der Jackentasche!«

»Ach. Das nennst du gemein?«, sagte ich zu ihr, wenn sie mit dem Schimpfen fertig war. »Warts ab, wie gemein ich noch werden kann!«

So reizten wir uns gegenseitig immer mehr, das ging bis zu Tränen, bis zur Hysterie. Wahrscheinlich brauchte ich das – das Geschrei und Geheule, das Aufstampfen, das Zerraufen der Kissenbezüge. Einmal schloss ich mich ein und riss so lange an den Vorhängen, bis die Gardinenstange krachend herunterkam. Sie trommelte an die Tür und schrie, sie sei meine Mutter und verlange Respekt; ich brüllte zurück, dass ich mich nicht selber in die Eizelle gezwängt habe, nicht darum gebeten, geboren zu werden, also sei ich zu gar nichts verpflichtet.

Ein andermal schnauzte sie mich an, weil ich ihre Maniküre benutzt und nicht an ihren Platz zurückgelegt hatte; derweil dachte ich nur: Mal sehen, was passiert, wenn sie merkt, dass ich ihr Geld aus dem Portemonnaie klaue. Ich hätte dieses Geld nicht nötig gehabt, Papa steckte mir immer was zu für Zigaretten und dergleichen. Doch ich war darauf aus, Grenzen zu übertreten.

Ich fand es scheußlich, wie sie sich anzog, aufdonnerte. Ich sah es ihr immer an, wenn sie zu ihm wollte – an den Augen, dem wirren, fahrigen Blick. Stellte mir vor, wie sie sich vor dem Geliebten auszog: akkurat ein Kleidungsstück nach dem anderen und nicht bevor dieses sorgfältig zusammengelegt ist ...

Sechzehn war ich damals und spürte die Veränderungen, die in mir vorgingen – übergangslos, von einem Tag auf den anderen –, eben noch Kind und nun eine einsame Frau.

Einmal haute ich ab von zu Hause. Brüllte: »Ich gehe, für immer!« – und knallte die Tür ins Schloss. Dabei hatte ich keine Ahnung, wohin. Ging erst mal zu Janka. Die brachte ihre Eltern so weit, dass ich über Nacht bleiben durfte. Sie lebte mit Mutter und Oma, das waren ihre Eltern.

Papa rannte überall herum, suchte mich bis tief in die Nacht, obwohl er hätte wissen können, wo ich war. Schließlich tauchte er auf, verlangte, dass ich nach Hause käme, sofort. Es war mir peinlich vor Jankas Eltern.

»Gut, ich komme mit«, sagte ich zu ihm. »Aber es ändert nichts daran, dass ich sie und dich nicht mehr liebe. Dass ich euch verachte!«

Ich dachte, er würde mich schlagen dafür. Er tat es nicht. Lief den ganzen Weg schweigend und schniefend neben mir her.

Keine Ahnung, warum mir das alles gerade jetzt in den Sinn kommt.

Mein einzig Geliebter, wie sehr Du mir fehlst!

Jeden Deiner Briefe lese ich Dutzende Male. Überall da, wo ein Punkt steht, setze ich einen Kuss darauf.

Überhaupt lebe ich nur noch von Brief zu Brief.

Gehe ich an unserem Denkmal vorbei, denke ich: Ja gut, das Denkmal ist noch da, aber wo sind wir zwei?

Und immer noch suche ich beständig nach einer Rechtfertigung dafür, dass Du nicht da bist, hier bei mir. Keinen Grund – eine Rechtfertigung. Denn wenn es so ist, wird es schon seinen Grund haben. Was ich mir denke, ist: Es gilt das Gleiche wie damals, als wir noch Kinder waren. Sobald man etwas hatte, musste man es teilen. Man bekam Bonbons geschenkt und die anderen nicht. Also musste geteilt werden. Sonst wurde es einem womöglich ganz weggenommen. Und anscheinend ist es immer das Kostbarste im Leben, was man teilen muss. Je kostbarer, desto sicherer muss man es hergeben. Das Liebste teilen, um es nicht ganz zu verlieren.

Ich küsse Dich, Liebster! Bleib gesund und auf der Hut, Du mein ganzes Glück! Ich schlafe ein und wache auf mit dem Gedanken an Dich.

Gäbe es Dich nicht, müsste ich in mir selbst versinken, dort herumzappeln im leeren Raum, ohne Halt.

Schrecklich der Gedanke, Dir könnte etwas zustoßen.

Mir fiel ein, dass Du mir einmal von irgendwelchen Vögeln erzähltest, die in der Luft Liebe machen. Wie hießen die doch gleich?

Weißt Du, was jetzt gerade mein sehnlichster Wunsch wäre? Von Dir schwanger zu werden mit allem, was ich habe: Mund, Augen, Händen, dem Nabel ... Mit Haut und Haaren!

Fassungsvermögen der bereitgestellten Waggons: vierzig Personen, acht Pferde. Und: ein Hamster.

Wie seltsam es doch zugeht in diesem Leben! Der Mensch wird dem Menschen gegenüber rasend schnell zum Tier, grausam und gemein.

Und er wird weich und menschlich zu einem in der Manteltasche wohnenden Tierchen. Alle fühlen mit ihm mit. Sind plötzlich wie verwandelt, wenn sie ihm mit dem Finger über den Rücken streichen.

Ein langer Tag im Waggon.

Wahrscheinlich ist es das Reich des Priesterkönigs Johannes, durch das wir gerade fahren.

Telegrafenmasten, Brücken, Baracken, Ziegeleien, Schrottplätze, Nebengleise, Lagerhallen, Bagger, Felder, Wälder, wieder Nebengleise, Speicher, Wasserpumpen.

Der Zug kommt nur schleichend voran. Hinter der geschlossenen Schranke ein Leiterwagen. Eine Stellwärterin, schwanger, kratzt sich mit eingerollter grüner Flagge den Nacken. Eine Ziege, angepflockt, mit konzentriertem Blick.

Im offenen Gelände zieht der Rauch der Lokomotive flach über den Boden, verfängt sich im welken Gras.

An irgendeiner Station hat es gestern einen Unfall gegeben – ich sah den Rangierer liegen, den es zwischen Puffern zerquetscht hatte.

Endlich legen wir wieder an Tempo zu. Schaut man nach unten, ins Gleisbett: ein reißender Strom.

Falls es noch eines Beweises bedarf, dass die Erde sich um ihre Achse dreht – da draußen vor dem Fenster ist er.

Eben fahren wir an einem Dorf vorbei: ein Dutzend Seelen, ein Dutzend Rauchfahnen.

Ich denke viel über meine Mutter nach.

Zur Verabschiedung brachte sie ihren Blinden mit, obwohl ich sie gebeten hatte, das nicht zu tun.

Da kam mir auf einmal der Gedanke: Richtig lieben werde ich sie wohl erst können, wenn sie einmal stirbt. Wer hat gesagt, Blutsbande seien die losesten Bande, die es gibt? Wie grausam und doch, wie wahr!

Ich sehe sie noch davongehen: Bei jedem seiner großen Schritte machte sie zwei kleine.

Stiefsohn, was für ein komisches Wort.

Mama hatte ihn über Großmutter kennengelernt. Wie alt war ich da – acht?

Er kam ein paarmal zu Besuch, Mama setzte ihm Tee vor und machte mir am Tisch verstohlene Zeichen, ich solle ja stillsitzen und mich benehmen. Dieser Mann war mir vom ersten Tag an verhasst.

Mir gegenüber wählte er die muntere, scherzhafte Tour, auf die man Kinder anzusprechen pflegt; anschauen tat mich dabei sein behaartes Ohr. Ich quittierte seine dämlichen Fragen so lange mit Schweigen, bis Mama mit zuckersüßer Stimme auf mich einredete: »Nun antworte doch mal, Junge, wenn du gefragt wirst!«

Ihr Tonfall war falsch, das wussten wir beide; ich fühlte mich verletzt davon.

Also gab ich auf seine dummen Fragen noch dümmere Antworten, worauf sein Gesicht in eine Grimasse zerfloss. Das war sein Lächeln – an das man sich erst gewöhnen musste.

Saschka, meine Liebe, es macht Dir hoffentlich nichts aus, dass ich davon schreibe? Wir haben nie darüber gesprochen.

Mich gruselte, wenn ich mir seine Welt vorzustellen versuchte. Das Leben eines Blinden erschien mir wie das eines Maulwurfs, der in Finsternis, so lastend und zäh wie feuchter Lehm, seine Gänge gräbt und in ihnen herumflitzt. Der ganze schwarze Raum von Gängen dicht durchkreuzt. In einem davon: Mama und ich. Besonders nachts setzte er sich mit seiner Blindheit in meinen Hirnwindungen fest, ich bekam ihn nicht aus dem Kopf, sosehr ich mich auch mühte.

Und ich weiß noch, wie überrumpelt ich war, als Mama verkündete, sie liebe diesen Mann und wolle ihn heiraten, ich solle ihn bitte schön auch lieben. Lieben?! Das Wort machte mich fassungslos in Bezug auf diesen Mann. Es wollte mir einfach nicht in den Sinn, wie sie uns den unbegreiflichen Fremden mit seinen grässlich eingefallenen Augen und den vorstehenden grünlichen Zähnen ins Haus holen konnte.

Einmal begehrte der Blinde mein Gesicht zu betasten; Mama bat mich, ihn gewähren zu lassen. Noch heute, nach so vielen Jahren, denke ich mit Schaudern daran.

Stell Dir vor, ich schmiedete sogar irgendwelche wahnwitzigen Kinderpläne, die Hochzeit zu vereiteln: das Brautkleid mit der Schere zerschnippeln, Abführmittel in die Torte stopfen und noch mehr solcher Ideen, aber eine Hochzeit, wie ich sie mir ausgemalt hatte, fand gar nicht statt. Er zog bei uns ein, und das war es dann.

Ich konnte nicht verstehen, wozu Mama diesen Krüppel gebrauchen konnte. Allein schon der Geruch! Ich bin sicher, Du würdest mich verstehen. Ein schwerer, beißender Schweißgeruch ging von dem massigen Körper aus, ich fragte mich, wie und warum Mama das aushielt, roch sie es denn nicht? Das konnte ich einfach nicht glauben.

Hin und wieder machte er mir Geschenke. Ich entsinne mich, wie er einmal eine kleine Schachtel aus der Konditorei mitbrachte, darin mein Lieblingskonfekt: Schokoladenkartoffeln. Zwei Stück! Der Duft war betörend. Ich hätte sie so gerne gegessen! Doch ich schlich damit auf die Toilette, schmiss sie ins Klo.

Er freute sich, als er erfuhr, dass wir von Oma das Blindenschachspiel hatten. Doch mit ihm zu spielen lehnte ich rundweg ab – obwohl ich bis dahin mit jedem Partner vorliebgenommen hätte, und wenn es der Spiegel war.

Liefen wir zu dritt die Straße entlang, drehten sich die Leute nach uns um, was mir schrecklich peinlich war. Ich nutzte jede Gelegenheit, zum Beispiel wenn sie vor einem Schaufenster stehen blieben oder in einen Laden gingen, den Anschein zu erwecken, als gehörte ich nicht dazu und ginge allein spazieren. Dachte mir die aberwitzigsten Vorwände aus, nur um nicht mit ihnen zusammen gesehen zu werden.

Als ich mit ihnen im Kino war, raunte Mama ihm ins Ohr, was auf der Leinwand passierte, sodass sie ständig von den Umsitzenden angezischt wurde. Mir fiel es zu, ihn zur Toilette zu geleiten. Er hatte es mit der Harnblase und ging beinahe stündlich aufs Klo.

Kleine Dinge waren es, die mich am meisten fuchsten. Man durfte nichts mehr wahllos ablegen; jeder Gegenstand hatte von nun an seinen festen Platz. Die Tür halb offen zu lassen ging nicht an – entweder zu oder ganz auf. Hielt er Mittagsruhe, musste alles im Haus ersterben. Auf der Toilette hatte er eine Schachtel Streichhölzer liegen, brannte nach jeder Benutzung eins ab und wollte, dass auch wir das tun.

Ich konnte es nicht mit ansehen, wenn seine Hände auf der Suche nach dem Salzfass oder der Zuckerdose über den Tisch irrten.

Beim Denken ließ er oft den Kopf in den Nacken fallen und drückte sich den Daumen in den Augapfel.

Ich sehe ihn immer noch vor mir, wie er mit ausgestreckten Händen über den Korridor schlurft.

Mir war äußerst unangenehm, wenn Mama ihm abends die Socken auszog und die knochigen weißen Füße massierte. Noch unangenehmer war mir, ich weiß nicht, warum, wenn sie den Kosenamen Pawlik benutzte, ihn ansprach wie ein kleines Kind.

Manchmal schien es mir, als wäre er gar nicht blind, sähe in Wirklichkeit alles. Einmal sah ich ihn zufällig durch die offene Tür, wie er sich, eben nach Hause gekommen, entkleidete, die Schuhe auszog, indem er sich auf die Hacken trat; plötzlich hielt er inne und brüllte: »Tür zu!«

Wenn er irgendwohin musste und Mama nicht konnte, bat sie mich darum, ihn zu begleiten. Dann krallte sich die Hand des Stiefvaters in meinen Unterarm. »Keine Angst, das ist nicht ansteckend!«, sagte er beim ersten Mal zu meiner Verblüffung.

Alles schaute auf uns, ich konnte die mitleidigen Blicke nicht ertragen, dieses zur Seite hingeseufzte »Wie schrecklich …« oder »Gott behüte uns davor!«. Und er wollte auf ganz bestimmte Art geführt werden, ruhig und fließend, ohne ruckartige Bewegungen, sonst hatte ich einen Anschiss zu gewärtigen, und seine Hand krallte sich schmerzhaft in meinen Arm. Ihm zu helfen war nicht so einfach. Es machte ihn rasend, wenn Fremde, die es gut mit ihm meinten, nach seiner Hand mit dem Stock griffen. Und ganz schwierig wurde es, wenn es regnete. Ihn an allen Pfützen vorbeizulotsen war eine Kunst!

Der Stiefvater trug ständig eine Blechtafel bei sich, in deren Deckel quadratische Löcher eingestanzt waren. Fiel ihm unterwegs etwas ein, das er sich notieren wollte, blieben wir stehen, und ich hatte zu warten, bis er mit stumpfer Ahle seine Löchlein in das Papier gedrückt hatte. Passanten drehten die Köpfe, und ich wäre vor Pein am liebsten in den Erdboden versunken.

Seine vertrauten Tunnelgänge lief er übrigens souverän alleine ab, mit dem weißen Stock munter über den Gehsteig klappernd.

Bei uns auf dem Zwischenboden lagerten ein paar Koffer mit alten Sachen, in denen Mama mitunter kramte; einmal zog sie einen weiten Pullover hervor, hielt ihn mir an und sagte: »Lange dauert es nicht mehr, dann kannst du ihn tragen.« Ich begriff, dass es ein Erbstück meines Vaters war. Doch irgendwann sah ich plötzlich meinen Stiefvater darin herumlaufen. Das gab mir einen heftigen Stich.

Manchmal mieteten sie ein Boot auf den Teichen im Park; der Stiefvater setzte sich an die Ruder, und Mama steuerte. Dass ich keine Lust auf Bootfahren hatte, konnten sie gar nicht verstehen. Sie waren guter Dinge: Er schaufelte Wasser mit der hohlen Hand und bespritzte uns, Mama juchzte und wollte sich totlachen, ich saß nass im Boot und grollte. Doch als ich ihm meinerseits eine Handvoll des brackigen Wassers ins Gesicht schwappte, brüllte Mama mich an und gab mir eine Ohrfeige. Das hatte sie nie zuvor getan.

Ich sollte ihn um Verzeihung bitten und sträubte mich.

»Was hab ich denn getan? Doch nur das Gleiche wie er!«

Mama weinte; der Stiefvater wischte sich die Entengrütze aus dem Gesicht und setzte sein Zerrlächeln auf.

»Lass doch, Ninotschka. Ist nicht so schlimm.«

Doch ich wusste, er hasste mich ebenso.

Ein Boot mit Studenten trieb vorüber; einer stieß einen Pfiff aus und sagte: »Guckt mal, Charon!«

Das Boot kenterte beinahe, so groß war das Gejohle.

Wer Charon war, wusste ich damals schon. Und lachte mit.

Hinterher, unter vier Augen, sagte Mama zu mir: »Junge, verzeih mir, bitte. Versuch mich zu verstehen. Hab Mitleid mit mir.«

Ich wusste nicht, was ich dazu sagen sollte. Ich sollte sie bemitleiden – nicht sie mich?

Die Ohrfeige konnte ich ihr jedenfalls nicht verzeihen.

Einmal, allein unterwegs, stürzte er. Kehrte blutend, schmutzig, mit zerrissenem Hemd zurück. Mama ging auf die Suche nach Pflaster und Jod, wühlte heulend in ihren Kästen, derweil tropfte das Blut des Stiefvaters auf das Parkett. Ich glaube, er tat mir kein bisschen leid.

Sonntags durfte ich die beiden nicht zu früh wecken; dann kam sie zufrieden trällernd aus dem Schlafzimmer, mit roten Flecken am Hals, die das borstige Kinn des Blinden dort hinterlassen hatte. Sein Bartwuchs war enorm; es kam vor, dass er sich zweimal am Tag rasierte, wenn sie abends noch irgendwo hinwollten. Licht brauchte er zum Rasieren natürlich nicht, wie er sowieso meist im Dunkeln saß, verließ sich auf den Tastsinn beziehungsweise das Gehör, darauf, wo die Klinge noch kratzte.

Irgendwann in einer schwülen Nacht lag ich schlaflos unter dem offenen Fenster. Es war sehr still, jedes kleinste Geräusch von der Straße drang bis zu mir herauf. Sie hatten das Fenster bei sich ebenfalls offen, ich hörte sie intim miteinander reden, sie wähnten sich allein hinter zwei geschlossenen Türen. Sie habe so pralle Brüste, maunzte er, Brustwarzen wie Fingerhüte. Und in den Achselhöhlen das reinste Tropenklima ... Sie kicherte, ihr gefiel das alles sehr.

Wie sehr hasste ich ihn in dem Moment, wie groß war meine Verachtung für sie!

Schließlich fing das Bett zu knarren an. Am liebsten wäre ich aufgesprungen und hätte irgendwas angestellt, nur um sie zu stören. Eine Vase an die Wand geschmissen, herumgebrüllt, was weiß ich. Doch ich blieb liegen und hörte mir an, wie sie schnauften. Wie die schweißigen Bäuche gegeneinanderflutschten. Dann auch noch ihre unterdrückten Schreie: »Ja, ja, ja!«

Hinterher hatte sie es eilig, ins Bad zu kommen, ihre nackten Füße tappten durch den Flur.

Irgendein Haltepunkt. Wir stecken fest. Also raffe ich mich auf und schreibe wieder ein paar Zeilen.

Ich frage mich, Saschenka, wozu ich Dir die Geschichte mit dem Stiefvater überhaupt erzählt habe. Ich weiß es nicht. Zum Teufel mit ihm!

Lieber zu etwas Interessanterem.

Für Demokrit ist der Körper witzigerweise nur bis zur Seele hin teilbar. Die Seele sei das letzte Unteilbare, genau wie das Atom. Atome seien stets durch einen Zwischenraum getrennt. Berührten die Atome einander, so wären sie teilbar, was sie per definitionem nicht sind. Denn sich berühren kann man immer nur zu gewissen Teilen. Körper können demnach einander berühren, doch zwischen den Seelen bleibt immer ein Spalt, ein leerer Raum.

Ich habe Hunger.

Krähen, schwarz und fettig – als hätten Lokomotiven Samenkörner ausgestreut.

Vermutlich teilt sich die Menschheit in zwei Lager: Die einen verstehen ohne Weiteres, wie es sein kann, dass ich jetzt Tee trinken gehe, während die Erde sich zur selben Zeit – zehn vor zwei – einfach weiterdreht. Sie sehen darin keinen

Widerspruch. Die anderen können es nicht fassen, und begreifen werden sie es nie.

Wir stehen an der Pumpstation – die Lok will sich den Wanst mit Wasser vollschlagen.

Ich sitze am Fenster und äuge nach der anderen, der Rangierlok, Typ O, die hier ständig vorbeischnauft. Jedes Mal kriegen wir einen Schwall Hitze ab und klebrigen, heißen Dampf.

Es wird schon dunkel, wir stehen noch immer.

Die Nächte hier sind kühl, man muss den Mantel umlegen, will man sich nicht erkälten.

Ein Mann läuft den Zug der Länge nach ab mit einem langstieligen Hammer, den er gegen jedes Achslager schlägt. Er lauscht auf den besonderen Ton, den außer ihm und dem betreffenden Lager keiner weiter hört.

Die Schienen der Nebengleise rosten vor sich hin.

Und plötzlich geht mir ein Licht auf, die Sache ist ganz einfach: Dieser Haltepunkt, die Laterne, die Hammerschläge, das Zirpen der Grillen im Fenster der Telegrafenstation, der Geruch nach Rauch und heiß gelaufener Lok und jetzt dieser röchelnde, müde Lokomotivenruf – das bin alles ich. Ein anderes Ich gibt es nicht. Kommt auch nicht mehr. Alle Versprechungen bezüglich der ewigen Wiederkunft – Ammenmärchen! Alles geschieht einmalig und sofort. Und wenn unser Zug demnächst wieder anrückt, entschwindet dieser Haltepunkt, und ich mit ihm.

Die Lokomotiven schlagen Krach, sie scheinen zum Aufbruch zu blasen.

Oder ist es doch nur Brunftgebrüll? Männchen und Weibchen suchen sich in finsterer Nacht, rufen einander mit kehligem Röhren – Ausdruck größter Zärtlichkeit in ihren Ohren, darf man annehmen.

Dostojewski lässt Mitja über seine Gruschenka sagen, sie habe so eine besondere Linie … Was mag damit gemeint sein?

*M*ein Geliebter, ich bin so unruhig.

Wenn ich mich gehen lasse, kommt sofort die Angst gekrochen, Dir könnte etwas zustoßen. Dann reiße ich mich zusammen, und die Gewissheit stellt sich wieder ein, dass alles gut ausgehen wird.

Je länger Du weg bist, desto mehr wirst Du zu einem Teil von mir. Manchmal weiß ich selbst nicht mehr, wo Du aufhörst und wo ich anfange.

Alles, was mir geschieht, ist nur dadurch real, dass ich mir überlege, wie ich es Dir erzähle. Ohne diesen Gedanken kann ich, selbst wenn es mir gut geht, keine Freude empfinden. Ich muss sie teilen mit Dir, damit sie überhaupt aufkommt.

Gestern zum Beispiel: Ich war mit Janka verabredet und wollte sie abholen, kam etwas zu früh, der Unterricht lief noch, und ich beschloss hineinzugehen, anstatt mir auf der Straße die Beine in den Bauch zu stehen, der Sommer ist nämlich gerade überhaupt nicht sommerlich, es ist kalt und windig. Ich ging also hinein, das Gebäude wird gerade renoviert, am Eingang waren die Maler dabei, ihre Gondel zu besteigen, einer, dessen Nase aussah wie eine unreife Erdbeere, zwinkerte mir zu und tat, als würde er gleich seinen Farbeimer über mir auskippen. Ich lachte. Wie wenig es doch manchmal braucht für so ein plötzliches Glücksgefühl – aber das eben nur, weil ich Dir hinterher davon erzählen kann. Sonst gäbs das alles gar nicht, verstehst Du? Weder den Maler mit der Erdbeernase noch seinen verbeulten Eimer voll Ockerfarbe.

Ich lief die Flure entlang: alles wenig anheimelnd, zugig, überall der Geruch von Ölfarbe, vermischt mit dem Gestank aus den Toiletten. Mithilfe des Stundenplanaushangs fand ich den Raum. Lugte vorsichtig durch den Türspalt. Aktstudium. Ich schlüpfte hinein und setzte mich. Keiner schaute auf, alle waren am Arbeiten, hoch konzentriert. Man gab sich Mühe. Auf dem Podest stand eine nackte Frau. Umringt von einer Menge junger Männer, die *dafür* keinen Blick hatten. Die augenscheinlich etwas ganz anderes sahen.

Kohle und Bleistift kratzten über das Papier. Einer streckte den Stift immer wieder von sich und kniff die Augen zusammen, schien etwas an der Frau abzumessen.

Der Professor wanderte herum, von einem zum anderen, und klopfte hie und da mit dem großen Schlüssel in seiner Hand auf die Zeichnungen, wies auf bestimmte Stellen, wo etwas nicht stimmte.

»Grauwerte abstufen!«, mahnte er den einen.

Mich würdigte er keines Blickes.

Janka nennt ihn »unseren Tschartkow« – Gogols »Porträt«, Du erinnerst Dich?

Vor dem Aktmodell stand ein Heizkörper auf dem Fußboden, trotzdem fror die Frau sichtlich, schniefte in einem fort.

Und ihre Positur – breitbeinig, die Arme gespreizt – wirkte wenig fraulich. Sie schien mir wie eine leere, schöne Vase: der Körper hier, sie selbst ganz woanders.

Die ganze Szenerie hatte etwas Unnatürliches: eine Nicht-Frau vor Nicht-Männern.

Bis zu dem Moment, als jener Anstreicher vor dem Fenster auftauchte. Er sah das Modell und erstarrte mit der Malerrolle in der Hand.

Sie gewahrte ihn auch und bedeckte sogleich ihre Scham mit dieser typischen Geste: eine Hand hierhin, die andere dahin. So wurde sie natürlich.

Man hätte sie so zeichnen wollen!

Doch alle begannen einzupacken, sie warf sich einen Kittel über und huschte hinter den Paravent.

Gedacht habe ich noch: Das erzähle ich Dir alles später.

Was hiermit geschehen ist.

Heute nach dem Aufwachen lag ich noch eine Weile mit geschlossenen Augen, lauschte auf das, was an mein Ohr drang, simple häusliche Geräusche, die von Leben zeugen: Irgendwo rattert seit dem frühen Morgen eine Nähmaschine, der Fahrstuhl brummt, die Haustür schlägt zu, eine Straßenbahn schrillt am Ende der Straße, und irgendein Vögelchen zirpt mir was durch das Oberfenster zu. Du wüsstest sofort, wie es heißt.

Nicht zu glauben, dass irgendwo andernorts Krieg herrscht. So wie es immer war. Wie es immer sein wird. Da wird getötet und verstümmelt, ohne Spaß. Und den Tod gibt es wirklich.

Glaub mir, mein Liebster, mein Bester: Dir wird nichts geschehen!

Zur Verpflegung der Mannschaft an Bord genommen: Zucker 19 Pud 5 Pfund 60 Solotnik; Tee 23 Pfund ⅓ Solotnik; Tabak 7 Pud 35 Pfund; Seife 8 Pud 37 Pfund.

Krankenstand: zwei Matrosen und 14 Soldaten (Kampfbataillon No. 4). Wasserstand im Tank: 5 Zoll nach dem Abpumpen.

Noch am selben Nachmittag. Wind schwach, klare Sicht, Barom. 30,01, Therm. 13 ½. An Land gebracht: Munition 1 Kiste; Fleisch 4 Fässer; Werg 25 Pud; Roggenmehl 29 Pud; Graupen 4 Pud; (unleserlich) 1 Kiste; Patronen 2160 Stck.; Kessel, gusseisern 3 Stck.; Seile 5 Pud, 20 Pfund; Blech 50 Blatt; Schleppnetz 1 Stck. Ein Pferd, zwei Stiere. Wasserstand im Tank 12 Uhr: 24 Zoll.

Fahrttage: 192. Ankertage: 102.

Heute bekam die Mannschaft madiges Fleisch – gegessen wurde es trotzdem. Ohne Murren.

Nach vier Monaten erreichten wir eine platte Insel von einer Meile im Durchmesser und verließen das Schiff, um uns ein Mahl zu bereiten. Kaum war das Feuer entfacht, tauchte die Insel wie von Geisterhand unter Wasser, wir stürzten, unsere Vorräte samt Töpfen zurücklassend, Hals über Kopf an Deck. Hernach erfuhren wir, dass dies keine Insel gewesen, sondern ein Fisch namens Jasconius, der, da ihm das Feuer lästig war, mit unseren Vorräten abtauchte.

Die Fahrt gen Norden fortsetzend, segelten wir sechs Tage lang zwischen zwei Bergen hindurch, deren Gipfel von Nebel umwallt waren. Wir näherten uns einer Insel und gewahrten dort allerlei seltenes Getier sowie Waldmenschen, die unbekleidet waren. Weiter gelangten wir zu einer Insel, die nun schon von Kynokephalen sowie Affen von der Größe eines einjährigen Kalbes besiedelt war; hier brachten wir aufgrund der widrigen Wetterlage fünf Monate zu, derweil an eine Weiterfahrt nicht zu denken war.

Die Menschen haben Köpfe wie Hunde, Zähne und Augen ebenfalls wie Hunde. Sie sind Menschenfresser; jeden, der nicht ihres Stammes ist, verzehren sie. Und Früchte wachsen hier, die bei uns unbekannt sind.

In diesem Lande scheint die Sonne mit solcher Kraft, dass die Hitze kaum zu ertragen ist. Taucht man ein Ei in irgendeinem der Flüsse ein, so ist es gekocht, kaum ist man einige Schritte weiter. Weihrauch wird hier gewonnen, allerdings nicht der weiße, sondern der braune; große Mengen Amber desgleichen; die Bewohner weben sehr schöne Baumwollstoffe und verfertigen andere Handelsware. Heimisch sind hier der Riesenelefant, das Einhorn, der Papagei, Eben-, rotes Sandel- und Brasilholz, die Kaschunuss, Nelken, Zimt und Pfeffer sowie ein wohlriechender Halm. Die Pfauen sind eine andere Rasse als bei uns, sie sind größer und schöner. Die Hühner sehen ebenfalls anders aus.

Auf dem Lande wächst der Ingwerstrauch und werden Seidenraupen gezüchtet. Vögel gibt es, so viel man begehrt; drei

Fasane kauft man hier für einen venezianischen Groschen. Das Volk ist durch und durch schlecht; stehlen und Übles tun ist keine Sünde, diese Leute sind die ärgsten Schelme und Räuber auf Erden. Es sind Heiden, sie zahlen mit Papiergeld und verbrennen ihre Toten, an Jagdwild jeder Art fehlt es ihnen nicht, doch essen sie Pharaonenratten.

Alles Mögliche beten sie an. Das Erste, was ihnen am Morgen beim Erwachen in die Augen fällt, das beten sie an.

Der Polarstern ist hier nicht zu sehen. Doch stellt man sich auf die Zehenspitzen, erhebt er sich eine Elle über den Wasserspiegel.

Warum sie die Leichen verbrennen, erklären sie folgendermaßen: Wenn der Leichnam nicht verbrannt wird, wachsen darin Würmer. Diese fressen das Fleisch, und sobald alles aufgezehrt ist, müssen sie sterben. Die Seele des Abgeschiedenen würde durch den Würmertod mit schwerer Sünde behaftet. Daher wird der Leichnam verbrannt. Denn sie meinen, auch die Würmer hätten eine Seele.

Ich gehe mit dem Ruder vor mich hin, da kommt einer des Wegs und fragt: »Was hast du da für eine Schaufel zum Worfeln über der Schulter?«

Stell Dir vor, Saschenka, das Brasilholz war zuerst da, Brasilien kam später.

Ich ging an Deck, nach vorne zum Bug, wo niemand war, suchte Schutz vorm Wind hinter der Ankerwinde. Unter der Segeltuchplane ist es gemütlich, man kann sich eine anstecken und in den Ärmel rauchen.

Himmel und Meer. Dass sie irgendwo auch getrennt voneinander existieren, kommt einem inzwischen schon seltsam vor.

Bald geht es los. Saschenka, es könnte sein, dass ich draufgehe. Als Krüppel heimzukehren wäre schlimmer. Und Gott bewahre mich davor, dass ich selber töten muss.

Du weißt, ich bin auf alles gefasst.

Ich blicke auf die Wellen, in die Wolken. Unter den Füßen dumpfe Stöße. Getöse aus dem Maschinenraum. Und so ein wehes Gefühl in der Seele, ich weiß nicht, wie ich es Dir beschreiben soll.

Der Wind will den Rauch zurück in den Schornstein stopfen, so sieht das aus, doch es gelingt ganz und gar nicht.

Eine Möwe steht reglos am Himmel, wie plötzlich in Gedanken. Ihr muss etwas Wichtiges eingefallen sein. Vielleicht: dass das Leben kurz wie ein Hasenschwänzchen ist. Und sie sieht zu, dass sie weiterkommt.

Warum mache ich Dir und mir etwas vor? Ich bin auf nichts gefasst, auf gar nichts!

Jetzt haben sie den Abfallkübel über Bord ausgekippt, und die Möwen zanken wie toll.

Weißt Du, ich denke, es ist so: Da, wo die sichtbare, die stoffliche Hülle der Welt – die Materie – überdehnt wird oder speckig ist vom vielen Gebrauch, abgewetzt und fadenscheinig, da reißen Löcher auf. Und hervorschaut wie der Zeh aus dem Loch im Strumpf – das Wesentliche.


$\mathcal{M}$ein Einziger, Goldigster, Herzallerliebster!

Was mir heute passiert ist!

Ich bin mit dem Fahrrad in unseren Wald gefahren und dann zu Fuß dahin, wo der verlassene Flugplatz ist, Du erinnerst Dich doch?

Da ist alles total zugewachsen, die Rollbahn zur Müllkippe geworden, die Hangars stehen leer, Haufen wurden hinterlassen. Rostige Drahtverhaue überall.

Was zum Teufel suche ich hier?, habe ich mich gefragt. Umsonst die Beine an den Brennnesseln verbrannt. Und die Socken voller Grassamen.

Die Sonne ging schon unter.

Dann will ich zurück zu meinem Fahrrad und sehe vor mir ein Knäuel aus rostigem Stacheldraht, ungefähr so groß wie ich, von Melde überwuchert. Errötet im Licht der untergehenden Sonne. Wie ein brennender Busch...

Der plötzlich spricht.

»Stopp!«

Ich bleibe stehen.

Der Busch sagt nichts weiter.

Ich frage: »Wer bist du?«

»Ja, siehst du das nicht?«, erwidert der flammende Fitz. »Ich bin das Alpha und das Omega. Gog und Magog, Eldad und Medad, rechter Hand und linker Hand, das Untere und das Obere, Einatmen und Ausatmen. Die Männer, Völker, Flüsse, Wind, die alle Maskulina sind. Wenn ich hellsehen könnte, wäre ich Millionär. Ich bin, was ich bin. Hans Dampf in allen Gassen. Hab keine Angst vor mir! Ich rede nur verschieden zu verschiedenen Menschen. Da wir doch in einer Welt leben, in der keine Schneeflocke der anderen gleicht, ein Spiegel im Grunde gar nichts zeigt und zu jedem Muttermal ein einzigartiger und unvergleichlicher Mensch gehört. Sag was!«

Ich sage: »Was soll ich denn sagen?«

»Sag: Alles hier ist Bote und Botschaft zugleich.«

Darauf ich: »Alles hier ist Bote und Botschaft zugleich.«

Darauf er: »Und wo ist das Problem?«

Ich: »Die wollen mir alle weismachen, dass es für die Liebe kein Gegenüber braucht. Platon hätte angeblich gesagt, dass die Liebe im Liebenden wohnt, nicht im Geliebten.«

Er: »Na und? Wer hat nicht alles schon mal was gesagt... Was hörst du überhaupt auf die?«

Ich: »Was soll ich sonst machen?«

Er: »Sieh dich an!«

Ich: »Du meinst, ich sehe schrecklich aus?«

Er: »Das meine ich nicht. Die Grassamen an deinen Socken. Bote und Botschaft! In diesem Leben gibt es keine Besiegten, nur Sieger.«

Ich: »Aber ich will mit ihm zusammen sein!«

Er: »Sprich die Worte!«

Ich: »Was für Worte?«

Er: »Du weißt schon, welche.«

Ich: »Ich? Woher sollte ich?«

Er: »Denk nach!«

Ich: »Tja, also … Vielleicht das: Willst du, Rüblibübli, mit dieser Frau den Bund der Ehe schließen? Und irgendwann muss man ihm zur Hochzeit noch auf den Fuß treten, damit man hinterher in der Küche das Sagen hat!«

Er: »Nicht doch, das meine ich nicht.«

Ich: »Hm … Ich komm einfach nicht drauf.«

Er: »Du musst nicht raten. Es ist dir längst alles bekannt. Sieh doch: Hier die Mücke. Da die Wolke. Deine beknabberten Niednägel. Die Narbe an dem einen Finger.«

Ich: »Ah. Ich beginne zu verstehen …«

Er: »Hier die sichtbare Welt. Und da – Augen zu! – die unsichtbare.«

Ich: »Verstehe.«

Er: »Ach ja? Was denn?«

Ich: »Ich hab schon verstanden.«

Jawohl! Ich weiß jetzt, dass wir schon Mann und Frau *sind*. Seit eh und je. Du bist mein Mann. Ich bin Deine Frau. Und das ist der schönste Reim auf Erden.

Sehr geehrte Klammer auf Vorname Zuname Klammer zu!

Mit tiefem, aufrichtigem Bedauern muss ich Sie in Kenntnis setzen, dass Ihr Sohn …

Na ja, Sie können es sich sicher denken.

Seien Sie tapfer.

Ich weiß, wie Ihnen jetzt zumute ist. Es gibt keine Worte, die wirklich Trost oder Beistand geben könnten.

Mir fällt es auch nicht leicht, das alles schreiben zu müssen, glauben Sie mir. Aber so ist das Leben. Dienst ist Dienst. Da gibt es kein »Ich will nicht«, da gibt es nur das Wörtchen »muss«.

Möge es ein kleiner Trost für Sie sein, dass er nicht umsonst gestorben ist, sondern für eine gute, große Sache. Welche, fragen Sie? Na, sagen wir: das Vaterland. Ist das nichts?

Verstehe. Das genügt Ihnen nicht.

Na, jedenfalls: Gefallen im Kampf.

In welchem?

Lassen Sie es mich so sagen: Er kehrte nicht zurück aus einem ruhmlos hingegangnen Kriege, wie der Dichter sich auszudrücken beliebte. Welcher, spielt doch keine Rolle. Ob Rote, Weiße, Griechen oder Juden ... Was ändert es, in diesem ruhmlosen Kriege zu sterben oder in jenem?

Ach, Sie hätten gern gewusst, in wes Feindes Reich Ihr leiblich Blut den Acker düngt? Spielt das noch eine Rolle? Na gut, nehmen wir an, im Reich der Mitte.

So wie Kutusow kam, und die Franzosen machten in die Hosen, so kam Ihr Herr Sohn, um den Chinesen mit dem Besen, wie man bei uns in der Mannschaft zu sagen pflegt. Das hat er nun davon. Bitte den Erhalt zu quittieren.

Übrigens steht über unsere tollen Recken auch was in der Zeitung! Gestern erst wieder, Seite drei: *Steinig ist der Weg zum Georgskreuz!*

Beiliegend!

Es mag betrüblich sein, so hat der Sonderberichterstatter aus dem Fronttheater für Sie zu vermelden, doch die Erfahrung der ersten Kriegstage hat gezeigt, dass es anders nicht geht. Schonende Behandlung war angesagt, nun ja. Ein paar

Salven in den Rücken, aus dem Hinterhalt im Kaoljangfeld, waren die Quittung. Man muss nur einmal die flammenden Appelle lesen, wie sie an jeden Götzentempel gepinnt sind:

> Kein Regen fällt.
> Die Erde darbt.
> Die Yang Kueitzu\* haben die Weltharmonie gestört.
> Der Himmel in seinem Zorn
> Sandte herab
> Acht Millionen Himmelskrieger.
> Rechnen wir ab mit den Yang Kueitzu,
> Sprengen wir die Schienenwege,
> Und der Regen wird wieder strömen,
> Der Menschen und Geister zum Leben erweckt,
> Hähne und Hunde befriedet. Drum
> Schieß ihn tot, selbst wenns einer nur ist!
> Schieß ihn tot, denn so heißt das Gebot!
> Und so oft du von Neuem ihn siehst:
> Schieß ihn tot! Schieß ihn tot! Schieß ihn tot!

Yang Kueitzu, verehrter Leser, so fährt der Berichterstatter fort, das sind die Unmenschen, die Antichristen, die Hundeköpfigen. Also wir.

Wir haben die Weltharmonie gestört. Wir sind die Löcher im vollkommenen Weltenbau, durch die Wärme und Sinn entweichen, durch die es kalt aus dem Kosmos hereinpfeift. Sie können diese Weltharmonie auch anders nennen: Feng-Shui oder Dienstvorschrift, egal wie, Hauptsache, deftig. Leben und Tod im Überfluß, und vor allem menschliche Wärme.

Wie erkläre ich es am einfachsten? Die Weltharmonie ist tatsächlich eine Art Dienstvorschrift, die den Rekruten bei-

---

\* (Chin.) fremde Teufel

bringen soll, dass die Welt aus Reimen besteht. Herz und Schmerz, Träume und Schäume, Schnee und Wasser, Vorname / Zuname und Sohn.

Das Reich der Mitte ist dem Himmel näher als andere, weil darinnen zwar gestorben, aber anschließend weitergelebt wird. Alle machen es so – leben weiter in denselben Häusern, nehmen dieselben Wege, sprechen dieselben unzulänglichen Worte, sitzen immer noch so in Betrachtung der Sonne, die sich aus dem Staub zu machen versucht, schneiden sich weiter die Nägel, wozu sie die Füße vorher in einem Kübel mit heißem Wasser einweichen. Alles am alten Fleck. Die Häuser, die Wege, das Land, der Sonnenuntergang, die Fußnägel, keiner darf ihnen das nehmen.

Man müsse sich stets bewusst sein, so heißt es in der Dienstvorschrift, dass man auf dem Grund und Boden der Vorfahren lebt, ihre Wege beschreitet. Will man einen Nagel in die Wand schlagen, hat man sie erst um Erlaubnis zu fragen. Baut man ein Haus, so baut man es nicht nur für sich, sondern für alle. Alle Lebenden und alle Toten. Alle Sonnenuntergänge und alle Fußnägel.

Nicht dass man Schwellen gelegt und Schienen angeschraubt hat, ist also der Punkt. Sondern dass man es tat, ohne zu fragen. An der empfindlichsten Stelle. Im Kern, in der Mitte.

Die Yang Kueitzu haben die Weltharmonie beschädigt, sie gehört repariert. Dafür muss man die Yang Kueitzu vernichten. Nämlich uns. Die Hundsköpfigen. Abknallen wie tollwütige Hunde! Wir vergällen allen das Leben.

Der Himmel selbst hat sich entrüstet und eine Himmelsmacht gegen unsere Söhne gesandt.

Wir führen Krieg gegen den Himmel.

Du müsstest sie sehen, diese Himmelskrieger, lieber Leser! Es sind Kinder!

Und ausnahmslos Mädchen.

Sie glauben, durch das Aufsagen bestimmter Sprüche, Himmelsmagie, wären sie gegen alles gefeit. Dass ihr jungfräulicher Leib von einer durchscheinend goldenen Glocke umgeben wäre, die jede Kugel und jedes Bajonett abprallen lässt wie eine Rüstung. Außerdem glauben sie an ihre Fähigkeit, mit einem sengenden Blick oder einer Berührung Häuser in Brand setzen, nach Belieben untertauchen und an überraschender Stelle wiederauftauchen, unsichtbar sein, durch die Luft fliegen und wie ein Maulwurf in der Erde kriechen zu können. Selbst ein Hirsestängel würde in ihren Händen zur Waffe, so glauben sie. Auf die Yang Kueitzu gerichtet, risse er sie augenblicklich in Stücke, wie Tigerkrallen.

Gefangene werden keine gemacht. Sie springen mit ihren Opfern so gnadenlos um, wie man es jungen Mägdelein nicht zugetraut hätte; und keine wird es sich hinterher nehmen lassen, den leblosen Körper des Feindes zu schänden. Man zerstückelt die Leichen und wirft sie den Schweinen vor; das Herz verspeist man. Das hat aber nichts mit Barbarentum zu tun, dahinter steckt ein tiefer Sinn. Denn diese fliegenden Jungfern gehen von der Annahme aus, dass einer jeden Mutter Sohn unweigerlich auferstehen würde, ob nun am dritten Tag oder am einhunderttausendunddritten – wenn man es nicht verhindert ...

Zurück zu unseren Hammeln, wie der Franzose sagt.

Gemäß der dem Briefsteller für Stabsschreiber anhängenden Vorschrift vom Soundsovielten hat diese Todesnachricht in bündiger Form Auskunft zu geben über die Ursachen und Umstände, unter denen Ihr Sohn zu Tode kam, als wie: In Erfüllung des Kampfauftrags von Pappnase Kommandeur Soundso, getreu dem Gelöbnis, unter Aufbietung von Mut und Standhaftigkeit, starb ... Oder wahlweise: In Erfüllung des Kampfauftrags von Pappnase Kommandeur Soundso, getreu dem Gelöbnis, unter Aufbietung von Mut und Standhaftigkeit, erlag seinen schweren Verwundungen. Für den Fall, dass Ihr Bub infolge unachtsamen Umgangs mit der Waffe, Krankheit und dergleichen zu Tode kam, sich zum Beispiel totgeschissen hat – so was schreibt man ja nicht, das werden Sie verstehen –, bietet sich diese Variante an: In Erfüllung des Kampfauftrags derselben Pappnase, getreu dem Gelöbnis, starb infolge schwerer Erkrankung, fertig.

Zur Sache.

Ihr Sohn fiel nahe der Stadt Tangku am Peiho, welches ein Fluss ist.

Beziehungsweise so:

Ihr Sohn fiel, aber sonst gehts ihm gut.

Also der Reihe nach.

Wir gingen an Land und löschten unsere Ladung bei den Taku-Forts, die schon in der Hand der Alliierten waren.

# Wolodenka!

Wie lange ist es nun schon her?

Deine Mama rief an, brachte aber kein Wort hervor. Gab den Hörer an Deinen Stiefvater weiter, der hat es mir gesagt.

Zwei Tage lag ich im Bett, war nicht imstande aufzustehen. Wozu auch?

Alles an mir war zu Eis erstarrt. Das Herz genau wie die Füße.

Irgendwann stand ich auf und ging zu Dir nach Hause.

Deine Mutter sah zum Fürchten aus. Das Gesicht aufgedunsen von den vielen Tränen. Sie sah mich an wie eine Fremde. Pawel Antonowitsch stand bei ihr, die Hände auf ihren Schultern. Dann ging er in die Küche, Tee kochen.

»Gäbe es wenigstens einen Sarg«, sagte sie. »Ein Grab. Wir haben nichts als ein Stück Papier.«

Sie hielt mir die Nachricht hin.

»Die geben mir ein Papier mit Stempel und Unterschrift. Aber wo ist mein Sohn?«

An der Stelle konnte sie nicht mehr an sich halten, ich ebenso wenig. Gemeinsam heulten wir los.

»Warum denn gleich tot«, barmte sie, »warum? Man hätte ihn doch auch ... zum Krüppel machen können, ohne Arme, ohne Beine, was weiß ich, aber am Leben lassen! Er ist doch mein Kind! Er gehört mir!«

Dann tranken wir Tee und aßen Zwieback. Dein Stiefvater schenkte ein. Ich bemerkte, dass er mit der Fingerspitze feststellte, wann die Tasse voll war.

Ich denke so: Genau wie es eine Schmerzgrenze gibt – dass ein Mensch in Ohnmacht fällt, um nicht vor Schmerz zu vergehen –, genauso hat das Leid eine Grenze. Dahinter tut es nicht mehr weh.

Es ist einfach kein Gefühl mehr da. Nichts.

Du sitzt da, trinkst Tee, isst Zwiebäcke.

Interessant ist außerdem: Du kannst noch so viele Menschen um dich haben – wenn so etwas passiert, sind sie weg. Früher durfte man mit Witwen keinen Umgang pflegen, habe ich irgendwo gelesen. Es war tabu. Man glaubte nämlich, das Leid wäre ansteckend. Wahrscheinlich hat sich dieser Glaube bis heute gehalten. Und vielleicht stimmt es ja sogar.

Heute bin ich durch unseren Park gelaufen. Da wurden gerade die Statuen für den Winter mit Holzplanken eingeschreint. Wie in einen Sarg gestellt.

Die eine hatte diese Geste an sich, als sähe sie gerade den Anstreicher. Ganz lebensnah.

Ich stand da und schaute zu. Konnte mich nicht losreißen. Am Ende war ich halb erfroren.

Das war ich, die sie da zunagelten.

Mein Sarg.

Meine liebe Saschenka! Den ganzen Tag schon laden wir aus, und erst jetzt finde ich eine freie Minute, Dir zu schreiben.

Weißt Du, was für mich gerade das Allerschwierigste ist? Dir zu beschreiben, wo ich gelandet bin. Es ist unbeschreiblich. Diese Farben, Gerüche, Stimmen, die Pflanzen, die Vögel – alles ganz anders hier.

Außerdem habe ich heute meinen ersten Totenschein verfasst. Ein Soldat ist auf ganz dumme Weise ums Leben gekommen: Er stand unter der Seilwinde, irgendetwas riss, und er wurde von den Kisten zerquetscht.

Ich hatte gedacht, es wäre etwas Besonderes, dabei schrieb die Hand die schrecklichen Worte wie von allein und als wäre nichts dabei.

Ob das der Anfang ist von dem, was ich seit Langem anstrebe?

Mein ganzes Leben, seit ich denken kann, stelle ich mir die immer gleichen Fragen. Und jetzt scheint mir manchmal... Nein, es ist noch nicht die Antwort, doch ich beginne etwas zu verstehen.

Was habe ich mich gehasst und verachtet! Abschütteln wollte ich dieses Ich, wegwerfen wie einen alten, zu eng gewordenen Schuh! Wie gern wäre ich gewesen wie sie alle: grimmig oder fröhlich, jedenfalls Kopf oben, ohne den Hang zu überflüssigen Fragen. Sich festkrallen am Leben! Alles Überflüssige, Spekulative, Angelesene – weg damit! Lernen, nicht an den Tod zu denken. Oder besser: überhaupt nicht zu denken. Zuschlagen lernen, wenn Zuschlagen angesagt ist. Sich an dem freuen, was ist, sich nicht den Kopf zerbrechen über das Warum und Wozu.

Nun habe ich einen Totenschein ausgestellt, und die Hand hat nicht gezuckt. Bravo.

Aber jetzt einmal kurz über diese ersten beiden Tage.

Gestern sind wir in Taku angelandet. Da lagen schon etliche Schiffe unter allen möglichen Flaggen am Kai, aber weil die Bucht doch recht flach ist, können größere Schiffe nicht bis zur Mündung des Peiho vorfahren. Darum mussten wir zuerst einmal die ganz Ladung auf Barkassen umsetzen; beim Anblick der Pferde, wie sie per Seilwinde auf- und abgehievt wurden, wurde mir ganz anders. Erst wieherten sie erschrocken, baumelten dann ganz hilflos und schicksalsergeben mit ihren langen Beinen in der Luft.

Gegen Abend waren wir in der Bucht vor Anker gegangen, das Umladen dauerte bis in die tiefe Nacht. Bei Einbruch der Dunkelheit gingen auf allen Schiffen die Lichter an, eine Vielzahl elektrischer Sternbilder an Masten und Rahen. Wunderschöner Anblick, kann ich Dir sagen! Es war das erste Mal, dass ich bedauerte, Dich nicht an meiner Seite zu haben. Der Widerschein der Bullaugen im schwarzen Wasser, die Leuchtfeuer der Kutter und Ruderboote. Ab und an stießen Scheinwerferbündel in die Wolken, man konnte meinen, der Mond stünde dahinter. Ich sah mir diese Festbeleuchtung an und musste an Dich denken. Von Land wehte ein warmer Wind herüber mit neuen, undefinierbaren Gerüchen darin. Freude kam auf, vermischt mit Bangigkeit. Die Scheinwerfer gingen an und aus. Das ist die gängige Methode, wie Schiffe miteinander reden, stell Dir vor: über die Wolken! Als wir die Flussmündung endlich an Bord eines Schleppers passierten, wurde es schon wieder hell. Zu beiden Seiten die endlosen Forts. Alles wirkte tot und verlassen. Sie sind erst vor Tagen eingenommen worden. Man sah die Spuren der Granateinschläge.

Ich weiß nicht, was auf dieser Barkasse sonst transportiert wird; alles war schmutzig und schmierig, die Füße klebten am Deck.

Der Name des Flusses bedeutet »weiß«, das sollte man nicht glauben – das Wasser des Peiho ist trübbraun, stellenweise ocker. Darin treibt, was ein Fluss so wegschleppt aus Hunderten von Städten und Dörfern: Müll, Bretter, Melonenschalen ... alles, was sich denken lässt.

Nie werde ich den Moment vergessen, Sascha, wie alle still wurden, als die erste Leiche vorübertrieb, dicht neben der Bordwand: aufgedunsen, bäuchlings, nicht zu erkennen, ob Mann oder Frau – mit grauem Zopf.

Schilf, dürre Weiden, trübe Wellen. Sandige Ebenen, so weit das Auge reicht. Die Wüstenei, allenfalls von Salzhaufen belebt, und irgendwelche Aufschüttungen, Halden vielleicht – aber nein, Grabhügel, wie wir erklärt bekamen. Hie und da ein verlassenes Dorf. Keine lebende Seele, von Hundemeuten abgesehen. Und schwarze Schweine fielen auf, die im Uferschlamm wühlten.

Bald darauf kam Tangku in Sicht. Erst graugelbe Lehmbauten, die schon von Weitem auszumachen waren, dann langgestreckte Zollhäuser, Lagerhallen und Werkstätten und schließlich die Anlegestelle, wo sich Kisten und Ballen stapelten.

Dort landeten wir an und wurden die restliche Nacht in Waggons verladen, in denen sitzen wir nun. Keine Ahnung, wann ich das nächste Mal dazu komme, Dir zu schreiben.

Am Himmel über der Stadt ein roter Streif, der die ganze Nacht über nicht weicht. Es riecht verbrannt. Die Bewohner hätten ihre Häuser selbst angezündet, heißt es, und die Untat den Fremden in die Schuhe geschoben, damit der Hass sich auswächst. Halb Tangku ist schon abgebrannt, es brennt aber immer noch weiter, keiner da, der löschen könnte.

Die Nase ist es, die am meisten zu leiden hat. Immer noch liegt dieser Gestank von verkohltem Schilf in der Luft und noch etwas anderem, so bestialisch, dass man sich übergeben möchte. Mir scheint, ich kann diese ganz spezielle, süßliche Pestilenz schon herausriechen ...

Wolodenka, geliebter Mann! Du meine Freude!

Ich habe mich im Sarg verkühlt, meine Füße sind Eiszapfen.

Wie soll ich es Dir erklären? Ich esse, ziehe mich an und aus, gehe einkaufen. Doch wo ich auch gehe und stehe – es ist, als wäre ich tot.

Dazu noch das Praktikum in der Notaufnahme – da habe ich genug gesehen.

Heute ist Sonntag, ein trüber, frostiger Tag, es gab keinen Grund, das Haus zu verlassen. Geheizt wird spärlich, im Zimmer ist es kalt. Eisblumen an den Scheiben. Ich lag unter zwei Decken und hab an Dich gedacht. Wie mag es Dir dort ergehen?

Dann zwang ich mich aufzustehen, erledigte ein bisschen Hausarbeit. Der Mülleimer roch nicht gut, ich trug ihn hinunter.

Der Hof überfroren. Bäume bereift. Ich dampfe aus dem Mund.

Ich gehe hinüber zu den Mülltonnen. Auch sie dampfen aus dem Mund.

In den dreckigen Schneewehen liegen abgeputzte Weihnachtsbäume.

Kein Mensch weit und breit.

Ich frage: »Bist dus?«

Darauf er: »Ja.«

Ich: »Bote und Botschaft?«

Er: »Ja.«

Ich: »Verschwinde!«

Er: »Du verstehst das ganz falsch.«

Ich: »Ich verstehe sehr gut. Hau ab!«

Er: »Noch nicht richtig hell, und schon geht die Sonne unter. Aber schau, Schwimmhäute im Wintergezweig! Was für ein prächtiger Quastenflosser. Der Mond ist, scheints, auch mit dem falschen Fuß aufgestanden. Und hörst du die Musik aus dem geklappten Fenster im ersten Stock, das Gelächter? Party zur besten Grippezeit. Da drüben steht ein Kinderwagen auf dem Balkon, das Baby ist wach geworden und schreit. Kaum geboren, das Menschlein, und will schon was erzwingen... Bedenke, wer dich so weit gebracht hat, diese Welt zu lieben. Wer, wenn nicht ich?«

Ich: »Die Welt zu lieben, soso. Ist das alles, wozu du imstande bist?«

Er: »Ich weiß, es ist nicht einfach für dich jetzt.«

Ich: »Bist du überhaupt zu irgendwas gut?«

Er: »Ich weiß die Namen aller Dinge und bin zu nichts gut.«

Ich: »Warum nicht?«

Er: »Warum, warum... Habt ihr in der Schule gar nichts gelernt? Vergangenheit, Für- und Gegenwart, Zukunft, das müsstet ihr doch durchgenommen haben? Hast wohl unter der Bank dicke Romane geschmökert in der Physikstunde? Das Licht ist das Entscheidende. Aus dem alles besteht. Und aus Wärme. Körper sind Knäuel aus Wärme und Licht. Sie strahlen Wärme ab. Ein Körper kann seine Wärme verlieren und erkalten, aber die Wärme bleibt davon unberührt. Ist das so schwer zu verstehen? Ihr beiden habt euch damals am Denkmal verabredet. Aber in Wahrheit war das keine Verabredung am Denkmal, sondern ein Denkmal an der Verabredung. Ein Denkmal kann man abreißen – die Verabredung bleibt bestehen.«

Ich: »Ich kann ohne ihn nicht leben. Ich brauche ihn. Wieso ist er nicht mehr da?«

Er: »Du hast doch selbst gesagt: Man muss teilen. Hat man etwas bekommen, muss man ein Stück davon wieder hergeben, um den Rest behalten zu können. Je mehr dir ein Mensch bedeutet, desto mehr musst du hergeben von ihm. Und überhaupt, das kann nur ein Dahergelaufener glauben:

dass er das Ärgste hinter sich hat. In einer der Schwarten, die du unter der Bank gelesen hast, weißt du noch, da ging es auch um zwei, die sich ständig verfehlen und darunter leiden, dass sie nicht zueinanderkommen können, und am Ende, als sie sich endlich haben, da sehen sie ein, dass sie damals noch gar nicht reif füreinander waren. Sie hatten noch nicht durchlitten, was ihnen beschieden war. Genauso geht es euch – da ist das Maß noch nicht voll. Es scheint kompliziert, dabei ist alles ganz einfach. So wie im Klavier die Filzhämmerchen, weißt du noch?«

Ich: »Sagtest du: einfach?«

Er: »Leg die Wörter nicht auf die Goldwaage. Das ist alles nur Übersetzung. Wörter, egal welche, sind immer nur eine schlechte Übersetzung des Originals. Für das, was eigentlich passiert, gibt es keine Sprache. Und diese nicht vorhandenen Wörter sind die eigentlichen.«

Ich: »Was willst du von mir?«

Er: »Schau dich doch mal um. Alle zitieren sie nur noch sich selber, säuseln Altbekanntes und wundern sich, wie man bloß Perser sein kann. Es gibt ganze Leben, in denen keiner lebt; da stirbt einer, bevor er eigentlich geschlüpft ist. Willst du es so haben?«

Ich: »Ja.«

Er. »Die laufen da lang und wissen nicht, dass ihnen die Schneewehe gerade bis ans Kinn geht.«

Ich: »Dafür wissen sie das Wichtigste.«

Er: »Ach ja? Was denn? Dass der Mensch nicht unbedingt glücklich sein muss?«

Ich: »Genau. Die wissen das. Ich weiß es nicht. Ich will es auch wissen.«

Er: »Was soll das. Rebellierst du?«

Ich: »Jawohl.«

Er: »Sei nicht kindisch.«

Ich: »Ich bin es leid, ich zu sein.«

Er: »Du hast nur noch nicht erfahren, wie das Leben spielt. Man vergisst im Café seinen Regenschirm, geht zurück – und das Leben nimmt eine andere Wendung. Als du neulich in eurem Park warst – der Schnee fiel in trockenen, kleinen Graupeln, die vom Boden wieder hochsprangen, weißt du noch? Du hattest den Eindruck, ganz allein zu sein, der Park gehörte sozusagen dir. Du gingst zu einer Bank, fegtest mit dem Handschuh den Schnee herunter und setztest dich. Gerade dir gegenüber stand die eingeschreinte Skulptur. In langen Winternächten, während draußen die Schneestürme pfeifen, hat sie genügend Zeit nachzudenken, was sie falsch gemacht hat. Steht in ihrem Sarg, eine Hand hier, die andere da, und ändert sich. Wird noch mehr sie selbst. Bald, so weiß sie, kommt sie frei. Der Deckel geht auf, und sie, ungerührt, eine Hand hier, die andere da: voilà! Habt ihr euch gesehnt nach mir? Wie seid ihr ohne mich ausgekommen? Was gibts Neues bei euch? Ist Troja gefallen? Und man sieht, es ist dieselbe und doch nicht dieselbe – sie hat dazugelernt den Winter über ... Auf einmal kam dieser Hund zu dir gelaufen, ein Cockerspaniel. Beschnüffelte dich. Ließ sich hinterm Ohr kraulen, wedelte mit dem Schwanz. Derweil konntest auch du ihn beschnüffeln, er roch lecker nach Hund. Dann kam das Mädchen mit der Hundeleine gerannt und hatte dir sogleich mitzuteilen, dass es jetzt in die Ballettschule geht und schon alle Positionen auswendig kann, und dass man Donka nichts Süßes geben darf, sonst kriegt sie Durchfall. Das Mädchen hatte angewachsene Ohrläppchen. Und einen leichten Silberblick. Dann tauchte auch noch Jankas Professor auf, den du sofort erkanntest, er dich aber nicht. Er hat große fleischige Ohren mit Haarpinselchen darin, und die Läppchen hängen bis zum Hals hinunter. Erst vermutetest du, das Mädchen müsste ein früher Enkel von ihm sein, doch er sagte »Kindchen« zu ihm – wie dein

Vater früher zu dir. Er hielt einen Klistierball in der Hand, den schleuderte er nun weg, und das Hündchen raste mit Gebell hinterdrein, im Slalom um die Bäume. Dann setzte der Professor sich neben dich auf die Bank, die Hände überm Knie gefaltet, er hatte kräftige, zerschundene, vom Lösungsmittel verätzte Finger, Farbreste an den Nägeln. Während das Mädchen dem Hund nachlief, sagte er, dass er schon lange keine Bücher mehr lese, denn die seien mit Tinte geschrieben und nicht, wie es sich gehörte, mit den Säften des Lebens: Blut, Tränen, Schweiß, Harn und Sperma, und du dachtest noch in dem Moment: Wie vielen Dummchen mag er das in seinem langen Leben schon erzählt haben?«

Ich: »Na und?«

Er: »Schicksalswendungen muss man nachhelfen.«

Ich: »Wieso muss man?«

Er: »Steckt man einen Zweig in eine Flasche Wasser, keimt er aus und bildet Wurzeln. Die suchen nach Halt und finden ihn nur aneinander.«

Ich: »Mir ist kalt.«


Saschenka!

Du Wunderbare!

Wie sehr ich sie beneide. Rechtschaffen müde vom Tag liegen sie da und schlafen. Schnaufen, schnarchen, träumen von ihren Liebsten. Ich bin auch hundemüde, aber erst will ich Dir noch schreiben, was heute war.

Wir sind nach Tientsin entsandt, das ist auf dem halben Weg nach Peking. Es gibt immer noch keinen Telegrafieverkehr. Von Tientsin soll ein internationales Expedionskorps unter dem englischen Admiral Seymour nach Peking unterwegs sein, dabei auch zwei russische Kompanien, keine Nachricht von ihnen.

Alle gehen hier davon aus, dass die im Diplomatenviertel von Peking eingeschlossenen Ausländer, zu deren Rettung wir in Marsch gesetzt sind, gar nicht mehr leben. Da wird leider niemand mehr sein, den man befreien könnte. Die es geschafft haben herauszukommen, berichten, es habe in der Stadt ein Massaker gegeben, kein Europäer sei verschont worden. Die Gesandtschaften dem Erdboden gleichgemacht. Noch halten sich die Europäer im Umkreis von Tientsin, es gibt schwere Gefechte. Morgen oder übermorgen werden wir dort sein.

Von Tangku nach Tientsin gibt es eine Eisenbahn, die aber in beklagenswertem Zustand ist: die Schwellen abgefackelt und die Gleise in die Dörfer verschleppt, wo die Bauern sie versteckt halten, unsere Bausoldaten müssen sie dort ausfindig machen.

Ein Teil der abgebauten Strecke ist notdürftig instand gesetzt. Auf den Schienenstößen rüttelte es uns kräftig durch. Es fehlt an Schwellen und an Spannnägeln; wo drei, vier Schwellen hingehörten, ist nur eine, die Gleise liegen schief und kippeln. Wir mussten die ganze Fahrt über damit rechnen, nach der Seite wegzukippen. Die Telegrafenmasten längs der Strecke sind alle über dem Boden gekappt. Auch die Wasserpumpen funktionieren nicht – das Wasser für die Loks mussten die Soldaten aus einem verlassenen Dorf ranschleppen.

Saschenka, Du machst Dir kein Bild, wie beklemmend das alles ist. Die Gegend kommt einer Wüste gleich: Die Bewohner halten sich versteckt, die Häuser sind geplündert, Felder abgebrannt oder niedergetrampelt.

Ungefähr die Hälfte der Strecke lag hinter uns, da ging es nicht mehr weiter. Was erst gestern repariert worden war, hat man über Nacht wieder ruiniert: Schienen auseinandergerissen, zum Teil ganz weggeschleppt, von den Schwellen keine Spur. Wir stiegen aus an einer Station – oder besser gesagt dem, was davon übrig war. Alle Backsteinbauten waren eingerissen, selbst die Fundamentsteine ausgebuddelt und zertrümmert. So groß ist der Hass auf unsereins.

Wir sind den ganzen Tag bis in den Abend in Marschordnung das Gleisbett entlanggezogen. Die Bahnlinie verläuft längs des Flusses. Der Peiho fließt hier in vielen Windungen, doch an den Baumkuppen ließ sich immer erkennen, wo er war.

Wir hatten großen Durst, doch es gab kein Wasser. Die Brunnen in den Dörfern sind vergiftet, der Fluss ebenso. Am ersten Tag haben unsere armen Pferde nur daran geschnuppert, sich das Trinken versagt; dann nahm der Durst überhand, und jetzt saufen sie die Brühe, die eher an Haferschleim erinnert.

Man muss sich also jeden Schluck Trinkwasser dreimal überlegen.

Außerdem setzen uns die Gnitzmücken zu – an Hals und Armen habe ich überall große rote Quaddeln, die grausam jucken. Aber das sind natürlich Bagatellen.

Der Vortrupp geriet zweimal in einen Hinterhalt, zum Glück gab es keine Toten, nur leichte Verwundungen.

Wir kamen über ein Schlachtfeld, wo ich erstmals die Spuren des Krieges sehen konnte: tote Pferde, eine geborstene Flinte, eine verlorene Mütze, blutiges Weißzeug.

Was für Anblicke stehen mir noch bevor? Oder doch nicht?

Ich habe mich mit dem uns zugeteilten Dolmetscher angefreundet. Glasenap heißt er, Student der Orientalistik an der Petersburger Universität. Sein Feldsack ist vollgestopft mit Büchern, Papierrollen, Flugblättern, die er überall aufliest; beim Lesen hält er sich das Papier dicht vor die Nase, denn er sieht schlecht, seine Brille hat extrem dicke Gläser.

In einem Dorf suchten wir den Tempel auf, der ziemlich verwüstet war. Die Soldaten zerfetzten die heiligen Bücher wegen des weichen Papiers, unser Dolmetscher versuchte die Barbarei zu verhindern, natürlich ohne Erfolg.

Ein deprimierendes Bild: Die großen, kunstvoll bemalten Laternen, die im Altarraum und unterm Vordach hingen, waren sämtlich eingeschlagen. Götterfiguren lagen mit aufgeschlitzten Bäuchen und Rücken im Dreck. Jemand hat das Gerücht aufgebracht, dass die Einwohner darin Gold und Juwelen zu verstecken pflegen.

Ich sah mir alles an, es war hochinteressant. Ein paar der Götzen mit ihren Fratzengesichtern standen noch aufrecht zu beiden Seiten. Davor Schälchen mit Asche, in die man Kerzen stecken konnte. Der Altar war leer, der Obergötze lag umgekippt da, der Kopf abgeschlagen daneben. Unterhalb geschlossenen Lidern hervor schaute er auf die kopfstehende Welt, ein Blick voll nachsichtiger Liebe. Um die Säulen wanden sich blaue Drachen mit goldblitzenden Schuppen, die Rachen weit aufgesperrt.

Es gab dort riesige Gongs, und die Soldaten waren schnell dabei, auf sie einzuhämmern. Glasenap warf sich auf sie und nahm ihnen die Schlegel ab. Man solle die Geister nicht unnötig wecken, versuchte er ihnen klarzumachen, und dass ein Drachen für das Gute stehe. Die Soldaten lachten nur.

Ich bin froh, dass wir diesen Burschen, der in die Sprache von Konfuzius, Li Bai und Du Fu so heiß und innig verliebt ist, bei unserer Truppe haben. So stelle ich mir Jules Vernes Paganel in jungen Jahren vor: ungelenk und unsicher, aber ein ausgemachter Viel- und Besserwisser. Heute hat er uns erklärt, wie man das salzige, brackige Wasser aus dem Peiho trotzdem trinken kann, nämlich indem man es mit Paichiu, chinesischem Wodka, mischt.

So, meine liebe Saschenka, jetzt versuche ich auch mal zu schlafen, obwohl die Mückenstiche furchtbar jucken.

Schwer zu fassen, dass es schon morgen zur Schlacht kommen könnte, bei der ich getötet oder verwundet werde.

Du weißt ja, der Mensch ist seltsam beschaffen, er hält jeden im Umkreis für sterblich, nur nicht sich selbst.

Und noch etwas ist sehr wichtig. Vielleicht liegt es daran, dass es bald losgeht, jedenfalls sind alle meine Sinne geschärft, und alles ringsumher, die ganze Welt geht offener mit mir um, verhält sich ernster zu mir, erwachsener. Ich sehe vieles anders nun, klarer, so als wäre mir ein Schleier von den Augen genommen, durch den ich das Leben früher betrachtete. Alle Sinne sind angespannt, die Nacht ringsumher ist bis ins Kleinste zu hören, jedes Knacken, jeder Vogelruf, jedes Rascheln im Gras. Die Sterne über dem Kopf sind näher und größer. Als hätte ich bisher in einer künstlichen Welt gelebt und wäre nun zur wahren vorgedrungen.

Ohne diesen Kitzel gäbe es womöglich gar keine Kriege.

Aber eigentlich wollte ich Dir nur sagen, dass ich Dich liebe, mit jedem Tag mehr. Ich vermag nur nicht niederzuschreiben, was ich fühle. Wären wir jetzt beieinander, nähme ich Dein Gesicht in meine Hände und küsste es – und das wäre viel mehr, als sich auf diesen Seiten sagen lässt, die ich vollschreibe, ohne etwas Gescheites von mir zu geben.

Dass ich Dich liebe, sage ich Dir nicht zum ersten Mal, auch wenn es mir jetzt so vorkommt. Weil meine Liebe zu Dir jetzt eine ganz andere ist. Ich liebe Dich – die Wörter sind dieselben, doch ihre Bedeutung ist über sich hinausgewachsen.

Und mir ist gleich viel leichter und beschwingter zumute, weil ich weiß – Du wirst auf mich warten, was immer geschieht.

Ich liebe Dich.

# Wolodja!

Mein Lieber, Auserwählter!

Ich bin so glücklich, Dich zu haben!

Bestimmt hast Du davon gehört, dass Muttermale vagabundierende Erscheinungen sind, sie kommen und gehen, wechseln nicht selten von einem Körper zum anderen. Ich hab eins von Dir bei mir entdeckt, stell Dir vor! Hier an meiner Schulter. Das ist wunderbar!

Heute bin ich viel in der Stadt herumgerannt, nun kann ich nicht einschlafen. Du kennst das, wenn man sich auf der Suche nach einem kühlen Fleckchen durch das Bett wühlt, hat man es gefunden, ist es die längste Zeit kühl gewesen, und man muss weitersuchen. Auf die Art habe ich nun das ganze Bett durchrobbt und liege immer noch wach.

Vor den Augen – mal sind sie auf, mal sind sie zu – irgendwelche zusammenhanglosen Bilder. Ob der sichtbaren Welt zugehörig oder einer unsichtbaren, ist nachts um zwei schon einerlei. Falls es nicht schon drei ist.

Die Gedanken laufen durch die Zeit wie über eine Wiese. Da wächst das Gras nicht gleichmäßig, es gibt kahle Stellen, ausgetretene Pfade, die zur Tränke führen.

Bestimmte Bilder tauchen immer wieder auf, auch wenn man es gar nicht will. Zum Beispiel, wie ich in dem Laden heute das Wechselgeld einzustecken vergaß und mir extra einer hinterhergelaufen kam: »He, junge Frau, nicht so eilig!«

Und wie sich mir in der Straßenbahn jemand auf den Rocksaum setzte und ich genötigt war, ihn hervorzuzerren.

Und wie dann das alte Pärchen einstieg, beide mit wackelndem Kopf, bei ihm: nein, nein, bei ihr: ja, ja.

Janka hat erzählt, dass sie mit ihrem Galan im Restaurant war. Als sie dem Kellner am Ende zu wenig Trinkgeld gaben, schmiss er ihnen die Münzen hinterher.

Ich gehe die Straße lang, in einem Fenster winkt eine Hand, und ich weiß nicht, winkt sie mich zu sich oder verscheucht sie eine Mücke.

In der Zeitung stand, im hohen Norden sei ein Flugzeug mit gebrochener Kufe gefunden worden, der Pilot erfroren, doch mit verbrannten Stiefeln! Umnachtet, dem Tode nah, hatte er die halb erfrorenen Füße anscheinend ins Feuer geschoben, um sie zu wärmen. Seine Armbanduhr soll nach dem Auftauen wieder gegangen sein.

Dazwischen Bilder aus der Kindheit: Mit Papa im Park spazieren gewesen, die Schuhe voller Schlamm, er streift die Sohlen vor dem Haus im Gras und an der Bordsteinkante ab, und ich denke für den ersten Moment, er kämpft mit seinem Schatten und will ihn loswerden.

Und Mama bereitet mir meine Lieblingssuppe: Brot in eine Schüssel mit warmer Milch gebrockt und Zucker drüber. Ich sehe zu, und mir schnürt es auf einmal die Kehle zu bei dem Gedanken, sie könnte eines Tages gestorben sein und bliebe mir just so in Erinnerung: wie sie den Zucker mit dem Teelöffel über die Suppe streut.

Meister Tschartkow lud mich zum Hauskonzert einer befreundeten Pianistin ein. Eine große Frau mit so langen Beinen, dass sie sie, am Klavier sitzend, zur Seite abwinkeln muss. Wir saßen beinahe genau in ihrem Rücken, sodass sich ihre Hände im aufgeklappten Deckel spiegelten und man denken konnte, sie spielte mit sich selbst vierhändig. Und die ganze Zeit schlotterten ihr die Wangen.

Auf dem Rückweg kamen wir an einem Unfallort vorbei, auf dem Pflaster lag ein Toter, über dessen Gesicht eine Zeitung gebreitet war.

Da hatte ich gleich wieder die Bilder aus der Notaufnahme vor mir.

Eine hatte Gardinen aufhängen wollen, war von der Leiter gestürzt, und wieder hatte es das schon mehrfach gebrochene Bein erwischt.

Ein anderer hatte sich am Lagerfeuer mit dem Fuß in einer Wurzel verfangen und war in die Glut gefallen. Die Haut ließ sich von der Hand abziehen wie ein Handschuh.

Wieder ein anderer war mit dem Hosenbein in die Kette vom Fahrrad geraten, gestürzt und so unglücklich mit dem Kopf gegen die Bordsteinkante geschlagen, dass das Auge nur noch an einem Nerv hing wie an einem Faden.

Oder das Kind, das beim Eisessen gerannt und gestolpert war, der Stiel vom Eis hatte sich in den Kehlkopf gebohrt.

So ging das dort Tag für Tag.

Wie soll man diese Bilder wieder loskriegen?

Ich bin mit Tschartkow und seiner kleinen Sonja spazieren gewesen. Ein putziges Kind! Es bekam Mitleid mit einem alten, weggeworfenen Schuh: dass er nicht mehr gehen durfte und auf diesem schrecklichen Müllhaufen liegen musste; sie schleppte ihn ein Stück weiter, damit er wenigstens den Fliederbusch vor Augen hatte. Als wir zurück ins Atelier kamen, hat sie einen Schattenriss von mir gemacht: Ich musste mich seitlich vor die Wand setzen, sie richtete die Lampe auf mich, legte einen Bogen Papier an die Wand und fuhr mit dem Stift um den Schatten.

Gegen ihr Schielen muss man etwas unternehmen. Bewege ich den Finger vor ihrer Nase, schaut ein Auge darauf, das andere irrt umher.

Donka versucht mir ständig die Schnürsenkel zu beknabbern. Nachdem ich sie gekrault hatte, rochen meine Hände angenehm nach Hund.

Im Atelier riecht es nach Ölfarbe, Terpentin, Kohle, frischem Holz und Leinwand. Die fertigen Bilder stehen wie zur Strafe mit dem Gesicht zur Wand. Staffeleien, Blendrahmen, Farbkästen, dreckige Pinsel, Malspachtel. Der Fußboden voller eingetrockneter bunter Spritzer. Im dreckigen Waschbecken stapelt sich benutztes Geschirr. Mäusekötel in den Ecken.

Beim nächsten Mal platzierte er mich auf einem verdreckten Schemel, nahm ein Stück Kohle und ging ans Werk. Schaute immer wieder über den Brillenrand zu mir herüber.

Schnaufend, an den Lippen nagend, die Zunge hervorschiebend. Er brummte, ächzte, pfiff vor sich hin. Raunte, stöhnte, seufzte. Dazu das Kratzen der Kohle übers Blatt.

Durch das Fenster drang plötzlich ein Klingelton herein. Gegenüber liegt eine Schule.

Auf dem Schulhof ein Alter mit Besen, der die Welt genauso wenig zu verstehen scheint wie ich.

Modell zu sitzen ist eine sonderbare Tätigkeit. Dazusitzen und aus dem Fenster zu starren – man kennt es nur als Müßiggang, auf einmal ist es erwünscht und von Bedeutung.

Irgendwann kam eine Horde Jungs auf den Schulhof gestürmt und spielte mit dem Kopf einer Puppe Fußball. Lauter Schlakse. Vermutlich schwänzten sie Physik, und es entging ihnen etwas Wichtiges. Zum Beispiel, dass das Weltall schon lange nicht mehr wächst, sondern schrumpft – in Lichtgeschwindigkeit! Der Puppenkopf kollerte umher, hüpfte fröhlich lärmend über den Asphalt, schlenkerte die Zöpfe wie im Übermut: Das stehen wir schon durch, keine Bange, wir haben schon Ärgeres erlebt und halten die Ohren steif!

Er erzählte davon, wie er seine Mutter gezeichnet hatte, als sie im Sterben lag.

Das Gesicht eines Menschen mitsamt seinem Ausdruck – das sei der erste Malgrund gewesen. Dazu der übrige Körper. Erst später der Stein.

Die Frau sei in Wahrheit die Befruchtende und der Mann der, welcher austrägt und gebiert.

Als das Londoner Parlament in Flammen stand, Menschen starben, war Turner damit beschäftigt, die Farben des Feuers in Aquarell zu bannen. Jeder Künstler sei ein Nero – auch wenn Nero kein Künstler gewesen ist.

Dann sprachen wir noch von Hiob. Der sei nicht echt, habe nie existiert. Wiederum sei jeder Mensch ein echter Hiob:

Erst ist ihm alles gegeben, dann wird ihm nach und nach alles wieder genommen. Ohne Angabe von Gründen.

Als ich gestern vorbeischaute, war er mit Farben zugange. Ich bekam Lust, so einen frischen Wurm auf die Palette zu drücken, und durfte es tun. Drückte den Finger hinein.

»Richtig!«, sagte er. »Man muss die Farbe mit der Haut spüren.«

Er wischte mit der Hand über die Palette und legte sie anschließend an mein Gesicht.

Meine liebe Saschenka!

Ich weiß nicht, wann Gelegenheit sein wird, diesen Brief abzuschicken, ich schreibe ihn trotzdem. Es ist allerhand passiert in den letzten Tagen, und erst jetzt komme ich dazu, in Ruhe mit Dir zu reden. Gleich werde ich Dir erzählen, wie es mir ergangen ist, doch zuvor das Wichtigste: Du bedeutest mir sehr viel. Je länger unsere Trennung andauert, desto mehr kann ich Dich fühlen.

So stark ist dieses Gefühl, Dich an meiner Seite zu haben – ich kann mir nicht vorstellen, dass es Dir nicht genauso geht.

Wir sind in Tientsin. Wie lange schon? Ganze drei Tage. Aber mir ist, als ob es drei Jahre wären. Wenn nicht dreiunddreißig.

Jetzt versuche ich Dir einmal zu schildern, was hier vor sich geht.

Unsere Einheit ist zu der von Oberst Anissimow gestoßen, die tatsächlich bis zu unserem Eintreffen standgehalten hat. Freilich mit großen Verlusten. So viele Verwundete, ein schrecklicher Anblick.

Es gelang, die Soldaten, völlig ausgelaugt von der langen Zeit der Belagerung, aus der Schusslinie zu nehmen und in unser Lager zu geleiten. Zum ersten Mal seit dem Aufbruch in Port Arthur bekamen sie Gelegenheit auszuschlafen, eine warme Mahlzeit zu sich zu nehmen, sich zu waschen. Du hättest sehen sollen, mit welchem Vergnügen sie ihre Wäsche in den trüben Fluten des Peiho wuschen!

Wir hatten unser Biwak erst am linken Flussufer aufgeschlagen, gleich hinter dem Stadtwall, auf offenem, ebenem Gelände, doch als die ersten Granaten aus den chinesischen Vorstadtpositionen einschlugen, erging der Befehl, das Lager weiter weg zu verlegen. Nun stehen unsere Zelte in einer Werst Abstand zum Fluss, zwei Werst entfernt vom Settlement, so werden die europäischen Siedlungen hier genannt.

Von Seymours vereinigtem Korps gibt es nach wie vor keine Nachricht. Mit ihm sind rund zweitausend Engländer, Russen, Deutsche, Amerikaner und Italiener gen Peking gezogen. Zuerst per Eisenbahn, die Schienen Stück für Stück instand setzend – aber dann gerieten sie in einen Kessel. Die Gleise sind bereits wieder unterbrochen und zerstört. Ob diese Leute noch am Leben sind?

Von den ausländischen Gesandtschaften in Peking weiß man schon sicher, dass sie zerstört sind, die gesamte europäische Bevölkerung inklusive der chinesischen Christen ist liquidiert. Ein Chinese, der bei der deutschen Gesandtschaft angestellt war und wie durch ein Wunder entkam, hat erzählt, dass es auch die russische Mission in Peking erwischt hat. Kathedrale, Kloster samt Bibliothek, Krankenhaus, Schule – alles abgefackelt. Der Hass ist so gewaltig, dass sie sogar den orthodoxen Friedhof geschleift haben, alle Gräber aufgebrochen und die Knochen in der Gegend verstreut. Vor seinen Augen wurden einer russischen Familie, die in der Mission lebte, die Bäuche aufgeschlitzt und die Köpfe abgeschlagen.

Allerlei Gerüchte gehen um, eins grausiger als das andere. Keiner weiß etwas Genaues.

An einer Kampfhandlung habe ich noch nicht teilgenommen und den Feind noch nicht von Nahem gesehen, es sei denn als Leiche. Die Soldaten sind eigenartig ausstaffiert: dunkelblaue Röcke und darüber ärmellose Westen mit roter Borte und Goldknöpfen. Auf Brust und Rücken weiße Kreise aus Ölpapier, auf denen in schwarzen Schriftzeichen die Regimentszugehörigkeit vermerkt steht, also etwa das, was bei uns die Schulterklappen aussagen. Dazu Pluderhosen und Tuchstiefel mit dicken Filzsohlen. Allerdings stößt man nur selten einmal auf einen vollständig bekleideten Leichnam, zumeist sind sie halb nackt. Allen steht aus irgendeinem Grund der Mund offen. Wenn man dicht daran vorübergeht, stieben Wolken von Fliegen auf.

Die Hitze ist unerträglich. Alle stöhnen unter dem Wassermangel. Verschiedentlich wurden Brunnen gegraben, doch das Grundwasser ist nicht ausreichend. Am meisten haben die Verwundeten darunter zu leiden.

Aus der belagerten Stadt wurde gestern ein russisches Lazarett herverlegt, das bisher im französischen Hospital untergebracht gewesen war. Seine Zelte stehen gleich neben unseren. Auch jetzt höre ich drüben jemanden stöhnen und wie der Doktor seinetwegen flucht. Der Doktor heißt Zaremba, er flucht des Öfteren, aber nur zum Schein. Täuscht die harte Masche vor, ist in Wirklichkeit ein herzensguter Mensch, hat Fotos von Frau und Sohn herumgezeigt. Er ist einfach nur todmüde.

Den ganzen Tag wurden die Verwundeten auf Bahren herangetragen, es nahm kein Ende. Fliegenschwärme über jedem. Die Stoffbahnen beulten unter ihrer Last so tief, dass die Gesichter nicht zu sehen waren, sie selbst sahen wohl nur den Himmel. Viele stöhnten im Fieber, einer greinte unentwegt wie ein Kind: »Mein Bein, Vorsicht, mein Bein!«

Furchtbar der Gedanke, dass es einen jederzeit genauso erwischen kann.

Ich habe mit einigen Verwundeten gesprochen, sie erzählen Grässliches darüber, was sich hier abgespielt hat. Rybakow, ein Offizier, beide Füße im Verband, ist schon seit dem Frühjahr vor Ort; er berichtet, dass es hier, schon bevor es in Tientsin losging, von Boxern wimmelte, die überall aufgeregte Versammlungen abhielten und Flugblätter anklebten, auf denen dazu aufgerufen wurde, mit den Ausländern kurzen Prozess zu machen. Weder Armee noch Polizei hatten etwas dagegen unternommen, obwohl die chinesische Regierung, bevor die Alliierten die Taku-Forts stürmten, offiziell noch behauptet hatte, die Aufständischen zu bekämpfen. Im chinesischen Teil der Stadt waren Häuser, in denen Europäer oder chinesische Christen wohnten, über Nacht mit Blutmalen versehen worden – man hatte Hunde gefangen und geschlachtet, die Haustüren mit deren Eingeweiden beschmiert und die Kadaver in die Fenster geschmissen. Chinesen, die bei den Ausländern in Stellung waren, baten flehentlich darum, mit ihren Angehörigen in die Konzessionen eingelassen zu werden; dem Ansinnen wurde anfangs nicht stattgegeben, man öffnete die Tore erst, nachdem ganze Familien von den Boxern massakriert worden waren. Einzelne Kinder wurden am Leben gelassen, jedoch mit abgehackten Händen. Zur Abschreckung, vermutlich.

Saschenka, ich weiß, dass ich Dir das alles eigentlich nicht schreiben sollte, doch ich kann nicht anders, verzeih. Ich sah so einen Jungen, der sich ins französische Hospital durchgeschlagen hat, mit eigenen Augen. Man gab ihm einen Zwieback, er hielt ihn zwischen den verbundenen Stümpfen und lutschte daran.

Dieser Rybakow also stand mit seinen Soldaten die Nacht, als die Unruhen losbrachen, in der französischen Konzession auf Wache. Sie hörten Lärm und Geschrei aus der chinesischen Stadt, der Himmel glühte rot – es brannte die katholische Kirche. Viele Leute kamen aufgescheucht zu ihnen gelaufen. Die Boxer steckten die Häuser der chinesischen Christen in Brand, Hunderte kamen in den Flammen um. Dem Kirchendekan gelang die Flucht in die französische Konzession. In derselben Nacht wurde zum ersten Mal versucht, das Settlement zu stürmen, doch es gelang, die Angreifer abzuwehren.

Die Stadt zu verlassen war für die Europäer schon nicht mehr möglich, denn die Eisenbahnverbindung war abgeschnitten; Hunderte Frauen und Kinder saßen in der Falle. Außer den Russen waren auch Deutsche, Engländer, Japaner, Franzosen, Amerikaner, Österreicher und Italiener an der Verteidigung von Tientsin beteiligt. Alles in allem aber nicht einmal tausend Mann, die den Zehntausenden Boxern und den regulären Truppen Paroli bieten sollten. Es gab kein Zurück und kein Ausweichen für sie. Auch die in der Stadt verbliebenen zivilen Bewohner der Konzessionen mussten zu den Waffen greifen und sich verteidigen. Schützengräben wurden ausgehoben und Straßen verbarrikadiert, die vom Fluss und vom chinesischen Viertel her unter Beschuss lagen.

Den Russen fiel die Aufgabe zu, den am linken Flussufer gelegenen Bahnhof zu verteidigen – eine denkbar ungünstige Position. Gehalten werden sollte er um jeden Preis, denn andernfalls wäre den Chinesen der ganze linke Uferstreifen in die Hände gefallen, sie hätten von dort die Konzessionen unter Beschuss nehmen können, gut gedeckt durch die Salzhügel, die sich auf den Anschlussgleisen türmen; das Ende der Verteidiger wäre eine Sache von Stunden gewesen.

Rybakow und seine Mannschaft hielten mehrere Tage auf dem Bahnhof aus, gekämpft wurde rund um die Uhr. Sie unternahmen Konterattacken, um zu verhindern, dass der Gegner seine Geschütze zum Direktschuss in Stellung brachte; bei einem dieser Angriffe zog Rybakow sich die Verwundung zu. Er sei kurz davor gewesen, sich die Kugel zu geben, sagte er – es gibt nichts Ärgeres, als hier in Gefangenschaft zu geraten. Doch unsere Soldaten schlugen ihn heraus, brachten ihn in Sicherheit.

Ich habe mir den Bahnhof durch das Fernglas angesehen: Ein paar verkohlte, zerlöcherte Ruinen sind übrig, weiter nichts.

Tientsin liegt anhaltend unter Feuer, jetzt gerade hört man wieder Granaten einschlagen – die chinesische Armee beschießt die Viertel der Europäer. Am meisten hat bisher die französische Konzession abbekommen, weil dort die den Boxern besonders verhassten katholischen Missionare lebten. Ebenda befand sich aber auch das russische Konsulat und das russisch-französische Hospital.

Geschossen wird aus Stellungen in den Vorstädten und vom Gelände der Artillerieschule, die auf einem hohen Plateau direkt am Peiho gelegen ist, gerade gegenüber der deutschen Konzession.

Dort seien zuletzt an die dreihundert junge chinesische Offiziere in Ausbildung gewesen, so heißt es, ausgerüstet mit bester deutscher Waffentechnik. Die europäischen Instrukteure hatten das Weite gesucht, einer, der noch den Versuch unternommen hatte, die Visiere unbrauchbar zu machen, wurde gelyncht; sein Kopf, auf einen Bambusstab gespießt, sei immer noch zu sehen, so heißt es, jedenfalls habe man ihn bei der guten Sicht gestern mit dem Fernglas erkennen können. Heute wurde die Schule von Deutschen und Engländern zurückerobert. Die Verluste sind auf beiden Seiten enorm.

Ein anderer Verwundeter mit Namen Werigo hat all die Tage in der Konzession zugebracht. Auch dort wurde pausenlos gekämpft. Die Leute kamen so gut wie nicht zum Schlafen, aus den Kleidern schon gar nicht. Ein Feldlager zu errichten erwies sich als unmöglich; kaum standen die ersten Zelte, wurden sie unter Beschuss genommen. Die

Richtkorrektur erfolgte offenbar mithilfe von Winkzeichen, die die Chinesen unmittelbar aus der Stadt gaben. Mensch und Tier mussten hinter Mauern Schutz suchen, in den Gassen sowie im Inneren der Gebäude, und das möglichst gut verteilt. Doch auch unter diesen Umständen waren die Verluste kaum geringer als in den Stellungen; es gab in den Konzessionen nirgends ein Fleckchen, wo man vor Gewehren und Geschützen sicher gewesen wäre. Die Häuser waren als Deckung kaum tauglich. Kugeln schwirrten nur so durch Fenster und Türen, Artilleriefeuer durchschlug die Häuserwände mit Leichtigkeit. Frauen und Kinder mussten sich in den Kellern versteckt halten.

Werigo, dem beide Arme verbunden und vor die Brust gezogen sind, kommt nicht allein zurecht, die Bettnachbarn müssen ihm helfen, er aber reißt noch Witze über seine Unbeholfenheit. Ein platzendes Schrapnell auf der Brücke war sein Pech.

Wie sehr die Chinesen uns in der Bewaffnung überlegen sind, ist schon erstaunlich. In Werigos Worten: »Sie haben die neueste Artillerietechnik und einen großen Vorrat an Munition, beste deutsche Ware. Wir nur die alten Kanonen. Die drüben schießen fünfmal und wir einmal. Von den Handfeuerwaffen ganz zu schweigen. Jeder Kuli hat jetzt eine Mauser oder Mannlicher!«

Der Bahnhof ist mit der Stadt über eine Schwimmbrücke verbunden, die aus beweglichen Schuten besteht, sodass man sie aufziehen kann, um Dschunken durchzulassen. Die Brücke wird ständig beschossen, viele unserer Soldaten haben dort ihr Leben gelassen. Ein Stück flussauf wurden Tag für Tag mit trockenem Schilfrohr beladene Boote angezündet und als treibende Fackeln losgeschickt, was dazu führte, dass man immer aufs Neue – unter Beschuss! – die Brücke auf- und zuziehen musste.

Mit den verwundeten Russen kam eine Schwester in unser Feldlazarett, die sie schon im französischen Hospital betreut hatte, Pariserin, von allen einfach Lucie genannt. Ein schlichtes Wesen, lieb und gescheit, die Hände immer rot vom Desinfektionsmittel. Dem Anschein nach sehr zerbrechlich, doch die Laken unter den Leibern der Verwundeten hindurchzuziehen bereitet ihr keine Schwierigkeiten. Sie hat ein hässliches großes Muttermal am Hals, für das sie sich geniert, immer verdeckt sie es wie beiläufig mit der Hand. Keine Ahnung, was sie nach China verschlagen hat. Russisch spricht sie kaum, aber alle hier mögen sie sehr.

Gestern Nacht fing ein Soldat im Lazarett nebenan auf einmal gellend zu schreien an. Da war an Schlaf nicht zu denken, also ging ich nachschauen, was los war. Das Gebrüll kam von dem armen Kerl, dem sie gestern Abend die Beine amputiert haben. Alle Versuche, ihn zu beruhigen, waren misslungen, er brüllte nur noch mehr und schlug um sich, man musste ihn festbinden. Er bekam eine Morphiumspritze, aber auch die stellte ihn nicht ruhig, inzwischen waren alle Verwundeten wach. »Es reicht mir«, rief Doktor Zaremba erbost, »soll er brüllen, bis er heiser ist, dann hört es von ganz alleine auf!«, und er verließ das Zelt.

Da setzte sich Lucie neben den Burschen, nahm seinen Kopf in den Arm und begann begütigend auf ihn einzureden – erst auf Französisch und dann mit den paar Brocken Russisch, die sie kannte: »Da? Net? Choroscho! Choroscho! Papa! Mama!«

Der arme amputierte Junge, den wahrscheinlich noch nie die Hand einer Frau – mit Ausnahme seiner Mutter – gestreichelt hatte, blickte sie an mit wahnsinnigen Augen, wurde tatsächlich ruhiger, verstummte und schlief ein.

Jede Nacht stirbt im Lazarett irgendwer. Die Toten kommen in ein extra Zelt, lange kann man sie dort bei der Hitze aber nicht liegen lassen. Heute waren es acht, die begraben wurden. Zwei von denen hatte ich noch gestern morgen putzmunter herumlaufen sehen; am Abend brachte man sie ins Lager getragen, hoffnungslose Fälle: Der eine hatte einen Halsdurchschuss, der andere eine Kugel im Bauch. Ersterer starb noch am Abend. Hauptmann Popow quälte sich bis zum Morgen, stöhnend und röchelnd, immer wieder das Bewusstsein verlierend. Er hatte gerade erst geheiratet.

Holz für Särge war nicht da; man begrub sie in Säcken. Die Soldaten, die die Toten zu Grabe trugen, hielten sich die Mütze vor die Nase. Einer der Säcke war ganz klein – nur Kopf, Schultern und Arme waren von dem Mann nach einer Granatexplosion übrig, den Rest hatte es ihm weggesprengt und in alle Winde verstreut.

Man bestattete die Männer eine halbe Werst vom Lager entfernt auf einer Anhöhe. Gegraben wurde nicht sehr tief, dazu war man in der Gluthitze nicht fähig. Ein Kreuz für alle – grob zusammengezimmert, in den trockenen Lehm gesteckt.

Ich muss gestehen, Saschenka, als ich den Feldprediger die Totenmesse murmeln hörte und mit ansah, wie die Soldaten über dem Grab Salut schossen, da gingen mir recht ungehörige Gedanken durch den Kopf. Die amerikanischen Indianer haben Pfeile in den Himmel geschossen, um die bösen Geister zu vertreiben; wenn unsere Soldaten das mit ihren Feuerwaffen auf Militärbegräbnissen tun, heißt es Ehrensalut, ist aber dasselbe Ritual wie bei den Indianern mit Pfeil und Bogen. Die, die da jetzt in Säcken unter der Erde liegen, haben jedenfalls nichts davon.

Zurück gingen wir schweigend, jeder vermutlich mit demselben Gedanken im Kopf: dass morgen vielleicht schon er im Hafersack liegen und die Kameraden vor seinem Gestank in die Mütze atmen würden.

Während ich Dir dies schreibe, ist mein Freund Kirill Glasenap ins Zelt gekommen, von dem ich Dir bereits erzählte. Äußerst niedergeschlagen. Er habe beim Verhör eines Chinesen gedolmetscht, so erzählt er, der von unseren Leuten im Nachbardorf aufgegriffen worden sei; der Mann habe glaubhaft versichert, kein Boxer zu sein, sei aber trotzdem erschossen worden, gerade eben.

An all das muss man sich erst gewöhnen, Saschenka.

Nun ist endlich einmal Ruhe eingezogen; keine Schüsse, keine Detonationen. Nur ein Stöhnen aus dem Lazarett drüben und Schnarchen aus dem Nachbarzelt. Eine Maus raschelt in der Proviantkiste.

Es ist dunkel inzwischen, aber unvermindert heiß und stickig, und die Moskitos greifen wieder an. Ich bin von Kopf bis Fuß zerstochen. Kein Vergleich mit unserer braven Stechmücke, die ihr Nahen wenigstens schon von Weitem ankündigt. Die hier sieht und hört man nicht – plötzlich sticht es. Da ist kein Entrinnen. Und die Viecher übertragen die Malaria. Heute wurden spezielle Netze verteilt, leider zu klein. Jetzt sitzen die Soldaten und nähen sich jeder aus zweien, dreien dieser Dinger einen Baldachin.

Denk nur nicht, meine Liebe, dass ich klage; die letzten Tage haben mich nur einfach sehr ermüdet; tagsüber ist man vollauf damit beschäftigt, am Leben zu bleiben, und würde doch am liebsten nur schlafen, kaum sitzt man einen Augenblick irgendwo, hat man Wachträume; nachts aber, wenn man endlich liegt und schlafen könnte, kriegt man die Eindrücke des Tages nicht los.

Auch wenn ich die Augen schließe, sehe ich vor mir den Jungen mit den Stummelarmen, wie er sie der Tasse Tee, die man ihm reicht, entgegenstreckt. Drehe ich mich auf die andere Seite, stehe ich wieder vor der Brücke, die zur Bahnhofsruine führt. Da war ich gestern und sah mit an, wie die Brücke aufgezogen wurde, um sie von den Leichen zu befreien, die sich über Nacht dort angestaut hatten. Keine Ahnung, was sich weiter oben am Fluss tut; Tote kommen angetrieben in endloser Zahl. Einem waren die Hände auf dem Rücken gefesselt; ich sah die gekrümmten Finger, es schien, als ob sie sich bewegten, doch das lag nur am Schaukeln der Welle.

Verzeih, Liebste, dass ich solche traurigen, grässlichen Dinge schildern muss. Es ist nun mal jetzt mein Leben.

Und dabei würde ich dem allem so gerne entfliehen! Untertauchen, vergessen... Lieber an die Kindheit zurückdenken, an mein Zimmer, die Bücher, an Dich und mich! An etwas Schönes, Vertrautes!

Lese den Brief bis hierhin gerade noch einmal und gräme mich, wie wenig Zärtlichkeit für Dich sich darin findet, wo doch so viel davon in mir wohnt.

Heute mache ich mir zum Vorwurf, dass ich damals, als wir noch beisammen waren, so viele Gelegenheiten verstreichen ließ, Dir meine Liebe zu zeigen. Jetzt bist Du so fern, dass ich nichts für Dich tun kann: kein Kuss, keine Umarmung, nicht mal übers Haar streichen kann ich Dir. Liebe muss ja nicht bewiesen werden, sie muss sich äußern. Ich würde Dir so gerne Blumen kaufen! Das habe ich noch nie getan. Einmal nur hab ich Dir Flieder im Park geklaut, weißt Du noch? Außerdem ginge ich am liebsten mit Dir los und kaufte Dir irgendwas Schickes, Überflüssiges: einen Ring, eine Brosche, Ohrringe, einen Hut oder eine Tasche. Früher dachte ich immer, das sei Blödsinn, törichtes Zeug, aber nein, jetzt weiß ich, wie wichtig das ist. Erst jetzt und hier geht mir auf, wie nötig wir die unnützen Dinge haben!

Bei dem Thema fällt mir unsere Nachbarin ein, die ich als Kind manchmal besuchen ging. Mir schien damals, sie müsste hundert Jahre alt sein, vielleicht war sie es. Sie hatte dicke, bandagierte Beine, auf denen sie kaum noch zu gehen vermochte, höchstens ein paar Schritte, auf die Stuhllehne gestützt. Sie stieß den Stuhl ein Stück nach vorn und zog die Füße nach. Sie habe Wasser in den Beinen, erklärte Mama. Bestimmt einen Eimer voll in jedem. Deutlich sehe ich sie vor mir: die tränenden Augen, die zitternden Hände mit den gichtigen Fingergelenken; aus dem grauen Haarknoten stechen die Nadeln hervor. Dazu die Riesenohren mit Ringen, die die Läppchen in die Länge zogen; immer steckten Wattepfropfen darin, weil sie entzündet waren und eiterten. Ich hatte keine Angst vor ihr, schon weil sie immer ein Bonbon oder einen Kringel für mich bereitliegen hatte. Der Grund, weshalb ich zu ihr ging, war indes ein anderer: Sie hob die Gummiringe für mich auf, die sie mit den Tinkturen und Pülverchen aus der Apotheke nach Hause brachte und an den Fensterriegel hängte; ich benötigte sie für die Katapulte, die ich aus Zwirnrollen und Bleistiften bastelte.

Sie war ein bisschen wunderlich und redete beständig über Dinge, die ich nicht verstand. Betulich nahm sie Platz auf ihrem Stuhl vorm Spiegel, und dann ging es los: Die da, begann sie, auf ihr Spiegelbild deutend, das sei nicht wirklich sie; nur früher, als sie noch jung und hübsch war, da sei sie sie selbst gewesen. Zwar nickte ich, doch sie sah, dass ich ihr nicht glaubte, also holte sie die alten Fotos hervor. Ich weiß nur noch, auf manchen waren Gondeln zu sehen. Und sie erzählte, wie der Gondoliere sein Gefährt durch die engen Kanäle lenkt und sich hin und wieder mit dem Fuß von den Hauswänden abstoßen muss. »Alles Wichtige vergesse ich«, sagte sie, »nur nicht, wie der Gondoliere sich von der Wand abstößt.«

Öfter schloss sie ihre Erzählungen mit den Worten: »Das verstehst du jetzt noch nicht. Merk dirs für später.«

Und tatsächlich habe ich mir gemerkt, wie der Gondoliere es machte – und wie wichtig das scheinbar Unnütze ist, das ist mir heute aufgegangen.

Und dann weiß ich noch, wie sie mich einmal als Antwort auf irgendein »Warum?« vor den Spiegel zog und ihre Wange an meine legte: »Darum!«

An meine Frage kann ich mich absolut nicht erinnern, doch ihre Antwort hat sich eingeprägt: Wir beide in den Spiegel schauend, mein siebenjähriges Gesicht und ihre Runzeln, die alte, welke Haut, die Haare über der Lippe und am Kinn, die buschigen Brauen, sie riecht nach alter Frau, ich würde ihr gern entschlüpfen, doch sie hält meinen Kopf in der Zange ihrer Finger.

Als ich aus den Sommerferien nach Hause kam, war sie nicht mehr da. Umgezogen, wie es hieß. Das habe ich damals geglaubt.

Heute frage ich mich, wo die zwei Eimer Wasser geblieben sind, die sie in ihren bandagierten Beinen mit sich herumtrug? Ob sie sich mit den Wassern des Peiho vermischt haben?

Beim Überlesen der letzten Zeilen frage ich mich, wie denn die alte Frau, an die außer mir bestimmt keiner mehr denkt, so urplötzlich hier hereingeraten ist, zwischen Dich und mich. Egal.

Wir gehören zusammen, Saschenka, und nur das zählt. Nichts kann uns trennen.

Schließlich trage ich die Verantwortung für Dich! Kann mich also nicht davonstehlen – jemand muss für Dich sorgen, Dich lieb haben, an Dich denken, mit Dir mitfiebern, sich mitfreuen an dem, was Dir gelingt, und alles Unglück teilen. Daran siehst du, dass ich hier nicht verloren gehen darf!

Erst jetzt, in solch großer Ferne, fällt mir ein, dass ich Dir meine Liebe viel zu selten erklärt habe, Dich gar nicht recht wissen ließ, wie sehr ich Dich brauche! Ich halte mich an Dir fest, so wie ich am Leben hänge. Es ist schwer zu erklären, doch dass ich noch atme, noch in die Welt sehe, verdanke ich nur dem Umstand, dass ich Dich liebe.

Wolodenka!

Keine Ahnung, wie ich es Dir sagen soll... ach was, Du wirst es schon verstehen.

Ich heirate.

Er hat mir heute einen Antrag gemacht.

Es war sehr komisch: Wir betraten ein Restaurant, er ließ mir in der Tür den Vortritt, es war eine Drehtür, ich wollte etwas sagen und bog den Kopf zurück, während er auf mich zukam, so prallte ich mit dem Hinterkopf gegen seine Nase. Er bekam gleich Nasenbluten, der Arme! Und so saß er während des ganzen feierlichen Diners: den Kopf im Nacken, einen blutigen Wattepfropfen in der Nase...

Er sagt, er habe die Scheidung schon eingereicht.

Dabei befühlte er mit den Fingern die Blumen in der Vase, um herauszukriegen, ob sie echt oder aus Papier waren.

Dann stellte er die Frage.

»Ja?«

Ich nickte.

Und ging erst mal austreten.

Auf der Toilette stand das Fenster offen, und der Regen rauschte; seit dem Morgen hatte das Unwetter sich zusammengebraut. Ich wusch mir die Hände und dachte: Was tue ich da? Wozu?

In dem Moment kam eine Frau herein, Ende dreißig, und zog sich den Lidstrich nach. »Ich will mich aber nicht zusammenreißen!«, murmelte sie und ging daran, ihren Duft zu erneuern: sprühte Parfüm aus dem Fläschchen steil in die Luft, stellte sich in den niedergehenden Nebel.

Während sie sich die Lippen nachschminkte, äugte sie über den Spiegel zu mir herüber. Und wahrscheinlich konnte sie in meinen Augen lesen, wie ich sie sah: eine verblühende Frau, der kein Lippenstift der Welt mehr helfen konnte.

Ich ging zurück an unseren Tisch. Mir schien, alle sahen uns zu. Besonders die Kellner, mit schelmischem Blick.

Er sprach von seiner Hauslosigkeit: Wer käme auf die Idee, das Zugabteil, in dem er auf der Reise von A nach B zufällig die Nacht verbringt, penibel einrichten zu wollen?

Ich roch nach dem Parfüm der Frau auf dem Klo, und plötzlich wollte er mir unbedingt ein Geschenk machen, vom Restaurant gingen wir in einen Parfümladen. Dort probierte er ausgiebig so ziemlich alles, was vorrätig war, besprühte mir erst das Handgelenk, krempelte dann meine Ärmel immer höher, und als es keinen Fleck unbesprühte Haut an Arm und Hals mehr gab, ging er zu sich über – nur um jedes Mal wieder das Gesicht zu verziehen: Nein, das sei nicht ich, das sei eine ganz fremde Frau. Wir gingen wieder, ohne etwas gekauft zu haben. Ich aber lief wie in einem dicken Mantel aus Düften, und mir wurde übel.

Aber die Hauptsache habe ich Dir noch gar nicht gesagt: Ich bekomme ein Kind.

Am liebsten schriebe ich den Satz gleich noch einmal: Ich bekomme ein Kind!

Die ganze Zeit stelle ich mir vor, wie groß es gerade ist. Kürbiskerngroß. Ohrläppchengroß. Fingerhutgroß. Wie eine zerknüllte Socke so groß. Neun Zentimeter, fünfundvierzig Gramm. Ich hab in einem Buch ein Foto gesehen: Das Rückgrat ist schon gut zu erkennen, man könnte die Wirbel zählen.

Mama erzählte immer, sie sei, als sie mit mir schwanger ging, verrückt auf alles Bittere gewesen. Mein Bittermandelchen, habe Papa sie scherzhaft genannt. Und bei mir ist es so, dass ich ständig ein Streichholz anzünden und anschließend über die heiße Reibefläche lecken muss. Das haben wir als Kinder immer gemacht. Schrecklich, nicht? Außerdem bin ich versessen auf Halwa. Kaum ist die Packung angebrochen, finden sich nur noch Krümel darin.

Dazu fällt mir noch ein: Hier haben wir wohl den Beweis, dass die Welt keine Schöpfung sein kann. Ich meine, dass ich – oder dieses Etwas in mir – so scharf auf den Geruch eines angeriebenen Streichholzes ist. So etwas zu schöpfen überstiege alle Fantasie, das muss man parat haben. Und es weiß keiner außer mir. Verstehst Du, es gibt Details, die sich kein Schöpfer ausdenken kann. Man kann sie nur vorfinden. Sehen, spüren, sich einprägen.

Ich habe einen tierischen Appetit, behalte jedoch nichts im Magen. Mal würgt es mich pünktlich in der Früh, mal tagsüber in der Arbeit. Mein Mundgeruch ist grässlich, das merke ich selbst. Einmal habe ich es nicht geschafft, mir die Hand vor den Mund gepresst, doch es brach hervor, spritzte mir durch die Finger. Furchtbar peinlich, aber was soll man machen?

In der Natur ist das ein Einzelfall. Kein trächtiges Tier muss ständig kotzen, nur der Mensch. Der überhaupt ein ziemlich missglücktes Tier ist, nicht nur in dieser Beziehung.

Von alledem bin ich so gerädert, dass ich manchmal stundenlang herumliege mit der Schüssel neben dem Bett, in Erwartung und Befürchtung.

Ich mehre mein eigen Fleisch in mir und zähle die Monde.

Zu spüren ist, wie ich mich verändere. Meine Bewegungen sind fließender. Glanz in den Augen. Süße Schläfrigkeit. Der Blick nach innen gerichtet. Wozu noch die sichtbare Welt, wenn in mir eine unsichtbare heranwächst? Das Sichtbare tritt zurück, wird gedämpft, ausgelöscht. Räumt den Platz für das, was noch nicht zu sehen ist.

Ich habe das seltsame Empfinden, an der Entstehung eines neuen Planeten teilzuhaben, der sich zu festgesetzter Stunde von mir abspalten wird. So als wäre ich des Lebens Schwester und überhaupt verwandt mit jedem Baum und Strauch. Aber so ist es ja auch. Ich raufe Donkas Mähne und denke:

Köterchen, wir beide stammen vom selben Eiweißklumpen ab, wusstest du das? Und sie weiß es! Sie hat einen Nabel, und ich habe einen. Über ihn sind wir miteinander verbunden. Ich kraule ihr den Bauch, und sie peitscht glücklich mit dem Schwanz. Alle beide sind wir voll bis oben hin mit Glück, mir fehlt nur der Schwanz, mit dem ich so frohgemut aufs Parkett hauen könnte!

Donka ist übrigens ein dummer Hund: Du zeigst mit dem Finger auf irgendwas, sie aber schaut unverwandt auf den Finger, zum Piepen ist das. Besonders mag sie es, wenn ich die Sandaletten von den müden Füßen werfe und ein Nickerchen mache, dann kommt sie, legt sich dazu und leckt mir die Zehen. Wie das kitzelt! Ihre Zunge ist ganz rau.

Und was das Verrückteste ist: In diesem Knäuel Leben, das in mir wohnt, reift auch schon das nachfolgende und das darauffolgende und immer so weiter. Ich bin gespickt mit zukünftigen Existenzen! In der Schule hatte ich immer Mühe, mir die Unendlichkeit auszumalen – hier liegt sie, unter meiner Hand.

Ich betrachte die Frauen in meiner Umgebung und wundere mich, dass sie leer herumlaufen. Obwohl sie doch die Möglichkeit hätten!

Komisch ist auch, dass ich im Spiegel noch so aussehe wie immer – trotz meiner Wandlung. Der Bauch hat noch nicht zu wachsen angefangen.

Und nachts wache ich manchmal auf, schweißgebadet vor Angst: dass am Ende etwas Falsches aus mir herauskommt. Dann liege ich da und suche zu vergessen, was man uns einst gezeigt: jenes Stück Fleisch mit Fell und Zähnen. Oder das Ungetüm, halb Mensch, halb Flunder, mit beiden Augen auf einer Seite.

Von solchen Albdrücken bist du am Morgen wie benommen. Und dann auch noch Mama – wohl um zu trösten, für so etwas ist sie immer gut: »Der Sinn jeder noch so schönen Blüte ist nur, dass sie verwelkt. Es geht um das unansehnliche Kästchen mit Samen, das übrig bleibt.«

Mein Vater wiederum – er ruft immer an, wenn er getrunken hat, bettelt inständig, ich möge nicht auflegen – freut sich, Opa zu werden. »Pass mal auf«, lallt er, »wenn ich will, dann gebär ich auch, und dann hab ich einen Enkel, der älter ist als mein Kind. Dass du mir ja einen Jungen zur Welt bringst!«

Ich sage, ich hätte keine Zeit für solchen Unsinn, und lege schnell auf.

Mama hat mir einen Büstenhalter mit großem Haken geschenkt, dazu einen Gurt zur Verlängerung, von Monat zu Monat verstellbar.

»Wenn du merkst, dass der Urin trüb wird, sofort zum Arzt gehen!«, sie kann das Belehren nicht lassen. »Als ich mit dir schwanger war, hatte ich auch plötzlich Eiweiß im Urin.«

Derweil bin ich mit den Gedanken woanders und beknabbere die Haut an meinen Fingernägeln; sie sieht es und patscht mit der flachen Hand darauf, wie sie es früher tat.

Wenn sie behauptet, alles würde gut, nimmt meine Panik komischerweise eher zu.

Sein Atelier ist jetzt unser Asyl.

Darin irre ich herum und muss alles neu lernen: Aha, hier sind die Teelöffel, da ist die Teekanne, aber wo ist der Tee? Dabei versuche ich, die Höhle ein bisschen zu domestizieren.

Der Streifzug durch die vielen kleinen Fächer des großen Buffet ist meine Hochzeitsreise.

Und alle fünfundvierzig Minuten hört man es aus der Schule drüben klingeln.

Außerdem klopft es die ganze Zeit: Im Nachbaratelier arbeitet ein Bildhauer. In aller Herrgottsfrühe nimmt er Hammer und Meißel zur Hand. Einmal hat er sich ein Buch zum Lesen ausgeborgt, als er es zurückgab, war es voller Steinstaub.

Zweimal die Woche kommt seine Sonja zu uns. Er hat ihr gesagt, dass sie demnächst ein Schwesterchen oder Brüderchen dazukriegt. Sie hat beschlossen, dass es ein Brüderchen wird.

»Was macht mein Brüderchen?«, fragt sie jedes Mal.

»Ihm gehts gut!«, sage ich lachend.

Er bringt sie immer zur Ballettschule. Neulich war ich wieder einmal mit. Sie geht an seiner Hand, meine will sie nicht.

»Und Mama und du heiraten wirklich nie mehr?«, will sie von ihm wissen.

Er erklärt ihr, dass er von jetzt an tatsächlich nicht mehr zu Hause wohnen wird.

Darauf sie: »Aber mich hast du immer noch am allerallerliebsten, Papa?«

»Ja.«

Sie sieht mich an mit triumphierendem Blick.

Das erste Mal, dass ich mit zum Unterricht ging, war im zeitigen Frühling: Der Wind war schon feuchter, aber abends gefror es noch. Wir traten auf die mit dünnem Eis bedeckten Pfützen, das Knacken gefiel uns. Vor dem Knacken stöhnte das Eis noch kurz auf.

Wir kamen in den Tanzsaal aus der Kälte, die Ballettschuhchen waren klamm. Er hielt sie sich vor den Mund und hauchte hinein, um sie anzuwärmen.

Auf einmal bekam ich selber solche Lust, Ballett zu tanzen! Ach, warum hat mich Mama bloß als Kind nicht Ballettunterricht nehmen lassen!

Das Scharren der Füße. Das Rascheln des Musselins. Die Mädchen hocken reihenweise im Flur auf dem Boden und ziehen sich die wollenen Gamaschen über die Seidenstrümpfe.

Die Lehrerin – Exballerina, in tadelloser Haltung – bahnt sich, über viele Füße hinwegsteigend, ihren Weg. Eltern und Großmütter in Pelzmänteln verteilen sich auf den Stühlen an der Wand. Der Korrepetitor wärmt sich die Hände am Heizkörper. Dann geht es los.

»Höher das Kinn! Spitze strecken! Stre-cken! Rücken aufrecht! Die Beine müssen zirkelgerade sein! Rücken! Kopf hoch! Die Zungenspitze bleibt im Mund!«

Fünf Positionen – fünf Akkorde. In der fünften Position verharren sie.

Ich schaue ihnen zu und wäre wahnsinnig gern wieder klein und leicht, stünde an der Stange und übte, von der Pike auf, alle Positionen, Pliés und Préparations. Mein Kind wird einmal zum Ballett gehen, so viel steht fest. Vielleicht wird es ja ein Mädchen. Obwohl, was spielt das für eine Rolle? Ob er oder sie, ich habe es jetzt schon lieb.

Am meisten Spaß bereiten den Kindern die Révérences.

Gestern daheim hat er mit ihr für die Schule geübt und ihr erklärt, was Perspektive bedeutet. Er kann das alles wunderbar erklären!

»Schau, die Welt wird von der Perspektive gehalten wie ein Bild an der Wand von der kleinen Schnur, mit der es am Nagel hängt. Gäbe es Schnur und Nagel nicht, die Welt fiele runter und ginge kaputt...«

Und dann sehe ich sie ein Bild aus irgendeiner Zeitung hernehmen und mit Lineal und Bleistift Linien ziehen, alle zu einem Punkt hin. Von jedem Stuhl, jeder Blume, jeder Hand, jedem Fuß, jedem Auge, jedem Ohr laufen dünne Stricke zu dem einen Nagel hin. Ich trete näher und lobe sie.

»Das klappt ja schon ganz prima bei dir!«

»Weißt du, was ein Zigeunerarmband ist?«, entgegnet sie mit einer Frage.

»Nein.«

»Soll ich es dir zeigen?«

»Klar.«

Sie umfasst meinen Unterarm mit beiden Händen und dreht sie in verschiedene Richtungen. Beinahe hätte ich aufgeheult vor Schmerz! Die Haut brennt wie Feuer, es bleibt ein roter Streifen.

Ich bedankte mich mit einem Lächeln.

Sie kämpft mit mir – um ihn.

Meine liebe Saschenka!

Wie wohl wird mir, wie warm ums Herz, beim Schreiben der Anrede mit Deinem Namen: Saschenka!

Wie mag es Dir ergehen? Was erlebst Du so? Ich denke die ganze Zeit an Dich. Und es macht froh zu wissen, dass auch Du mit den Gedanken bei mir bist!

Ich kann mir denken, dass Du Dich um mich sorgst. Tu das nicht, Liebste! Daran, dass ich Dir schreibe, siehst Du, dass mir nichts passiert ist! Ich schreibe, also bin ich noch.

Wann magst Du diesen Brief erhalten? Ob überhaupt? Aber Du kennst ja die alte Weisheit: Nur die Briefe kommen nicht an, die ungeschrieben bleiben.

Wahrscheinlich versuchst Du Dir vorzustellen, wie es mir geht, wie ich jetzt aussehe, was ich esse, wie ich schlafe, was ich sehe, wenn ich mich umgucke. Darum will ich Dir, wenn schon mal Zeit dafür ist, einen Einblick in unser Dasein geben.

Die ersten Tage, das schrieb ich Dir schon, wurde ununterbrochen gekämpft. Jetzt ist Stille eingezogen. Nur selten hört man einmal einen kurzen Artillerieschusswechsel.

Nach wie vor quält uns die unerträgliche Hitze, doch ist jetzt noch starker Wind dazugekommen, ein richtiger Sandsturm. Er trägt feinen Sand aus der Wüste Gobi heran, und alle Gegenstände liegen unter einer gelben Staubschicht; das

Zeug dringt bis in die Zelte ein, beim Essen knirscht es ständig zwischen den Zähnen. Staub in den Augen, den Ohren, im Kragen, in den Taschen – es ist grauenhaft.

Regen wird sehnlichst erwartet, lässt sich aber leider nicht herbeordern. Alle träumen davon – denn dann könnte man endlich sauberes Wasser sammeln. Ein paar unserer Soldaten haben im Peiho gebadet und am ganzen Körper Ausschlag bekommen. Von der Leichenflüssigkeit, wie der Doktor sagt. In den frisch gegrabenen Brunnen ist nur wenig Wasser von schlechter Qualität. Nachts steht vor jedem Brunnen einer Wache – aus Furcht, dass sie kommen und ihn vergiften.

Ständig treffen neue Einheiten ein, unser Lager erstreckt sich schon über eine ganze Werst. Früher waren das mal Kaoliangfelder; alles niedergetrampelt.

Jetzt beschreibe ich Dir, was mich umgibt.

In Richtung Süden sind die Überbleibsel chinesischer Dörfer zu sehen. Die Einwohner sind geflohen. Zwischen den verkohlten Ruinen streunen Hunde und Schweine, auf die unsere Soldaten mitunter Jagd machen. Am schlimmsten sind die Hunde: vollkommen verwahrlost, fallen jeden wütend an. Überhaupt sind die Dörfer hier dreckig und arm.

Im Vordergrund ein paar kleine Wäldchen. Von ihrem Grün heben sich die exakt ausgerichteten weißen Zelte ab. In langer Reihe stehen die Pferde angepflockt und pendeln mit den Köpfen, der Fliegenschwärme wegen.

Im Stabszelt geht es munter zu. Bastmatten sind ausgelegt, herübergeschleppt aus zerstörten Fangtsen, Lehmhütten der Chinesen, in der Nähe. Leere Munitionskisten dienen als Tische. Gerade ist frischer Tee bereitet worden – angeblich das Einzige, was hilft, die Hitze zu ertragen.

Und vor unserer Nase das Lazarett. Von dieser unfrohen Nachbarschaft habe ich Dir schon berichtet.

Linker Hand zwischen den Zelten sehe ich die Entfernungsmessleute, wie sie sich an ihrem Dreibein mit Winkelfernrohr zu schaffen machen.

Etwas schräg rechter Hand putzen Soldaten unter einem Segeldach ihre Gewehre. Man riecht das Öl bis hierher, hört das metallische Schaben der Putzstöcke und Bürsten, die sie durch die Läufe ziehen.

Noch dahinter liegt die Küche. Dort wurde heute in meiner Gegenwart eine Kuh geschlachtet. Als dieser ganze Haufen Eingeweide hervorquoll, habe ich mich gefragt, wie das alles in ihr Platz gehabt hat. Haben wir etwa auch so viel Gekröse in uns drin? ... Das wurde alles verbuddelt, auch die Augen. Die Augäpfel der Kühe sind tatsächlich apfelgroß!

Zumeist ernähren wir uns aber von Pferdefleisch. Das gar nicht viel anders schmeckt als Rind.

Ganz am Ende des Lagers, in genügender Entfernung, werden gerade neue Latrinen gegraben. Die vorigen waren gedankenlos errichtet worden, denn meist kommt der Wind genau von dort, und es stinkt wie die Pest.

Ich glaube ja nicht, meine liebe Saschenka, dass das alles sonderlich interessant für Dich ist. Doch leider ist es das, was mein Dasein gerade ausfüllt.

Mitten im Biwak, da, wo die Küche steht und daneben das große als Offizierskasino dienende Zelt, ragt ein großer Erdhügel auf, von mehreren kleineren umgeben. Du wirst lachen, aber wir wohnen buchstäblich auf einem Friedhof.

Sie haben ihre Grabhügel überall, die ganze Gegend um Tientsin ist davon überzogen. Kirill Glasenap hat mir erklärt, wie das zusammenhängt. Es gibt hier nämlich keine Friedhöfe in unserem Sinne. Auf jedem Acker, den ein bestimmter Familienclan bestellt, ist ein Fleckchen den Vorfahren zugedacht. Die Toten werden dabei nicht in die Erde eingegraben – man schüttet im Gegenteil etwas Erde auf, darauf kommt der Sarg und dann noch einmal Erde zuoberst. Es entsteht ein kegelförmiger Hügel, unterschiedlich hoch, je nach Größe des Sargs und Reputation des Toten. Er wird mit einem Gemisch aus Lehm und Stroh von außen befestigt, das Ganze macht beinahe den Eindruck einer kirgisischen Jurte. Es herrscht der Glaube, dass die Ahnen ihren Nachfahren beistehen. Das trifft nun tatsächlich zu: Unsere Soldaten mögen diese Hügel ganz und gar nicht, weil sie feindlichen Schützen eine perfekte Deckung bieten. Man muss ständig auf der Hut sein.

Außerdem berichten die Soldaten, die stundenlang auf Posten zubringen, es gebe hier viele Schlangen; mir ist bis jetzt noch keine begegnet. Habe ich es Dir schon erzählt oder nicht? Als kleiner Junge hob ich einmal im Wald einen kleinen Reisighaufen auf, um ihn zum Feuer zu tragen, als plötzlich eine Schlange daraus hervorgeschossen kam, zu Boden klatschte und entschwand. Der Schreck hat fürs Leben gereicht... Aber auch ohne dieses Geschmeiß ist an kleinen Unliebsamkeiten kein Mangel: Zum Beispiel fährst du mit der Hand in die Tasche, weil du weißt, dort ist noch ein Stück Zucker, und plötzlich ist da alles voll Ameisen.

Dass uns gerade eine Atempause vergönnt ist, bedeutet nicht, dass der Tod auch pausiert. Nach wie vor müssen wir beinahe täglich jemanden begraben; nur stellen wir keine Kreuze mehr auf, versuchen im Gegenteil das Grab so unauffällig wie möglich zu halten. Jenes erste Kriegergrab, das ich Dir beschrieb, wurde von den Chinesen des Nachts wieder aufgescharrt, die Körper wurden geschändet und verstreut. Dieser Hass! Bemerkt wurde es am nächsten Morgen, als ein Wachsoldat auf seinem Vorposten einen Hund mit angefressener Menschenhand in der Schnauze vorbeilaufen sah.

Ein Schlepper mit zwei angehängten Barken voller Flüchtlinge ist der Stadt entkommen und flussab in Richtung Taku unterwegs. Frauen und Kinder, sichtlich entkräftet, mit Sack und Pack. Ein Papagei im Käfig fiel besonders auf.

Fieberhaft wird die Bahnstrecke repariert, um den Nachschub an Mannschaft und Gerät zu sichern. Die Lokomotiven sind alle ruiniert; die Amerikaner und unsere Eisenbahner versuchen sie instand zu setzen. Ein Fernmeldetrupp stellt die Leitungen wieder her, doch es fehlt an allem, besonders an Masten; anstelle der Isolatoren werden Flaschen verwendet.

Manchmal haben wir Kontakt zu den Verbündeten; tagtäglich treffen neue Truppen ein. Gestern Abend hatten unsere Offiziere Japaner zu Gast. Einer, der leidlich gut Russisch sprach, erklärte, als die Rede auf die Schwierigkeiten im Kampf gegen die Boxer kam: »Ich zeige Ihnen, worin die Tugend der Chinesen besteht!« Mit diesen Worten legte er die Hand auf den Tisch. Die Fliegen, die in großer Zahl dort gesessen hatten, flogen natürlich auf.

»Sehen Sie. Jetzt ziehe ich die Hand zurück, und die Fliegen kommen wieder. Die Boxer verhalten sich ebenso. Sie töten aus dem Hinterhalt. Greifen wir an, ziehen sie sich zurück. Kurze Zeit später sind sie wieder da.«

Während er dies sagte, schlug er mit einer schnellen Bewegung der flachen Hand ein paar Fliegen tot.

Man muss es den Japanern lassen: Sie legen eine beeindruckende Disziplin und fatalistische Furchtlosigkeit an den Tag. Vielleicht sind deshalb ihre Verluste am größten. Oberster Befehlshaber ist General Fukushima, legendär durch seinen Ritt von Berlin über Petersburg nach Wladiwostok. Wie die Japaner marschieren, in kleinen Schritten, als hätten sie Fesseln an den Füßen, das sieht lustig aus.

Überhaupt geben wir hier eine ziemlich pittoreske Gesellschaft ab.

Die Amerikaner in ihren weichen, breitkrempigen Hüten sehen aus wie verwegene Cowboys. Sie schlagen sich wacker;

mit der Disziplin haben sie es weniger. Bei ihrem Anblick fühlt man sich in einen Mayne-Reid-Roman versetzt.

Echte Franzosen haben wir nur wenige, dafür Zuaven, die eilig aus Indochina herverlegt wurden. Sie sehen nicht wie reguläre Truppen aus, sehr martialisch.

Die Engländer haben Sepoys geschickt – große, schlanke Männer in gelben und roten Turbanen. Angeführt wird jede Kompanie jedoch von einem englischen Offizier, während ein Sepoy, auch wenn er dreimal so alt ist wie sein Vorgesetzter, höchstens Truppenoffizier sein kann. Ich denke nicht, dass auf sie sonderlich Verlass ist. Die Ehrenbezeigung der Sepoys erfolgt durch Anlegen der Hand erst an den Turban und dann an die Brust.

Österreicher gibt es hier nur ein paar Dutzend; dafür sind ihre Nationalfahnen so groß, dass man mit einer solchen die ganze Truppe abdecken könnte.

Italien wird von einer Kompanie Bersaglieris – Alpenschützen – vertreten. Sie sehen aus wie dem Journal *Die Welt in Bildern* entsprungen: Hüte mit Hahnenfedern, nackte Waden, putzige kleine Karabiner in Händen, jedermann anlächelnd.

Heute sah ich auch Deutsche in ihren plumpen braunen Röcken. Einem wurde in der sengenden Sonne schlecht, seine Kameraden zerrten ihn in den Schatten und fächelten ihm Luft zu. Von der Hitze fallen überhaupt viele um.

Manchmal kommt mir das alles vor wie ein skurriler Maskenball – all die Uniformen, Trachten, Helme, Turbane. Früher kostümierten sich die Leute zur Karnevalszeit, um dem Tod eine Nase zu drehen. Ist es das, was wir hier tun?

Auffällig ist das herzliche Verhältnis der Alliierten untereinander, selbst auf Soldatenebene. Das kann vielleicht nicht anders sein, wenn man Entbehrungen und Gefahren zu teilen und im Kampf füreinander einzustehen hat.

Weißt Du, was ich am eindrücklichsten finde? Du siehst unsere russischen Mützen sich mit den weißen Helmen der Engländer, den runden blauen Fezen der Franzosen, den Turbanen der Sepoys, den keck geschwungenen Hüten der Amerikaner und den kleinen weißen Mützen der Japaner mischen – und hast plötzlich das Gefühl, einer einzigen großen Menschenfamilie anzugehören, und alle Kriege, die unsere Vorväter entzweiten, gehören der Vergangenheit an. Dies hier dürfte der letzte Krieg überhaupt sein.

Manchmal, wenn ich dienstfrei habe, schaue ich drüben bei den Verwundeten vorbei, bleibe ein bisschen sitzen und höre mir ihre Geschichten an. Heute kam in einem der Zelte das Thema Artillerietechnik auf. Anselm, Kommandeur der zweiten Batterie, dem es den Ellbogen zertrümmert und die Nase durch einen Splitter versehrt hat – der Arm ist praktisch hin und das Gesicht verunstaltet, trotzdem ist er froh, noch so davongekommen zu sein –, dieser Anselm also hatte zu erzählen, dass die Chinesen aus neuesten Kruppkanonen feuern, noch dazu mit rauchlosem Pulver und aus Stellungen, die durch den Bahndamm vollständig gedeckt seien; sie ausfindig zu machen sei außerordentlich schwierig.

Erstaunlich anzusehen, wie ein Mann mit Gesichtsverband, zermartertem Leib, bis ans Ende seines Lebens nun wohl ein Krüppel, sich nicht etwa hängen lässt, gar die Kraft findet, zu lachen, Leidensgenossen aufzumuntern. Unwillkürlich fragt man sich: Wäre man dazu auch in der Lage?

Besonders tapfer im Ertragen von Schmerzen zeigen sich die Kosaken. Unteroffizier Sawin, irgendwo vom Amur, hat einen zertrümmerten Kiefer, seine Zunge ist so angeschwollen, dass sie nicht mehr in den Mund passt, trotzdem findet er es komisch, dass sein Verband wie ein Weiberkopftuch aussieht.

Und Rybakow – der mit den kaputten Füßen, ich schrieb es Dir –, ihm haben sie ein Bein bis zum Knie amputiert. Er behauptet, dass er es noch spürt. Beim Nachsinnen darüber kam ich auf den Gedanken, dass der Mensch nach dem Tode vielleicht auf dieselbe Art den Körper noch spürt, den er nicht mehr hat.

Täglich kommen neue Verwundete hinzu. Heute einmal nicht, das ist eine glückliche Ausnahme: Alle, die am Leben waren, sind es noch, alles was heil war, ist heil geblieben. Anders letzte Nacht, als ein ausgesandter Melder eingeliefert wurde; ein Versehen, heißt es, Schreckreaktion – einer unserer Posten hat ihn im Dunkeln für einen feindlichen Späher gehalten. Eine Trage war nicht zur Hand gewesen, sie brachten den Pechvogel auf einer Tür geschleppt, die sie in einem zerstörten Haus aus den Angeln gerissen haben. Es hat ihn in die Leiste getroffen, er leidet schrecklich. Verstärkt wird das Leiden wohl durch die Gewissheit, vom eigenen Mann getroffen worden zu sein und nicht von feindlicher Hand. Man befürchtet, es könnte eine Blutvergiftung dazukommen; daran geht man hier häufiger zugrunde als an den eigentlichen Verletzungen.

Unser Doktor Zaremba, der alte Knurrhahn, gefällt mir immer besser. Wenn seine Laune danach ist, unterhält er die Anwesenden mit Schnurren aus seiner Zeit in der Pekinger Gesandtschaft. Er versteht auch ein bisschen Chinesisch. Heute beim Tee fiel ihm ein, wie einmal ein junger Chinese zu ihm kam und die Beschwerden seiner Mutter schilderte. Zaremba gab ihm eine Tinktur mit, die der junge Mann jedoch auf der Stelle selber austrank. Der Gedanke, dass die Mutter von einer Arznei gesunden könnte, die der Sohn zu sich nimmt, kam ihm überhaupt nicht befremdlich vor! Das lässt tief blicken, was das Entwicklungsniveau der Chinesen betrifft.

Der Doktor hat viel zu tun. Jetzt gerade muss er wieder operieren. Ein Soldat aus einem Pioniertrupp ist eingeliefert worden, Anzeichen von Faulbrand. Er hat gebettelt, ihm sein Bein zu lassen. »Ich amputiere nie zum Spaß«, hörte ich Zaremba ihm schroff ins Wort fallen.

Und er befahl, dem Patienten die Chloroformmaske aufzuzwingen.

Neulich habe ich mal aus Neugier an dem Zeug geschnüffelt. Lauwarme Luft, die nach gar nichts riecht oder höchstens nach dem Gummi der Maske.

Manchmal gibt es Gelegenheit, ein paar Worte mit Lucie zu wechseln. Gestern Abend ist sie dem Doktor beim Verbinden zur Hand gegangen; bei einem waren die Binden an der Wunde angetrocknet und mussten abgerissen werden, der Mann hat sich vor Schmerz in ihre Arme verkrallt; sie zeigte mir heute ihre blauschwarzen Handgelenke vor – lächelnd und, wie ich glaube, mit Stolz.

Lucie ist, wie ich nun weiß, Schwester geworden, weil es gar nicht anders ging. Sie hatte versucht, die belagerte Stadt zu verlassen, doch der letzte Flüchtlingszug von Tientsin nach Taku geriet unter Beschuss und war zum Leidwesen der Passagiere – größtenteils Frauen, Kinder, Verwundete – gezwungen umzukehren. Kurz darauf war die Bahnlinie zerstört, und alle mussten in der belagerten Stadt ausharren, die furchtbaren Artillerieangriffe ertragen. Sie hielt es nicht aus, untätig herumzusitzen, und meldete sich freiwillig zur Arbeit im Hospital. Inzwischen hätte es die Möglichkeit gegeben, mit den anderen Flüchtlingen auszureisen, doch sie beschloss, vorläufig in unserem Lazarett zu bleiben. Und tatsächlich haben die Verwundeten die zartfühlende Lucie und ihre Wärme genauso bitter nötig wie Medizin.

Wenn man mit ihr spricht, bleibt das Auge unwillkürlich an dem bizarren Muttermal hängen; bemerkt sie deinen Blick, hebt sie sofort die Hand davor, was einen peinlichen Moment ergibt.

Die Männer werden von ihr angezogen, das ist nur verständlich. Alle sind sie aus ihrem Zuhause gerissen, vermissen ihre Liebsten. Jeder kann ein bisschen Zuwendung gebrauchen, Wärme, ein menschliches Wort. Lucie ist darauf bedacht, allen gleich freundlich zu begegnen, keinen zu nahe heranzulassen. Mit Ausnahme von Glasenap, wie mir scheint. Ich sehe die beiden öfter zusammenhocken und sich lebhaft unterhalten. Die Schwester hat ein schönes Lachen, leicht und hell. Eben kommt Kirill zurück von ihr, lässt sich aufs Bett fallen und seufzt nur, wischt sich den Sandstaub von den Brillengläsern, die dick wie Flaschenböden sind. Ich habe einmal versucht hindurchzusehen und bekam sofort Kopfschmerzen.

Draußen bricht die Dunkelheit herein, schwarz und schnell. Grillen und Frösche haben ihre Abendlieder angestimmt. Und die Moskitos sind auch gleich wieder da, überall hört man es klatschen und fluchen.

Von der Dunkelheit könnte man erwarten, dass sie Linderung bringt, doch das Gegenteil ist der Fall: Der Wind legt sich, die Erde gibt die tags aufgestaute Wärme wieder ab, und Luft zum Atmen ist endgültig keine mehr da.

Der Sandsturm heute hat alles mit einem Belag versehen. Selbst zwischen den Zähnen knirscht es. Man möchte sich immerzu den Mund spülen. Doch das Ärgste ist der Durst. Ständig greife ich zur Feldflasche, auch wenn dieses Wasser die Sache nur schlimmer macht. Schweiß fließt in Strömen über Gesicht und Körper. Der Staub auf der Haut ist zu einem dichten, klebrigen Film geworden. Aber genug geklagt. Alles nicht der Rede wert, glaub mir!

Was ich noch gelernt habe, meine liebe Saschenka: Der Krieg besteht nicht nur aus Kämpfen, Explosionen, Wunden, nein – dazu kommen endloses Warten, Ungewissheit, Langeweile. Diesbezüglich sind die Gespräche mit Kirill meine Rettung. Wir reden über Gott und die Welt, streiten nicht selten, beschimpfen uns gar, grollen einander, aber das nie für lange, dann haben wir vergessen, was uns auseinanderbrachte, und reden von anderem.

Ich bin mir sicher, Glasenap gefiele Dir. Auch wenn er ein paar Gewohnheiten hat, die mir lästig sind – zum Beispiel, dass er beim Reden so furchtbar mit den Händen fuchtelt und sein Gegenüber ständig am Ärmel zupft –, ist er mir doch sehr nahe und sympathisch. Seine bedächtige Art zu sprechen, die klugen Augen, die hinter den Brillengläsern winzig anmuten. Schlafen kann er nur mit seinem bestickten kleinen chinesischen Kissen unterm Kopf, das gestopft ist mit irgendwelchem Tee und eine spezielle Einbuchtung für das Ohr hat. Der Duft der Kräuter, so behauptet er, tue den Augen wohl.

Er erzählt immer so spannende Dinge! Wie findest Du zum Beispiel dies: Die Lebensenergie, die alles um uns her durchdringt und verbindet, heißt bei den Chinesen Qi. Und Einfluss nehmen kann man auf das Qi vermittels der Musik. Wie sich umgekehrt anhand von Klängen die Sättigung mit Qi erkennen lässt. Früher musste sich, wenn die Kampfbereitschaft einer Armee zu prüfen anstand, ein Musiker zwischen die Reihen der Soldaten stellen und in ein spezielles Horn blasen; aus dem entstehenden Ton konnte er Rückschlüsse ziehen. Klang das Horn gedämpft, dann war der Kampfgeist entsprechend, was eine Niederlage wahrscheinlich werden ließ. In so einem Fall hieß der Befehlshaber sein Heer nicht in den Kampf ziehen, sondern blies zum Rückzug. Du lachst?

Wann immer sich die Möglichkeit ergibt, betreibt Glasenap kalligrafische Übungen. Er hat einen ganzen Satz Pinsel dabei sowie Tusche in Stangenform, die er im Tuschestein in einer kleinen Pfütze Wasser anreibt. Papier ist hier allerdings Mangelware, oft schreibt er auf einem Stück Brett oder Leinwand, wobei er den Pinsel in pures Wasser tunkt. Mehrere

Schriftzeichen, von oben nach unten geschrieben, ergeben ein Gedicht. Ist ein solches zu Ende geschrieben, haben Sonne und Wind den Anfang bereits wieder ausgelöscht. Du solltest sehen, Saschenka, wie toll er das macht!

Mitunter verbringen wir die Zeit auch ganz annehmlich, wie Du siehst.

Entschuldige, das sollte ein Witz sein.

Man nutzt einfach jede Gelegenheit, sich abzulenken.

Als Kirill heute seine Exerzitien machte, bekam ich Lust, es auch einmal auszuprobieren, und tat ein paar Pinselstriche – zu denen Freund Glasenap geringschätzig anzumerken hatte, sie sähen aus wie der Abschnitt eines Bambusrohrs. Was mich im ersten Moment unsäglich stolz machte, doch weit gefehlt: Ein Pinselstrich darf weder einem Schafskopf noch einem Rattenschwanz, noch einem Storchenbein, noch einem geknickten Zweig und überhaupt gar keiner realen Erscheinung dieser Welt ähnlich sein. Andererseits weiß ich jetzt auch: Ein waagerechter Strich gleicht einer Wolke der Länge von zehntausend Li. Ich beschloss, dass Kalligrafie wohl doch nicht das Rechte für mich ist.

Die Anfänge des Schrifttums, so erfahre ich, liegen bei der Aufzeichnung von Vorschriften für die Opferrituale. Kleine Bilder veranschaulichten liturgische Szenen, Akteure ebenso wie Gerätschaften. So weit, so gut. Aber was dann kam! Es zeigte sich nämlich, dass nunmehr jeder, der sich das Bild anschaute – auf dem ein Hund ein Hund war, ein Fisch ein Fisch, ein Pferd ein Pferd, ein Mensch ein Mensch –, des Mysteriums teilhaftig werden konnte. Also suchte man das Schrifttum absichtlich zu verunklaren, damit es nur Eingeweihte verstanden. Die Zeichen begannen sich von Baum, Sonne, Himmel und Fluss zu emanzipieren. Früher hatten sie Harmonie und Schönheit auf Erden einfach nur widergespiegelt. Jetzt hatte die Harmonie ins Schreiben selbst Eingang gefunden. Die Schrift war kein bloßes Spiegelbild von Schönheit mehr, sie war die Schönheit an sich!

Wie ist mir das alles nah und vertraut.

Kirill trauert, dass er nicht zu Hause sein kann, wenn seine Schwester heiratet. Seine Mutter wollte ihn nicht ziehen lassen, sagt er; sie hat schreckliche Angst, dass er umkommt.

»Früher hab ich um mein Leben nie gefürchtet, aber jetzt habe ich Angst – nämlich ihre!«

Ich sagte lieber nichts dazu. Weiß ich doch, dass meine genauso um mich bangt.

Beim Abschied auf dem Bahnhof hat sie geweint und wollte mich abküssen, was mir peinlich war; ich versuchte mich aus ihren Umarmungen zu befreien.

Und dann wollte mich ihr Blinder partout auch noch umhalsen. Kratzte mich mit seinem borstigen Kinn.

»Sag doch wenigstens was!«, bettelte sie zum Abschied.

»Geh nur! Alles wird gut. Geh!« – das war alles, was ich mir abringen konnte.

Verstehst Du, Sascha, ich wollte mich selbst glauben machen, dass ich sie nicht liebe. Ach nein, das kannst Du nicht verstehen. Verstehe es, ehrlich gesagt, selber kaum noch.

Ich schließe die Augen und sehe vor mir jene Welt, die sonst keiner sieht: unsere alte Wohnung, die Tapeten, die Gardinen vor den Fenstern, die Möbel, das Parkett. Der Spiegel über der Kommode, vor dem ich einst Fratzen der Selbsterkenntnis schnitt. Das Sofakissen mit dem Pfau, dessen Knopfauge sich drehen ließ. Von Großmutter gestickt. Hin und wieder riss das Auge ab (nicht ohne dass ich nachhalf natürlich) und wurde wieder angenäht, was den Ausdruck im Pfauengesicht jedes Mal änderte: Mal äugte er erschrocken zur Seite, mal blickte er staunend zur Decke oder kicherte boshaft.

Ich sehe vor mir die Striche am Türbalken – Mama maß dort immer, wie groß ich bin, indem sie mir ein Buch auf den

Kopf legte. Bei sich selber Maß zu nehmen weigerte sie sich, sosehr ich auch bettelte.

Siehst Du, meine Gedanken fliehen diese Glut, die Wunden, den Tod... und gleich geht es mir wieder gut.

Bei mir überm Bett hing, solange ich denken kann, der Plan eines riesigen Ozeandampfers im Querschnitt. Ich konnte ewig damit zubringen, mich hineinzuvergucken in die Kajüten, Treppen, Maschinen- und Laderäume, die Kapitänsbrücke und die vielen kleinen Männlein, die da an Deck einherspazierten oder an den Tischen im Restaurant saßen und speisten, die Matrosen, die Heizer, es gab sogar einen winzigen Hund, der dem Smutje Bockwürste klaute. Das Schiff hatte Papa mir übers Bett gehängt, war ich mir sicher. Ich liebte es, mir das Leben an Bord auszumalen – was der Kapitän in seine Flüstertüte brüllte und was der den Mast erklimmende rothaarige Schiffsjunge antwortete. Ich dachte mir aus, worüber die Matrosen sich unterhielten, während sie das Deck scheuerten. Erfand diverse Storys über Passagiere, denen ich lustige Namen gab. Es kam auch vor, dass ich ein paar fehlende Männlein dazuzeichnete, den Matrosen zum Beispiel, der mit seinem Farbeimer wie ein Äffchen am Tau hing und den Anker strich.

Und es stellte sich die spannende, kitzlige Frage, wer ich für sie war?

Ahnten sie überhaupt etwas von meiner Existenz?

Wenn wir im Sommer auf die Datscha umzogen, polkte ich vorsichtig die Reißnägel aus der Wand, rollte das Bild ein und behielt es die ganze Fahrt über in der Hand, benutzte es zwischendurch als Fernrohr. Mama hob das Bild lange bei meinen Kinderzeichnungen auf – bis zu dem Tag, als ich all dies eigenhändig wegwarf.

An meinen Vater habe ich nur ein paar bruchstückhafte Erinnerungen. Einmal, ich weiß nicht, wie alt ich war, fuhren wir Mama vom Bahnhof abholen. Es war viel Betrieb, Papa setzte mich auf seine Schultern und sagte: »Sieh zu, dass du sie entdeckst und im Auge behältst!« Ich klammerte mich aufgeregt an Papas Hals, und mir war mulmig – aus Furcht, wir könnten sie übersehen. Aber dann auf einmal sah ich sie und brüllte quer durch den ganzen Bahnhof: »Mama! Mama! Hier sind wir!«

Im Gedächtnis hängen geblieben ist ein Besuch beim Fotografen. Vielleicht der Enttäuschung wegen, dass das versprochene Vögelchen doch nicht aus dem Kasten geflattert war. Die damals entstandenen Fotos mit Vater sind verschwunden, bestimmt hat Mama sie vernichtet. Nur das eine ist noch da, auf dem ich allein mit einer Gitarre zu sehen bin, die ich wie einen Kontrabass halte.

Noch so ein sinnloser Erinnerungsfetzen: Es ist kalter Winter, ich greife ihm an die Nase, die rot ist wie bei einem Clown.

Wie schön, all diesen Kram, der keinen mehr interessiert, mit Dir teilen zu können!

Was fällt mir noch ein?

Ein ganzes Jahr lang schleppte mich Mama zur Krankengymnastik – zwecks Streckung der Hals- und Rückenwirbelsäule. Ich hätte eine Fehlhaltung, hatten die Ärzte ihr erzählt. Mein Kopf wurde in eine dicke Lederkrause mit Stirn- und Kinnschlaufe gezwängt, daran zog man mich in die Höhe, bis fast unter die Decke. Neben mir baumelten andere Mädchen und Jungen mit Fehlhaltung, wie die Dauerwürste am Haken in der Fleischerei. Ich hasste diese Krankengymnastik – und ich hasste Mama, die mich zwang hinzugehen, sosehr ich mich sträubte!

Ach, und ich weiß noch, wie einmal Besuch da war und ich nach einer Weile in den Schrank kroch und geraume Zeit dort in stickiger Finsternis zubrachte, bis die Erwachsenen sich endlich meiner entsannen und losrannten, mich zu suchen.

Hinterher wurde viel geschimpft – warum ich das getan habe, wollten sie wissen. Ich wusste es damals selbst nicht, heute weiß ich es: Ich wollte gesucht werden, gesucht und gefunden, ich wollte, dass sie sich freuen, mich wiederzuhaben!

Als Kind hatte ich manchmal sehr sonderbare Einfälle. Oder vielleicht waren sie gar nicht so sonderbar. Von irgendwem hatten wir französische Kekse in einer schönen Blechdose geschenkt bekommen, und ich überlegte mir, was sich mit dieser herrlichen Dose anfangen ließ. Dann hatte ich die Idee: Ich könnte gewisse Dinge hineinlegen und die Dose anschließend vergraben, später fände sie einmal jemand und erführe etwas über mich. Ich legte also ein Foto von mir hinein und ein paar Zeichnungen, Briefmarken, allerlei Kleinkram, der sich in den Tischschubladen angesammelt hatte: Kieselsteine, Zinnsoldaten, Bleistiftstummel und dergleichen für mich damals bedeutsame Dinge mehr, die ich dann auf der Datscha unter dem Jasminbusch vergrub. Hinterher fiel mir ein, dass, wenn diese Dose viele Jahre später, nach meinem Tod, wieder ans Tageslicht käme, auch Mama nicht mehr da wäre und überhaupt keiner von denen, die ich kannte. Also musste unbedingt auch etwas von Mama in die Dose hinein. Ich grub die Dose wieder aus, stibitzte ein Foto aus ihrem Album, legte es dazu und vergrub die Dose aufs Neue. Um mich hinterher an dem Gedanken zu berauschen, welch erstaunliche Macht mir da auf einmal gegeben war: Nur die überlebten, die ich in meine Blechdose aufnahm!

Wo mag diese Dose jetzt sein? Etwa noch am selben Fleck, unterm Jasmin?

Mama drängte mich immer, dass ich an die frische Luft gehe.

»Hockst du schon wieder hinter den Büchern? Geh spielen, mit den anderen Kindern!«

Dazu hatte ich aber keine Lust, denn die anderen Jungs spielten grausame Spiele, in denen ständig Mutproben vorkamen. Zum Beispiel hielten sie einem die gespannte Schleuder ans Auge, um zu sehen, ob es zuckt oder nicht.

Gern hätte ich als Kind einen Hund gehabt und brachte einmal einen herrenlosen Welpen mit nach Hause. Wir gaben ihm zu fressen. Doch als Mama sah, dass er das Gefressene wieder auskotzte, um den eklen Brei gleich wieder vom Parkett zu schlecken, da war es mit der Liebe vorbei, der Hund durfte nicht bleiben, ich konnte noch so betteln.

Was noch?

Großmutter hatte eine Schachtel mit Knöpfen, ich spielte wahnsinnig gern damit und bildete mir ein, es wäre meine Armee. Die kleinen weißen Hemdknöpfe waren die Infanterie, andere stellten die Kavallerie dar, wieder andere Kanonen.

Ich sehe noch den General vor mir, einen monströsen Perlmuttknopf, der unermüdlich gegen die Truppen des anderen Generals, eine patinierte Kupferschnalle, zu Felde zog. Ganze Schlachten focht ich aus, ließ die Knöpfe angreifen mit viel Hurra, sich in Zweikämpfen ineinander verkeilen und sterben. Die Toten sammelte ich ein und warf sie zurück in die Kiste.

Liebste Saschenka, wie angenehm es ist, mit Dir über all das zu plaudern, was längst nicht mehr da ist!

Einmal war ich mit Mama in einer Zaubervorführung. Die gezeigten Kunststücke waren vermutlich nicht weltbewegend, doch ich war davon wie gebannt. Gegenstände verschwanden und tauchten wieder auf, eins verwandelte sich ins andere... Aus einem Pikass wurde eine Herzdame. Der Zauberer legte sich eine Münze auf die flache Hand, ballte sie zur Faust, klappte sie wieder auf – und da saß eine weiße Maus. Einem Herrn schnitt er mit der Schere den Schlips ab, die Hälften wurden zusammengeknotet, worauf der Schlips wieder heil und unversehrt war.

Danach bat er Freiwillige auf die Bühne, um sie zu hypnotisieren. Auch Mama ließ sich hinreißen, ich konnte sie nicht davon abhalten. Es war gruselig anzusehen und überwältigend zugleich, wie Leute, eben noch hellwach, zu Mondsüchtigen wurden, mit geschlossenen Augen umherwandelten. Mama redete der Magier eine Überflutung ein, das Wasser stünde im Saal, stiege höher und höher ... Sie raffte erschrocken den Saum ihres Kleides. Hinterher behauptete sie von nichts zu wissen.

Im Spielzeugladen entdeckte ich einen Zauberkasten und überredete Mama, ihn mir zu kaufen. Ich bekam ihn zum Geburtstag. Dieser Kasten war ein Traum! Es war alles vorhanden, womit man ein Publikum begeistern konnte. Denn das war es wohl, was ich eigentlich wollte. Es ging gar nicht um die Kunst, ich wollte geliebt werden.

Was für vortreffliche Sächelchen! Schaumgummikugeln, seidene Bänder und Tücher, ein Ei, eine Blume – alles täuschend echt, jedoch mit doppeltem Boden. Raffinierte Schnüre, chinesische Ringe, ein »Däumling«: falscher Daumennagel mit Docht, da sollte jemand ernsthaft glauben, mein Daumen brennte wie eine Kerze.

In der Bibliothek fand ich eine zerlesene Schwarte über große Meister der schwarzen Kunst, Magier und Hypnotiseure. Die Vorstellung gefiel mir, dass man jemanden in einen Sarg legen und beerdigen konnte, das Grab mit Steinen beschweren, und dann war der Sarg auf einmal leer, und der Betreffende saß zu Hause am Tisch und harrte der Trauergäste!

Ich träumte davon, Zauberer und Hypnotiseur zu werden, und wunderte mich, dass meine Oma von dieser grandiosen Idee wenig angetan war.

»Alles Scharlatanerie!«, sagte sie seufzend.

Sie hätte es lieber gesehen, wenn ich mich mit etwas Ernsthaftem befasst hätte.

Neben all den wunderbaren Gerätschaften lagen dem Zauberkasten ausführliche Gebrauchsanleitungen bei. Ich gab mir Mühe, den Anweisungen genauestens Folge zu leisten; trotzdem wirkten meine Vorführungen ziemlich grobschlächtig. Genauer gesagt, klappte vor dem Spiegel alles ganz gut, wobei das eigentlich Schwierige war, die Trickhandlungen einzuüben, die von den eigentlichen Vorgängen ablenkten. Doch sobald ich meine Künste vor Gästen aufführte, rief das – ob meines Ungeschicks – weniger Bewunderung als Heiterkeit hervor. Irgendwann durchzuckte mich der schmerzliche Gedanke, dass sie mich nicht als Zauberer sahen, sondern als Clown. Es kam so weit, dass ich das Zaubern hasste.

Das Ganze hatte aber noch ein Nachspiel.

Irgendwann wurde Großmutter krank. Genauer gesagt, rutschte sie eines Winters bei Glatteis vor dem Postamt aus, stürzte und brach sich den Oberschenkel. Sie kam nie wieder auf die Beine, lag über Monate hilflos und schwach im Bett. Mamas seufzender Ausspruch ist mir im Gedächtnis, der mir damals sehr merkwürdig vorkam: Großmutter sei »auf dem letzten Weg«. Und ich erinnere mich, wie Großmutter Kopf und Hände schlotterten, während Mama dabei war, ihr das Haar zu kämmen. Großmutter war in ihrer Jugend ausnehmend schön gewesen, mit einem langen, armdicken Zopf. Krankheitshalber musste er einmal abgeschnitten werden und wurde als Familienreliquie aufbewahrt. Im Alter wuchsen ihr die Haare wieder lang.

Einmal kam ich sehr spät von der Schule nach Hause, ich hatte ein paar Fünfen kassiert und mich gescheut, früher zu erscheinen, weil ich davon ausging, dass mir wieder einmal der Kopf gewaschen würde. Streunte irgendwo herum bis zum Abend und wusste natürlich, dass dies den Unmut noch verschärfen würde. Dann kam ich nach Hause, aufs Ärgste gefasst, doch Mama, anstatt loszuschimpfen, nahm mich in den Arm, küsste mich. Ich verstand nicht, was los war. Begriff es erst, als ich den Arzt aus Großmutters Zimmer kommen und sich sorgfältig, jeden Finger einzeln, die Hände waschen sah. Mama sprach mit ihm, zog meinen Kopf an ihre Brust und sagte, Großmutter liege im Sterben. Dann führte sie mich zu ihr, um Abschied zu nehmen.

Die Großmutter in der Stunde ihres Todes sah zum Fürchten aus, struppig und zerzaust lag sie in ihrem Bett, alles an ihr flatterte, am meisten die Hände.

Ich weiß nicht mehr, worüber ich mit ihr gesprochen hatte, als sie plötzlich den Wunsch äußerte, ich solle ihr etwas vorzaubern. Ich schüttelte den Kopf. Das konnte ich nicht. Nicht dass ich nicht gewollt hätte – es ging nicht. Und erklären konnte ich es auch keinem.

»Wolodja, bitte!«, bedrängte mich Mama, »Großmutter wird dich vielleicht nie wieder um etwas bitten können. Was zierst du dich so?«

Aber ich konnte nicht. Riss mich aus Mamas Händen und suchte das Weite, verkroch mich im hintersten Winkel, heulte.

Vor dem Begräbnis sah ich sie im Sarg liegen, war verblüfft von ihren nunmehr ruhenden Händen. Mama saß daneben und kämmte der Toten das Haar.

Auf dem Friedhof sollte ich die tote Großmutter küssen, später die erste Handvoll Erde ins Grab werfen. Wortlos verweigerte ich mich. Nicht aus Furcht. Mir war unwohl zumute.

Und ich weiß noch, wie dann die Erdbrocken auf den Sargdeckel polterten und mir der Gedanke einkam: Was, wenn man jetzt den Sarg aufmachte, und er wäre leer, und Großmutter säße zu Hause?

Das Grab wurde zugeschaufelt, eingeebnet wie ein Blumenbeet. Dass die Großmutter so einfach zum Beet werden konnte – unfassbar.

Das Begräbnis wollte ewig kein Ende nehmen, ich musste dringend aufs Klo. Mama entließ mich zu dem Häusel im hintersten Teil des Friedhofs, mit einem simplen Loch im Fußboden. Und erst hier, über dieser Grube, die an das Grab denken ließ, spürte ich mit allen Fasern, wie ausgeschlossen es war, dass die Großmutter zu Hause auf uns wartete – weil sie hier in dem Sarg lag, unter der Erde, weil der Tod eine Realität war, und keine geringere als dieses ekelhafte, stinkende Loch unter mir.

Großmutters Tod ist in meinem Gedächtnis mit einem Widerhall kindlichen Grauens verwahrt. Die Erkenntnis, dass auch ich eines Tages sterben würde, war aber damals in meinem Hirn noch nicht verankert. Sie sollte mich erst viel später schrecken, und zwar gehörig.

Jetzt höre ich die Verwundeten im Lazarettzelt nebenan stöhnen und denke: Was hatte Großmutter für einen wunderbaren Tod! Nichts Schöneres lässt sich denken, als ein langes Leben zu leben und an Altersschwäche zu sterben.

Du siehst, die Vorstellungen vom Glück ändern sich hier rapide.

Weißt Du, was mir eben aufging? Ich habe in meinem Leben noch niemandem wirklich etwas geben können. Jetzt mal von Kleinigkeiten abgesehen, ich meine Wesentliches. Ich bin immer nur der Nehmende gewesen. Nie gab ich etwas. Am allerwenigsten meiner Mutter. Nicht dass ich nicht gewollt hätte. Bin einfach nicht dazu gekommen.

Die simpelsten Gedanken kommen einem hier vor wie großartige Enthüllungen.

Jetzt wüsste ich, was ich zu geben vermöchte: Wärme, Liebe, Gedanken, Worte, Verständnis, Zärtlichkeiten ... jetzt, wo alles schon zu Ende sein kann, ehe es angefangen hat – morgen, in fünf Minuten, gleich! Das ist so bitter.

So viel für heute. Mir wird die Hand schon lahm vom Schreiben, und die Augen tun weh – ich schreibe Dir im Schein der Nachtlampe.

Liebste Saschenka, bei Dir möge alles im Lot sein, das wünsche ich Dir!

Ich weiß, wir sehen uns wieder.

W ofür?

Immer wieder stelle ich mir die Frage.

Warum diese Strafe? Ausgerechnet diese?

Ich saß in der Straßenbahn. Plötzlich ein Schmerz im Unterbauch, schneidend, unerträglich heftig. Ich war erschrocken und ahnte doch irgendwie gleich, was los war – auch wenn ich mir selbst einzureden versuchte, es wäre etwas ganz anderes, keine Ahnung was, nur nicht das. Ich blutete.

Ich hätte gleich ins Krankenhaus gemusst, habe mich stattdessen nach Hause geschleppt, zu ihm. Er aber drehte durch, rannte panisch durch die Wohnung, stammelte in einem fort: »Was soll ich machen? Sag doch, was mache ich jetzt?«

Ihn so kopflos zu sehen hätte ich nie für möglich gehalten. Er wusste nicht mal, wie man den Notarzt ruft. Er war noch viel erschrockener als ich! Sodass ich anfing, ihn zu trösten: Alles halb so wild … Dabei wusste ich, dass es tödlich sein kann, wenn man eine Gebärmutterblutung nicht zum Stillstand bringt. Dass es nicht von alleine aufhört.

Bis der Krankenwagen kam, dauerte es ewig.

Es war, als hätte ich den Bauch voller Steine und klemmte in einem Schraubstock. Die Zehen waren schon taub. Ich war in Schweiß gebadet und zitterte am ganzen Körper. Ich winselte, wurde hysterisch vor Schmerz und vor Wut; derweil kippte er einen Kognak nach dem anderen, sich zu beruhigen. Mir wurde schwarz vor Augen, das Zimmer rutschte weg. Ein paarmal war mir, als würde ich ohnmächtig.

In der Klinik kam ich gleich auf den OP-Tisch. Betäubungsspritze. Ausschabung.

Mein Kind verließ mich, und ich spürte es nicht einmal. Ich floss aus, das Blut ging in Klumpen ab. In meinem Schoß, in meiner Seele war alles zerfetzt.

Jetzt bin ich wieder weniger, und trotzdem kommt es mir vor, als stieße ich überall an: Türen, Menschen, Töne, Gerüche, alles ist im Weg. Alles laut, eng, ermüdend. Nutzlos.

Wie geht das zu? Noch vor Tagen habe ich an den Schaufenstern mit Kindersachen gehangen, geguckt und gestaunt, was so ein kleiner Wurm alles braucht – und schon bin ich wieder allein.

Mama, als sie davon erfuhr, sagte, ich solle mich richtig ausheulen, das brauche ich jetzt am meisten.

Und Janka meinte: »Hättest du mal lieber gleich abgetrieben und dir die Quälerei erspart.«

Wir hatten extra eine Wohnung mit Kinderzimmer für das Kleine angemietet, da übernachtet nun Sonja.

Nach der Klinik musste ich noch eine Weile liegen, Sonja kam und fragte wie üblich: »Na, wie gehts meinem Brüderchen?«

»Gut«, gab ich lächelnd zur Antwort.

»Und warum liegst du im Bett?«

»Hab mich ein bisschen erkältet.«

Und dann musste ich mich schnell umdrehen und ins Kissen husten, damit sie nicht sah, dass ich schon wieder heulte.

Gestern zum Waschen wollte ich sie ausziehen, aber sie ließ es nicht zu, zierte sich, spielte das Pflänzchen Rührmichnichtan. Um sie ein bisschen aufzutauen, dachte ich mir ein Spiel mit zwickenden Wäscheklammern aus. Einmal aus Unachtsamkeit erwischte ich ein Stückchen ihrer Haut.

»Darfst mich wiederzwicken«, sagte ich und hielt ihr die Klammer hin.

Sie nahm sie und zwickte mit aller Kraft, sodass es richtig wehtat.

Ich wusch sie, und sie brüllte, sie hätte Seife in den Augen, und ich machte das alles ganz falsch, nicht so wie Mama.

Als ich ihr die frisch gewaschenen Haare trocken rubbelte, quietschte es unter dem Handtuch vernehmlich. So hat meine Mama immer zu mir gesagt: Haare muss man waschen, bis es quietscht.

Irgendwann werde auch ich ein Kind haben, das steht fest – und ihm die Haare waschen, dass es quietscht.

Erst allmählich kam ich dahinter, warum Sonja so ungern bei uns übernachtet: Sie macht noch ins Bett.

Man muss nachts aufstehen, nachsehen, ob alles trocken ist, andernfalls das Laken wechseln. Sie weiß das natürlich und schämt sich dafür.

Heute war ich es, die sie zum Ballettunterricht brachte.

Beim Schuheumziehen hielt sie mir auf einmal ihren Ballettschuh unter die Nase: »Warm hauchen!«

Ich drehte ihn um, schob ihn unter ihre Nase. »Selber!«

Sie blitzte mich böse an.

Während der Unterricht lief, ging ich spazieren. Sah, wie die Straßenbahngleise auf den unsichtbaren Nagel zustreben, an dem die Welt hängt. Sah es mit einem Mal überdeutlich: Von allen Dingen führen Linien zum selben Fluchtpunkt, wie Fäden. Oder Gummibänder. Jemand hält das alles straff gespannt: Masten, Schneehaufen, Büsche, Straßenbahn, mich, lässt nicht los, auch wenn alles zurückwill, auch in diesem Moment.


S ascha!

Saschenka, mein Augenstern!

Ich weiß, Du leidest darunter, dass ich nicht bei Dir bin. Frage mich die ganze Zeit, wie es Dir geht. Was tust Du gerade? Woran denkst Du? Was bereitet Dir Kummer? Wie gern würde ich in diesem Moment vor Dich hintreten, Dich umarmen, an mich drücken, Deinen Kopf an meiner Brust bergen. Bitte sei tapfer! Du musst es durchstehen!

Ich komme zurück, Du wirst sehen. Und alles wird gut.

Jetzt sind wir erst kurze Zeit getrennt, und es zieht sich, als wären es Jahre.

Besonders seit ich hier bin, fliegt die Zeit nur so dahin – wenn sie nicht gerade im Gegenteil auf der Stelle tritt, sodass man sich schon fragen muss, ob es so etwas wie Zeit überhaupt gibt. Wahrscheinlich hängt es so zusammen, dass die Zeit hinter den Ereignissen verschwindet, sodass man sie nicht mehr bemerkt; denke ich jedoch an den Tag, der uns auseinanderriss, dann sehe ich, wie unheimlich viel Zeit seither vergangen sein muss.

Du kannst Dir nicht vorstellen, wie sehr Du mir hilfst – allein schon dadurch, dass ich Dir schreiben kann! Es ist meine Rettung. Nein, lach nicht, es ist wirklich so!

Ach, was schreibe ich da. Natürlich sollst Du lachen, Saschenka, Liebste, ich bitte Dich, lache!

Bin heute zeitig aufgewacht. Das ist die beste Tageszeit hier. Im ersten Morgengrauen, wenn es noch frisch ist, ein leichtes Lüftchen weht. Nur um diese Zeit ist das Leben hier zu ertragen. Ich genieße die Kühle, und mir graut schon vor der Glut, die danach kommt, sich ankündigt durch den großen roten Sonnenball, der sich aus dem Dunst über den Kaoliangfeldern erhebt. Wenig später wird er golden sein und dann weiß. Der Dunst über den Feldern wird verdampfen, der Morgenwind verebben, und dann geht die Hölle wieder los. Es ist eine Hitze, die das Gehirn röstet, im wahrsten Sinn des Wortes. Viele fallen einfach um – Sonnenstich.

Ich möchte nun die Eindrücke der vergangenen Tage festhalten. Nicht unbedingt das Wichtigste zuerst, sondern so, wie es mir in den Sinn kommt.

Entschuldige, Liebes, wenn dabei unschöne Dinge zur Sprache kommen.

Gestern hat der Offizier Wseslawinski sich mit Paichiu zugekippt und ging jedermann mit seinem verbeulten Feldstecher auf die Nerven. Welcher allerdings auch der Grund gewesen war, sich zu besaufen, denn das vor der Brust hängende Glas hat eine Kugel abgefangen, und er kam mit einem blauen Fleck davon. Das ramponierte Teil und den blauen Fleck musste er jedem zeigen. Ich dachte immer, solche glücklichen Zufälle kommen nur in Büchern vor. Er war völlig von den Socken, hat geheult und gesoffen, konnte gar nicht wieder aufhören damit. Das war seltsam, denn bis dahin hatte er den Eindruck eines besonnenen, ja kaltblütigen Menschen gemacht. Und heute Morgen haben wir ihn tot aus dem kleinen Teich hinter einer zerstörten Fangtse gefischt, worin normalerweise nicht mal ein Kind ersaufen könnte. Wahrscheinlich ist er irgendwie ausgeglitten. Er war ja nicht mehr zurechnungsfähig. Als wir ihn rauszogen, lief ihm eine dreckige Brühe aus Mund und Nase. Wir versuchten ihn zu beatmen, vergeblich. Der Feldscher steckte ihm die Finger tief in den Rachen; als er sie hervorzog, klebte eine zähe, schlierige Masse daran.

Ist das nicht dämlich?

Den Hinterbliebenen wird mitgeteilt, er sei als Held gefallen.

Aber was soll man ihnen auch anderes schreiben. Etwa die Wahrheit?

Die Wahrheit ist, dass wir täglich Verluste haben – und nicht immer im Kampf, wie Du siehst. Öfter durch Unglücksfälle, Sonnenstich und so weiter.

Die Hitze ist unverändert extrem. Sie macht nicht nur den Menschen zu schaffen. Vorgestern war ich Augenzeuge, wie ein Pferd mit Reiter im zügigen Trab auf abschüssigem Wege – die zweite Batterie rückte in eine neue Stellung vor –

plötzlich umfiel. Der Soldat kam zum Glück gerade noch rechtzeitig zur Seite hin aus dem Sattel; das nachfolgende Geschütz fuhr auf und brach dem Tier beide Hinterbeine, es wieherte jämmerlich und musste erschossen werden.

Gute Nachrichten gibt es auch: Die Reste von Admiral Seymours Expeditionskorps sind wieder aufgetaucht. Man hatte sie schon abgeschrieben. Bis nach Peking durchzukommen war nicht gelungen, die Gleise vor ihnen waren bereits zerstört; doch auch zur Bewachung der durchfahrenen Strecke hatten sie nicht ausreichend Soldaten abstellen können, sodass die chinesische Armee die Stationen hinter ihnen besetzte und Seymours Truppe nichts weiter übrig blieb, als sich den Rückzug freizukämpfen. Sie kamen mit leeren Händen wieder. Mit zweihundert Verwundeten, genauer gesagt. Die Toten hatten sie, wenn überhaupt Zeit dazu blieb, vor Ort begraben.

Mit dem Korps waren zwei Kompanien russische Matrosen unter Hauptmann Tschagin gezogen; nur die Hälfte ist zurückgekehrt. Die Männer haben zwei Wochen unter härtesten Bedingungen zugebracht, waren ständig in Kämpfe verwickelt. Ich hörte Tschagin den Offizieren berichten, wie sie einmal hatten für kurze Zeit zurückweichen und einen Teil der Verwundeten in einem zerstörten Bahnhofsgebäude zurücklassen müssen; als sie die Ruine wieder einnahmen, fanden sie ihre Männer allesamt zerstückelt vor. Die Grausamkeit, die hier herrscht, ist unbeschreiblich. Auch unsererseits wurden keine Gefangenen gemacht. Tschagin sagt, er habe immerhin zu unterbinden versucht, dass seine Untergebenen Feinde, die ihnen in die Hände fielen, unnötig folterten; es sei nicht immer gelungen. Wer in Gefangenschaft gerät, ist meist verwundet und hilflos ... So kennen auch unsere Leute, wenn sie sehen, was ihren Kameraden angetan wurde, keine Gnade mehr.

Unsere Situation hier hat sich wenig verändert. Ab und zu flammen Kämpfe um den Bahnhof, am Stadtwall und am Lutaikanal auf, aber das ist kaum der Rede wert. – Schrieb ich Dir schon, dass Tientsin von einem weiteren Kanal durchflossen ist, der vor eintausend Jahren angelegt wurde und sich durch ganz China zieht? – Beide Seiten warten ab; derweil geht die Belagerung der Stadt unvermindert weiter. Die Chinesen stellen ihre Pünktlichkeit unter Beweis. Der Beschuss der Konzessionen setzt für gewöhnlich um drei Uhr nachmittags ein und hält an bis gegen acht. Und dann noch einmal von zwei Uhr nachts bis zehn Uhr morgens.

Saschenka, mein Ohr hat sich in das ständige Geballer schon so hineingehört, dass ich unsere von chinesischen Geschützen zu unterscheiden vermag und selbst das Kaliber! Die Chinesen in ihren Forts schießen mit Sechs-Zoll-Kruppkanonen und Hotch-Kiss-Revolverkanonen. Seit wann kennst du dich in Gewehrkalibern aus, wirst Du fragen. Das Ohr schärft sich einfach mit der Zeit dafür. So wie man auch sonst eine Entwicklung durchmacht, ich verändere mich hier, das bleibt nicht aus. Und es ist das, was ich wollte.

Weitergeschrieben am nächsten Tag.

Ich musste den Brief gestern unterbrechen. Bekam einen Auftrag und fuhr in die Stadt. Hocherfreut darüber; die ganze Zeit im Lager zu hocken macht keinen Spaß. Man sucht die Abwechslung, auch wenn das Risiko, unter Beschuss zu geraten, dort höher ist. Doch um es vorwegzunehmen: Die ganze Zeit, die ich da war, schlug in den betreffenden Vierteln keine einzige Granate ein. Kein Grund zur Sorge also!

Auf dem Weg in die Stadt kommt man an einem kleinen Sumpf vorbei. Überhaupt gibt es vielerlei Gewässer, die aber jetzt alle am Austrocknen sind und in der Hitze vor sich hin faulen. Jedenfalls habe ich dort Schlangen gesehen, die sich s-förmig davonschlängelten. Das erste Mal, dass mir diese Biester, von denen hier jeder spricht, vor Augen kamen.

Tientsin selbst und das dazugehörige, vom senfbraunen Streifen des Peiho durchschnittene Tal sieht von Weitem recht malerisch aus – bis man im Näherkommen die Spuren der Verwüstung erkennt.

Der Bahnhof und die angrenzenden Gebäude sind in ruinösem Zustand: der Bahnsteig von Granaten zersprengt, Berge von Müll, Ziegelschutt. Die Blechdächer des Güterschuppens, von Kugeln und Granatsplittern durchsiebt, sehen aus wie eine raffinierte Lochstickerei. Die ausgebrannten Waggons sind noch nicht weggeräumt.

Die Brücke wurde von unseren Sappeuren mit einem neuen Belag versehen. Ganz so viele Leichen wie vor Tagen schwemmt es nicht mehr an, doch es gibt noch welche. Soldaten waren in meiner Gegenwart dabei, mit langen Bambusstangen etwas Bläuliches, Aufgedunsenes zwischen den Booten hervorzustochern.

Ich begleite einen Offizier aus Anissimows Einheit mit dem seltsamen Namen Ubri, er kennt Tientsin noch im unzerstörten Zustand und war entsprechend bedrückt beim Anblick dessen, was die Belagerung aus der Stadt gemacht hat. Ubri hat eine Hirnkontusion erlitten und hört schwer, man muss brüllen, wenn man sich mit ihm unterhalten will.

Er führte mich in die Settlements. Gleich hinter der Brücke liegt die englische Konzession. Die Hauptstraße heißt Victoria Road. Sie verläuft längs des Flusses, direkt auf die Festungsanlagen der Chinesen zu, wo sie also freie Schussbahn haben, die Straße ist von Trichtern übersät.

Keine Mauer, die nicht von Splittereinschlägen gezeichnet ist; viele Häuser zerstört – verkohlte Ruinen, schwarze Fensterhöhlen. An allen Straßenkreuzungen sind Barrikaden errichtet aus Baumwollballen, Laternenmasten, Ziegelsteinen und so weiter. Überall liegen Möbel herum, Müll, Dachziegel. Eine gespenstische Stille in den Straßen; keine Passanten, lediglich Wachpatrouillen verschiedener Nationalität, die vor den zu Stabsquartieren, Lazaretten und Waffenlagern requirierten Häusern auf und ab gehen.

An den Anschlagsäulen kleben übrigens noch Zirkusplakate, stell Dir vor! Irgendeine internationale Truppe hatte kurz vor der Belagerung in der ganzen Stadt plakatiert. Statt des erhofften Ausverkaufs ihrer Vorstellungen durften die Artisten von Glück reden, dass sie der Stadt mit dem letzten Zug entkamen, der Taku noch erreicht hat.

Ich war mit Ubri kurz im Gordon Hall, was die Verwaltung der englischen Konzession ist. In dessen Kellern, so erzählte Ubri, haben während der Belagerung Frauen und Kinder Zuflucht gefunden und wurden aus dem benachbarten Hotel Astor-House versorgt. Auch der russische Konsul Schuiski mit Familie verbrachte die Zeit der Belagerung in diesem Keller. Bei einem Artillerieangriff verlor er seinen siebenjährigen Sohn.

Das Hotel wurde auch in Mitleidenschaft gezogen; die frühere Pracht – Türmchen, Balkone, Veranden und so weiter – ist ihm aber noch anzusehen. Die schönen großen Markisenfenster sind mit Sandsäcken zugebaut. Es soll in dem Hotel Marmorwannen geben, elektrische Signalklingeln und dergleichen Luxus mehr. Doch all das gehört der Vergangenheit an – seit Beginn der Belagerung hat die Konzession weder Wasser noch Strom.

Überhaupt lässt sich die Schönheit, oder man könnte fast sagen, der Pomp dieser Stadt noch erkennen. Mit wie viel Komfort sich die Europäer doch ihr Leben hier versüßten! Die hübsche Strandpromenade, die makellos breiten, von Pappeln und Akazien gesäumten Straßen, die Gartenanlagen, der idyllische Victoria Park, ansehnliche Wohnhäuser im englischen

Stil, Klubs, ein Post- und ein Fernmeldeamt, Kanalisation und Beleuchtung. Mehrere große, vornehme Geschäfte, die freilich nun geplündert und gebrandschatzt sind.

Heute ist der Anblick dieser europäischen Stadt im Herzen Asiens ein Graus. Kein Reihenhaus, keine Villa hat das Granatfeuer und die tobenden Brände heil überstanden. Wobei die Chinesen nicht die einzigen Urheber der Verwüstung sind. Ubri wies mich auf ein zerstörtes großes Wohnviertel in der zuhinterst gelegenen französischen Konzession hin, das von christianisierten Chinesen bewohnt gewesen war. Der französische Konsul ließ es niederbrennen, da er Brandschatzungen und Überfälle aus diesem Teil fürchtete.

Man läuft dort zwei Werst weit nur an verkohlten Mauerresten, stehen gebliebenen Kaminschächten, Schuttbergen aus Stein, Holz und Holzkohle vorbei. Die wenigen vom Feuer verschonten Häuser der Chinesen sind geplündert. Auf den Hinterhöfen verstreut finden sich bergeweise mehr oder weniger kostbare Seidenstoffe, Hausrat und Möbel aller Art sowie sonstiger Plunder, auch schöne chinesische Stickereien darunter, Porzellanvasen, Bilder mit prächtigen Intarsien, Uhren ... Alles zertrümmert und in den Dreck gestampft.

In den verlassenen Häusern kampierten schon überall Soldaten der alliierten Nationen, und leider waren sie ausnahmslos dabei, in besagten Haufen zu wühlen und sich zu bedienen. Es gibt in den chinesischen Vierteln keine Wachen, und sowieso scheint zur Obhut über das offen dort lagernde Hab und Gut der Chinesen keiner bereit und in der Lage zu sein.

Ubri zeigte mir die Stelle, wo er verwundet worden ist. Seinem Kameraden, der neben ihm stand und den größeren Teil der Druckwelle auf sich nahm, wurden beide Beine aus dem Leib gerissen; er starb Stunden später unter fürchterlichen Qualen.

Das Regiment der indischen Sepoys biwakiert im Garten des Internationalen Klubs. Als wir vorbeikamen, brannten dort Lagerfeuer, es wurde gekocht, auf Rohr- und Sackpfeifen musiziert. Derweil flossen die übelst riechenden menschlichen Exkremente durch den Rinnstein, was die Soldaten in den Turbanen nicht zu bekümmern schien, während Ubri und ich uns die Nase zuhalten mussten, um schnellstmöglich weiterzukommen.

Wir wurden Zeugen, wie die Engländer einen chinesischen Kundschafter schnappten. Ein Junge noch. Die Sepoys brachten ihn aus ihrem Stab heraus auf den Platz vorm Astor-House geschleppt, um ihn dort hinzurichten. Wir sprachen mit einem englischen Offizier, der uns sagte, man habe diesen Jungen von einem Dach aus mit einem Tuch Winkzeichen geben sehen. Tatsächlich sind die Chinesen über alles, was sich in den Konzessionen tut, bestens im Bilde.

Das Kerlchen war spindeldürr – nur Haut und Knochen. Zudem kahl rasiert. Als er an mir vorüberging, trafen sich unsere Blicke. Grauen und Verzweiflung standen in seinen Augen. Er hatte die ganze Zeit Schluckauf, wohl vor Angst. Ich wandte mich ab, hielt diesem Blick nicht stand, den ich noch jetzt auf mir spüre.

Ich rechnete mit einer Erschießung, aber nein. Die Sepoys haben ihn geköpft, Sascha. Das Ganze hat dann auch noch ein Fotograf mit seinem Apparat aufgenommen, irgendein Amerikaner. Jemand wird sich diese Fotografien anschauen, seine Freude daran haben. Die Sepoys warfen sich stolz lächelnd in Positur.

Ich wollte mich zwingen hinzuschauen, brachte es nicht über mich. Schloss im entscheidenden Moment die Augen, habe es nicht gesehen. Aber gehört. Es klang wie eine Gartenschere, wenn Du es genau wissen willst. Als ich die Augen wieder aufschlug, sah ich den Kopf auf dem Boden liegen.

Gemalt hat man abgeschlagene Köpfe ja schon des Öfteren gesehen, zum Beispiel drapiert auf einem Tablett, ein beliebtes Sujet. Schrecken und Erhabenheit paaren sich auf diesen Bildern, Schönheit gar. Was da vor mir auf der Straße lag, war hingegen klein, besudelt von schwarzem Blut, sandverklebt. Ein verzerrter Mund mit zerbissener Zunge, die Augen verdreht. Der Rumpf ohne Kopf irgendwie absurd, unzulänglich. Aus dem Halsstumpf strömte es schwarz.

Sonderbar, dass man dies alles mit ansehen kann, ohne irre zu werden.

Man kann sogar noch am selben Tag wieder Nahrung zu sich nehmen. Man kann plaudern über sonst was, Entlegenes, Abwegiges. Menschlichen Schwächen nachgehen. Als ich Glasenap heute von der Hinrichtung erzählte, war das nur der Anlass für ein ausführliches Gespräch über Seelenwanderungen.

Wie sollte man hier auch jemanden mit einer Hinrichtung schrecken – da doch jeder weiß, warum und wozu es geschieht. Wir töten, um die eigene Haut zu retten. So einfach ist das.

Kirill glaubt an das Weiterleben der Seele nach dem Tode, ihre Reinkarnation. Zumindest behauptet er dies.

Ich stellte die Frage, ob Napoleon, Marc Aurel oder meinetwegen dieser hingerichtete Chinese nicht allen Grund zum Fremdeln hätten, wenn sie plötzlich in der Haut eines Dobtschinski oder Bobtschinski steckten, der nichts so fürchtet wie den eigenen Tod? Darauf er: Dass wir im Traum in vollkommen undenkbare Situationen geraten, längst gestorbenen Menschen begegnen und so weiter, nehmen wir ja genauso ungerührt hin. Wir haben zu anderer Zeit an anderem Ort, in einer ganz anderen Welt gelebt, sind dann hier wiedererwacht und leben weiter, ohne uns zu wundern, nehmen es einfach hin. Das nächste Mal wieder woanders ...

Ist schon eine »Marke«, dieser Glasenap.

Dass ich über ihn lachen muss, ändert jedoch nichts daran, dass dieser chinesische Junge fürs Erste in mir gestrandet ist – wenn schon nicht seine Seele, so jedenfalls sein Kopf. Ich muss die Augen nicht mal zumachen, um ihn dort im Dreck liegen zu sehen: blutbeschmiert und sandverkrustet, die Augen weiß, ohne Pupillen, die Zunge schwarz, mit den hineingeschlagenen braunen Zähnen.

Verzeih, Liebes, verzeih!

Aber was einmal hier steht, soll nicht wieder ausradiert werden.

Du kannst diese Zeilen beim Lesen ja einfach überspringen.

Gern würde ich Dir nur von schönen Dingen erzählen!

Und wieder musste ich das Schreiben kurz unterbrechen, Saschenka, fahre nun fort. Willst Du wissen, was es diesmal war? Eine Idiotie, und doch will ich es Dir sagen, zwischen uns soll nichts verschwiegen sein. Also, draußen am Pferdestand sind Kosaken und Artilleristen beim Waschen ihrer Tiere. Und dabei saftig am Fluchen! Der Wind weht aus dieser Richtung, es riecht nach Pferdeschweiß und Pferdepisse, aber das sind eher angenehme, menschliche Gerüche! Es sind die Menschen, die hier nach Tier stinken … Jedenfalls erzählten die Männer einander dreckige Zoten und wieherten laut. Dir mit solchen Grobheiten im Ohr einen Brief zu schreiben ging einfach nicht an, so gab ich es erst einmal auf. Mir war, als müssten diese Worte den Brief schon dadurch beschmutzen, dass der Wind sie darüber hinwegbläst.

Also vertrat ich mir etwas die Füße, schaute bei den Pferden vorbei. Geputzt und gestriegelt standen sie in ihren Boxen und sahen nett aus. Hauchten mich an mit ihrem würzigen, animalischen Atem und schnauften. Ließen ihre Muskeln spielen, wackelten mit den Köpfen – wohl auch um die Fliegen zu verjagen. Äugten nach mir mit diesen traurigen, ergebenen Pferdeaugen. Keusch und rein irgendwie. Bei ihnen fühlt man sich gut aufgehoben!

Jetzt, wo die Soldaten fertig sind, kann ich weiterschreiben. Aber was?

Lucie erzählte heute von der Zerschlagung der katholischen Mission am Nordrand der Stadt, bei der sie im Frühjahr knapp mit dem Leben davonkam. Wie es sie überhaupt nach China verschlug, ist für die meisten immer noch ein Rätsel; mir hat Glasenap unter dem Siegel der Verschwiegenheit weitererzählt, sie sei der Liebe gefolgt, habe ihretwegen zu Hause alles aufgegeben und sei ans andere Ende der Welt gezogen. Doch der Geliebte entpuppte sich bald als Schuft – wie das Leben so spielt. Nach Hause zurückzukehren war nicht drin, also fing sie bei der katholischen Mission an.

Was diese kleine Frau durchgemacht hat! Ich gebe Dir hier wieder, was sie erzählt hat.

Als die Meute auf das Gelände der Mission vordrang, war es zum Fliehen zu spät. Die aufständischen Bauern waren in irgendeinem Küchenschrank auf Gläser mit eingelegten Perlzwiebeln gestoßen und hielten das für die Augäpfel von Chinesen. Sie hatten die Gläser mitgenommen und in den Dörfern herumgezeigt – als Beweis für die Böswilligkeit und Heimtücke der Europäer. Und dann war das Unheil nicht mehr aufzuhalten, das Gemetzel hob an.

Dem katholischen Priester wurden mit einer Gabel die Augen ausgestochen. Seiner Haushälterin schlugen sie den Kopf ab – da hielt sie noch die Hand ihres kleinen Sohnes, der gleich als Nächstes an die Reihe kam. Lucie berichtete dies alles mit unbewegter Stimme und in nüchternem Tonfall, so als wäre das alles nicht ihr widerfahren, sondern einer wildfremden Frau.

Sie hatte einen kleinen Revolver besessen, konnte sich lange nicht entschließen, ihn zu benutzen. Wenigstens wollte sie die Angreifer damit auf Distanz halten – brachte es jedoch nicht fertig, auf einen Menschen auch nur zu zielen. Dann wollte sie sich selbst damit erschießen, um nicht in deren Hände zu fallen – doch als sie sah, was diese Menschen ihren Nächsten antaten, überwand sie sich und schoss. Sie habe in dem Moment nur noch den Wunsch gehabt, so viele wie möglich zu töten, sagte sie.

Dass sie überlebte, grenzt tatsächlich an ein Wunder. Sie hat sich in einer Kammer eingesperrt und auf jeden geschossen, der eindringen wollte, auf die Art wohl mehrere getötet. Die Rettung war, dass eine kleine Einheit regulärer chinesischer Truppen eintraf, die zu dem Zeitpunkt noch die Übergriffe der Aufständischen bekämpften. Der Statthalter der Provinz Zhili hatte auf deren Ergreifung sogar eine Belohnung ausgesetzt.

Als sie mit ihrem Bericht zu Ende war, saßen alle eine Zeit lang schweigend da. Ich konnte sie nicht ansehen, starrte nur auf ihre Hände. Schwer zu glauben, dass sie, die so groß im Heilen, Trösten, Streicheln waren, getötet hatten.

Nun bin ich schon geraume Zeit im Krieg, doch die größte Prüfung steht mir noch bevor. Diese zerbrechliche Frau mit ihren zartfühlenden Händen hat es hinter sich.

Sie würde es wieder tun, sagte Lucie noch. So groß sei ihr Hass.

Wie grausam und unfassbar ist das alles, Saschenka, wie unsinnig.

Sie tut mir so leid. Schon ihretwegen beginnt man gleichfalls zu hassen.

Unter vier Augen spricht Kirill von ihr in den zärtlichsten Worten. Er habe in Petersburg eine Frau geliebt, so gestand er, die aber spottete über seine Gefühle und ließ ihn sitzen wegen irgendeiner Niete. Doch nun glaubt er das Wahre im Leben gefunden zu haben.

Zu beobachten, wie ihre Gefühle füreinander erwachen – vor aller Augen, inmitten von Blut, Tod, Schmerz, Eiter,

Schmutz –, das ist wunderbar. Keinem entgeht, wie die beiden voneinander angezogen sind. Man quittiert es mit einem Lächeln. Natürlich auch mit Neid. Nein, Neid ist nicht das richtige Wort. Man freut sich für sie. Dass inmitten dieser Bestialität zumindest in zwei Menschen Zärtlichkeit lebt und die Oberhand gewinnt.

Wahrscheinlich sehen es die Männer und denken an ihre Geliebten daheim.

Liebste Saschenka in der Ferne! Ich fühle mich Dir gerade so nahe, als stündest Du neben mir, als neigtest Du Dich über meine Schulter, und Dein Blick erhaschte diese meine hüpfenden Zeilen.

Ich küsse Dich sanft.

Wir zwei sind seit Langem ein Ganzes. Du bist ich, und ich bin Du. Was kann uns trennen? Es gibt nichts, was uns trennen könnte.

*I*m Bein – ein Ameisennest. Eingeschlafen!

Zwei Regenschauer und ein Student gingen vorbei.

Glasig … blasig … aasig.

Die Tage fliehen behände, flink wie Eidechsen huschen sie davon, will man sie festhalten, hat man nur den Schwanz in der Hand – nämlich diese Zeile.

Es klingelt zur Pause. Kindergeschrei auf dem Schulhof.

Dieser Pausenlärm, denke ich, wird sich in hundert Jahren noch genauso anhören. In zweihundert auch.

Donka klopft mit den Krallen auf das Parkett, legt die Vorderpfoten auf meine Knie, schaut mir bettelnd in die Augen. Sie will raus.

Ballerinen, so weiß ich jetzt, geben warmes Wasser in die Fersen ihrer Ballettschuhe, damit der Fuß besseren Halt hat.

Ich gehe mit Donka im Park spazieren. Schon mehrmals habe ich dort Sonjas Ballettlehrerin getroffen, die auch ein Exemplar aus der Familie der Hundeartigen besitzt, mehr so in Pantoffelgröße. Das proportionale Ungleichgewicht hindert nicht am gegenseitigen Schwanzschnüffeln.

Sie hat mir ein bisschen was vom Ballett erzählt. Einmal ist sie während des Auftritts gestürzt, beim Pas de deux. Schuld war ihr Partner, sie hasst ihn bis heute. Auf der Bühne raunte er ihr immer mit zusammengebissenen Zähnen irgendwelchen Nonsens zu, um sie zum Lachen zu bringen, das mochte er.

Erst wollten sie sie beim Ballett gar nicht haben, angeblich wegen der Plattfüße, in Wirklichkeit aber war es die sich schon abzeichnende große Brust.

Ihre Tanzlehrerin pflegte immer zu sagen: »Stell dir vor, du hast ein Geldstück zwischen den Pobacken klemmen, das darf die ganze Stunde nicht runterfallen.«

Sie hat ein Verhältnis mit einem Orthopäden, der auf Tänzer spezialisiert ist. Ewig verspricht er ihr, seine Frau zu verlassen, bringt es aber nicht fertig – ihr krankes Herz, die Kinder und so weiter, das Übliche halt. Den Hund hat sie sich aus Einsamkeit zugelegt.

Für einen Tänzer ist die Gravitationskraft das, was der Bildhauer als Widerstand des Materials bezeichnet.

Als Kind wäre sie liebend gern Schlittschuh gelaufen, verkniff es sich aber, genauso das Skilaufen – sie hätte sich ja den Fuß verstauchen können.

Sonja habe Talent, sagte sie, sprach aber zugleich eine Warnung aus: »Ballettmädchen bleiben in der Regel ein bisschen beschränkt. Sie haben einfach keine Zeit zum Lesen.«

»Wenn du rausgehst auf die Bühne«, sagte sie noch, »sitzen unten lauter Holzpuppen. Die musst du zum Leben erwecken. Mach, dass sie sich in dich verlieben.«

Meistens ist er es aber, der mit Donka runtergeht, und ich kriege von Mama zu hören, wie oft sie ihn mit dieser Tänzerin sehe. »Sei nicht dumm und pass auf ihn auf! Um die Männer muss man kämpfen!«

Arme Mama. Sie kann es nicht lassen, mir mit guten Ratschlägen, Belehrungen und Vorwürfen zu kommen, obwohl ich lange aus dem Haus bin. Sie ist einsam und zu bedauern. Seit Vater sie verlassen hat, ist sie ganz auf mich fixiert. Vor ihren Besuchen, so selten sie vorkommen, graut mir regelmäßig. Jedes Mal muss ich mich neu rechtfertigen, alles von vorne erklären. Nichts mache ich richtig, überall Dreck und Unordnung, und undankbar bin ich obendrein.

Immer wieder will sie mich erziehen. Kaufe ich einen Mantel und führe ihn ihr vor, kann ich sicher sein, dass er schlecht sitzt, die falsche Farbe hat und so weiter. Rausgeschmissenes Geld! Wann wirst du endlich erwachsen! So putzt sie mich runter. Und will ich nicht auf sie hören, heißt das, ich liebe sie nicht. Sie ist kaum zu ertragen und will auch noch bemitleidet sein.

Sie wolle doch nur mein Glück, wird sie nicht müde zu versichern, und dass er und ich es gut miteinander haben. In Wirklichkeit will sie, dass ich wieder bei ihr einziehe. Wieder das kleine Mädchen bin.

Er ist überängstlich, liest in meinen Fachbüchern und findet bei sich alle Krankheiten, die darin stehen, mit Ausnahme der gynäkologischen. Vor allem fürchtet er wohl, er könnte die Sklerodermie geerbt haben, die bei seinem Vater im Alter zum Ausbruch kam.

Manchmal aus heiterem Himmel erzählt er etwas von sich. Sein Vater war Professor und hatte eine Affäre mit seiner Studentin. Um ihm die Augen zu öffnen, zu zeigen, dass dieses Mädchen ihn überhaupt nicht liebte, ging der Sohn mit ihr ins Bett. Das konnte der Vater ihm nicht verzeihen. Als der

Sohn seine erste Ausstellung hatte, äußerte der Vater etwas derart Herabwürdigendes, dass die beiden von da an gar nicht mehr miteinander redeten.

Der Vater kam auf schreckliche Weise zu Tode: Eines Nachts auf dem Heimweg wurde ihm bei einem Raubüberfall der Schädel eingeschlagen.

Und nun macht er sich Vorwürfe, dass er dem Vater zu Lebzeiten kein einziges Mal gesagt hat, dass er ihn liebt.

»Ich brach damals den Stab über ihn, weil er Mutter einer Jüngeren wegen verlassen wollte. Heute tue ich dasselbe. Ich wollte ihn belehren – jetzt belehrt er mich aus dem Jenseits eines Besseren... Komisch, als ich Ada heiratete, warst du auch schon auf der Welt. Hast im Sandkasten Kuchen gebacken.«

Manchmal spricht er mich aus Versehen mit Ada an. Merkt es nicht mal.

»Mit wem sprichst du?«, frage ich.

»Na, mit dir – wem denn sonst?«

Dabei behauptet er, Ada sei ein dummer Fehler gewesen, den er jetzt korrigiert habe. Er und ich, so habe das Schicksal es gewollt. Und das über die Frau, mit der er achthundert Jahre gelebt hat! So hat er es selbst formuliert: »Was verlangst du? Dass ich mich augenblicklich ganz von ihr frei mache? Wir haben achthundert Jahre zusammengelebt!«

Ein andermal meinte er, das Leben mit ihr sei eine andere Form von Einsamkeit gewesen.

Anfangs habe er vorgehabt, ihr seine Liebschaften zu beichten, denn sie hatten Ehrlichkeit und Vertrauen zwischen sich vereinbart, aber dann habe er erkannt, dass er es im Gegenteil verschweigen musste, um sie, die ihn liebte, nicht zu demütigen. So belog er sie lieber.

»Und sie hat mir alles geglaubt! Einen Menschen, der einem glaubt, kann man unmöglich hintergehen!«

Und dann noch das: »Lebt man mit jemandem zusammen, muss man die Gefühle für diesen Menschen tagtäglich sandstrahlen und bimsen. Aber dazu ist weder Zeit und Kraft...«

Er meine natürlich das Leben mit Ada, nicht mit mir, beeilte er sich hinzuzufügen.

An dem Tag, als er seine Frau verließ, hatte ein Zeitungsjunge auf der Straße Opa zu ihm gesagt. »Das roch nach Katastrophe. Ich musste schleunigst handeln«, sagte er, und es klang, als erzählte er eine lustige Geschichte.

Aber wenn sie ihn ruft, zum Beispiel zum Gardinenaufhängen, rennt er hin. Eine Familie, die ein halbes Leben gehalten habe, könne nicht von einem Tag auf den anderen aufhören, so die Begründung.

»Mama hat gesagt, du hast uns Papa weggenommen«, verkündete Sonja, als ich gerade Pfannkuchen für sie buk.

»Ach ja? Und was sagt sie noch?«

»Dass du nicht auf mich aufpasst.«

»Soso. Noch was?«

»Wegen dir fahren wir nicht in den Urlaub. Weil wir kein Geld mehr haben.«

Einmal klingelte mitten in der Nacht das Telefon. Sonja fieberte. Er zog sich an.

»Warte, ich komme mit«, sagte ich.

Er schien unschlüssig.

»Sie ist der Ansicht, du wärest schuld. Du hättest nicht achtgegeben, als das Kind hier war.«

Ich fuhr trotzdem mit. Wir nahmen ein Taxi. Den ganzen Weg schwiegen wir, schauten jeder aus seinem Fenster. Der Taxifahrer war von Schnupfen geplagt, beim Niesen fuhr er beinahe auf eine Straßenbahn auf.

Es war das erste Mal, dass ich bei ihnen zu Hause war.

Die Wände hingen voller Bilder. Er hat sie oft als Akt gemalt: mal in dieser Pose, mal in jener, stehend, sitzend, liegend. Als sie dann hereinkam, frappierte mich, wie wenig diese zerzauste alte Frau in dem verwaschenen Morgenrock und den geflickten Pantoffeln an den jungen Körper auf den Bildern erinnerte.

Das Kind hatte 39 Grad Fieber. Es schwitzte stark. Gaumen und Zunge weiß belegt. Wangen rot, mit einem blassen Dreieck um den Mund. Ausschlag am Bauch.

Ada ging mich sofort an: Die Tochter sei mit nassen Füßen nach Hause gekommen, sie sei durch Pfützen gelaufen, ich hätte nicht kontrolliert, ob sie nasse Füße hat ...

All dies mit Tränen in den Augen.

»Wenn es nun wieder der Krupp ist? Sie hat ...«

»Pardon«, fiel ich ihr ins Wort. »Sind Sie Ärztin?«

»Nein ...«

»Dann interessiert mich Ihre Meinung nicht.«

Es sei Scharlach, erklärte ich ihnen, und dass der Ausschlag nach einem Tag wieder vergehe.

Ich ging mir die Hände waschen, er brachte ein Handtuch, ich fragte ihn leise, ohne nachzudenken: »Wie alt ist sie?«

»So alt wie ich«, erwiderte er verlegen.

Ich fuhr allein nach Hause. Er wollte bis zum Morgen bleiben.

»Das verstehst du doch?«

Ich nickte. Ich verstehe immer alles.

Drei Wochen später schuppten sich Sonjas Hände ...

»Ich wurde geboren, also werde ich sterben, so viel ist klar«, sagte er einmal, als wir nachts Arm in Arm beieinanderlagen. »Es leuchtet ein, so unangenehm es ist. Man hat Bammel davor, doch es lässt sich erklären, man kommt damit klar. Aber wie ist es mit der Kleinen? Die ist ja auch schon auf der Welt und dem Tod geweiht. Das macht mir echt Angst. Solche Angst hätte ich früher nicht für möglich gehalten.«

Er trägt sie auf Händen, und sie weiß ihre Macht über den Vater gnadenlos auszuspielen.

Er meint ihr ständig etwas bieten zu müssen, schleppt sie in den Zirkus, in den Zoo, zur Kindermatinee. Wenn sie hier war, klebt die Wohnung von Drops, Schokolade, Bonbonpapieren. Er kauft ihr jeden Mist, traut sich einfach nicht, Nein zu sagen. Hinter dieser Lawine von Großzügigkeit steckt die Angst, sie könnte ihm verloren gehen.

Bei Tisch trumpft sie auf, mag dies nicht, jenes nicht. Bei Mama schmeckt alles besser! Und ich darf nichts einwenden, er sieht ihr alles nach. Ich quäle mich noch mit Gewissensbissen, weil sie womöglich hungrig bleibt.

Sie nimmt meine Sachen aus dem Schrank, ohne zu fragen, auch Broschen und Perlen aus der Schatulle vor dem Spiegel, Parfüm und Nagellack. Ich solle das mit ihr selbst besprechen, sagt er schulterzuckend. Und als ich dieses Gespräch führen will, springt er ihr sogleich bei, tut, als wollte ich etwas vollkommen Ungebührliches von ihr.

Beim Kämmen sitzt sie keinen Moment still, zappelt die ganze Zeit und schnauft; bleibt die Bürste im Haar hängen, behauptet sie, ich täte ihr absichtlich weh.

Sonntagmorgens, wenn zum Ausschlafen Gelegenheit wäre, hüpft sie, kaum dass es hell wird, aus den Federn, kommt ins Zimmer gestürmt, entert das Bett, besteigt rittlings seine Brust und drückt ihm mit den Fingern die Lider auf. Er nimmt es geduldig hin.

Als ihr Geburtstag bevorstand, wollte er, dass ich mit ihm Geschenke kaufte, beim Aussuchen von Kleidchen und Schuhen behilflich war. An meinen Geburtstag denkt er nie. Bin mir selbst nicht mehr sicher, irgendwann auf die Welt gekommen zu sein.

Isst sie eins ihrer geliebten Rosinenbrötchen, legt sie sich ein Bröckchen davon auf die flache Hand und hält es ihm hin, er muss es »picken«, das heißt, mit den Lippen aufnehmen.

Oder sie zeichnen, Schulter an Schulter sitzend, etwas in ihr Malbuch: sie einen Baum auf die eine Seite, er auf die andere einen Fuchs.

Sie sind glücklich miteinander.

Dazu brauchen sie mich vermutlich nicht?

Nachts steht er auf und sieht nach, ob ihr Bett noch trocken ist. Hebt sie heraus, trägt sie, die in seinen Armen hängt und im Halbschlaf vor sich hin spricht, ins Bad, setzt sie aufs Klo und bleibt neben ihr auf dem Wannenrand sitzen, damit sie ihm den Kopf auf die Knie legen kann, wartet geduldig, bis es plätschert.

Manchmal passiert es trotzdem, dass sie ins Bett macht, dann zieht er ihr ein frisches Nachthemd an, wechselt das Laken, bettet das Mädchen wieder hinein. Krault ihr den Rücken, bis sie schläft.

Zum abendlichen Einschlafritual gehört Mamas Fläschchen mit dem »Traumwasser«.

Ihre Freundinnen übernachten gern beieinander, Sonja aber hat Angst, *es* würde offenbar, man könnte sie auslachen und verstoßen. Ersinnt Ausflüchte, um nicht über Nacht bleiben zu müssen.

Auch vor mir geniert sie sich; ich sage ihr, es sei nichts dabei, jedes Kind mache ins Bett, bis es groß genug sei, dann höre es auf, und man könne ohne Wachstuch schlafen.

Ihre Sachen wasche ich allerdings getrennt.

Manchmal will mir scheinen, sie und ich, wir werden uns nie wirklich mögen.

Dann wieder gibt es Momente, da schmiegt sie sich an mich, und mich überkommt eine Welle von Zärtlichkeit zu diesem ungefügen kleinen Wesen.

Des Schielens wegen waren wir bei verschiedenen Ärzten. Man lässt sie eine Brille tragen, bei der ein Glas schwarz verklebt ist. Sie schämt sich schrecklich für diese Brille, ist schnell dabei, sie abzusetzen – die anderen Kinder könnten sie auslachen.

Forsch und keck ist sie nur zu Hause, in der Schule verhält sie sich ganz anders. Wir waren bei einem Schulfest zugegen, wo sie von der Bühne herab ein Gedicht aufsagen sollte. Als sie mit ihrer Brille auftrat, fing irgendein Junge zu lachen an, und prompt blieb sie stecken, wäre am liebsten in den Boden versunken, rannte davon, war hinterher untröstlich.

Dafür spielt sie zu Hause die Königin im Kreise ihrer Untertanen, die nur dazu da sind, nach ihrer Pfeife zu tanzen.

Einmal beobachtete ich sie beim Zeichnen; mir fiel auf, dass eine Zeichnung, die sie als misslungen ansieht, sofort zu existieren aufhört, sie sieht sie nicht mehr, zeichnet einfach neu darüber, ohne sich von den alten Linien stören zu lassen.

So müsste man leben können.

Am meisten Spaß macht ihr das Malen mit Papas Farben. Ich ziehe ihr ein altes Hemd von ihm über, darin kann sie sich getrost beklecksen. Er hat schon versucht, ihr etwas ernsthaft beizubringen, aber das ist noch zu früh, sie hat noch keinen Sinn dafür.

Einmal hat sie sich mit der Bastelschere ein Büschel Haare abgeschnitten und mit Leim ans Kinn geklebt – um auszusehen wie Papa.

Und einmal, als er sie abends ins Bett brachte, weinte sie plötzlich ins Kissen.

»Mein Herzchen, was ist denn?«

»Stimmt das, Papa, dass du später mal tot bist? Das gefällt mir nicht!«, schluchzte sie.

Dabei fängt sie gerade erst an, sich als Persönlichkeit wahrzunehmen. Einmal abends am Teich, als wir die Sonne untergehen und als goldenen Pfad im Wasser auf uns zulaufen sahen, da sagte sie: »Das Gold im Wasser ist aber nicht die Sonne, nein? Bin ich das?«

Wir waren mit ihr im Kindertheater, das gute alte Märchen vom Schneemädchen – dem Bauer und der Bauersfrau, die keine Kinder haben können und sich eins aus Schnee bauen, das auch gleich bei der ersten Umarmung lebendig wird, prächtig wächst und gedeiht, bis es im Frühling beim Sprung übers Osterfeuer verdampft ... Komische Idee, dachte ich mir auf dem Weg dorthin, ein Kind aus Schneekugeln, es braucht doch Arme und Beine mit Händen und Füßen, Fingern und Zehen, wie soll das gehen, aus Schnee? Aber Sonja fand daran nichts Besonderes, ein Kind aus Schnee, na klar, warum nicht: »Es ist ja echt und lebendig!«

Er hat ihr eine Armbanduhr für Erwachsene gekauft. Sonja zieht sie auf und hält sie sich ans Ohr. »Horch! Wie wenn Grashüpfer zirpen«, sagt sie ganz begeistert.

Außerdem bastelte er ihr einen Drachen, den wir gemeinsam steigen ließen, leider flog er gleich beim ersten Mal gegen den nächsten Telefonmast und verfing sich in den Drähten. Immer wenn wir dort vorbeigehen, winken wir ihm, und er winkt zurück, das heißt die Fetzen, die von ihm übrig sind.

Ein besonderes Vergnügen ist es für sie, mein Stethoskop herzunehmen und eins nach dem anderen abzuhorchen: sich, Donka, die Wand, den Sessel, das Fensterbrett. Sie setzt es an die Fensterscheibe und gibt der Welt draußen Anweisung: »Tief einatmen! ... Nicht atmen!«

Wenn ich ihr vor dem Einschlafen etwas vorlese, lauscht sie selbstvergessen und fährt dabei mit der Zunge über die Härchen am Unterarm – erst in die eine Richtung, dann in die andere. Blättere ich um, späht sie ins Buch, ob ein neues Bild zu sehen ist.

Man muss immer hinter ihr her sein. Abends hüpft sie ins Bett, und die Zahnbürste ist noch trocken. Abmarsch, zurück ins Bad! Und immer fällt ihr etwas Neues ein. Beispiel: Beim

Putzen die Bürste still zu halten und die Zähne darüber hinwegzubewegen; wildes Kopfschütteln, wie aus Protest.

Wahrscheinlich möchte sie es vermeiden, mich lieb zu gewinnen, weil das so aussehen könnte, als verriete sie ihre Mama. Verrat, Untreue – bloß nicht! Ich habe versucht, mit ihr darüber zu reden. Erklärte, dass es ganz normal sein kann, zwei Menschen zu lieben – beide gleich doll lieb zu haben hieße nicht, einen von ihnen zu verraten!

Ich denke, wir schaffen das. Es gibt so schöne Momente miteinander! Letzten Sonntag erst wieder, ich hatte sie ins Bett gebracht, und sie wollte, dass ich noch ein bisschen im Halbdunkel bei ihr sitzen bleibe. Im Finsteren zu schlafen ist ihr nicht geheuer, sie möchte, dass eine Lampe an bleibt. Ich lasse die Nachttischlampe brennen, decke einen dünnen Schleier darüber. Die Schatten sind jedes Mal andere. Sie liegt da und denkt sich aus, wer alles da oben an der Decke heute bei ihr zu Besuch ist.

Und sie lässt sich von mir genauso gern mit dem Pinsel kitzeln wie von Papa. Sanft streiche ich mit den weichen Eichhornborsten über Arme, Beine, Rücken und Po. Sie ist kitzlig, windet sich und lacht.

Ich gebe ihr den Gutenachtkuss und flüstere: »Gut jetzt. Kringle dich ein und schlaf schön!«


Meine liebe Saschenka!

Der Tod ist allgegenwärtig hier. Ich versuche nicht daran zu denken. Es gelingt nicht.

Die Strecke nach Taku ist wieder intakt, täglich treffen neue Truppen der Alliierten ein, man rüstet zum Angriff. Noch mehr Tod also ...

Man sterbe am besten lässig, sagt Kirill, so wie Ludwig XVI., der, als er das Schafott erklommen hatte, den Henker fragte –

als den ersten lebenden Menschen nach langer Dunkelhaft, den er sah und fragen konnte: »Gibt es Neuigkeiten vom Herrn Lapérouse?«

Minuten vor dem Tod interessierte er sich noch für die neuesten geografischen Entdeckungen.

Ja, diese Lässigkeit besäße ich auch gern – in den Tod zu gehen wie zum Frühstücken.

Aber dazu muss man wohl sehr stark sein.

Bin ich das?

Saschenka, ich bin hier dem idealen Tod begegnet. Ein Kerl, jung und schön, mit strahlendem Gebiss – auch wenn er gerade den ganzen Tag über Zahnschmerzen geklagt hatte und gejault, anscheinend ein Geschwür... Zack. Mit einem Mal war er weg. Volltreffer. Im Moment der Detonation war ich woanders, doch ich hab hinterher seinen Arm im Wipfel eines Baumes hängen sehen.

So zu sterben wäre mein Ideal.

Was, wenn es anders kommt?

Tag für Tag sehe ich Verwundete und denke unwillkürlich: Pass nur auf, morgen trifft es dich. Die Wahrscheinlichkeit, ein Geschoss auf den Scheitel zu kriegen, ist leider verschwindend gering. Verstümmelt zu werden, sich in Schmerzen zu winden ist sehr viel wahrscheinlicher.

Zum Beispiel könnte ich eine Kugel oder einen Splitter ins Knie bekommen. Oder in die Hand. Einen Steckschuss in die Niere, links oder rechts. Es könnte mir den Herzbeutel zerreißen... Man muss das nicht alles aufzählen. Der Mensch ist überhaupt ein sehr verletzliches Geschöpf. Ich habe hier schon so einiges gesehen.

Und immer wenn ich eine Verwundung sehe, probiere ich sie in Gedanken an wie ein fremdes Kleidungsstück.

Ein Soldat hatte gerade den Mund aufgerissen, um Hurra! zu schreien, als eine Kugel ihm beide Wangen durchschlug und eine Reihe Zähne wegriss. Ich versetze mich in ihn hinein, das Gedankenspiel verfolgt mich.

Nachts gehe ich im Halbschlaf austreten und höre im großen Lazarettzelt jemanden wimmern: »Ich find meine Pritsche nich. Kann mir wer helfen, ich find meine Pritsche nich!« Das ist der arme Kerl mit der Binde über den Augen, der durch den Gang mit den Feldbetten irrt. War auch zum Pinkeln draußen und hat sich auf dem Rückweg verlaufen.

Was mich erwartet: Notverband, OP, Knochensäge, Amputation der siechenden Reste dieses meines rechten Beines hier. Oder des linken?

Es wäre nicht zu ertragen, müsste ich mein restliches Leben auf einem Bein durchhumpeln. Oder ganz ohne Beine!

Vielleicht wird Lucie mein Blut schon morgen vom weißen Wachstuch des OP-Tischs wischen müssen.

Aber womöglich bin ich dann ja auch fähig und bereit, dieses Leben – lässig! – hinter mir zu lassen. War es gestern, als der Feldscher zwischen zwei Operationen zum Rauchen vor das Zelt trat, mich sah und herüberkam? Vorgestern. Hatte wohl Lust auf einen Plausch, um auf andere Gedanken zu kommen. Er gefällt mir sehr mit seinem runden Bäuchlein und dem trippelnden Greisengang, immer die Gutmütigkeit in Person. Ein stattlicher Schnauzer unter der komisch welken, rot und blau geäderten Nase, auf dem Kugelkopf spärliche Reste eines Studentenigels – er hat irgendwann das Medizinstudium abgebrochen. Alle reden ihn vertraulich mit Vor- und Vatersnamen an, Michal Michalytsch. Eine kleine Weile saßen wir schweigend, dann seufzte er: »Meine Herren! Was einem nicht alles unter die Augen kommt in dem Laden ... Heute früh brachten sie einen Jungen in deinem Alter, der war so arg zugerichtet, dass er versucht hat, sich das Leben zu nehmen. Ich hab ihn gehalten, bis der Doktor kam und ihm die Spritze gesetzt hat.«

Als er fertig geraucht hatte, klopfte er mir auf die Schulter, als wie: Halt die Ohren steif, Kleiner! Wird schon schiefgehen!, und trippelte zurück in sein OP-Zelt.

Der Tod. Das Wort habe ich viele Male gehört und selber ausgesprochen, die drei Buchstaben niedergeschrieben. Wohl ohne recht zu wissen, was es heißt.

Und kaum steht dieser Satz da, frage ich mich schon: Bin ich jetzt schlauer?

Man darf hier nicht ins Grübeln kommen, Saschka, das ist das Wichtigste. Ich aber grüble die ganze Zeit. Und das ist falsch. So viele Generationen haben schon nachgedacht über das alles und kamen zu dem weisen Schluss, dass man das Denken sein lassen sollte. Darum gib den Soldaten immer eine Aufgabe, und wenn sie noch so sinnlos ist, Hauptsache, sie sind beschäftigt. Um nicht ins Grübeln zu kommen. Dem Menschen das Nachdenken zu verwehren, darin liegt ein tiefer Sinn. Man muss ihn von sich selbst erlösen, vom Gedanken an den Tod.

Man muss abschalten können. Handarbeit ist gefragt! Also lässt man die Männer Waffen putzen, Uniformen flicken oder irgendwo buddeln, etwas fällt einem schon ein.

Und mir ist ja auch etwas eingefallen: Ich schreibe Dir, bei jeder sich bietenden Gelegenheit. Buchstaben in Handarbeit!

Du bist meine Rettung, Geliebte.

Liebe, gute Saschenka, ich schone Dich nicht und weiß, Du wirst es mir nachsehen.

Ich denke die ganze Zeit an den Tod, er ist um mich von früh bis spät in die Nacht. Selbst im Traum! Ich schlafe lausig. Albträume und Schweißausbrüche plagen mich. Dann schwitze ich wie ein Schwein. Meist kann ich mich an meine Träume nicht erinnern, nach dem Aufwachen verdunsten sie im Handumdrehen, wie der auf den Spiegel gehauchte Atem im nächsten Luftzug verdunstet, spurlos. Aber was ich heute träumte, das spukt mir noch im Kopf herum.

Ich bin im Traum wieder zur Einberufungsuntersuchung. Stehe wie damals nackt vor der Musterungskommission, in Erwartung des erniedrigenden Rituals. Alles sehr lebensnah, ich wundere mich nicht mal, wieso ich die Prozedur schon wieder durchlaufe. Stehe in der Schlange und halte die Hände vor, komme nicht umhin, mir die Narben und Schrammen meiner Vordermänner anzugucken, ihre kahlen oder behaarten Hintern, die Warzen und Pickel. Alles sehr demütigend, der Gipfel ist es, wenn der Doktor einem in den Leisten herumfingert, und dann muss man sich auch noch umdrehen, nach vorne beugen und die Backen auseinanderziehen. Doch als ich an der Reihe bin, sehe ich, der Doktor ist kein anderer als Viktor Sergejewitsch, mein alter Lehrer, der damals im Unterricht gestorben ist. Er putzt mit der Krawatte seine Brille und sieht mich an. Und mir fällt wieder ein, wie ich damals vor Aufregung die Tabletten nicht fand. »Viktor Sergejewitsch«, beginne ich mich zu rechtfertigen, »wie Sie da im Klassenraum vor der Tafel lagen, ich habe alle Taschen in Ihrem Jackett durchwühlt, nirgends waren Tabletten! Ehrenwort!«

»Von wegen«, sagt er kopfschüttelnd und hört nicht auf, mit der Krawatte seine Brille zu putzen, »als der Direktor gerannt kam, fand er sie sofort! Hier steckten sie«, er klopft sich auf eine der Taschen, »wie immer! Ich hatte es euch gezeigt!«

Das war mehr, als ich aushalten konnte, und ich erwachte.

Ich habe es Dir damals nicht erzählt, Saschenka.

Als er mitten in der Stunde den Anfall bekam, war ich der Erste, der zu ihm hinstürzte, ihn zu retten, aber ich fand die verdammten Tabletten nicht. Das Medikament, das sie ihm später verabreichten, kam zu spät. Ich weiß, dass ich nichts dafür konnte, doch ich muss es mir bis zum heutigen Tag immer wieder erklären.

Du weißt, wie sehr ich ihn mochte. Wenn einer ihn Nippon-Ibis nannte, konnte ich richtig wütend werden. In den

Pausen nutzte ich jeden noch so geringfügigen Vorwand, ihn in seinem Kabinett aufzusuchen; die Glaskästen mit den Schmetterlingen, die alten Naturalienschränke, darin die riesigen Straußeneier, die Seesterne, all die ausgestopften Viecher – das war meine Welt!

Ich weiß noch, wie er die Apfelsorten mit in den Unterricht brachte, Wachsattrappen in mit Watte ausgelegten Kästen, man hätte am liebsten hineingebissen, so schön sahen sie aus, so saftig und echt!

Im Sommer ließ er uns Herbarien anlegen. Was hab ich mich angestrengt! Die Pflanzen aus den Schluchten zu klauben und in den Brockhausbänden zu trocknen und zu pressen war das eine. Doch am meisten Spaß hatte ich daran, die Schildchen in Schönschrift zu malen: *Löwenzahn (Taraxakum)* oder *Wegwarte (Plantago)*. Dass die stinknormale Wegwarte als Wort so viel hermachte – Plantago! –, erstaunte mich. Diese Wörter faszinierten mich womöglich mehr als die Pflanzen selbst, die im getrockneten Zustand ziemlich öde aussahen.

Als Viktor Sergejewitsch dann zur Tierkunde überging, wurde ich (so glaubte ich es zumindest) zum leidenschaftlichen Ornithologen; gab es Hühnerkeulen zum Mittag, fügte ich die abgenagten Knochen wieder zusammen, um herauszukriegen, wie so ein Gelenk arbeitet, welche Funktion dieser Knochen und jenes Knorpelchen ausübt.

Ehrlich gesagt, bin ich mir nicht sicher, ob meine Liebe zu Tieren und Pflanzen schon *vor* Viktor Sergejewitsch bestanden hatte. Gut möglich, dass mich das damals gar nicht interessierte. Es war seine Liebe, in der ich nun entbrannt war zu diesem ganzen Federvieh.

Vielleicht auch nur, um von ihm beachtet und belobigt zu werden?

An einzelne, weiter zurückliegende Sympathiebekundungen für die Vogelwelt kann ich mich freilich erinnern. Den einen Sommer zum Beispiel hatte ich auf einer Birke nächst unserer Datscha ein Nest mit drei jungen Dohlen entdeckt und kletterte mehrmals täglich hinauf, um ihnen Hackfleischbröckchen in die Schlünder zu werfen und Wasser einzuflößen aus dem alten Fingerhut der Großmutter, den ich mir für diesen Zweck erbeten hatte.

Eine ernsthafte Prüfung erfuhr meine Naturliebe dann ein paar Jahre später. Auch dies auf der Datscha, und es ging wieder um ein Vogeljunges. Der Nachbarssohn kam heulend herübergelaufen, vollkommen aufgelöst und nicht in der Lage zu erklären, was los war. Ich rannte ihm hinterher. Was es auf dem Gartenweg zu ihrer Datscha zu sehen gab, war allerdings kein schöner Anblick für Kinderaugen. Ein Junges war aus dem Nest gefallen, und ausgerechnet neben einen Ameisenhaufen; nun wimmelten die Insekten zu Hunderten auf ihm herum, das Kleine wand sich in lautloser Qual, und ich war ratlos. Das Vögelchen war nicht mehr zu retten, aber einfach so dazustehen und zuzuschauen, wie es sich quälte, ging auch nicht.

Ich glaube, Saschenka, es war der Moment, in dem ich anfing, erwachsen zu werden. Ich begriff, dass ich mich zu einer guten Tat ermannen musste. Die in diesem Moment darin bestand, den Leiden dieser Kreatur ein Ende zu setzen. Ich nahm den Spaten, befahl dem Jungen, ins Haus zu gehen, ging zu dem Vögelchen, das sich in ein einziges schwarzes Ameisenknäuel verwandelt hatte, und schnitt es mit der Spatenkante mittendurch. Die Hälften zappelten weiter – oder waren es nur die Ameisen, die zappelten? Ich trug die beiden Häuflein zum Zaun und vergrub sie dort. Der Junge aber hatte durch das Terrassenfenster alles mit angesehen, war sauer und konnte mir die Tat nicht verzeihen.

An Viktor Sergejewitsch gefiel mir, dass er die gewöhnlichen Dinge ungewöhnlich aussehen ließ. So hatten wir uns zum Beispiel im Literaturunterricht darüber amüsiert, wie der junge Puschkin, zur Begutachtung der Heuschreckenplage entsandt, einen gehässigen Rapport schrieb:

Heuschrecke flog, flog
Saß nieder
Saß, saß und fraß
Fraß alles auf
Entfleuchte wieder

Wenn das nicht zum Lachen war! Aber Viktor Sergejewitsch stellte die Sache ganz anders dar. Puschkin war Beamter für besondere Aufgaben. Also hat man ihn, den besonnenen, energischen jungen Mann, in wichtiger Mission auf Reisen geschickt. Denn die Heuschrecken waren für die Leute ein großes Unglück, sie hatten nichts mehr zum Leben und warteten, dass die Regierung ihnen aus der Not half.

Ich denke, mein Lehrer war vor allem gekränkt von so viel Arroganz gegenüber diesen Insekten, die ihm nicht minder wichtig, vertrackt und lebendig erschienen als die Spezies Mensch.

An der Schule nahm ihn keiner ernst, nicht einmal seine Kollegen, das hat mich sehr getroffen. Aber was hätte ich tun können? Mir blieb nur, das zu lieben, was er liebte: Pflanzen und Vögel. Später, nach seinem Tode, kühlte meine Leidenschaft für Nacktsamer, Ur- und Neukiefervögel et cetera ziemlich schnell ab; wenigstens sind mir aber die Namen im Gedächtnis hängen geblieben – und es macht ja wirklich Spaß, durch den Wald zu spazieren und zu wissen, das da ist Liebstöckel, das da Frauenminze, da steht das Knabenkraut und hier der Amaranth. Man läuft so für sich hin – und siehe da, der Kreuzdorn! Die Stendelwurz! Der Sauerklee! Die Witwenblume! Und ach, hier haben wir ja auch den Gauchheil.

Die Gänsedistel. Den Gelben Enzian. Und erst die Vögel! Der Fitis! Das Braunkehlchen! Und da, ein Schwarzspecht!

Wunderbar, durch den Wald zu gehen und an das Weidenröschen zu denken, zu wissen, es bevorzugt Ascheboden, zu wissen, warum!

Aus alledem erwächst ein Gefühl für das pralle Leben, das niemals enden wird.

Nach seinem Tod habe ich zum ersten Mal ernsthaft über den meinen nachgedacht.

Geht doch jedem so in dem Alter, wirst Du sagen, dass ihn plötzlich mal das kalte Grausen packt. Panikanfälle. Das Normalste auf der Welt... Ja, kann schon sein, aber davon wurde es nicht leichter.

Mama erzählte gern davon, wie ich als Fünfjähriger ein Erwachsenengespräch mit anhörte, irgendwer war gestorben. »Gestorben?«, fragte ich ganz erschrocken. »Sterbe ich auch?« – »Nein, nein«, erwiderte Mama, und damit war ich beruhigt.

Wenn ich als Kind mit den Knöpfen aus der Kiste Krieg spielte, wähnte ich mich unter ihnen auf dem Schlachtfeld, trat zum Sturm mit ihnen an, rief Hurra! – riss, getroffen, den Mund auf, fiel um und war tot – viele Male. Man lag ein Weilchen, sprang wieder auf und rannte weiter, als wäre nichts geschehen, quicklebendig, versessen auf den nächsten Kampf Mann gegen Mann. Mach los, keul rein, schlag zu!

Einmal in der Hitze des Gefechts merkte ich nicht, dass Mama in der Tür stand und zusah.

»Weißt du eigentlich, dass jeder tote Knopf auch eine Mama hat, die zu Hause sitzt und weint, weil er nicht mehr wiederkommt?«, fragte sie mich. Ich wusste damals nicht, was sie meinte.

Nach dem Tod der Großmutter versuchte ich mir vorzustellen, wie es war, tot zu sein. Streckte mich auf dem Sofa aus, faltete die Hände auf der Brust, ließ alle Muskeln erschlaffen, schloss die Augen und versuchte die Luft anzuhalten, solange es ging. Für einen Moment kam es mir gar so vor, als könnte ich mein Herz zum Stillstand bringen. Aber was brachte das? Die Lebendigkeit nahm eher zu! Da war eine Kraft in mir, die mich zu atmen zwang, die ich vorher nicht wahrgenommen hatte. Die sich über meinen Willen einfach hinwegsetzte. Den Tod zu begreifen, nützte dieses Experiment wenig. Dafür spürte ich umso deutlicher, worin das Leben bestand. Es war der Atem. Der Herr über mich war.

Meinen Körper geringschätzte und verachtete ich von dem Moment meiner Jugend an, da ich mitbekam, dass ich nicht dasselbe war wie er und er etwas ganz anderes als ich. Umso größer meine Verblüffung, dass zur Musterungsuntersuchung sich wieder jemand – wie zuvor nur Mama! – für mein Gewicht interessierte, meine Größe, den Zustand meines Gebisses und all die Zahlen, die doch eigentlich nichts über mich sagten, fein säuberlich in ein Protokoll eintrug. Wozu? Wem konnte das nützen?

Und das erste Mal im Leben, dass mir richtig graute, war mit vierzehn oder fünfzehn – als ich erkannte: Mein Körper zieht mich ins Grab. Jeden Tag ein Stück. Mit jedem Atemzug.

War das nicht Grund genug, ihn zu hassen?

Ich lag auf meiner Liege, der Blick ging über die entblößten Eingeweide des Ozeandampfers an der Wand, und ich dachte: Dieses Riesenschiff ginge sofort unter, wenn es ein *Gefühl* hätte für den bodenlosen Abgrund unterm Kiel.

Mein Körper hatte dieses Gefühl.

Meinen Selbsthass zu zelebrieren fanden sich immer neue Anlässe. Zum Beispiel, als es Zeit wurde, sich zu rasieren. Du weißt, meine Haut ist eine Katastrophe, Pickel und Furunkel überall, beim Rasieren schaffe ich es jedes Mal, dass Blut fließt. Ich versuchte, mir einen Bart stehen zu lassen – heraus kam eine Lachnummer, kein Bart. Und ich entsinne mich genau, wie einmal beim Rasieren – ich hatte mich gerade wieder geschnitten – der lähmende Gedanke in mir hochkam, dass mein Körper, dieser widerwärtige kaldaunengefüllte Hautsack, schon jetzt, in dieser Sekunde, während ich einen Zeitungsschnipsel auf die Wunde lege, dem Grund entgegensinkt und mich dorthin mitreißt. Und er wird sinken, sinken, sinken, all meine Tage, bis er unten ist und aufschlägt.

Alles war auf einmal unerträglich. Simple Gegenstände schienen sich verschworen zu haben, alle behaupteten sie das eine: mich zu überleben. Das Dreikopekenstück da – es würde sein, wenn ich nicht mehr war; an diese Türklinke würde gefasst werden; der Eiszapfen draußen vorm Fenster würde in dreihundert Jahren wieder ein funkelnder Eiszapfen sein und in der Märzmittagssonne glitzern.

Und der Spiegel im Dämmerlicht war auf einmal kein harmloser Gegenstand mehr, er zeigte sein wahres Gesicht: ein Zeitschlund. Schautest du eine Minute nicht hinein, hatte er sie in der Zwischenzeit geschluckt, und dein Leben war geschrumpft um ebendiese Minute.

Besonders deprimierend war, dass alle rings um mich her so felsenfest an ihre Existenz glaubten, nur ich selbst kam mir ein ums andere Mal irreal und vollkommen unkenntlich vor. Und wenn man nicht einmal von sich selbst überzeugt ist, dann umso weniger von allem Übrigen. Vielleicht war ich gar nicht wirklich vorhanden. Ausgeburt eines fremden Hirns (so wie ich seinerzeit die Männlein in das Schiff hineinerfunden hatte), das nun Spaß daran hat, mich zu quälen.

Ich wurde von einem finsteren Strudel hinabgezogen, ging unter, hörte auf zu existieren. Für das Gegenteil hätte es handfester Beweise bedurft. Es gab keine. Der Spiegel gab zwar etwas wieder, doch von mir hatte er (wie im Übrigen auch ich) keinen blassen Schimmer. Und sowieso war er ein Allesschlucker.

Nichts ging mehr, jegliche Beschäftigung war unmöglich geworden, was ich auch anfasste – Bücher, die mich in normalen Zeiten ergötzt, zumindest unterhalten hatten –, nichts vermochte mich über Wasser zu halten, alles war überzogen vom fettigen, klebrigen Film der Aussichtslosigkeit.

In diesem Zustand reizte der Blinde mich bis zum Äußersten. Du liegst in deinem Zimmer, in den hintersten Winkel verkrochen, den Kopf unterm Kissen, heulend und zähneklappernd vor Grauen ob dieser Finsternis, dieser Leere – und hörst ihn fröhlich pfeifend durch den Flur tappen, das Leben in vollen Zügen genießend, welches ihm, obwohl er blind ist, alles andere als leer und finster erscheint. Was war es, das er mit seinen blinden Augen sah, was ich nicht erkennen konnte? Welche unsichtbare Welt?

Auszubaden hatte es Mama. Ich schloss mich in meinem Zimmer ein, kam nicht einmal zum Essen heraus, sprach mit keinem mehr ein Wort.

Mit Mama zu reden hätte freilich auch nichts gebracht. Sie war der Meinung, dass es sich um alterstypische Flausen handelte. »Den Anfall mit der Malerei hat er hinter sich«, hörte ich sie zu einer ihrer Freundinnen sagen, »jetzt brennt er für den Sinn des Lebens. Auch das geht vorüber! Bloß gut, dass nicht schon so ein Zimperlieschen ihm den Kopf verdreht. Du weißt ja, wie die heutzutage sind!«

Vor Mädchen hatte ich schreckliche Angst. Besser gesagt, ich war schüchtern bis zur Verblödung. Einmal fuhr ich Straßenbahn, vor mir saß eine mit herrlichen Haaren – ein Zuber voll kastanienbrauner Wogen, vor mir ausgeschüttet! Und wie sie dufteten! Von Zeit zu Zeit fuhren ihre Hände hindurch, sie zu bändigen, dann flogen sie wieder über die Schultern. Wie groß war die Versuchung, dieses Haar zu berühren! Ich passte auf, dass keiner guckte, und tat es. Ganz unmerklich, wie mir schien. Sie aber hatte es bemerkt und äugte spöttisch. Vor lauter Verlegenheit verließ ich fluchtartig die Bahn.

Nach so einem Erlebnis wächst die Selbstverachtung ins Unermessliche!

Heute lässt sich darüber lachen, aber Mama bekam solche Angst um mich, dass sie heimlich meine Sachen durchwühlte: Ob ich nicht schon irgendwo Gift bereitliegen hatte oder einen Revolver?

Einmal hörte ich vor der Tür erregtes Wispern.

»Pawluscha, bitte, red du mit ihm«, bekniete sie ihren Blinden, »du als Mann findest doch eher das rechte Wort für ihn!«

Ein Schlurfen, und es klopfte.

»Lasst mich bloß in Frieden!«, brüllte ich.

Irgendwann der Griff zum Buch eines weisen Einsiedlers – in der Hoffnung, wenn schon nicht die Antwort, so doch wenigstens die richtig gestellte Frage zu finden –, doch alle weisen Einsiedler predigten im Chor: im Jetzt leben, sehen, was ist, den flüchtigen Augenblick genießen...

Das muss man erst mal können!

Wie soll man sich erfreuen an dem, was ist, wenn es doch so fade und nichtswürdig daherkommt? Wenn der Blick zur Decke, auf die Tapeten und Vorhänge genügt – aus dem Fenster ganz zu schweigen –, damit einem schlecht wird von alledem, was *nicht ich* ist? Wenn einem schlecht wird von sich selber – auch so ein Nicht-Ich! – und allem sonst? Dem, was war – der mickrigen, elenden Vergangenheit, nichts als Dummheit und Demütigung –, und dem, was kommt? Dem vor allem! Denn es ist der Weg ins stinkende Loch auf dem Friedhofsklo.

Und alles bis dahin – wozu? Was davon habe ich mir ausgesucht? Die Zeit? Den Ort? Diesen Körper etwa? Nichts davon war meine Wahl, keiner hat mich gerufen.

Und dann, als es schon ärger nicht mehr ging, als ich tatsächlich schon erwog, das Rasiermesser des Blinden aus dem

Bad zu holen, als der Atem stockte, weil ich den nächsten Atemzug nicht überleben zu können glaubte, dem ja auch nur wieder ein nächster folgen würde, als mir der Schweiß aus den Poren brach und das Herz zu schmerzen anfing und die Glieder flatterten – da auf einmal begann es. Ein eigentümliches Zittern in den Fingerspitzen. Eine Vibration!

Und irgendwo aus der Tiefe stieg, disharmonisch, doch nicht zu beirren: ein Summen. Das anschwoll. Das machte, dass ich aufsprang, im Zimmer auf und ab rannte, das Fenster aufriss – was ein Krachen und Fetzen verursachte, denn die Fenster sind im Winter zugeklebt –, die Straße tief in mich einatmete. Das Summen wurde heftiger, kräftiger, nahm immer mehr Raum ein. Und schließlich diese unfassbare, alles hinwegschwemmende Woge, die mich wie mit hohler Hand vom Grunde, an dem ich hockte, wegschaufelte und hinauswarf, an Land, in den Himmel. Und die Worte flossen über.

Saschenka, das kann man nicht erklären, man muss es erlebt haben.

Die Angst war weg, sie hatte sich in Luft aufgelöst. Die Welt, eben noch verloren gewesen, ruhte wieder in sich. Das Unsichtbare war sichtbar.

Dieses ganze Nicht-Ich gab endlich Laut. Summte zurück. Bekannte sich zu mir. Du verstehst, wovon ich rede? Alles im Umkreis wurde greifbar, essbar, durch und durch erfreulich! Wollte begrapscht, beschnüffelt, beleckt sein: auch die Decke, auch die Tapete, auch die Vorhänge, auch die Stadt draußen! Aus Nicht-Ich wurde Ich.

In diesen Momenten tat ich nichts als zu leben. Sah mich um und verstand nicht, dass die anderen es nicht zu vermissen schienen. Konnte man überhaupt leben ohne das?

Und dann verließen die Worte mich wieder, das Summen hörte auf, und die Anwandlungen – um nicht zu sagen:

Anfälle – von Leere kehrten zurück, mich fror, mich schüttelte es, ich lag wieder tagelang auf meiner Liege, ging nirgends hin, wusste gar nicht mehr, wozu man hätte irgendwohin gehen sollen, wer hätte gehen sollen, was Gehen überhaupt war und was ich und was was?

Die größte Furcht aber war, dass die Worte nicht wiederkehren könnten.

Irgendwann ging mir der Zusammenhang unmittelbar auf: Die kosmische Leere und Eiseskälte, aus denen ich nicht herausfand, ließen sich auffüllen allein durch das wunderbare Summen, Rascheln, Rumoren, die Brandung der Worte. Das Flüchtige, Vergängliche ließ sich nur beseelen und durchdringen, wenn es durch die Sprache ging. Die Freude am Jetzt, zu der die Weisen mich überreden wollten, war anders gar nicht denkbar. Alles Gegenwärtige bedeutete nichts, war wertlos, wenn es nicht zu Worten führte und die Worte zu ihm hin. Allein die Sprache rechtfertigte in gewissem Maße das »Sein des Seienden«, gab dem Flüchtigen einen Sinn, ließ das Unechte echt werden und mich zu mir.

Du siehst, Saschenka, ich hatte mich dem Leben gehörig entfremdet. Zwischen mir und der Welt wucherte ein Verhau aus Buchstaben. Was immer mir widerfuhr, ich sah es ausschließlich durch die Wortbrille, reduzierte es auf die Frage: Nehme ich es mit »hinüber« aufs Blatt oder nicht? Ich wusste jetzt, was jenen Weisen, die längst das Zeitliche gesegnet, entgegenzuhalten gewesen wäre: Das Flüchtige erfährt seinen Sinn, indem man es im Fluge auffängt. Wo seid ihr Weisen, he? Wo ist die von euch gesehene Welt? Wo ist euer Flüchtiges abgeblieben? Das wisst ihr nicht? Ich weiß es.

Mir schien es wie eine Offenbarung. Ich fühlte mich auf einmal stark, ja, geradezu allmächtig. Lach nur, Saschka – so war es. Ich war eingeweiht in etwas, das den Unwissenden verborgen blieb. Ich hatte die Macht des Wortes entdeckt.

Wenigstens schien es mir damals so. Ich war Bindeglied in der wichtigen, der entscheidenden Kette von jenem realen Menschen her – Links- oder Rechtshänder, schwitzend vielleicht und mit Mundgeruch, Sodbrennen?, egal, jedenfalls so real wie Du und ich –, welcher einstmals niederschrieb: *Im Anfang war das Wort*. Dieses Zeugnis war geblieben und er in ihm, es war sein Körper nun. Die einzig reale Form von Unsterblichkeit. Die einzige überhaupt. Alles Übrige war längst in der Grube mit den Friedhofsexkrementen gelandet.

Durch das Wort zog sich ein Band von jenem Mann zu mir, das stärker war als Leben und Tod – besonders wenn man bedenkt, dass dies ein und dasselbe ist.

Du kannst Dir vorstellen, mit wie viel Befremden ich auf die Menschen in meiner Umgebung blickte. Wie konnten sie existieren? Sie, die in diese Kette nicht eingeklinkt waren – wieso stürzten sie nicht ab in den Tod? Was hielt sie?

Für mich gab es keinen Zweifel, dass die Tinte der Urstoff aller Existenz war.

Schöngeister aller Völker und Epochen hatten behauptet, dass die schriftliche Überlieferung den Tod nicht kenne. Ich glaubte es ihnen. Wie auch sonst hätten Tote, Lebende und Ungeborene miteinander in Kontakt treten sollen?

Meine Worte, so war ich überzeugt, würden das Einzige sein, was mich überlebte, wenn alles Heutige, Vorübergehende in die Kloake auf Großmutters Friedhof verklappt war, und deshalb waren sie der wichtigste, der entscheidende Teil von mir.

Die Worte würden mein Körper sein, wenn ich nicht mehr war.

Eine solche Liebe zu den Worten ist gewiss übertrieben. Ich liebte sie besinnungslos. Und sie ... zwinkerten sich hinter meinem Rücken zu.

Sie lachten mich aus!

Denn je mehr von mir ich in die Worte hineinzulegen suchte, desto offenkundiger wurde meine Unfähigkeit, etwas in Worten auszudrücken. Genauer gesagt, ist es so, dass die Worte zwar durchaus etwas Eigenes erschaffen können, doch selbst kannst du niemals zu Worten werden. Worte sind groß im Betrügen. Sie versprechen dich auf große Fahrt mitzunehmen, und dann, wenn es so weit ist, segeln sie heimlich los, volle Fahrt voraus, und lassen dich am Ufer zurück.

Und sowieso lässt sich das Eigentliche nicht in Worte fassen, es geht nicht hinein. Vor dem Eigentlichen verstummst du. Was sich an Wichtigem im Leben ereignet, geht über alle Worte.

Irgendwann bist du so weit und merkst: Wenn sich das Erlebte in Worte fassen lässt, dann heißt das, es war nicht der Rede wert.

Apropos, ich rede wohl mal wieder sehr kariert daher, Saschenka? Aber ich muss mich einfach aussprechen. Und so wirr kann es gar nicht werden, dass Du mich nicht doch verstündest!

Ich spreche von der Vergeblichkeit der Worte. Wer die nicht spürt, wird nichts von ihrem Wesen verstehen.

Vielleicht lässt es sich anders erklären. Du entsinnst Dich vielleicht, dass ich Dir schrieb, wie ich einmal in der großen Schulpause hatte ausprobieren wollen, was ich aus klugen Büchern wusste, nämlich dass die mittelalterlichen Narren ihre unbedarften Signores mit Fangfragen an der Nase herumführten; auf selbige Art wollte ich meinem Peiniger aus der Oberstufe kommen, nur dass der meine gewundenen Sätze gar nicht zu Ende anhören wollte, mir gleich die flachen Hände auf die Ohren knallte wie immer. Und jene Schöngeister sind, trunken von der Aussicht, sich selbst in der Zeit zu verlängern, genau solche halb gescheiten Schulbuben wie ich, suchen ihr Leben lang den Tod mit gestelzten Reden zu bannen, bis er ihnen am Ende eins auf die Ohren gibt, ohne hingehört zu haben.

Weißt Du noch, Du wolltest mir damals nicht abnehmen, dass jedes Buch, allein schon weil es Anfang und Ende hat, eine Lüge ist. Einen Punkt hinter alles zu setzen, *Ende* hinzuschreiben und dann doch nicht zu sterben ist unredlich. Ich hatte die Worte für die letzte Instanz gehalten. Doch sie erwiesen sich als fauler Zauber, Spitzbüberei, unecht und unwürdig.

Ich schwor mir, niemals wieder etwas zu schreiben. Das war ich mir schuldig, so dachte ich damals.

Es erklärt dir ja keiner, Saschenka, bis du nicht an unverhofftester Stelle selbst darauf kommst: dass es auf die Frage »Wer bin ich?« keine Antwort gibt. Man kann es nicht wissen, man kann es nur sein.

Und ich wollte es sein, verstehst Du?

Ich war nicht mehr ich. Immer wenn die Worte kamen, fühlte ich mich stark. Aber ich konnte sie nicht einfach rufen: Jetzt kommt mal! Und wenn sie mich verließen, war ich leer, benutzt, unbrauchbar. Sie warfen mich weg!

Ich hasste mich für meine Schwäche, ich wollte stark sein, aber wie ich letztlich war, entschieden die Worte für mich.

Versteh doch, Saschenka, es ging so nicht mehr weiter! Du hast immer gedacht, es hätte mit Dir zu tun – das hatte es nicht!

Ich musste mich ihrer entledigen. Ich brauchte das Gefühl, frei zu sein. Einfach am Leben! Ich wollte mir zeigen, dass ich auch ohne Worte existiere. Andere Beweise für meine Existenz waren gefragt.

So verbrannte ich alles Geschriebene – und habe es keine Minute bereut. Du hast mich beschimpft, aber das änderte nichts. Schimpf bitte nicht mehr, Liebste! Ich musste ein anderer werden, endlich begreifen, was außer mir jeder wusste, sehen, was jeder Blinde sah!

Zu sterben und wiedergeboren zu werden ist mir nicht beschieden. Ich hab nur dieses eine Leben. Ich muss es schaffen, wahrhaftig zu werden.

Das Komische ist: Die Tagebücher sind seit Langem kalte Asche, doch mich selbst, den von damals, übergebe ich erst hier und jetzt den Flammen.

Der Blinde war ich, musst Du wissen. Ich sah die Wörter, doch ich sah nicht dahinter. So als betrachtete man die Fensterscheibe, statt aus dem Fenster zu sehen. Alles Seiende und Vergängliche reflektiert Licht. Das durch die Wörter fällt wie durch Glas. Die Wörter sind dazu da, Licht durchzulassen.

Du wirst lachen. Sieht ihm ähnlich, wirst Du sagen. Ja, ich hatte gelobt, nie mehr etwas zu schreiben, und nun, stell Dir vor, gedenke ich vielleicht, wenn ich nach Hause komme, ein Buch zu schreiben. Aber vielleicht auch nicht. Egal.

Was ich hier durchmache, ist wesentlicher als Tausende und Abertausende von Wörtern. Die überbordende Lebenslust, die hier von mir Besitz ergriffen hat – wie sollte man die in Worte fassen, sag?

Saschenka! Nie zuvor habe ich mich so lebendig gefühlt!

Ich war eben kurz draußen: klarer Himmel, Mond und Sterne und etwas wie Glück. Ich lief ein bisschen herum und rieb mir die müde geschriebenen Finger.

Eine wunderbare Nacht. Welch ein Mond! Man könnte Zeitung lesen bei dem Licht. Es spiegelt sich in den Bajonetten und lässt die Zelte leuchten.

Auffällig still ist es, ohne einen Laut.

Stimmt nicht, Geräusche von allen Seiten, doch sie sind angenehmer, zutiefst friedlicher Natur: das Klacken eines Pferdehufs, Schnarchen aus dem Nachbarzelt, im Lazarettzelt gähnt jemand laut, die Zikaden in den Pappeln zirpen.

Ich stehe da und betrachte die Milchstraße. Dass sie das Weltall schräg mittendurch teilt, von einer Ecke zur anderen, kann ich jetzt unschwer erkennen.

Stehe darunter, atme und denke: Sieh an, mehr als den Mond braucht es anscheinend nicht, einen Menschen glücklich zu machen. Und ich habe so viele Jahre nach Beweisen für meine Existenz gesucht. Was bin ich für ein Volltrottel, Saschka!

Und: Vergiss den Mond! Vergiss alle Beweise! Saschka, Liebste! Was braucht es noch für Beweise meiner Existenz, wenn die Deine mich doch glücklich macht, und dass Du mich liebst, und dass Du gerade diese Zeilen liest!

Ein geschriebener Brief erreicht Dich in jedem Fall, nur der ungeschriebene geht spurlos unter. Und darum schreibe ich Dir, meine liebe Saschenka!

*G*estern auf dem Weg von der Haltestelle nach Hause sehe ich sie schon von Weitem mir entgegenkommen. Ich wechsle die Straßenseite – sie tut dasselbe. Kommt direkt auf mich zu. Auge in Auge bleiben wir voreinander stehen.

Sie war beim Friseur. Sieht gepflegt aus, viel jünger auf einmal. Wie eine ganz andere Frau. Die Haare auftoupiert, man sieht die angewachsenen Ohrläppchen.

Stumm steht sie da. Ihr Augenlid beginnt nervös zu flattern.

»Guten Tag, Ada Lwowna!«, sage ich zu ihr.

Das Lid zuckt.

»Alexandra, ich muss mit Ihnen reden. Ich meine, mit dir. Du musst mich anhören. Ich muss dir etwas erzählen.«

»Lieber nicht«, antworte ich.

Mir muss man nichts erzählen, Ada Lwowna! Ich weiß schon alles.

Szenen einer Ehe.

Es war einmal vor vielen Jahren, da hatte die Frau des Mannes gedacht: Wer will so eine wie mich haben?

Als es rund um die Brustwarzen endlich zu schwellen begann, war die Freude groß; es hatte ewig gedauert, obwohl sie schon kräftig in die Höhe geschossen war; sie sah lange aus wie Gullivers achtjährige Schwester.

Über Gulliver hatte sie sich ihre eigenen Gedanken gemacht. Zum Beispiel: Wie er wohl kackte? Und was fingen die armen Liliputaner mit dem ganzen Zeug an? Es mussten Berge sein, wenn man an die vielen Rinder und Hammel allmorgendlich zum Frühstück dachte! Und einmal Pinkeln genügte, um einen Großbrand zu löschen… An der Stelle waren ihr große Zweifel gekommen, ob das alles stimmte. Und nicht etwa deswegen, weil es so große Menschen nicht geben konnte.

Der zweite Mann ihrer Mutter war ein Loser gewesen. Loser heiraten mit Vorliebe Witwen mit Kind.

Dieser hatte in seiner Jugend eine Sinfonie geschrieben. Er hatte sie einem berühmten Komponisten geschickt und keine Antwort bekommen. Später bei einem Konzert erkannte er im neuesten Opus des Meisters seine Musik wieder. Seither rächte er sich an der Menschheit durch Untätigkeit. Verdiente ein bisschen was als Korrepetitor in einer Ballettschule, wo er immer erst am Heizkörper die Hände aufwärmen musste.

Gerne las er lehrreiche Tatsachen aus der Zeitung vor. Besonders Zahlen hatten es ihm angetan. In den letzten fünf Jahrtausenden müssen zum Beispiel so und so viele Leute Selbstmord verübt haben. Natürlich kann keiner die genaue Zahl wissen, aber es gibt sie, sie ist in der Welt, objektiv und unabhängig. So wie einst vor Kolumbus ein noch unentdecktes Amerika existierte. Wenn wir etwas nicht wissen, nicht hören, sehen, spüren, nicht auf der Zunge schmecken können, heißt das noch lange nicht, dass es nicht existiert.

Statistiken zufolge ereignet sich ein Selbstmord am häufigsten nachmittags zwischen zwei und drei sowie abends zwischen elf und zwölf.

Der Loser war der Meinung, mit seiner Eheschließung ehrenvoll gehandelt, jedoch nichts als Undank geerntet zu haben.

»Ich bin so glücklich, dass du in mein Leben getreten bist. Du bist meine Rettung!«, hatte er damals, im Stadium der Verliebtheit, zur Geliebten gesagt. Nach Jahren dachte er: Kann eine Frau die Rettung sein? Schwimmst du oben, hilft sie dir beim Schwimmen. Gehst du unter, hilft sie dir unterzugehen.

Ada wartete auf den Tag, an dem der Mann ihrer Mutter zum ersten Mal einen nicht-väterlichen Blick auf sie werfen würde, aber so weit kam es nicht.

Die Mutter hämmerte von früh bis spät auf der Schreibmaschine. Erst Blasen, dann Hornhaut an den Fingerkuppen. Testamente, Verträge, Kaufbriefe, Haussuchungsprotokolle, notariell beglaubigte Übersetzungen. Regelmäßig verlor sie ihre Jobs wieder, wenn der Chef sie, von oben her in den Ausschnitt der Bluse schielend, nach Arbeitsschluss dabehielt, die Tür abschloss, eine Flasche Wein und zwei Gläser hervorholte und in einschmeichelndem Ton anhob, er wisse, sie liebe ihren Mann und habe es nicht leicht, doch er könne ihr behilflich sein ...

Sie lehnte ab, spannte mit schroffer Gebärde das Blatt in den Wagen.

Später nahm sie Aufträge in Heimarbeit an. Beständig mit Kopfschmerzen, abgestumpft von der stundenlangen Tipperei. Sie stellte die Schreibmaschine auf ein Kissen. Das Farbband war ausgefranst und zerlöchert, das Blaupapier von Punkten zerschossen. Wenn sie den Kopf zum Rauchen aus dem Fenster hielt, kam der Sternenhimmel ihr vor wie ein Bogen benutztes Blaupapier.

Gleich nach Mutters Tod zog sie, die mit dem trinkenden Loser nicht in einer Wohnung bleiben mochte, zu den Großeltern.

»Nun heul doch endlich. Verdirb dir nicht die Trauer!«, hatte die Großmutter auf der Beerdigung zu ihr gesagt.

Die Mutter sei an einem Infarkt gestorben, hieß es. Das schwache Herz habe nicht durchgehalten.

Erst nach ihrem sechzehnten Geburtstag erfuhr sie, dass die Mutter sich umgebracht hatte. Bekam den kurzen Abschiedsbrief gezeigt, der mit den Worten endete: *Adalein, ohne wahres Leid kann die Seele nicht reifen. Der Mensch wächst am Leiden.*

Gestorben war die Mutter in Wirklichkeit so, dass sie sich alle im Röhrchen befindlichen Schlaftabletten erst in die hohle Hand schüttete – keiner hat sie gezählt, doch irgendwo ist die Zahl in der Welt – und dann in den Küchenmörser warf und mit dem Stößel zu Pulver zerrieb. Sie goss selbstgemachten Ebereschenlikör dazu, es entstand ein Brei, den sie mit dem Teelöffel verrührte. Sie gab noch ein wenig Likör nach, damit es flüssiger wurde, ließ das Ganze in ein Glas laufen und trank es in einem Schluck. Horchte in sich hinein. Zuletzt schüttete sie ihre ganze Hausapotheke auf dem Tisch aus und schluckte, was ihr in die Hand kam: Pillen gegen Sodbrennen und Asthma, Herz- und Leberbeschwerden, zumeist überlagert.

Mutters Mann kam spät nach Hause, fand die Frau schlafend vor und weckte sie nicht. Wunderte sich nur, dass sie in Kleidern dalag.

Dabei hatte die Mutter überhaupt nicht sterben wollen, sie wollte gefunden und gerettet und geliebt werden.

Drei Jahre später schrieb sie den Großeltern eine Karte: *Liebe Oma, lieber Opa, ich habe geheiratet! Ada.* Was sie nicht schrieb, sich nur dachte: Womit habe ich – wo ich doch weiß, wie ich, im Innersten, wirklich bin – so viel Glück bloß verdient?

Ihr Mann war jung, verkannt, zarthändig, feuerspeiend.

Er sprach zu ihr von Begabung. Die man nicht erben könne. Für die man erwachen müsse.

Sie hatten wenig zum Leben; die Hilfe des Vaters, der Professor war, lehnte er ab. Sprach mit ihm kein Wort. Sie verkaufte den einzigen Wertgegenstand, den sie besaß, Mutters Ehering; er verdiente nachts als Transportarbeiter, putzte sonntags Fenster in den verwaisten Büros, manchmal auch Schaufenster.

Sie lernte es, in Zimmern zur Untermiete ihr Nest zu bauen, sich zwischen fremden, ramponierten Möbeln zu Hause zu fühlen. Ging arbeiten, damit er studieren konnte. Es quälte ihn, auf ihre Kosten zu leben. »Dummerchen, was redest du da? Sind wir denn nicht Mann und Frau?«

Wenn sie Spätschicht hatte, bereitete sie das Frühstück und kam damit zurück zu ihm ins Bett, damit sie noch beieinanderliegen und kuscheln konnten. Ließ sich erzählen, was seine Mama ihm Schönes gekocht hatte, trat mit ihr in heimliche Konkurrenz. Natürlich waren Mamas Piroschki nicht zu übertreffen.

Er blätterte in einem Bildband aus der Bibliothek, zeigte mit dem Finger auf ein Bild: »Schau, Ada, das sind wir.« Eine Dame mit gezähmtem Einhorn.

»Wann hast du gewusst, dass aus uns beiden etwas wird?«, fragte sie ihn.

»Als du die Brille abnahmst. Das war, als zögest du dich vor mir aus. Es war verrückt: Du nahmst die Brille ab, und ich wusste, ich war verliebt.«

Früher hatte er sich die Nägel mit dem Taschenmesser gekürzt, jetzt schnitt sie sie ihm mit ihrer krummen Nagelschere.

Heimlich steckte der Professor ihr Geld zu. Kein schöner Mann – ungepflegt, mit Mundgeruch, schusselig, nur für seine

Wissenschaft lebend. Außerdem war die Krankheit schon sichtbar, abgestorbene Hautpartien an den Händen. »Aber sagen Sie ihm ja nicht, dass Sie das Geld von mir haben. Da ist er empfindlich.«

In der Nähe wurden Häuser abgerissen, immerzu schleppte ihr Mann Dinge von dort an: Stühle, gerahmte alte Fotos, Fenstergriffe aus Messing. Einmal war jemand im Nachbarhaus gestorben, die Wohnung wurde geräumt, alles flog auf den Müll, er stellte ein Bündel Briefe sicher. Die Flut gefühlvoller Anreden darin: mein Kätzchen, mein Mauselchen, meine Süße, meine herzallerliebste Tanetschka!, fand sie abstoßend – wohl weil es sich um fremde Briefe handelte.

Er erklärte ihr, warum es nicht verboten sei, fremde Briefe zu lesen: »Weil auch wir einmal sterben. Aus Sicht der Briefe sind wir schon tot. Es gibt keine fremden Briefe.«

Sie war jedes Mal verblüfft, dass er ihr seine Gedanken anvertraute, auch wenn sie ihm nicht immer folgen konnte. Manches blieb trotzdem im Gedächtnis.

»Nicht das Wort war am Anfang, sondern die Zeichnung. Die Lettern des Alphabets sind abgeleitete Formen, Abstraktionen.«

Oder: »Nach eignem Bild und Ebenbild, das ist keine Kunst. Jede Katze kann das, jede Wolke. Man darf den Wald nicht so malen, wie die Bäume ihn sehen.«

Er umarmte sie mit Pastellfarbe an den Händen; so befleckt ging sie unter die Leute.

Tagsüber war sie stark und bereit, ihn gegen alle Welt zu verteidigen; nachts musste sie sich in seinen Armen ausheulen.

Liebend gern räumte sie ihm nach, spülte den eingetrockneten Schaum vom Rasiermesser, mehr brauchte sie nicht zu ihrem Glück.

Kinder hatten sie nicht, er wollte keine.

Während sie ihm Omelett machte, die Eier am Pfannenrand aufschlug, gingen hundert Jahre vorbei.

Sie bekam Herpes an der Oberlippe, aber er küsste sie ja schon lange nicht mehr.

Er war ihr untreu, sie wollte es nicht wahrhaben. Von nichts wissen, solange es geht.

Aber selbst eine Haarnadel kann auf Dauer nicht unentdeckt bleiben.

Fremde Gerüche.

Ein Lippenstift auf ihrem Nachttisch, der ihr nicht gehört.

»Von wem ist der?«

»Wieso von wem? *Du* lässt doch überall deinen Kram stehen und liegen!«

Wie liebte er die andere? So wie sie oder anders?

Welche Worte flüsterte er dieser Frau zu, wenn er sie in den Armen hielt? Was sagte er zur Begrüßung? Beim Abschied? War er nur zu ihr, Ada, wie Scherbenglas – und der Zarthändige, Feuerspeiende für die andere?

Als sie einen Fleck vom Fußboden wischte, fielen ihr die kleinen Kerben im Parkett auf. Sie malte sich aus, wie die andere mit scharfen Stilettos durch die Wohnung stolzierte und er sich aufgeilte an dem Gehämmer.

Und woher hätte sie bei den immer seltener werdenden nächtlichen Liebesspielen wissen können, ob sie es war, die er im Dunklen begehrte, und nicht doch die andre, die erpicht war auf ein ewiges Bäumchen-wechsle-dich?

Schloss er die Augen, wenn sie in seinen Armen lag, musste sie fürchten, er sähe vor sich die andere, und bat ihn: »Sieh mich an!«

Am schmerzlichsten war, dass er die andere mit nach Hause brachte. Vermutlich befingerte sie ihre Sachen, nahm alles in die Hand, lachte verächtlich: Was hat deine Frau bloß für einen Geschmack!

Es kam so weit, dass sie nicht mehr gern in ihr Bett ging, da sie nicht wusste, ob es noch ihres war. Wer hatte die Decke straff gezogen, das Kissen gerichtet?

Ihre Nägel waren kurz und ungepflegt.

Sie versuchte sich vorzustellen, was in ihm vorging, wenn er sie beim Nachhausekommen umarmte, ihr Bauch gegen seinen stieß, und eben noch hatte er die Schlankere im Arm gehabt. Ihr den BH aufgehakt, die Brüste geküsst. Wie waren sie?

Ging er aus dem Haus – sofort der Gedanke: Er geht zu ihr. Auch wenn es nicht so war. Immer zu ihr.

Er rief an, um ihr zu sagen, dass alles in Ordnung sei, sie brauche nicht mit dem Essen zu warten – während die andere duschte.

In jeder seiner Bekannten sah sie *sie*.

Schaute hin, was sie trug, dachte sofort: Hat er dieses Kleid aufgeknöpft?

Fürchtete, die Frau könnte gleich zu ihr sagen: »Du hast ihn ohne Liebe darben lassen. Ich gebe ihm, wozu du nie imstande wärst. Vor dir hat er Geheimnisse, mir sagt er alles.«

Und was hätte sie antworten sollen, da es doch so war?

Sie war doch selbst schuld, wenn sie es nicht mehr fertigbrachte, die andere zu sein?

Und dass er sein Fremdgehen verheimlichte, hieß doch, dass man ihm vergeben musste – immerhin sorgte er sich um ihre Gefühle, wollte sie schonen ... Brauchte sie also, schätzte sie, fürchtete sie zu kränken, zu verletzen.

Ein Eingeständnis wäre kein Zeichen von Ehrlichkeit, sondern von Grausamkeit gewesen. Und er wollte nicht grausam sein zu ihr, die ihm so nahestand.

Verrat hat nichts mit dem Körper zu tun, der Körper tut, was er will. Wenn Menschen wirklich zusammen sind, spielt es keine Rolle, wo ihre Körper sich befinden.

Sie konnte ihn gar nicht verlieren. Verlieren kann man nur, was man nicht hat, heißt es.

Ein Mensch kann nicht existieren ohne Zärtlichkeit, er kann nie genug davon haben, das Bedürfnis ist größer als jede Erfüllung.

Er hat ein Luftloch gebohrt, er glaubte wohl zu ersticken.

Und sowieso hatte sie ihm doch damals auch nicht widerstehen können, warum sollten andere standhafter sein?

Sie schwieg also, tat, als hätte sie nichts bemerkt und alles wäre gut. Vor Worten schreckte sie zurück, Worte machen nur alles kaputt. Sie hörte ihn schon sagen: »Wenn sie mich berührt, kriege ich Gänsehaut, das passiert mir bei dir nie. Fremdgehen ist, wenn ich mit dir schlafe...« Bloß nicht!

Bloß kein Wort, kein Vorwurf, keine Fragen. Es tat weh, doch sie vergab ihm.

Sie war nicht einmal böse auf ihn. Er plagte sich ja auch damit. Sein schlechtes Gewissen ließ ihn milder werden.

Rief die andere an, holte sie ihn ans Telefon. Ging selbst ins Bad und ließ das Wasser laufen, um nichts hören zu müssen.

Sie vermied es, an ihm zu riechen, fürchtete immer, wenn sie seine Kleider wusch, etwas Unrechtes darin zu finden, bat ihn ausdrücklich, selbst in den Taschen nachzusehen.

Sie versuchte, keine gedrückte Stimmung aufkommen zu lassen. Küsschen vor dem Gehen, wie zwischen Bruder und Schwester: »Bis später!«

Weiterleben, als würde die Welt nicht gerade in Scherben fallen. Bloß nicht heulend durch die Wohnung rennen. Mühe geben beim Waschen und Bügeln. Kam er zu der anderen im ungebügelten Hemd, würde sie ihn womöglich bemitleiden und das Bügelbrett aufstellen.

Als er das Atelier kriegte, wurde es leichter, denn er konnte dort auf dem Sofa übernachten.

Lächeln am Morgen, auch wenn man lieber nicht aufstehen, am liebsten gar nicht mehr leben möchte. Lächeln, lächeln und nochmals lächeln.

Worte der Dankbarkeit gegen die lange nicht geweißte Decke sprechen.

Denn Kinder sind ja wohl nicht aus Samen gemacht.

Sie gebar eine Tochter: spät, lang ersehnt, herbeigebetet. Das Kind kam mit großem, verknittertem Kopf zur Welt, der Muttermund ging bei der Geburt in Fetzen.

Ein Äffchen krallt sich nach der Geburt ins mütterliche Fell. Ein Kind wird geboren und weiß nicht, wo sich ankrallen. Es ist nackt und schutzlos.

Die heiße Woge, die von der Kleinen ausging, verschweißten ihn und sie neu und auf andere Weise. Sie wussten nun wieder, warum sie zusammen waren.

Sie hatte zu wenig Milch, war eifersüchtig auf das Fläschchen.

Er liebte es, das Töchterchen zu windeln. »Diese Zehchen! Wie kleine Dropse!«, jubelte er.

Nach Sonjas Geburt war ihr nicht danach, mit ihm zu schlafen, er bestand nicht darauf, und wieder vergingen hundert Jahre.

Die ewigen Kinderkrankheiten hielten Körper und Seele in Atem, so konnte sie sich seine Lieblosigkeit leichter erklären, ja, sich selbst dafür schelten, dass sie ihm des Kindes wegen so wenig Aufmerksamkeit zukommen ließ; er musste sich einsam und abgeschrieben vorkommen. War das Kind krank, konnte sie an nichts anderes denken, gab es nichts anderes für sie.

Vor dem Spiegel zog sie mit dem Finger die Haut unter den Augen straff. Diese Krähenfüße! Sie mochte es nicht glauben. Auch die Haare fielen ihr aus, sodass der Abfluss in der Wanne verstopfte, sie zog sie in nassen, klebrigen Büscheln heraus. Vor Leuten verkniff sie sich jedes Lächeln, damit man ihre von Karies zerfressenen Zähne nicht sah – während die andere bestimmt zum Gähnen lustvoll den frischen, jungen, gesunden Rachen aufriss.

Seine Freunde lästerten hinter ihrem Rücken über sie, denn natürlich wusste jeder Bescheid.

Manchmal legte er ihr einen Zettel hin, auf dem stand, es könne sein, dass er heute nicht nach Hause komme. Einmal schrieb er noch etwas dazu: *Du hast ein Genie geheiratet und lebst nun mit einer selbstverliebten alten Null. Ertrag mich noch ein Weilchen, Liebes!*

Danach liebte sie ihn nur noch mehr.

Sie musste öfter daran denken, wie sie einmal, als es gerade wieder nicht zum Aushalten war, die Augen schloss, und plötzlich überkam sie dieses Glücksgefühl. So muss das Glück wohl sein, blitzartig, ein Nadelstich: Das Kind quengelt, das Wachstuch riecht nach Pisse, Geld ist keins da, das Wetter ekelhaft, die Milch übergekocht, die Herdplatte müsste dringend abgeschmirgelt werden, im Radio wird ein Erdbeben übertragen, irgendwo ist Krieg, und alles zusammengenommen: Glück.

Noch ein verregnetes Jahrhundert. Und noch eins.

Seit Langem schon teilten sie nur mehr den Tisch, kaum noch das Bett. Nicht Eheleute waren sie, Tischgesellen.

Beim Ausziehen vermieden sie es, einander anzusehen, jeder rutschte an seinen Rand des großen Bettes, wo nun ein breites Tal zwischen ihnen war. Ihr Kopf ruhte nicht mehr an seiner Schulter. Der Abstand zwischen zwei Frierenden in einer kalten Winternacht kann gering sein, doch er ist unüberwindlich.

Im Ehebett liegen und vor Einsamkeit aufwachen. Ihn schlafen sehen. Steinaltes Gesicht.

Ein neuer Laut siedelte sich an in ihrem Heim: die Tür, die ins Schloss knallt.

Er fand wohl sein Leben zum Schreien, und dass er sie anbrüllte, ließ darauf schließen, dass sie sein Leben war.

Szenen, zermürbend, nicht enden wollend. Das Kind immer dabei, greinend in höchster Pein.

Einmal hielt er den Teekessel mit kochendem Wasser in der Hand, und sie hatte das Gefühl, er würde ihn gleich über ihr ausgießen in seinem Zorn, doch er beherrschte sich, es traf die Aloe auf dem Fensterbrett. Sie warf die Pflanze mitsamt dem Pott in den Mülleimer und trug ihn hinunter; als sie zurückkam, stand der Geruch von verbrühter Aloe noch in der Küche.

Einmal fuhr er sie betrunken an: »Du sollst mir nicht die Pantoffeln apportieren!«

Er hat es bis zuletzt nicht gelernt, den Duschvorhang im Bad so hinter sich zuzuziehen, dass sie ihm nicht jedes Mal hinterherwischen musste.

Auch die Klobürste nahm er nie zur Hand, die Streifen blieben im Becken.

Er verachtete seine Freunde, die es zu etwas gebracht hatten, und ließ auch das an ihr aus. Einmal kam ihr der Gedanke, dass ihr Leben für das seine eine Art Löschpapier war. Wenn ihm das Leben etwas ins Buch schrieb, nahm er sie zur Hand und löschte es ab mit ihr; so kam es, dass sein Leben sich in Spuren auf ihr verewigte. Gab es bei ihm einen Klecks, musste sie sich eiligst andrücken.

In den Ecken sammelten sich die Wollmäuse, kleine wilde Tiere, die vor dem Besen flohen. Sie fragte sich, wovon sie lebten – bis sie darauf kam: von ihren Jahren!

Überall lagen seine Socken herum. Auf dem Bücherregal: ein Apfelgriebs. Abgeschnittene Fingernägel auf dem Tisch. Aber das Schlimmste waren die Socken. Das waren keine Bagatellen, hier wurden Marken gesetzt. Menschen verhalten sich nicht anders als Tiere, wissen nur nicht mehr warum.

Menschen markieren ihr Territorium mit dem Geruch ihrer Füße, sie legen eine Spur. Tieren ist das klar, sie gehen barfuß. Donka zum Beispiel mag es, die Schnauze auf Füßen oder Pantoffeln abzulegen, die Duftmarke ihres Herrchens kitzelt angenehm in der Nase.

Je schwerer den Menschen das Zusammenleben fällt, desto stärkere Marken setzen sie.

Immer fürchtete sie, er könnte eines Tages sagen: Ich verlasse dich, ich liebe eine andere.

Und so geschah es.

Er hatte sich die Worte zurechtgelegt. Würde sie ihn bitten – und sie tat es –, um des Kindes willen zu bleiben, würde er sagen, sagte es also: »Das Einzige, was Eltern für ihre Kinder tun sollten, ist, glücklich miteinander zu sein. Mit dir bin ich nicht glücklich. Mit ihr bin ich es. Unglückliche Menschen können nicht für das Glück ihrer Kinder sorgen.«

Dass das Kind nur ein Vorwand war, wusste sie selbst. Es war furchtbar, allein zu bleiben, das war es. Keiner würde sie mehr lieben.

So sagte sie zu ihm und glaubte selbst nicht daran: »Brich es nicht übers Knie! Verschieben wir es bis zum Sommer. Du solltest dir Zeit nehmen! Ihr müsst euch doch erst prüfen, austesten. Vielleicht ist es nur ein Strohfeuer und kühlt schnell wieder ab. Warum gleich das ganze Leben umkrempeln? Wenn du dann immer noch gehen willst, werde ich dich nicht halten.«

Auch er glaubte nicht daran.

»Erst mit ihr hab ich begriffen, was Liebe ist«, sagte er.

»Und was war es bei mir?«

»Was soll ich dir sagen?«

»Dass es ein Fehler ist.«

»Du bist der Fehler, du!«

Sie ergriff das Glas mit trübem Wasser, das noch von Sonjas Malversuchen auf dem Tisch stand, und schmiss es gegen den Geschirrschrank. Es klirrte gewaltig. Scherben überall und schmutzige Wasserlachen. Das Kind kam aus dem Bett gelaufen, stand barfuß auf der Schwelle.

»Stopp! Bleib da stehen!«

Beide stürzten sie auf Sonja zu. Er glitt aus dabei, verletzte sich die Hand an einer Scherbe. Sie nahm die Tochter auf den Arm und brachte sie zurück ins Bett. Legte sie hinein, sprach begütigend auf sie ein. Verließ das Kinderzimmer, ließ die Tür einen Spalt offen. Nun beschimpften sie einander im Flüsterton.

Das Blut war nicht zu stillen, der Hass ebenso wenig.

Als ihnen die Worte ausgingen, wischte er seine blutige Hand an ihrer Jacke ab und verließ, angewidert über die Scherben hinwegsteigend, die Wohnung.

Sie fiel aufs Bett und heulte. Nicht dass sie das Glas geworfen hatte, reute sie, sondern dass sie so viele Jahre damit gewartet hatte.

Um Mitternacht räumte sie auf, dann holte sie Sonja zu sich ins Bett. Die schlief sehr unruhig und lag am Morgen quer, sie selber am äußersten Rand.

Die Jahrhunderte waren zu Ende.

Am schwersten für sie sind die Abende, an denen er Sonja abholt.

Dann geht sie in der leeren Wohnung um und grübelt.

Ihr ist plötzlich aufgefallen, dass sie keine Freundinnen hat. Die sie hatte, kamen mit den Jahren abhanden, übrig blieben nur seine Freunde. Die neuerdings ganz anders mit ihr reden, es immer eilig haben. Und sie hat auch keine große Lust, denen in die Augen zu sehen, die das alles seit Langem wussten.

Früher hat sie die Strümpfe ausgezogen, und Donka hat ihr schwanzwedelnd die Zehen geleckt. Jetzt leckt sie sie wohl der anderen.

Sie hat versucht, sich zu betrinken, eine Flasche Wein gekauft – saures Zeug, sie konnte sich nicht überwinden, goss die Flasche im Waschbecken aus.

Manchmal reißt sie sich zusammen, manchmal hat sie keine Lust dazu. Muss nur auf eine alte Socke von ihm stoßen, schon fließen wieder die Tränen.

Keiner mehr, der neben ihr schnarcht, sie mit den Füßen stößt, die Laken zu Stricken verzwirbelt.

Und er hat ja doch den kranken Magen. Wird dieses junge Ding darauf achtgeben, dass er seine Haferflocken zum Frühstück isst und überhaupt salzarm?

Sie hat begriffen, was ihm an ihrer beider Leben fehlte. Ihm fehlte ein anderes Leben.

Aber vielleicht wird er sie ja schon bald anrufen? Besoffen und zerknirscht, reumütig – und sie ist nicht zu Hause? Dabei will er ihr sagen, er habe sich benommen wie der letzte Idiot und bitte sie sehr um Vergebung! Er liebe sie und wolle zurückkommen. Er sei furchtbar müde und wünsche sich nur noch eins: seinen Kopf auf ihre Knie zu legen. Schließlich endet doch alles in der Welt unweigerlich damit, dass der Mann nach allerlei bestandenen Gefahren zur Geliebten heimkehrt und ihr den Kopf auf die Knie legt …

Also ging sie möglichst nicht mehr aus dem Haus – wohin auch? –, trank ihren Ebereschenlikör und hielt beim Telefon Wache. Hob den Hörer von Zeit zu Zeit – Tuten – der Apparat schien in Ordnung zu sein. Einmal fegte sie splitternackt aus der Dusche, nahm gerade noch rechtzeitig ab – es war Sonja. Sie wollte ihr von Papas neuesten Geschenken berichten.

Tatsächlich war das Kind jedes Mal reichlich mit Geschenken behängt, wenn es zurückkam. Wohl eine Frage der Zeit, so nahm sie an, bis er es damit ganz auf seine Seite gezogen hatte.

Brachte er Sonja sonntagabends zurück, machte sie ihm Vorhaltungen deswegen. »Wie sieht das aus? Ich bin die

Woche über die Nervensäge und mäkele und meckere, will ständig was von ihr, verteidige Grundsätze, und dann kommt der liebe gute Papa und verwöhnt sie, sagt niemals Nein, lässt alles zu, was ich ihr verbiete!«

Während sie das sagte, fiel ihr auf, dass er immer noch den Pullover trug, den sie ihm gestrickt hatte.

Sonja tanzt auf dem Bett herum und prahlt: »Guck mal, was mir Papa für eine Uhr geschenkt hat. Sie tickt in echt, hör mal! Klingt wie Grillenzirpen!«

»Leg dich endlich hin!«, brüllt sie sie an.

Zum Einschlafen braucht sie aber nicht das neue Spielzeug, sondern ihren ausgefransten alten Tiger.

Außerdem schickt er Sonja Postkarten mit Zeichnungen: Füchse, Hasen, auch irgendwelche Ungeheuer mit zwei Köpfen, drei Augen und einem Bein – alle freundlich, mit Winkepfötchen und Kussmäulchen. Erst warf sie sie weg, später nicht mehr, nämlich als sie bemerkte, dass die Karten Nummern tragen. Jetzt pinnt Sonja sie mit Stecknadeln an die Tapete über ihrem Bett und unterhält sich mit ihnen vor dem Einschlafen.

Sie war dabei, Sonja ihren Abendbrei zu kochen, und schaute währenddessen aus dem Fenster. Passanten in matten Farben, eilen dahin und wissen nichts von ihrem Glück ... Derweil brannte der Brei an. Sie setzte sich an den Tisch, legte den Kopf auf den angewinkelten Arm und heulte. Da kam Sonja herein: »Mama, das stinkt! Was ist denn? Du weinst ja!«

Sie fing an, ihrer Mama tröstend über den Kopf zu streichen, wie Erwachsene es tun. »Mamilein, ist doch nicht schlimm, ist doch nur Brei!«

Sonja hatte zuletzt nur noch ganz selten nachts eingenässt, jetzt nach seinem Auszug fing es wieder an.

Sie lasen zusammen ein Buch, in dem ein Mädchen auf den Flohmarkt geht, wo alte Puppen verkauft werden. Und auf einmal merkt sie, dass die Puppen in Wirklichkeit tote Kinder sind... Wie kann man so etwas in ein Kinderbuch schreiben?

Sie waren auf dem Weg in die Poliklinik, und plötzlich fragte Sonja so laut, dass die ganze Bahn es hörte: »Mama, bin ich schuld, dass Papa nicht mehr bei uns wohnt?«

In den Ferien holte er Sonja eine ganze Woche zu sich. In der Zeit ging sie so gut wie gar nicht aus dem Haus, brachte den Müll nicht hinunter, der Abwasch stapelte sich, die Bettwäsche blieb ungewechselt, die vorige ungebügelt. Den Wollmäusen war auch mit feuchtem Lappen nicht beizukommen, sie gab es auf. Ihr schien es wie eine Rache. Sie ließ die Diät sein, futterte Schokolade. Auch aus Rache.

Die Haare hingen ihr in schmutzigen Eiszapfen ins Gesicht, erschreckend grau.

Sie schaute in den Spiegel, auf die Krähenfüße um ihre Augen, die papierne Haut an den Wangen, den welken Hals. Die Frau verdorre zuerst von innen her, am Herzen, und dann von außen, heißt es.

Unfassbar, dachte sie, diese Besenreiser an den Beinen, die vielen grauen Schamhaare... Der Abschied vom Körper hat längst begonnen.

Sie betrachtete ihre alten Porträts an den Wänden, erinnerte sich, wie sie Modell gesessen hatte und er die Sitzungen immer wieder unterbrochen, um sie überall abzuküssen...

Wer ist das auf dem Bild?, fragte sie sich nun. Und wer bin dann ich?

Sie begann Selbstgespräche zu führen: »Klapp das Oberfenster auf, und dann ab in die Küche, Teewasser aufsetzen, hörst du.« – »Warum?« – »Darum. Vielleicht solltest du dich mal wieder mögen. Wenigstens vorübergehend.« – »Ach. Mich mögen. Warum sollte ich das?«

Sie dachte sich ein Orakel aus, das Schicksal herauszufordern: Wenn sie jetzt duschte, sich in Ordnung brachte, anzog und schminkte, für sich selbst an der Metrostation einen Blumenstrauß kaufte, dann ... würde ein Ereignis eintreten.

Das Orakel bewahrheitete sich.

»Ada!«

Sie wandte sich um.

Es war der Tierarzt, zu dem sie mit Donka gegangen waren. Sonja nannte ihn Doktor Aibolit, wie der aus dem Buch: *Heilt jedes Tier und weiß womit – der gute Doktor Aibolit.* Dass die Leute mit gesunden Katzen und Katern zu ihm kamen und sie kastriert und mit gezogenen Krallen wieder mitnahmen, hatte ihr zum Glück noch keiner gesagt.

»Adotschka, die Freiheit scheint Ihnen gut zu bekommen. Sie sehen blendend aus!«

Alle wissen es, dachte sie. Er griff ihr um die Taille, das hätte er sich früher nie herausgenommen. Dazu grinste er dreist.

»Wollen wir nicht zusammen zu Abend essen, wenn uns der Zufall schon zusammenführt?«

Aha, das also ist das Wunder, dachte sie.

»Warum nicht? Wenn Sie mich ins Restaurant einladen und etwas Feines für mich bestellen?«

Sie saßen in einer Nische, die rundum verspiegelt war.

Der Kellner stand die ganze Zeit neben ihnen und besah sich im Spiegel, richtete die Fliege, zupfte an den Manschetten.

Aibolit erzählte lustige Begebenheiten aus seiner Praxis. Sie lachte laut.

Eine Kellnerin, die kam, um die leeren Teller abzuräumen, neigte sich weit über den Tisch und gab Gelegenheit, ihr in den tiefen Ausschnitt zu sehen. Der Doktor nutzte sie. Lächelte dabei entschuldigend, als wollte er sagen: Wir Männer sind nun mal den Trieben untertan.

»Wer zeit seines Lebens mit dem Decken von Stuten und dem Einschläfern von Meerschweinchen befasst ist, der wird notgedrungen zum Romantiker.«

Sie trank ihr Sektglas leer, stellte es auf dem Tisch ab und bat ihn nachzuschenken.

»Wer zeit seines Lebens nur den einen geliebt hat... Wird er je einen anderen lieben können?«, entgegnete sie.

»Das fragst du mich schon zum dritten Mal!«

»Ach ja?«

Sie musste wohl schon eine Weile betrunken sein, das merkte sie erst jetzt.

Wahrscheinlich konnten alle Leute im Lokal ihr ansehen, wohin sie nun ginge und zu welchem Zweck, so kam es ihr vor.

Beim Gehen sah sie im Spiegel, wie der Kellner verstohlen einen Teller ableckte.

Als sie vor dem Restaurant standen, küsste Aibolit sie auf den Mund. »Aber nicht zu mir!«, bat sie ihn, an seinem Hals hängend.

Sie gingen zu ihm.

»Meine Frau und die Kinder sind auf der Datscha, keine Sorge«, flüsterte er, während er im Dunkeln in seine Schlappen fuhr.

Als Doktor Aibolit ihr den Slip auszog, fing sie an zu heulen und gestand unter Tränen, sie habe schon seit Jahren keinen Mann mehr gehabt. Umso besser, dachte er, fange ich mir wenigstens nichts ein.

Er schnaufte und mühte sich ab, doch es wollte nicht klappen.

Er verschwand ins Bad, schloss sich dort ein.

Sie wartete noch einige Zeit, dann zog sie sich hastig an und schlich aus der Wohnung.

Wenn wenigstens Winter wäre, schoss es ihr durch den Kopf, dann könnte man sich besinnungslos saufen und auf der Straße erfrieren.

Nicht vor dem Tod war ihr bange, höchstens vor dem, was danach kam. Dass sie nackt auf einem Tisch lag, man ihr den Bauch aufschlitzte, um sich von dem zu überzeugen, was ohnehin klar war.

Sich irgendein Pulver einrühren. Nichts leichter als das.

Jetzt ziehe ich zum letzten Mal im Leben die Klospülung, fiel ihr ein. Sie tat es gleich noch einmal.

Sie nahm eine Handvoll Tabletten und begann sie einzeln zu schlucken. Sie hatte vergessen, etwas zum Nachspülen bereitzustellen, lief ins Bad und trank direkt aus dem Hahn nach.

Die Tabletten waren zum Schlucken zu groß, sie musste sie zerbrechen. Sie saß auf dem Wannenrand und mühte sich.

Dann fiel ihr ein, dass die Wohnungstür abgeschlossen war, das war verkehrt. Beim Durchqueren des Zimmers merkte sie, dass ihr schon schwindlig war.

Sie legte sich aufs Bett.

Ein Brummen im Kopf setzte ein. Das Zimmer begann zu flimmern und langsam zu kreisen.

Sie rückte das Telefon zu sich heran. Wählte die Nummer.

Sie, die andere, nahm ab. Schlaftrunken. Begriff nicht, was los war.

»Ich möchte meinen Mann sprechen. Rufen Sie ihn bitte.«
»Wissen Sie, wie spät es ist?«
»Nein.«
Dann war er dran.
»Was ist los, spinnst du? Du hast Sonja geweckt!«
»Ich hab einen Haufen Tabletten geschluckt. Ich hab Angst. Ich will nicht sterben. Komm bitte!«
Ihre Zunge gehorchte schon nicht mehr.
»Ruf den Notdienst an!«
»Komm her!«
»Soll ich ihn dir rufen?«
»Bitte, komm!«
»Wie ich dich hasse! Ich komme.«
»Ohne sie!«

»Jaja. Ich bin gleich da. Sieh zu, dass du das Zeug erbrichst.«
»Warte.«
»Ist noch was?«
»Ich liebe dich.«
»Bin gleich da!«
Sie, die andere, wollte ohnehin lieber schlafen, denn sie musste früh zur Arbeit.

Meine liebe Saschenka!

Und wieder liegt vor mir ein Blatt Papier – meine Verbindung zu Dir.

Andererseits: Wozu soll ein schnödes Papier die Verantwortung dafür tragen, wenn doch alles, was uns trennt, so gering und nebensächlich erscheint! Als könnte es irgendwelche Barrieren zwischen uns geben! Hast Du nicht auch das Gefühl, sag?

Liebste, wenn Du wüsstest, wie sehr ich mich nach Hause sehne!

Wahrscheinlich ist es das, weshalb mich zu schreiben verlangt. Schreiben ist wie Nachhausekommen.

Heute hat Kirill mich gebeten, für den Fall, dass ihm was zustößt, seinen Tornister an mich zu nehmen und der Mutter zu übergeben.

»Auch wenn sie von alledem nichts versteht«, sagte er und lächelte.

Er spricht immer mit großer Zärtlichkeit von ihr.

Von hier, aus solcher Ferne, will es auch mir scheinen, als wären meine Querelen mit Mama, meine Hartherzigkeit ihr gegenüber aus der Luft gegriffen.

Alle Kränkungen sähe ich ihr heute nach und bäte um Vergebung für das, was ich ihr angetan.

Beginnen würde ich mit einem Geständnis, das mir schon all die Jahre auf der Seele liegt und zu dem ich damals nicht fähig war. Eine dumme Geschichte, wie Du einsehen wirst, liebe Saschenka. Ich saß auf dem Fensterbrett – wir hatten so ein extrem breites, Du erinnerst Dich? Oder kam es mir nur damals so vor? – und spielte mit Münzen: stellte sie hochkant und schnipste mit dem Finger so dagegen, dass sie auf der Kante kreiselten und sich in einen durchscheinenden, klingenden Ball verwandelten. Dabei fiel mein Blick auf die bauchige Kristallvase, in der Mama ihren Schmuck aufbewahrte: Broschen, Armbänder, Ohrringe. Und ich sah, dass auch ein Ring dabei war, Mamas Trauring, den der Blinde ihr geschenkt hatte. Den wollte ich unbedingt auf dem Fensterbrett kreiseln sehen!

Erst misslang es ein paarmal, der Ring rutschte weg, kollerte übers Parkett – aber einmal klappte es, und zwar wunderschön, eine makellose, luftige, goldene Kugel, die auf dem Fensterbrett tanzte und tönte! Besonders gefiel mir der Klang, mit dem der Ring zuletzt nach der Seite kippte und klapperte, ehe er liegen blieb. Als ich aber mit dem Fingernagel ein neues Mal gegen ihn schnipste, sprang der Ring aus dem offenen Fenster.

Ich raste hinunter auf die Straße, suchte wie verrückt – er war unauffindbar. Vielleicht hatte jemand ihn aufgehoben und eingesteckt.

Erst wollte ich Mama alles beichten, tat es dann doch nicht, und sie hat auch nicht gleich gefragt. Und als sie dann fragte, war es zum Zugeben zu spät, ich sagte, ich wüsste von nichts. Mama war furchtbar aufgeregt, gar nicht zu beruhigen: Wer konnte ihr den Ring gestohlen haben? Die unschuldigsten Leute wurden verdächtigt. Bestimmt war es die Nachbarin, hörte ich sie zu ihrem Blinden sagen, und dann glaubte sie wieder, dass es der Arzt gewesen sein musste, der den Hausbesuch gemacht hatte, als der Stiefvater einmal stark erkältet war.

Ich litt große Pein, doch ich schwieg.

Jetzt würde ich ihr alles erzählen.

Denke ich an sie, fallen mir allerhand Kleinigkeiten ein. Zum Beispiel, dass Mama immer mit einer schwarzen Binde vor den Augen schlief, sie konnte nicht einschlafen, wenn auch nur der geringste Lichtstrahl ins Zimmer drang.

Als Kind mochte ich den Rauch, der in ihren Kleidern hing. Sie rauchte eine besondere Sorte Zigaretten, deren Duft mir behagte. Wenn sie guter Laune war, gab sie meinem Drängen nach und blies Rauchringe für mich, einen durch den anderen, und sogar Achten!

Doch als der Blinde bei uns einzog, verbot er ihr das Rauchen, und sie rauchte nur noch manchmal heimlich zum Fenster hinaus. »Das bleibt unter uns!«, so schwor sie mich ein.

Ich weiß noch, wie ich einmal krank war, sie kam aus der Kälte und legte sich die Hände unter die Achseln, um sie zu wärmen, bevor sie mich anfasste, und dann prüfte sie erst noch, ob sie warm genug waren, indem sie sie sich an den Hals legte.

Später, als wir höhere Mathematik in der Schule bekamen, fand ich sie komisch, weil sie immer darauf bestand, dass alle Hausaufgaben gelöst waren, und hätte doch selber keine einzige zu lösen vermocht.

Und noch später stieß ich auf ein paar alte Fotos, die sie mit einem Mann zeigten, der nicht mein Vater war; zum ersten Mal fragte ich mich, wie viel ich eigentlich von ihr wusste. Zu fragen, mit wem sie da unter Palmen verewigt war – eigentlich die normalste Frage der Welt –, ging aber irgendwie gar nicht.

Musste es sein, dass alle unsere Gespräche so verkorkst waren? Das frage ich mich heute.

»So ein ausgewachsener Lulatsch, und faulenzt den ganzen Tag!«, rief sie.

»Ich faulenze nicht, ich denke!«, erwiderte ich und schlug ihr die Tür vor der Nase zu.

Einmal kam sie spätabends noch zu mir herein, wohl in der Absicht, irgendetwas zu bereden. Ich lag auf meiner Couch und stellte mich schlafend. Also deckte sie mich nur ordentlich zu, stand noch einen Moment da und ging wieder.

Doch in erster Linie möchte ich sie um Vergebung bitten wegen des Blinden.

Einmal kam ich nach Hause und ertappte ihn dabei, wie er in meinem Zimmer war und alles abtastete. Ich machte Mama eine Szene: Er solle es ja nicht noch einmal wagen, mein Zimmer zu betreten und etwas anzufassen. Sie brach in Tränen aus, brüllte zurück. Wir übertrumpften uns in Hysterie, keiner hörte dem anderen zu.

Heute verstehe ich, wie schwer sie es hatte mit uns beiden.

Dass ihr Mann blind war, war für sie nie ein Grund zur Verlegenheit. Saßen die beiden im Café, pflegten die Kellner sich an Mama zu wenden, um für ihn die Bestellung aufzunehmen; Leute, die Augenkontakt gewöhnt sind, halten sich automatisch an die Begleitperson. Sie aber lernte es schnell, darüber zu lachen und zu sagen: »Fragen Sie meinen Mann doch selber, er beißt nicht!«

Vielleicht steigerte die Tatsache, mit einem Blinden liiert zu sein, sogar ihr Selbstgefühl. Ich weiß noch, wie einmal die Tochter einer ihrer Bekannten zu uns kam, die ich als bildschönes Mädchen in Erinnerung hatte, aber dann war ein Unglück geschehen: Irgendwo zu Besuch, gab sie sich mit dem Hund des Gastgebers ab, der aber nicht im Hause abgerichtet, sondern zugelaufen war. Wahrscheinlich tat das Mädchen eine dumme Bewegung, der Hund zuckte und biss es mitten ins Gesicht. Alle Schönheit war dahin, sie war nun ein Monstrum. Und sie kam, um Mama zu bitten, ob sie ihr nicht die Bekanntschaft mit einem jungen Blinden vermitteln konnte.

Jedenfalls mühte ich mich nach Kräften, ihnen das Leben zu vergällen. Dabei hatten sie einander bestimmt lieb und konnten nicht verstehen, warum ich so scheußlich zu ihnen war.

Ich kann mich nicht erinnern, dass mein Stiefvater ihr gegenüber einmal laut geworden wäre. Als Mama sich den Fuß vertrat und die Sehnen rissen, kümmerte er sich rührend um sie, kochte Essen und brachte es ihr ans Bett. Ich sehe sie noch unbeholfen an ihren Krücken durch den Flur hopsen, und er geht neben ihr her, bereit, sie zu halten und aufzufangen.

Ich weiß noch, wie oft Mama deprimiert vor dem Spiegel stand, und dann kam er und legte von hinten die Arme um sie, küsste sie und setzte ihr mit seinem schiefen Lächeln auseinander, es habe schon sein Gutes, wenn man blind sei. »Man ist, wie man ist, und nicht, wie der Spiegel es möchte!«

Noch so eine Erinnerung: Ich sitze und lerne für die Physikprüfung, murmele etwas in meinen Bart, da sagt er auf einmal: »Das Licht rast mit einem Tempo von Hunderttausenden Werst in der Sekunde dahin – und das nur, damit jemand im Spiegel seinen Hut gerade rücken kann!«

Das Gefühl hatte ich in dem Moment auch: dass das Licht sich nicht so beeilen müsste.

Er las viel. Es konnte passieren, dass man in sein Zimmer kam, es war dunkel, er schien nicht da zu sein, und wenn man das Licht anknipste, saß er im Sessel mit einem dicken Wälzer auf den Knien. Er holte sich diese Blindenbücher aus der Bibliothek; seine ewige Klage war, da habe wieder jemand Löcher hineingelesen. Das hieß, die Brailleschrift war vom vielen Betasten abgenutzt.

Übrigens schrieb mein Stiefvater Gedichte. Manchmal setzte er sich mitten in der Nacht in die Küche, um Mamas Schlaf nicht zu stören, saß dort im Finstern und stach geschwind mit seiner Ahle Löcher ins Papier.

Ein Gedicht mochte Mama besonders und sagte es öfter auf.

*Die Wärme deiner Haut gab mir im Dunkel Licht ...* – so fing es an.

Im Schlafzimmer lag bergeweise das dicke, durchstochene Papier.

Bei mir versuchte der Stiefvater die Liebe zur Numismatik zu wecken. Er sammelte alte Münzen, konnte Stunden damit zubringen, sie zu sortieren. Ein paar seltene waren auch dabei, die er besonders liebte. Er liebte sie mit den Händen.

Während ich ihm in die leeren Augenhöhlen sah, erzählte er mir von Pantikapaion, der Hauptstadt des Bosporanischen Reiches. An die betreffenden Münzen kann ich mich erinnern: Die eine zeigte im Relief einen gen Osten gespannten Bogen mit eingelegtem Pfeil, auf der anderen war ein Greif zu sehen.

Die Münzen, wenn sie aus seinen Händen kamen, hatten immer einen säuerlich-metallischen Geruch. Wie die buckligen, beinahe schwerelosen Scheibchen auf meiner Handfläche lagen, hatte ich Mühe, mir vorzustellen, dass sie aus Archimedes' und Hannibals Zeiten stammten.

Eine kleine Kupfermünze trug das Profil von König Rheskouporis I., der skurrile Name ist mir in Erinnerung geblieben; auf der Rückseite war der römische Kaiser Tiberius. Die bosporanischen Könige hätten sämtlich den Beinamen »Freund und Bundesgenosse Roms« getragen, erklärte der Stiefvater, und darum auch die Häupter der römischen Kaiser auf ihre Münzen geprägt.

Eine Utrechter Prägung ohne Kopf war ihm besonders ans Herz gewachsen.

Früher habe man den Toten Münzen zwischen die Zähne gesteckt, um die Überfahrt zu bezahlen, so erzählte er gern. Und fügte einmal scherzhaft hinzu, er wolle, wenn es so weit sei, diese Utrechter Münze unter die Zunge gelegt bekommen.

»Ich möchte nicht als Schwarzfahrer erscheinen!«

Als ich klein war, hielt ich die Münzen für die Kinder vom Geld, wie findest Du das?

Der Stiefvater wurde nicht müde, mit seinen Schätzen – platt gedrückt, abgewetzt, gekörnt oder mit Resten arabischer Schnörkel – zu hantieren. Ich sah ihm dabei zu und fand es erstaunlich: Er schien die Münzen und die verflossenen Zeiten, die in ihnen wohnten, wirklich zu sehen: die, die darauf abgebildet waren, und die, die sie geprägt hatten – während das Nächstliegende, die Spinnweben in der Ecke und der Fabrikschornstein vor dem Fenster, für ihn nicht existierte.

Damals hegte ich ihm gegenüber eine Art Überlegenheitsgefühl: Er war blind, und ich konnte sehen, sah, was er nicht sah. Heute scheint mir, dass dieser Halbwüchsige, der ich damals war, zwar alles vor Augen hatte, aber das Wenigste wirklich sah. Ein Blinder hat a priori schwach und hilfsbedürftig zu sein. Dieser aber war stark, lebenshungrig, und Mama konnte sich an ihm festhalten. Er fühlte sich offenbar nicht im Geringsten behindert oder benachteiligt. Sah die Welt durchaus nicht so, wie unsereins sie mit verbundenen Augen sähe, oder anders gesagt: Dass er sie nicht sah, stimmte nur in dem Sinne, wie wir die Welt nicht mit den Knien oder Ellbogen sehen.

Außerdem verfügte der Stiefvater über einen sehr eigentümlichen Humor. Ich sehe ihn mit dem Messer einen Apfel essen, er schält ihn, spießt einen Schnitz auf die Messerspitze und erzählt lachend sein Erlebnis, wie er sich von einer älteren Frau zum Postamt geleiten ließ, die zum Abschied auf einmal mit mitleidiger Stimme sagte: »Ach je, ich weiß nicht, was ich an Ihrer Stelle täte, das ist doch kein Leben!« – worauf der Stiefvater nicht an sich halten konnte und ihr eins mit seinem Stock verpasste. Er erzählte die Geschichte so, als sollte man sich darüber totlachen.

Und eben kam mir die Szene wieder in den Sinn, wie er im Garten der Datscha zwischen den Apfelbäumen einherging, die Äste zu sich herunterbog und abtastete, sich offenbar einprägte, wo welcher Apfel hing, und so jeden Tag nachfühlen konnte, wie schnell sie wuchsen.

Eine andere Erinnerung ist, wie er einmal beim Einkaufen ausgetrickst und bestohlen wurde. Irgendeine nette Dame hatte ihm beim Bezahlen ihre Hilfe angeboten und Geld aus der Börse entwendet. Er empörte sich so lautstark, dass die arme junge Verkäuferin in Tränen ausbrach und versicherte, sie könne nichts dafür.

Als ich mich zum ersten Mal rasierte, lieh mir der Stiefvater sein Rasierwasser. Bei der Gelegenheit blitzte der simple Gedanke in mir auf, dass er ja kinderlos war und sich wohl all die Jahre gemüht hatte, mich als seinen Sohn zu sehen, während ich gerade dies mit allen Kräften zu verhindern suchte.

Den Trick mit dem Zeitungsschnipsel, den man auflegt, wenn man sich beim Rasieren geschnitten hat, habe ich übrigens von ihm.

Auch ich habe all die Jahre an den Vater gedacht – *meinen* Vater. Warum hat er Mama und mich sitzen lassen? Was ist damals geschehen? Ich träumte davon, ihm zu begegnen. Eines Tages, so stellte ich mir vor, würde er auf dem Schulhof stehen und mich abholen.

Einmal erlebte ich mit, wie ein Mann seinem Sohn das Fahrradfahren beibrachte, wie er, die Hand am Sattel, hinter ihm her rannte. Was hätte ich dafür gegeben, bei meinem Vater das Radfahren auf diese Weise lernen zu können!

Und ich entsinne mich des Augenblicks, da ich zum Festappell am Schuljahresende, schon mit dem Igelhaarschnitt für die Sommerferien, vor dem Direktor stehe und eine Anerkennungsurkunde entgegennehme, die ganze Aula klatscht Beifall, und ich halte, wider besseres Wissen, in der Menge nach meinem Vater Ausschau. Könnte es nicht sein, dass er just in diesem Moment in mein Leben zurückkehrt? Um meinen Triumph mitzuerleben? Stolz auf mich zu sein?

Manchmal stieß ich auf Dinge von ihm, die Mama aus unklarem Grund aufbewahrt hatte. Zum Beispiel habe ich als Kind immer mit seinem Rechenschieber gespielt. Und auf dem Dachboden standen und verstaubten seine alten Lehrbücher: nichts als Formeln und Berechnungen darin, unglaublich ödes Zeug. Die Fotos von ihm hat Mama alle weggeschmissen und bei denen, wo sie zu zweit darauf gewesen, ihn kurzerhand abgeschnitten. Selbst da, wo ich schon in ihrem Bauch bin, sind nur die Finger von meinem Vater auf Mamas fülliger Schulter übrig.

Ein einziges Mal habe ich sie nach ihm gefragt. Über diesen Menschen wolle sie jetzt nicht mit mir reden, sagte sie. »Das erfährst du alles noch früh genug.«

Worauf ich lieber nicht noch einmal fragte.

Die ganze aufgestaute Liebe, verstärkt durch den Hass auf meinen Stiefvater, bekam darum mein Lehrer Viktor Sergejewitsch ab. Ob dieser seltsame Kauz sie recht verdient hatte, weiß ich nicht.

Im Unterricht ließ er uns Einzeller durch das Mikroskop betrachten. Warf den störenden Schlips über den Rücken, der aber beständig wieder nach vorne rutschte. Man sah nicht viel, nur irgendwelche Kleckse, doch mit bewegten Worten suchte der Lehrer uns klarzumachen: Dies sei die wahre Unsterblichkeit! Um es uns plastisch vor Augen zu führen, bediente er sich meiner Person, was die Klasse zum Jubeln brachte und mich beinahe zum Heulen: Merkte er denn nicht, dass er mich zum Gespött machte? Die Vorstellung, die er meinen Klassenkameraden abverlangte und die sie so erheiterte, war, dass ich mich in zwei Hälften teile und in beiden erhalten bleibe; jede bildet ein neues Individuum und bleibt doch zugleich das alte, das Leben beginnt von vorn, und das seit Millionen von Jahren.

»Stellt euch das mal vor«, rief er, schrie es fast vor Begeisterung, »dieses Pantoffeltierchen vor eurer Nase hat unter den Dinosauriern gelebt!«

Dass es reale Formen von Unsterblichkeit auf Erden gibt und der Tod bei diesen Einzellern nicht natürlich und gesetzmäßig, sondern zufällig ist, dieser Gedanke verblüffte mich damals gehörig. Noch überraschender aber war, dass Viktor Sergejewitsch, mein geliebter Lehrer, mich dem Spott und der Häme dieser Rabauken so einfach preisgab. Nächtens heulte ich meine Kränkung ins Kopfkissen und dachte: Er mag mich wohl gar nicht leiden. Also durfte auch ich ihn nicht mehr lieben.

Den Nippon-Ibis.

Eine Woche später erlitt er im Unterricht den Infarkt.

Ach, Sascha, mein Mädchen! Wenn ich Dir schreibe, vergesse ich alles ringsumher, und das tut so gut!

Hier ist alles von Schmerz und Tod durchdrungen. Kaum noch vorstellbar, dass das Leben andernorts weitergeht, als wäre nichts geschehen. Belebte Straßen, Zeitungsstände, Geschäfte, Trambahnen. Besuche im Zoo und im Restaurant. Man kann ganz normal aufs Postamt gehen. Oder in die Konditorei, Kuchen kaufen ...

Vom hiesigen Standpunkt kommen einem die einfachsten Dinge sonderbar vor. Dass meine Heimatstadt ohne mich einfach weiterexistiert, *ist* doch sonderbar, oder etwa nicht? Hat sich nur meinem Blick entzogen. Bei Euch ist ja auch inzwischen Sommer. Ist es etwa genauso stickig und schwül?

Wenn doch Winter wäre!

Frostklare Luft schnappen. Die Schritte im harschen Schnee knirschen hören, als knusperte man Zwiebäcke im Gehen. Die Wanne aus Eis am Auslauf der Dachrinne sehen. Und schneien soll es bitte schön, gemach und bedächtig, von früh bis spät.

Mir steht der Märzwald vor Augen, ein Bild: Der Schnee ist schon weg, nur da, wo im Winter jemand durch die Wehen gestapft ist, sind, Stapfen für Stapfen, kleine Eisblöcke auf dem dürren Laub verblieben. Wozu merkt man sich sowas?

Genauso, wie wir einmal versehentlich eine mit Wasser gefüllte Flasche auf dem Balkon stehen ließen, die in frostiger Nacht platzte, der gefrorene Inhalt blieb stehen.

Und das alles nur, weil wir hier vor Hitze umkommen.

Saschenka, wenn Du wüsstest, wie oft ich mir schon meine Heimkehr ausgemalt habe! Ich komme nach Hause und sehe: alles beim Alten. Mein Zimmer. Bücher überall: auf dem Fensterbrett, auf dem Schrank bis zur Decke gestapelt, etliche Stöße am Fußboden. Mein altes, durchgelegenes Sofa. Meine Tischlampe. Keine Schießerei. Kein Sterben. Alles am gewohnten Platz. Die Uhr tickt, die Zeit bleibt stehen. Alles wirklich, heimisch, vertraut.

Ich träume davon, nach Hause zu kommen und einen halben Tag lang nichts weiter tun, als auf dem Sofa zu liegen, verzückt die Tapeten zu betrachten. Es wäre mir früher nie in den Sinn gekommen, dass solch eine Banalität den Menschen glücklich machen kann.

O ja, wenn ich nach Hause komme, werde ich die einfachen, selbstverständlichen Dinge mit anderen Augen sehen: das Teeservice, die Glühbirne, den Sessel, das Bücherregal. Den Fabrikschornstein draußen vor dem Fenster. Ein jegliches Ding scheint neue Bedeutung gewonnen zu haben. Allein schon dafür musste geschehen, was geschehen ist.

Weißt Du, was an Toten das Erstaunlichste ist? Dass sie einander so ähnlich sehen. So verschieden sie im Leben waren – im Tode haben sie alle die gleichen Augen mit den trüben Pupillen, wächserne Haut und offen stehende Münder. Besonders schwer zu ertragen – ich weiß auch nicht, warum – ist der Anblick ihrer Haare. Und der Fingernägel.

Auch der Geruch ist immer gleich. Gestank, besser gesagt. Pestilenz. Der abscheulichste Geruch, den es gibt.

Ich hab schon viele tote Tiere im Leben gesehen, Fische, Vögel, alles Mögliche, aber ein Gestank, wie er von toten Menschenleibern ausgeht, ist mir noch nicht untergekommen.

Sich daran zu gewöhnen ist unmöglich. Nicht zu atmen geht leider auch nicht.

Verglichen damit sind die fäkalischen Duftnoten aus den Gruben, die wir mit unseren Inhalten füllen, vermischt mit den beizenden Dünsten vom Kalk, der darübergekippt wird, eine wahre Bagatelle. Oder der Geruch der eitrigen Binden im Verbandszelt.

Ganz zu schweigen von der Pferdestreu, deren Duft man mit Freuden einsaugt, um den Geruch von Schweiß und ungewaschenen Körpern aus der Nase zu kriegen.

Die man sich manchmal am liebsten abschneiden möchte.

Ja, genau: abschneiden und mit dem nächsten Kurier nach Hause schicken, damit sie in den geliebten Straßen ein bisschen spazieren ginge und Düfte einsammelte. Die Nase, die in Gogols Erzählung ausbüxt, nutzt ihre Freiheit ja gar nicht zum Schnüffeln. Meine täte nichts anderes, als die altvertrauten Düfte aufzulesen.

Komisch, dass die Erinnerung an Gerüche, die man in sich bewahrt, mit der Zeit nicht verblasst, sondern intensiver wird!

Ich laufe durch den Park. Regennasse Lindenblüten – das ist kein Duft mehr, das ist eine Orgie!

Und wenn ich an unsere Konditorei denke! Vanille, Zimt und Kakao. Baiser, Marzipan. Eclairs. Schaumplätzchen. Apfelbrot. Sahnetoffee. Halwa. Meine geliebten Schokoladenkartoffeln.

Aus dem Blumenladen riecht es satt nach frischem Humus und feuchten weißen Lilien.

Und was an Gerüchen aus den offenen Fenstern dringt: frisch gemahlener Kaffee, gebratener Fisch, übergekochte

Milch ... Jemand sitzt auf dem Fensterstock und schält eine Apfelsine. Und da wird Erdbeermarmelade gekocht.

Der Duft von heißem Linnen, Dampf und Bügeleisen.

Hier wird renoviert: Farbdämpfe zwicken in die Schleimhäute.

Und jetzt riecht es plötzlich nach Leder – von neuen Schuhen, Ranzen und Riemen.

Als Nächstes eine Parfümerie. Düfteküche aus Parfüms, Cremes, Eau de Cologne, Puder.

Der Fischladen. Von den Fischen auf dem gestoßenen Eis schlägt einem eine Brise Meer entgegen.

Vor der Schlosserwerkstatt riecht es nach Rost, Öl, Schmierfett und Kerosin.

Vom Kiosk an der Ecke weht einen die Druckerschwärze von den frisch gelieferten Zeitungen an.

Und vor mir geht einer, der aus dem Heizhaus kommt, er riecht nach Schweiß, Sackleinen und Kohle.

Aus der Bäckerei zieht frischer, warmer Brötchenduft.

Dann die Apotheke. Wie es gleich nach Krankenhaus riecht!

Weiter hinten wird asphaltiert. Der Geruch des heißen Teers verdrängt alles Übrige.

So ginge ich ewig vor mich hin und schnüffelte.

*N*un ist es schon bald einen Monat her.

Die vierte Woche ist angebrochen, seit der Unfall passiert ist. Und Sonja will und will nicht zu sich kommen.

Noch immer ist nicht recht klar, was sich zugetragen hat. Vermutlich hat Donka an der Leine gerissen und Sonja mit sich gezogen, sie ist auf den vereisten Stufen ausgeglitten und mit dem Hinterkopf auf eine scharfe Steinkante geschlagen. So lag sie im Schneeregen in einer Pfütze, als man sie fand.

Ich habe sie zu mir in die Klinik verlegen lassen. Was hat es an Nerven gekostet, bis ich für sie ein Einzelzimmer zugewiesen bekam!

Da liegt sie nun, ausgemergelt, nur Haut und Knochen.

Arme und Beine voller Blutergüsse von den Injektionen.

Manchmal wird Fachpublikum hereingeführt: »Das hier ist das Mädchen, über das wir vorhin sprachen. Liegt seit dem Unfall im Koma. Hochinteressanter Fall…«

Die Eltern kommen abwechselnd, bringen Stunden am Bett zu.

Es gibt ja auch zu tun: Windeln wechseln, Wasser in die trockenen Augen träufeln, die spröden Lippen anfeuchten. Sie von einer Seite auf die andere drehen. Waschen.

Im Vorbeigehen schaue ich kurz hinein: Er sitzt da, aus dem Fenster starrend, und reibt ihr mechanisch die dürren, leblosen Beine.

Er gibt sich die Schuld an dem, was passiert ist. Sie mir.

Ada sucht jedes Mal den Chefarzt auf, stellt Forderungen, heult. »Tun Sie doch was!«, schreit sie, dass man es bis auf den Korridor hört.

Wenn sie bei Sonja wacht, gehe ich nach Möglichkeit nicht hinein.

Dafür umso öfter, wenn ich Nachtdienst habe.

Die Brille mit dem geschwärzten Glas liegt auf dem Nachttisch. Daneben ihre Uhr. Ich ziehe sie auf.

Im Bett die Kuscheltiere von zu Hause. Der kleine Tiger mit den baumelnden Augenknöpfen.

Die Pantöffelchen unter dem Bett warten geduldig.

Einmal kam ich dazu, wie er ihr mit dem Feenhaarpinsel über den Arm strich. Verlegen sah er auf und steckte den Pinsel weg.

Zwei Schulfreundinnen erschienen und saßen ein Weilchen, wanden sich verschreckt auf den Stühlen.

Er zu ihnen: »Nun sagt doch was! Erzählt ihr, was ihr im Unterricht heute durchgenommen habt!«

Die beiden duckten sich nur noch mehr.

Sie legten ihr eine Eichel in die Faust und flohen aus dem Zimmer. Kaum draußen, heulten sie los.

Mitten in der Nacht schrie er auf. Er hatte geträumt, Sonja in der Tür den Finger eingeklemmt zu haben.

»Sie war hinter mir und hatte die Hand im Türspalt, ich hab nicht hingesehen!«

Schweißnass, schwer atmend. Bis in den Morgen hörte ich ihn in seinem Zimmer rumoren.

Wir schlafen jetzt meistens getrennt.

Das erste Mal zog ich zum Schlafen ins andere Zimmer um, weil er geschnarcht hatte, sich unruhig gewälzt und mir im Schlaf ins Auge gegriffen.

Doch inzwischen weiß ich, was er damals meinte, als er von einer anderen Form von Einsamkeit sprach. Einmal bin ich aufgewacht und sah sein Gesicht neben mir auf dem Kissen, es war alt und ganz fremd.

Dinge fallen mir an ihm auf, die ich früher nicht bemerkt habe.

Einerseits ist er furchtbar schnell dabei, sich zu ekeln – bei Geselligkeiten stellt er sein Glas immer separat ab, am liebsten auf einen hohen Schrank, damit nur ja keiner versehentlich danach greift –, andererseits ist er selbst nicht sehr reinlich. Wenn ich die Wäsche vor dem Waschen sortiere, finde ich regelmäßig braune Flecken in seinen Unterhosen.

Mich störte immer mehr, wie er isst: schnell, gierig und fahrig.

Sind wir bei seinen alten Freunden zu Besuch, zieht er anschließend über sie her, kaum dass wir das Haus verlassen haben. Dieser sei ein Speichellecker, jener eine taube Nuss. Sowieso sind ihm kaum noch Freunde geblieben. Die Pärchen, mit denen er und Ada früher verkehrten, laden ihn, seit er sie verlassen hat, nicht mehr ein, weil sie – und insbesondere die Frauen – fürchten, sein Beispiel könnte Schule machen.

Er altert und fürchtet sich davor. Wird mir gegenüber anhänglicher. Spürt das und wähnt sich gleich noch viel älter.

Seine Vergesslichkeit nimmt zu. Er vergisst Wichtiges und Nebensächliches. Schneit ganz verstört bei mir herein und sagt: »Hör mal, ich komm einfach nicht drauf, wer die Parkettschleifer im d'Orsay gemalt hat. Seit heute früh grübele ich!«

Manchmal läuft es zwischen ihm und mir sehr gut. Aber dann gibt es wieder Momente, da breitet sich eine solche Finsternis in mir aus.

Wir sind zu zweit einsam.

Einmal, noch bevor das mit Sonja passierte, meinte er zu mir: »Aber es gab doch eine Zeit, da ging es uns gut miteinander?«

»Ja.«

»Was ist los?« Und er lieferte selbst die Erklärung:

»Du und ich, wir sind wie ein Fresnelspiegel. Das sind eigentlich zwei, die fest miteinander verbunden sind. Fällt ein Lichtstrahl in einem bestimmten Winkel hinein, entstehen daraus zwei Strahlen, die sich gegenseitig auslöschen. Zwei Lichtstrahlen gebären die Finsternis.«

In Abständen machen wir uns Szenen wie in einem schlechten Film. Bringen einander mit Bagatellen zur Weißglut. Brüllen herum und knallen mit den Türen.

Manchmal sehe ich uns wie von der Seite zu und frage mich: Wer sind die zwei da in der Küche? Was reden die? Wozu das alles?

Besonders nervend finde ich *sie*. Wer ist diese Frau? Das bin doch nicht etwa ich? Kann nicht sein. Aber wo bin ich dann? Was ist aus mir geworden?

»Du behandelst das Lammfleisch ganz falsch. Soll ich dir sagen, wie Ada...«

Die unschuldigen Steaks landen im Mülleimer.

»Soll *sie* dir doch deinen Hammel braten!«

Nein, diese Frau in der Küche, das kann unmöglich ich sein.

Nach dem Unglück mit Sonja ist der Streit verpufft. Näher gerückt sind wir uns deswegen nicht.

Wenn er aus dem Krankenhaus zurückkommt, trinkt er.

Einmal, schon ganz besoffen, lallte er: »Mir ist da ein schrecklicher Gedanke gekommen... Was, hab ich gedacht, wenn du am Ende doch nicht die bist, auf die ich mein Lebtag gewartet hab, und alles wäre Lug und Trug? Allein schon, dass man den Gedanken denkt, heißt doch, dass es so ist, oder nicht?«

Ich zog ihn aus, brachte ihn zu Bett und trank, was er in der Flasche gelassen hatte.

Ein andermal sagte er: »Ich hab geglaubt, du und ich, das wäre das Wahre. Und wenn wir zusammen sind, wäre es perfekt. Getrennt und mit anderen wären wir doch nur auf der Suche nacheinander, so hab ich gedacht. Aber das war wohl eine Täuschung.«

Vorgestern in der Klinik bin ich Ada begegnet, sie schleppte sich die Treppe zu ihrer Tochter hinauf, blieb auf jedem Absatz stehen, um zu verschnaufen. Ich musste an ihr vorbei. Sie sah mich, und plötzlich lächelte sie.

Ich trat näher.

»Sascha«, seufzte sie, »ich weiß, Sie tun für unsere Sonja, was Sie können. Ich danke Ihnen. Und sehen Sie es mir bitte nach, wenn ich... Nichts für ungut.«

Und sie setzte betulich ihren Weg fort.

Die Nacht darauf fand ich keinen Schlaf. An seinem Atmen hörte ich, dass auch er wach lag. Beide lagen wir schlaflos nebeneinander, bis ich irgendwann sagte: »Weißt du noch, du hast mal gesagt, Ada zu heiraten sei ein Fehler gewesen.«

»Das habe ich gesagt, ja.«

»Ich finde, du solltest den Fehler wiedergutmachen und den Rest des Lebens bei ihr sein.«

Meine liebe Saschenka!

Wie gehts Dir, was machst Du Schönes?

Ich weiß, Du denkst an mich, schreibst mir, wartest auf mich, liebst mich.

Es gab eine Zeit, da hätte ich an diesem Satz noch herumgebastelt, damit nicht so viel »mir« und »mich« beieinanderstünden … Heute kommt mir das ganz belanglos vor.

Deine Briefe vermisse ich sehr. Alle hier warten auf Post, aber es kommt keine, und das wird auf absehbare Zeit so bleiben. Irgendwo irren Deine Briefe umher. Wo immer sie gerade sein mögen – am Ende kommen sie an. Ich warte geduldig. Irgendwann wird sich das Warten gelohnt haben, dann kommt bestimmt gleich ein ganzer Stapel auf einmal. Sie werden irgendwo aufgestaut, irgendwann läuft das Staubecken über, und dann …

Wieder einmal hat sich ein Stündchen gefunden, das ich mit Dir verbringen darf.

Es gibt gute Nachrichten von hier. Jawohl, auch das kommt vor! Die Gesandtschaften in Peking halten sich immer noch tapfer. Man nahm an, dort wären längst alle tot, aber nein, sie sind am Leben! Ein Bote hat sich von dort zu uns durchgeschlagen mit einem Brief, in dem steht, man sei eingeschlossen und warte auf Hilfe! Ein paar Boten vor ihm hatten den Weg zu uns nicht geschafft. Jetzt wird hier zum Marsch auf Peking gerüstet, doch erst wollen noch die Bastionen von Tientsin erstürmt sein. Denn dass die chinesische Armee uns im Rücken hockt, können wir nicht zulassen.

Noch eine Neuigkeit: Wir sind ins Ost-Arsenal verlegt worden.

Der Stab ist in den Räumen der ehemaligen Pionierakademie untergebracht, das Offizierskorps in den Häuschen, wo vormals die deutschen und englischen Lehrkräfte der Akademie wohnten. Ich schreibe Dir, im Schatten einer Akazie sitzend, unter einem Moskitonetz. Nach wie vor stöhnen alle unter der Hitze. Mir tropft der Schweiß von der Nasenspitze aufs Papier – entschuldige den Klecks!

Als wir hier ankamen, herrschte völliges Chaos. Zu erkennen war, dass die Bewohner im letzten Moment geflohen sind, als die Boxer das Arsenal schon eingenommen hatten. In den Zimmern und auf den Innenhöfen haufenweise Studentenuniformen, Bücher auf Chinesisch, Englisch und Deutsch. Ein seltsames Gefühl, in den Heften der Studenten zu blättern, gefüllt mit sorgfältig ausgeführten Skizzen und Berechnungen. Überall zertrümmertes Geschirr, Schreibfedern, Tintenfässer, Tuschepinsel, Nippes aus Jade, Mützen, chinesische Bilder, Schriftrollen, geplünderte Truhen und Schubladen. Alles wild durcheinandergeworfen, zerrissen, zerschlagen, in den Dreck getreten.

Gemeinsam mit Kirill sichtete ich die reichhaltige europäische Bibliothek – im Wesentlichen Fachbücher, Mathematik, Physik und Chemie. Zerreißen und Verbrennen war das Erste, was unseren Soldaten einfiel – und da ist keiner mehr, der sie daran hindert. Interessanterweise sind sämtliche Gebäude der Akademie in chinesischer Manier errichtet, eins am anderen in schnurgerader Linie. Vornean die Professorenhäuser, dahinter Hörsäle, Labors, Arbeitsräume, noch dahinter die Studentenwohnheime und ganz am Ende Verwaltung und Küche.

Mitten auf dem vordersten Hof steht ein hölzerner Wachturm. Ich bin heute hinaufgeklettert, bis auf die oberste Plattform, von wo man eine großartige Sicht hätte, wäre es nicht so betrüblich, was man sieht. In genau nördlicher Richtung liegt der Lutaikanal; beide Ufer sind mit chinesischer Artillerie besetzt. Im Westen befindet sich der chinesische Teil von Tientsin, etwas dahinter sind die europäischen Konzessionen gelegen. Südwestlich unser Feldlager. In dieselbe Richtung verläuft die Bahnlinie nach Tangku. Im Osten erstrecken sich Kaoliangfelder, unabsehbar weitläufiges flaches Land, hie und da ein chinesisches Dorf, mitunter auch ein Wäldchen dazwischen. Nördlich und östlich kann man durch das Fernglas in größerer Entfernung Truppenbewegungen der Chinesen sehen, die offenbar von jenseits des Lutaikanals auf Tientsin zurücken.

Kirill und ich spazierten durch das Arsenal und waren verblüfft von der reichen Ausstattung: Waffenschmieden, Depots, Laboratorien, alles da. Hier befand sich auch die Münze für chinesisches Silber- und Kupfergeld. Eine ganze Fabrik mit mehreren riesigen Hallen, wo Schießpulver erzeugt und Patronen für die modernsten Mauser- und Mannlichergewehre hergestellt worden waren. In unterirdischen Gemäuern lagern riesige Vorräte unterschiedlicher Granaten, Sprengminen und Schrapnelle. Kirill übersetzte mir die chinesischen Schilder. *Lagerstatt für Höllendonner* zum Beispiel bedeutet nichts anderes als Minendepot, und die *Heimstatt des Wasserdrachens* ist nur das Depot für die Brandbekämpfung!

Neben den Öfen, Kesseln und Maschinen haben die chinesischen Arbeiter Bilder von Arbeitsschutzgöttern aufgestellt, unter denen sie ihre Räucherstäbchen anzündeten! An den Kesselwänden und Maschinen überall rote Schilder mit Sprüchen wie: *Welch großes Glück, den Motor anzulassen!*, oder: *Kessel öffnen – Wohlergehen!*

Das Erfreuliche an unserer Verlegung ist, dass wir nicht länger neben dem Lazarett kampieren und Tag und Nacht das Stöhnen der Verwundeten mit anhören müssen. Betrüblich hingegen, dass wir Zaremba und Lucie nicht mehr unsere Aufwartung machen und mit ihnen plaudern können. Hier, unter den Umständen, werden einem Menschen sehr schnell vertraut.

Auf einer Freifläche im westlich gelegenen Teil des Arsenals sind Pulverbunker angelegt. Gruselig, dort entlangzugehen und zu wissen, ein Volltreffer genügt, und alles fliegt in die Luft. Dann kann man von Glück reden, wenn es einen richtig erwischt und nicht nur halb.

Aber nein, Saschenka, so hab ich früher gedacht. Jetzt bin ich in diesem Punkt vollkommen anderer Ansicht. Früher dachte ich, als Krüppel zu leben müsste das größte Unglück auf Erden sein. Das elende, nichtsnutzige Dasein eines Wurms, sich und den anderen zur Last – wozu kann das gut sein? Ich träumte vom idealen Tod, bei dem man des Sterbens nicht gewahr wird. Zack und weg.

Jetzt aber würde ich leben wollen. Unter allen Umständen. Saschka, ich will leben! Verunstaltet, als Krüppel, ganz egal, Hauptsache – leben! Nicht aufhören zu atmen!

Das Schrecklichste am Sterben ist, wenn der Atem aufhört.

Im Lazarett erlebte ich einmal eine bestürzende Szene mit: Da lag ein Verwundeter mit vollkommen zerschmetterten Gliedmaßen, in Erwartung der Amputation, derweil erzählte irgendein Witzbold eine komische Geschichte, das ganze Zelt hielt sich den Bauch vor Lachen, und dieser Mann lachte mit. Das hab ich damals nicht verstanden, *konnte* es nicht verstehen – was der zu lachen hatte. Heute verstehe ich es.

Sollen sie mich lädieren, zum Krüppel schießen. Ich werde leben! Hüpfen auf einem Bein. Man denkt, auf einem Bein, wie soll das gehen, aber man hüpft damit, wohin man will. Oder es erwischt beide Beine – von mir aus auch das! Gucke ich eben aus dem Fenster!

Und würde ich blind, dann ließe es sich auch nicht ändern – umso besser hörte ich, was ringsum passiert, all die Töne, das ist genauso wunderbar! Bliebe mir nur die Zunge, wüsste ich immerhin, ob genügend Zucker im Tee ist. Und bliebe nur eine Hand, dann soll auch die leben! Die Welt ließe sich anfassen damit!

Ich muss fürchten, Saschenka, dass dieser Brief Dir vorkommt wie ein Fieberwahn. Verzeih mir, Liebes, wenn ich hier Unsinn rede. Ich bin nicht etwa krank, ich kann nur nicht aus meiner Haut.

Was das Verblüffendste ist: Jeder hofft hier, ungeschoren davon- und nach Hause zu kommen.

Und wenn er jemanden sieht mit diesen trüben Pupillen, der wächsernen Haut und dem offenen Mund, dann denkt er unwillkürlich – gleich ob er ihm nahesteht oder nicht – mit geradezu diebischer Freude: Hauptsache, er und nicht ich! Diese Freude ist nicht zu unterdrücken, so beschämend sie ist: Wieder ein Tag, wo es einen anderen erwischt hat! Der Tag geht zu Ende, und ich lebe noch!

Und dabei ist der Gedanke unabweisbar, dass jeder Brief – auch dieser – der letzte sein kann. Falls er überhaupt zu Ende geschrieben wird. Denn das ist nur in der Oper so, dass alles logisch auf einen Punkt zuläuft, die letzte Note der Schlussarie, und dort endet es. Hier wird gestorben, wie es sich gerade trifft.

Saschenka, was kann schlimmer sein, als zu sterben, wie es sich gerade trifft?

Jede Minute kann die letzte sein, jeder Brief. Also sollte man gleich zum Wesentlichen kommen, nicht müßig um den heißen Brei reden.

Und eben weil dieser Brief jeden Moment abbrechen kann, muss ich jetzt und hier auspacken. Dir sagen, was noch nicht gesagt ist, immer wieder hinausgeschoben wurde.

Aber was wäre das? Kaum etwas scheint wirklich noch der Rede wert.

Eine Geschichte gibt es, die ich Dir noch erzählen wollte, irgendwann später, wenn ich über sie lachen kann. Die schreibe ich Dir mal lieber gleich. Für den Fall, dass es kein Später geben wird. Sie geht eigentlich niemanden außer mir etwas an. Aber ich muss sie loswerden. Sie ist auch nicht lang.

Und vielleicht kann ich ja auch jetzt schon, von hier aus gesehen, darüber lachen.

Ich hatte nämlich eine Begegnung mit meinem Vater.

In Mamas Kommode gab es ein Fach, das sie immer unter Verschluss hielt. Doch ich hatte gesehen, wo sie den Schlüssel versteckte. Einmal, als keiner zu Hause war, schaute ich dort nach. In dem Fach waren allerlei Urkunden, Papiere, Quittungen. Zu ersehen war, dass mein Vater Mama all die Jahre regelmäßig Geld geschickt hatte. Das war mir neu... Vor allem aber erfuhr ich seine Adresse.

Mama sagte ich nichts davon.

Zuerst wollte ich ihm schreiben, wusste aber nicht was. Dann beschloss ich, gleich hinzufahren. Eine Nacht im Zug, und ich stand vor seiner Tür.

Stand da und konnte mich nicht entschließen, den Klingelknopf zu drücken.

Jahrelang hatte ich mir diese Begegnung ausgemalt. Und jetzt, wo es so weit war, wusste ich nicht mehr, was ich hier wollte. Wozu brauchte ich das? Die Nacht im Zug hatte ich kein Auge zugetan. Ich war ja nicht so naiv zu glauben, dass sich auf diese Art die lang erträumte Vertrauensperson gewinnen ließ. Ich wusste, ich würde einem Fremden begegnen. Dem ich gestohlen bleiben konnte. Immerhin war er es, der mich verlassen hatte. Der sich all die Jahre kein einziges Mal für mich interessiert hatte. Vielleicht ließ er mich gar nicht über die Schwelle. Was also wollte ich? Die Liebe erlangen, die ich mein Leben lang entbehrt hatte? Zwecklos. Der Teil meines Lebens, da ich ihn nötig gehabt hätte, lag hinter mir. Kam ich als Rächer? Abzurechnen mit dem Halunken, der Frau und Kleinkind hatte sitzen lassen? Den aufgestauten Hass herauszulassen? Den Zorn des Gerechten? Weil einer ihn doch bestrafen musste für seine Niedertracht? Ihn ohrfeigen? Demütigen? Oder wollte ich seine Reue, seine Bitte um Vergebung?

So seltsam es war: Ich hasste eher meine Mutter und ihren Mann als diesen wildfremden Menschen.

Aber musste er nicht fürchten, ich könnte etwas von ihm wollen? Vielleicht würde er sich freizukaufen versuchen? Ich wollte nichts von ihm, gar nichts! Was immer er mir anböte, ich schlüge es aus.

Mir war flau zumute. Je länger ich vor dieser Tür stand, desto klarer wurde mir, dass ich diese Begegnung, von der ich seit meiner Kindheit geträumt, nicht mehr nötig hatte. Ich brauchte ihn nicht mehr.

Ich wandte mich gerade zum Gehen, da ging die Tür auf. Wahrscheinlich hatte er gespürt, dass draußen jemand stand.

Ein hinfälliger Körper. Schlaff, kurzatmig. Geräuschvoll sog er die Luft durch die verstopfte Nase. Auf einen fettleibigen alten Mann mit Hängebacken und geschwollenen Augenringen war ich nicht gefasst. Aber er war es. Blickte mich wortlos an.

»Guten Tag!«, sagte ich. »Ich wollte zu dir.«

Verblüffenderweise wusste er sofort, wer ich war. Als hätte auch er sein Lebtag auf diesen Augenblick gewartet.

Die Verwirrung wich sehr schnell aus seinem Gesicht. Er hob die Brauen und seufzte.

»Na, dann komm mal rein!«, sagte er. »Hungrig von der Reise?«

Ich hatte das seltsame Gefühl, neben mir zu stehen, so absurd und zugleich alltäglich erschien die Situation. Er stellte mich seiner Frau und den Kindern vor: Ich sei Ninas Sohn. Nina, das sei seine erste Frau gewesen.

Selbstverständlich waren alle überrascht und peinlich berührt. Keiner sagte etwas mit Ausnahme der Frau, die für alle zu sprechen schien, und das mit gepresster, heiserer Stimme: Sie habe einen Schilddrüsenknoten, nervlich bedingt, der auf die Luftröhre drücke, so erklärte sie. Komischerweise erinnerte sie mich an meine Mutter.

Meine Schwester war ein Mädchen von unerhörten Umfängen. Sie setzte sich, und der Sessel schien überfüllt. Mich fixierte sie misstrauisch lauernd, so als fürchtete sie, ich könnte ihr etwas wegnehmen.

Dafür war der Kleine umso aufgeschlossener. Ein älterer Bruder, vom Himmel gefallen, kam ihm sehr zupass. Als Erstes wollte er wissen, ob ich irgendwelche Griffe kannte; als ich verneinte, schien er enttäuscht. Vermutlich hätte das Vorhandensein eines großen Bruders mit Judokenntnissen ihm das Leben in seiner Jungswelt deutlich erleichtert.

Das also waren meine Geschwister. Ich empfand nichts für sie – woher auch.

Das Brüderchen schleppte mich in sein Zimmer und führte mir sogleich all seine Reichtümer vor: Schiffsmodelle, Bleisoldaten, eine Pappfestung. Über seine Schwester gab er kund, dass sie nicht mehr zur Schule gehe, weil sie dort gehänselt werde, keiner wolle in der Klasse und im Speiseraum neben ihr sitzen. Sie hockte also den ganzen Tag zu Hause, hatte keine Freundinnen, geschweige einen Freund.

Seltsam, so plötzlich in ein ganz fremdes Leben gezogen zu werden.

Kurzzeitig mit dem Mädchen allein, wusste ich nicht, worüber reden. Also fragte ich sie nach ihren Lieblingsbüchern. Sie damit zu kränken lag mir fern, doch sie erklärte unversehens in beleidigtem Ton: »Eine Frau weiß, wenn sie angesehen wird, dass die Leute keinen Unterschied machen zwischen ihrem Äußeren und der Person, die dahintersteckt.«

Ich war froh, als zum Mittagessen gerufen wurde.

Bei Tisch wurde weiter geschwiegen. Einzig die Frau mit ihrer kaputten Stimme fragte mich nach meinen Zukunftsplänen.

Als das arme Mädchen den Deckel von der Terrine hob, um sich noch Suppe zu nehmen, wurde ihr vom Vater beschieden: »Du hast bestimmt schon genug.«

Flammende Röte schoss ihr ins Gesicht, Tränen flossen, sie sprang auf und floh tapsig in ihr Zimmer.

Schwer seufzend knüllte der Vater seine Serviette und ging hinterher, kam unverrichteter Dinge wieder. Sie hatte die Tür hinter sich versperrt.

So starrten alle auf ihre Teller und beendeten schweigend das Mahl. Was tue ich hier?, fragte ich mich. Es hat doch alles auf der Welt seinen Sinn – welchen hat das hier? Ich kam nicht dahinter. Hätte ich ahnen können, dass die Begegnung mit meinem Vater so verlaufen würde?

Ich saß noch eine Weile beim Bruder, half ihm beim Lösen von Rechenaufgaben, in denen es um Züge und Fußgänger ging, wunderte mich, wie begriffsstutzig er für sein Alter war. Seine Schwester schaute kurz herein und pfefferte einen Schal auf das Bett, der im Flur auf dem Fußboden gelegen hatte.

Er schnitt ihr eine Grimasse hinterher und posaunte in leierndem Tonfall: »Dicke, fette Kuh macht Muh!«

Ich legte ihm meine Hand in den Nacken.

»Es gehört sich nicht, so über sie zu reden.«

Er zog ein verächtliches Gesicht.

»Ich kann über meine Schwester reden, was ich will.«

Meine Hand an seinem Hals wurde zur eisernen Klammer. Sein Gesicht verriet, dass es wehtat.

»Das ist *meine* Schwester, und ich rate Dir, nicht noch einmal so über sie zu reden. Kapiert?«

Er quäkte sich ein Ja ab, und ich ließ ihn los. Seinem Blick ließ sich ansehen, dass es ihm inzwischen missfiel, einen großen Bruder zu haben.

Am Abend war ich endlich mit meinem Vater allein. Er schlürfte die ganze Zeit aus einer großen Tasse Tee. Nierensteine, wie er sagte.

Ich fragte, was er beruflich mache. Ich hatte einen Architekten zum Vater, stellte sich heraus. Nicht einmal das hatte ich gewusst.

Was er gerade projektiere, wollte ich wissen.

»Den Turm zu Babel!«, bekam ich zur Antwort.

Dann bequemte er sich hinzuzufügen, man habe ihn mit einem neuen Gefängnis beauftragt.

Die Beine übereinandergeschlagen, die Hände auf den Knien gefaltet, mit krummem Rücken und hängenden Schultern saß er vor mir. Ganz wie ich es immer tat. Überhaupt fielen mir nun immer mehr Ähnlichkeiten ins Auge. Meine Satzmelodie, Gesten, Gebärden und Grimassen, alles meinte ich bei ihm wiederzufinden. Auch die Nase war die gleiche, der Mund, der Augenschnitt.

Ich fragte ihn, ob er sich an meine Geburt erinnere. Er wurde lebhaft und erzählte von seinen Eindrücken, als er mich zum ersten Mal sah. Nach der Geburt habe mein Gesicht ausgesehen wie ein ägyptisches Relief, doch schon am nächsten Tag seien Nase und Lippen hervorgetreten und die Augen in die Höhlen gewandert. Von der Neugeborenengelbsucht habe ich wie eine Mohrrübe ausgesehen. Und die langen Fingernägel, mit denen ich auf die Welt gekommen war, hatten ihn beeindruckt.

Ob er sich erinnern könne, wie wir Mama am Bahnhof abholen waren und er mich auf seine Schultern setzte, damit ich sie ausfindig machte? Er nickte unsicher.

Dann fragte er nach Mama und ihrem Blinden, nach meinen Studienplänen. Aber ich sah, dass ihn das alles nicht sonderlich interessierte. Mich ebenso wenig. Wir gähnten einander an. Die schlaflose Nacht im Zug machte sich bemerkbar.

Ich bekam ein Bett auf dem Sofa in seinem Arbeitszimmer bereitet, unter dem Bücherregal.

Die ganze Zeit hatte ich darauf gewartet, dass er mir etwas von Belang sagen würde. Am Ende hieß es nur: »Gute Nacht! Morgen haben wir ja noch genug Zeit zum Reden.«

Er hatte etwas Erbärmliches.

Vor dem Einschlafen zog ich aufs Geratewohl ein Buch aus dem Regal über mir und blätterte. Es war eine altertümliche Abhandlung über Baugesteine. Ich lernte, dass »Sarkophag« der Name einer Steinart war, die einst in der Troas gebrochen wurde und die Eigenschaft besaß, Leichname vollständig verwesen zu lassen, selbst die Knochen. Darum wurde er für Särge verwendet. Ein Fleischfresser also. Dass ein Stein einen Menschen aufsaugen kann, ist eine seltsame Vorstellung.

Ich erwachte früh am Morgen, als es noch dunkel war und alle schliefen. Ohne mich zu verabschieden, ging ich zum Bahnhof und fuhr mit dem ersten Zug zurück.

Mama hatte ich vor meiner Reise beschwindelt und gesagt, ich würde bei einem Freund übernachten. Hinterher nun, als wir zu zweit beim Tee saßen, gestand ich ihr, beim Vater gewesen zu sein.

Sie schwieg lange, rührte nur klingelnd ihren Tee.

Dann sagte sie: »Wozu das? Er ist gar nicht dein Vater.«

Ich war verdutzt.

Und Mama erzählte mir, dieser Architekt sei damals ein paar Jahre hinter ihr her gewesen, doch sie habe ihn nie geliebt.

»Er hat mich ins Konzert eingeladen. Ich gehe mit ihm den Mittelgang entlang, alles schaut auf uns ... Ich wäre vor Scham am liebsten im Boden versunken, so zerknittert und ungepflegt sah er aus, roch nach billiger Seife.«

Er machte ihr einen Heiratsantrag, sie lehnte ab. Doch als sie mit mir schwanger war, fiel er ihr wieder ein, und sie kam auf sein Ansinnen zurück. Bei der Hochzeit habe sie den Bauch eingezogen, erzählte sie, aber es hätte wohl auch so keiner gemerkt.

»Dann hast du ihn also nur ausgenutzt?«, stammelte ich.

»Ja. Kann sein, dass das niederträchtig von mir war. Aber für dich war ich zu allem bereit. Das Kind braucht einen Vater!, hab ich mir gesagt. Und dass es mir vielleicht ja noch gelingen würde, ihn lieb zu gewinnen. Aber daraus wurde nichts. Es muss sein!, hab ich mir noch eingeredet, als ich schon merkte, dass es so nicht weiterging. Wenigstens dankbar wollte ich ihm sein, dabei hat jede seiner Berührungen Übelkeit in mir ausgelöst. Es war kein Familienleben, es war eine Tortur. Und irgendwann bin ich explodiert. Er hatte damals gerade eine schwierige Zeit – eine seiner Brücken war eingestürzt. Und dann kam auch noch ich und beichtete.«

Es dauerte eine Weile, bis ich in der Lage war zu fragen: »Und wer ist dann mein Vater?«

Sie holte die vor dem Stiefvater verheimlichten Zigaretten aus dem Versteck und rauchte zum Fenster hinaus. Ich wartete.

»Was spielt das für eine Rolle?«, sagte sie schließlich. »Wahrscheinlich hat es gar keinen Vater gegeben. Du bist in meinem Bauch entstanden, als ich ganz allein war. Und hattest nur mich. Sieh es als unbefleckte Empfängnis.«

Sie lächelte bitter.

Von da an verlor sie kein Wort mehr darüber.

Nun weißt Du auch das, meine liebe Saschenka.

Das Lustige ist, dass ich damals darüber schreiben wollte. Eine ernsthafte Erzählung, wenn nicht gar einen Roman. Junge sucht Vater und wird am Ende fündig. Dass die Geschichte sehr zum Lachen war, konnte ich damals nicht erkennen. Ich wollte Schriftsteller werden, mein Gott! Ein Schriftsteller ist ein Niemand.

Mein früheres Ich, Saschka, es kommt mir jetzt lächerlich und abstoßend vor. Ich habe es getilgt. Trotz der Jahre, die ich schon auf dem Buckel habe, weiß ich immer noch nichts über mich. Wer bin ich? Was will ich? Ein Niemand bin ich! Hab noch nichts im Leben zustande gebracht! Mag sein, es ließen sich jede Menge Rechtfertigungen dafür finden, aber ich will gar nicht erst welche suchen. Ich beginne wieder bei null. Und ich weiß, ich spüre es, dass in mir ein anderer heranwächst, und diesmal der Richtige. Stark und willens genug, etwas Wichtiges zu leisten! Wenn ich zurück bin, werde ich keine Minute mehr vergeuden. Alles wird anders. Da ist so viel, was ich zu schaffen imstande bin! Und selbst in den Himmel gucken werde ich mit anderen Augen.

Aber wozu denn das, wirst Du beim Lesen dieser törichten Zeilen gedacht haben, man kann doch sehr gut einfach so in den Himmel gucken.

Nein, liebste Saschenka, es ist nicht dasselbe!

Mir ist hier eine Idee gekommen. Du wirst vielleicht darüber lachen, tus bitte nicht, Liebes!

Wenn ich zurück bin, will ich vielleicht Lehrer werden.

Vermutlich fällt Dir dazu die Geschichte ein, wie die alten Griechen zu ihren Schulmeistern kamen: »Fertig ist der Pädagoge!«, soll der Herr gesagt haben, wenn ein Sklave sich den Arm oder das Bein gebrochen hatte und zu keinerlei Arbeit mehr verwendungsfähig war.

Ich bin mir nicht sicher, was aus mir für ein Lehrer würde. Doch mir scheint, das wäre etwas für mich. Zumindest könnte ich es probieren.

Ja, eigentlich denke ich ein guter Lehrer sein zu können. Ich könnte zum Beispiel Literatur unterrichten, warum nicht? Oder was meinst Du?

Überhaupt kommen mir hier Gedanken, die früher ganz abwegig waren. Zum Beispiel möchte ich, dass wir ein Kind haben. Da staunst Du, was?

Ich staune selbst. Am liebsten hätte ich einen Jungen.

In meiner Vorstellung ist er schon recht groß. Mit kleinen Kindern habe ich keine Erfahrung und wohl ein bisschen Bammel davor.

Zum Beispiel stelle ich mir vor, wie ich mit ihm Schach spiele. Um ihn zu ködern, biete ich an, ohne Dame zu spielen.

Von Zeit zu Zeit werde ich seine Größe markieren, indem ich ihm ein Buch auf den Kopf lege.

Wir werden zusammen zeichnen, basteln. Ich zeige ihm, wie man aus einer Akazienschote eine Pfeife baut.

Ich stelle mir vor, ihm das Fahrradfahren beizubringen. Er strampelt und schlingert durch die Gegend, ich renne ihm nach und halte den Sattel. Aber dazu muss er schon ein bisschen größer sein.

Das alles haben wir noch vor uns, meine liebe Saschka, verlass Dich drauf!

Und dann stelle ich mir noch vor, Du bist verreist, wir warten sehnlichst auf Dich und holen Dich vom Bahnhof ab. Da ist viel Betrieb. Ich setze den Jungen auf meine Schultern und sage, er solle schön aufpassen, nicht dass wir Dich noch übersehen. Er sieht Dich und brüllt: »Mama. Mama, hier sind wir!«

*G*estern hatte ich Nachtdienst.

Ich schaute in der Kinderabteilung vorbei, wo gerade der Gute-Nacht-Diafilm an die Wand geworfen wurde, das Märchen vom kleinen Däumling. Der den hungrigen Vögeln Brosamen hinstreut, so als wüsste er von Beginn an, wohin man ihn mit seinen Brüdern und Schwestern bringt und dass er das Brot sowieso nicht mehr gebrauchen kann.

Dann ging ich zu Sonja hinein.

Da lag sie wie immer, mit der Eichel in der kleinen Faust. Sie will und will nicht sterben. Obwohl man nichts mehr für sie tun kann.

Ich strich ihr über den dünnen Arm.

Zog die Grillenuhr auf.

Draußen rieselte der Schnee. Flockig, betulich und stumm.

Ich streckte mich auf dem Rand des Bettes aus, legte den Arm um sie, zog sie an mich. Und raunte ihr etwas ins Ohr.

»Sonetschka, pass mal auf«, flüsterte ich. »Ich muss dir was Wichtiges sagen. Hör gut zu und versuch es zu verstehen. Ich weiß, du kannst mich hören. In einem Buch hab ich gelesen, dass es mit dem Tod ist wie beim Spielen als Kind: Du tollst unten auf dem Hof im Schnee rum, bis die Mutter aus dem Fenster guckt und dich nach oben ruft. Genug getobt jetzt, ab nach Hause! Du hast dich reichlich in den Schneemassen rumgesielt und bist nass, die Stiefel sind voller Schnee. Du würdest gerne weiterspielen, am liebsten noch ganz, ganz lange, aber die Zeit ist um. Diskutieren zwecklos! ... Du bist ein Dickköpfchen, das gefällt mir. Liegst hier als ein Häufchen Unglück und klammerst dich trotzdem am Leben fest. Möchtest nicht fortgehen. Tapferes Mädchen, du! So klein und so tapfer. Aber du musst verstehen, das mit dem Leben klappt auch nicht mehr. Dir kann das vielleicht egal sein, aber für deine Eltern ist es eine große Qual. Sie haben dich doch so lieb! Und man hat ihnen gesagt, dass keine Hoffnung mehr besteht. Die Ärzte, die dich behandelt haben und dir gerne geholfen hätten, können nichts mehr tun. Nimms ihnen nicht krumm! Vielleicht haben auch sie ihre Schwächen und Wissenslücken, aber in dem Fach, da kennen sie sich aus. Du denkst vielleicht: Erwachsene Leute, sonst wie klug, sonst wie stark, die müssten doch was ausrichten können. Aber nein, sie können nichts tun. Glaub mir, wenn du deinen Körper sehen könntest, dann wüsstest du gleich: Den kannst du vergessen. Der wird dir nie und nimmer mehr gehorchen. Und darum, weißt du, wärs das Beste, wenn du deinen Körper loslassen könntest. Damit würdest du deinen Eltern was Gutes tun – und du hast sie doch genauso lieb, nicht wahr? Sie haben sich genug gequält. Solange noch ein Fünkchen Hoffnung besteht, lässt sich vieles aushalten. Aber wenn nicht, dann tut es nur noch sehr, sehr weh. Dein Tod täte ihnen gut, musst du wissen. Ich weiß, dass das schwer einzusehen ist, aber versuch es mal, kleines Strichmännchen! Du müsstest deinen Körper mal sehen, er ist zu gar nichts mehr nütze. Kann nicht mehr tanzen. Keine einzige Position bringt er mehr zustande! Kann nicht mehr laufen, nicht mehr springen, nicht mehr zeichnen, nicht mehr nach draußen spielen gehen. Wenn er bald stürbe, das wäre toll. Das Leben ist eine großzügige Gabe, weißt du. Alles daran ist verschwenderisch. Und auch dein Tod wäre ein Geschenk. Ein Geschenk für die Menschen, die dich lieben. Wenn du stirbst, tust du es für sie. Das ist nämlich für die Menschen ein wichtiger Moment, wenn ihre Liebsten aus dem Leben gehen. Er ist genauso eine Gabe. Nur wer das einsieht, hat wirklich Ahnung vom Leben. Der Tod von Menschen, die man liebt und die man mag, wird einem geschenkt, damit man begreift, wozu man auf der Welt ist. Und stell dir mal vor: Du ahnungsloses kleines Mädchen – noch zu klein, um zu wissen, warum eine Lampe brennt, geschweige denn, wie ein Fresnelspiegel oder so was funktioniert –, dir passiert jetzt das! Du erfährst, was kein Erwachsener auf der Welt weiß, nicht mal der Allerschlauste, und du darfst es schon wissen … Wenn du willst, nehme ich deine Eichel an mich und grabe sie kommenden Frühling in die Erde. Dann wächst aus ihr ein Bäumchen. Was weiß eine Eichel, wenn sie ihr Eichelleben aushaucht, von einem Eichenbaum? Ein Körper ist ein Körper und weiter nichts. Ballettschuhe werden doch auch einmal zu klein, nicht wahr? Du wächst aus ihnen heraus! … Vor allem darfst du keine Angst haben, plötzlich allein zu sein. Weißt du noch, du hast mal ein Bild gezeichnet, da zog sich von allen Menschen und allen Dingen ein Faden hin zum selben Punkt. So ist die Welt eingerichtet. Am Anfang waren wir alle eins und ein Ganzes. Dann zerstreute sich das, doch an jedem hängt dieser Faden dran, an dem werden wir wieder eingeholt. Sodass die ganze Welt sich wieder in diesem Punkt zusammenfindet. Jeder kehrt dahin zurück: erst du, dann Donka, dann Papa und Mama – wer zuerst, ist nicht so wichtig. Dort werden wir wieder vereint sein. Selbst Gleise, die ewig nebeneinander herlaufen, treffen sich am Ende in diesem Punkt. Und sowieso fahren alle Straßenbahnen dorthin. Und der Drachen, den ihr, Papa und du, habt steigen lassen, der wollte auch in die Richtung, nur dass er sich leider in den Drähten verfing. Er hängt immer noch da, stell dir vor, hat mir erst heute Morgen wieder gewunken, wie ich zur Arbeit ging … Jetzt ist es wirklich spät geworden. Draußen schneit es. Alles still, alles schläft, müde vom Tag. Mein liebes Mädchen! Dein Körper kann gar nichts mehr, aber du, du kannst alles, was du willst! Kringle dich ein!«

Saschka, Du meine Buntäugige!

Heute habe ich von Dir geträumt!

Und ich weiß nicht mehr, was, stell Dir vor – nur noch, dass wir irgendwohin unterwegs waren. Dann gingst Du verloren, ich rannte los, Dich zu suchen, aber mit dem Rennen war es nicht so einfach, jede Bewegung war schwierig, als ginge mir das Wasser bis zur Brust. Warum man Träume bloß immer gleich wieder vergisst? Na egal. Hauptsache, Du warst in meinem Traum, wir waren zusammen.

Vielleicht träumte Dir ja währenddessen von mir? Das wäre doch was: Mein Traum trifft irgendwo Deinen Traum, sie umarmen einander, küssen sich und kuscheln…

Mein liebes, geliebtes Mädchen!

Übermorgen wird Tientsin gestürmt. Jedenfalls ist davon die Rede. Alle rechnen damit, keiner weiß etwas Genaues. Die Vorbereitungen für den Marsch auf Peking gehen weiter. Aber auch da heißt es, erst müsse noch die Regenzeit vorübergehen – Regen, schön wärs! –, und dass man vorher wohl kaum ausrücken werde. Gerüchte, nichts als Gerüchte. Unsere Hauptnahrung!

Ich bin gesund und munter, wenn auch sehr abgemagert, die Klamotten hängen an mir wie an einer Vogelscheuche. Seit Tagen rumort es wieder einmal im Magen. Ich war beim Arzt, aber Zaremba hat bloß gemeint, ich solle erst mal nichts essen. Läuse habe ich mir noch keine eingefangen. Wie die meisten hier wasche und rasiere ich mich eher selten, war schon ganz zugewachsen. Heute musste das Rasieren endlich einmal sein. Ich setzte mich auf eine Munitionskiste und schabte mir den Fünftagebart aus dem Gesicht. Anstelle des Pinsels musste ein Fetzen Verbandszeug herhalten. Den kleinen Rasierspiegel vermisse ich sehr, er ist mir zerbrochen; Kirill lieh mir seinen. Man zögert das Rasieren gerne hinaus, doch ab und zu ist es dran, sonst verwildert man gänzlich.

Als ich dabei in den Spiegel schaute, sah ich mich plötzlich mit offenem Mund. Will heißen: als toter Mann, verstehst Du? In letzter Zeit sehe ich alle und jeden vor mir, wie er als Toter aussehen wird – mich eingeschlossen.

Freilich suche ich den Gedanken nach Möglichkeit zu verscheuchen.

Lucie wurde heute mit einem Trupp Verwundeter nach Tangku eingeschifft. Mit einer Barkasse den Peiho hinunter. Die Freude in den Augen derer, die Tienstin den Rücken kehren durften, den Kugeln und Granaten, dem Operationstisch und den Qualen davor und danach entkommen konnten – sie war unübersehbar. Und ebenso der Neid bei den Verbliebenen!

Als Lucie von unseren Leuten Abschied nahm, hat sie geweint und dabei die ganze Zeit die Hand vor das Muttermal am Hals gehalten. Oberst Stankewitsch, unser neuer Kommandeur – von ihm hab ich Dir noch nicht erzählt, kommt noch! –, hat Kirill erlaubt, sie zur Anlegestelle zu bringen, er ist noch unterwegs, müsste eigentlich längst zurück sein. Hoffentlich ist ihm nichts passiert.

Das Glück dieser beiden macht mich sehr froh. Sie haben einander gesucht und gefunden – ausgerechnet hier, ausgerechnet jetzt! Kirill hat mir anvertraut, dass sie heiraten wollen. Lucie wird in Tangku auf ihn warten.

Richtig verstehen kann ich es allerdings nicht, was Glasenap an ihr findet. Sie ist ein liebes Geschöpf, kann ihm aber geistig nicht das Wasser reichen. Und ist viel älter als er. Aber das spielt keine Rolle. Wie heißt es doch bei Ovid so schön? Der kleinste Teil ist von dem Weibe sie selbst, was die Männer besticht.

Eben ist Kirill zurückgekehrt. Ließ sich aufs Bett fallen, drehte den Kopf zur Wand. Nach einer Weile des Schweigens fiel der Satz: »Jetzt habe ich einen dringenden Grund, lebend hier rauszukommen.«

Da, wo der Tod ist, Saschenka, da, wohin man Menschen schickt, um zu töten, da ist auch immer viel Lüge. Falls Du wissen willst, was ich inzwischen von alledem halte: Ich denke, dass es im Grunde egal ist, ob man siegt oder besiegt wird. Der einzige Sieg, den man im Krieg erringen kann, ist es zu überleben.

Doch abgesehen von dem Geschwätz, da kämpfe das Gute gegen das Böse, von den schönen, falschen Worten über die Unsterblichkeit liegt in all dem doch eine große Wahrheit, das spüre ich. Sie zu erfahren bin ich überhaupt hier, scheint mir.

Hier werden die Menschen roh, vulgär – und dann doch auch wieder weicher, als sie gewesen sind. In ihnen geht etwas auf, was zuvor verborgen war. Selbst jene Soldaten, die ich habe zum Tier werden sehen, fangen irgendwann an, zärtliche Liebesbriefe nach Hause zu schreiben. Wo sie gewiss oft genug gesoffen und ihre Frau verprügelt haben, aber jetzt schreiben sie ihr: Ich küsse und ich drücke Dich sehr und verbleibe Dein Dich liebender Petja. Hat es sich nicht schon deswegen gelohnt, die Leute hierherzuschicken?

Und ich? Hätte ich ohne diese Erfahrung begriffen, dass man sich im Leben durch die komplizierten Wahrheiten kämpfen muss, um zu den einfachen vorzudringen? Den einzelligen, sozusagen?

Das Böse hat uns hier am Kragen, jawohl, es herrscht Grausamkeit, harte, sinnlose Brutalität, doch umso verzweifelter hältst du dich an dem bisschen Menschlichkeit in dir und um dich her fest. Dieses Fünkchen gilt es zu bewahren. Richtig gute Freunde habe ich zum Beispiel früher nie gehabt. Hier aber ist einer, mit dem teilst du womöglich deine letzten Stunden und Tage, und was du an menschlicher Wärme hast, fließt in ihn wie in einen Trichter ein.

Kirill ist mir inzwischen wie ein Bruder. Je länger die Listen der Toten und Verwundeten werden, desto mehr wächst mir dieser unbeholfene Mensch mit seiner dicken Brille ans Herz. Der nicht ahnt, dass ich Dir gerade von ihm schreibe. Er hat die Brille abgenommen, um sich die Augen zu reiben. Der Anblick seiner kurzsichtigen Augen mit den geschwollenen Lidern hat etwas kindlich Hilfloses. Jetzt dreht er sich wieder zur Wand. Selbst zum Schlafen behält er die Brille auf.

Wir teilen dieselben Gedanken, dieselben Ängste – das verbindet! Dass man in einem fort denkt: einen Tag bitte noch, wo nichts Schlimmes passiert, nur einen Tag. Und noch einen! Und noch einen!

Wie er dasaß, auf seine Füße hinuntersah und seufzte: »Wäre doch schade, wenn die mir abgerissen würden – so hässlich sie sind!« – das hat sich eingeprägt.

An der einen Zehe hat er einen eingewachsenen Nagel. An dem könnte man ihn identifizieren, wenn kein Gesicht mehr da sein sollte, scherzte er.

Zum ersten Mal erlebe ich dieses erstaunliche Gefühl, worüber so viel dummes Zeug geredet wird: eine Freundschaft unter Männern. Dazu braucht es in Wirklichkeit nicht viel. Einfach zu wissen, er wird dich nicht im Stich lassen, und auch du wirst alles für ihn tun, was in deiner Macht steht. Sich zu freuen, das Wunder zu genießen, den anderen gesund und munter wiederzusehen.

Auch jetzt bin ich froh, dass Glasenap wieder da ist, heil und unversehrt. Er scheint zu schlafen. Die Nase vergraben in seinem chinesischen Teekissen. Ich höre ihn schnaufen und stammeln, er spricht im Schlaf. Sicher träumt er von seiner Geliebten. Der Glückliche! Nein, er schläft doch nicht, führt nur Selbstgespräche. Jetzt ist er aufgestanden und rausgegangen.

Die Zikaden in den Pappeln kreischen, dass einem die Ohren gellen.

Neulich hat Kirill erzählt, dass er als Kind mal Friseur gespielt und dem Kater den Schnurrbart abgeschnitten hat. Worauf das arme Tier dann immer gegen Stuhlbeine rannte und mit dem Maul den Fressnapf nicht traf.

Mein Verhältnis zu den Soldaten hat sich auch geändert. Je mehr von ihnen fallen, desto näher fühle ich mich ihnen. Gestern beim Abschreiben der Verlustlisten habe ich dieses Bataillon zum ersten Mal als meines und mich als Teil davon empfunden.

Es gab eine Zeit, da schien mir das Leben nur die Rüstzeit zum Tode zu sein. Du weißt, ich fühlte mich einmal als Noah, dem kundgetan ward, dass eine Sintflut naht und allem Leben auf Erden ein schnelles Ende bevorsteht. Er muss also eine Arche bauen, um sich in Sicherheit zu bringen. Und er führt zu der Zeit schon kein normales Leben mehr, läuft umher und kann an nichts anderes denken als an die Sintflut. Genauso bastelte ich damals an meiner Arche. Die aber nicht aus Bohlen, sondern aus Worten bestand. Und während alles ringsumher in den Tag hinein lebte und sich des Lebens freute, dachte ich immer nur an die unausweichliche Flut und an die Arche. Die anderen kamen mir bedauernswert vor, so wie ich wahrscheinlich ihnen.

Ich war der Meinung, dass alles Wesentliche aufgeschrieben gehörte – durch mich. Von allem Fleisch ein Paar! Ereignisse, Menschen, Gegenstände, Erinnerungen, Bilder, Töne. Kam ein Heuschreck gegen meinen Knöchel gesprungen, hing nur von mir ab, ob ich ihn mitnahm oder nicht. Etwas Ähnliches hatte ich als Kind empfunden, als ich die Blechbüchse unter dem Jasminstrauch vergrub. Aber diesmal konnte ich wirklich alles mitnehmen.

Noahs Werk ist die weise und überlegte Hinnahme des Todes.

Aber aus mir wird wohl kein rechter Noah.

Ach, Saschenka! Das ist alles großer Quatsch. Vergiss Noah! Meine Wortarche treibt davon, und ich bleibe. Nicht zum Tode wollen wir rüsten, sondern zum Leben! Ich bin fürs Leben noch nicht gerüstet, Saschka!

Ich, Noah, der Gerechte unter den Gerechten, Idiot hoch drei, war dem sonst wie Großen, Wesentlichen, Unerreichbaren auf der Spur und musste erst hier herkommen, um zu merken, dass ich Dich habe. Du bist das Große, das Wesentliche, das ich schon habe. Der Tod ist um mich, und ich spüre das Leben wie eine Lawine über mich kommen, mich mitreißen, hochheben, zu Dir tragen.

Nachts, wenn mich die Sehnsucht überkommt, sind wir, Du und ich, die Rettung für mich – denn das, was war, ist noch vorhanden, ist lebendig, wohnt in mir und in Dir, es ist der Stoff, aus dem wir bestehen.

Weißt Du noch, einmal im Winter kam ich direkt vom Friseur zu unserem Denkmal, mir stachelte es am Rücken und war ungewohnt kalt an den Ohren, abends fiel die Temperatur unter null, und wir wickelten uns beim Spazierengehen beide in Deinen Schal, so einen großmaschigen, flauschigen, ich sehe ihn noch vor mir. Als wir bei Dir anlangten, waren wir mächtig durchgefroren, zogen uns aus und krochen zähneklappernd ins Bett, wo Du meine eiskalten Hände zwischen Deine Schenkel nahmst, um sie zu wärmen.

Und weißt Du noch, wie wir auf der Datscha im Sommer Fahrrad fuhren, und Dein Rock geriet in die Speichen?

Lauter Splitterchen unseres gemeinsamen Lebens. Davon gibt es so viele, Saschenka! Und doch sind es viel zu wenige!

Als ich bei Dir zum ersten Mal über Nacht blieb, musste ich irgendwann aufs Klo, tappte durch das Dunkel und stieß mit den Knien gegen die Stühle, wovon Du erwachtest.

Und als mir ein Staubkorn ins Auge flog, lecktest Du es mit der Zungenspitze heraus.

Knabberst Du eigentlich immer noch an den Niednägeln herum, sag mal? Tu das nicht, Liebes, Du hast so schöne, zarte Finger!

Einmal spaziertest Du, tief in Gedanken, mit der Zahnbürste im Mundwinkel durch die Wohnung.

Und weißt Du noch, wie Du zu Besuch kamst, ich stellte den Kaffeekocher auf die Herdplatte und hatte vergessen, Wasser einzufüllen? Der Kocher war hinüber.

Ein andermal vergaßen wir den Teekessel, das Wasser verkochte und machte die Küche zum Dampfbad. Und dann beim Teetrinken schautest Du verdutzt in die Tasse und sagtest: »Ich hab Tee mit Zucker und Kronleuchter!«

Als Du nicht in Deine neuen Schuhe kamst, nahmst Du einen Esslöffel zu Hilfe.

Und Deine Strombus, weißt Du noch? Strombus strombidas, gerippt und gehörnt, immer voller Kippen! Gibt es die noch, was ist mit ihr? Wartet sie auf mich?

Liebste, so lange sind wir nun schon getrennt, und Du bist mir gegenwärtig, als wären nur ein paar Tage vergangen.

Ich schließe die Augen und sehe Dich sitzen, wie Du damals auf dem Bett saßest in meinem Unterhemd, Arme um die Knie, das Kinn darauf gelegt; eben aus dem Bad gekommen, das Handtuch wie einen Turban ums frisch gewaschene Haar geschlungen. Vor meiner Nase – Dein Fuß mit dem aufgekratzten Mückenstich am Knöchel. Diesen küsse ich und auch den anderen.

Auch muss ich dringend einmal wieder Deinen Puls am Hals fühlen – wie damals. Gefällt mir sehr, dass man ihn gerade dort fühlen kann. Diese fahrigen Sprünge unter der dünnen Haut.

Sehe ich erst Deine rauen Lippen vor mir, werde ich sie küssen ohne Ende. Ihre Farbe ändert sich zu den Rändern hin. In der Mitte eine zarte Kruste.

Ach, eine solche Liebe wird über mich kommen: zu Deinem Mund, den Knöcheln, zu Dir, von Kopf bis Fuß! Nachts im Dunkeln flüstere ich Dir zärtliche Worte, küsse und liebkose Dich, in Liebe entbrannt.

Du bist mein, ich gebe Dich nicht her!

Und wie rasend die Lust auf Dich, wie sehr ich Deinen Leib begehre!

Ich lebe ja doch, Saschka!

*E*in Straßenbahnmorgen. Wie so viele!

Draußen ist es noch dunkel, doch hier drinnen in der Bahn haben die Leute vom Licht der Deckenfunzeln blaue Gesichter, sehen aus wie Wasserleichen.

Manche machen noch ein Nickerchen, andere sich die Augen an der Zeitung schmutzig.

Auf der ersten Seite ist Krieg, auf der letzten das Kreuzworträtsel.

Aus der Hauptstadt wird gemeldet, dass man den Lesesaal der öffentlichen Bibliothek mit den grünen Wasserflecken an der Decke nicht mehr benutzen kann, denn da gehen die Obdachlosen hin, stecken die Nase in einen Zeitschriftenband und pennen, und sie stinken fürchterlich.

Aus Gallien schreiben sie, dass abends, im Strahlengewirr der untergehenden Sonne, dem Kopfsteinpflaster eine zartrosa Haut wächst.

Aus Jerusalem schreiben sie auch.

Neues aus der Wissenschaft: Berechnungen zufolge haben sich die meisten Menschen in den vergangenen fünf Jahrtausenden nicht aus freien Stücken einander angenähert, sondern in der Art von Bäumen, die sich weder ihre Nachbarn noch ihre Bestäuber selbst aussuchen, Äste und Wurzeln einfach infolge ihres Wachstums miteinander verflechten.

Außerdem spielt die Zeit verrückt, das haben Experimente bewiesen. Die Reihenfolge, in der die Ereignisse sich abspielen, ist beliebig, genauso das handelnde Personal. Man kann in der Küche sitzen und auf einem Kamm mit Zigarettenpapier blasen und zur selben Zeit in einer ganz anderen Küche einen Brief lesen von jemandem, den es gar nicht mehr gibt. Oder du sitzt beim Zahnarzt, der dir mit einer Nadel im Wurzelkanal herumstochert, um den Nerv zu ziehen, und acht Jahrhunderte weiter schaukeln die Fransen einer Tischdecke im Wind. Wie überhaupt schon unsere Urahnen herausfanden, dass die Vergangenheit mit den Jahren immer näher rückt, statt sich zu entfernen. Und die Uhren können zirpen wie die Grillen, anzeigen, was sie wollen – jeder weiß, es ist zehn vor zwei, das ist seit Langem bekannt.

Infolge barbarischer Fängerei gibt es in den Alpen fast keine Schmetterlinge mehr.

Tee, gedreht ins Käseblatt, raucht man, wenn man sonst nichts hat.

Aufklarung gegen Abend im Bereich des Möglichen.

Vermischtes. Sie ging vor sich hin, nicht ahnend, dass das Leben noch kürzer als ein Rock ist.

Leserbriefe. Was kann schöner sein, als wenn sie mit dem Abendbrot auf dich warten!

Ein Schneemann grämt sich: Warum haben alle Mitleid mit der Titanic, keiner mit dem Eisberg?

Suche Briefmarke mit Taubenzüchter, der in Erwartung seiner Brieftauben anstatt nach oben in einen Kübel mit Wasser schaut, weil man so den Himmel besser sieht.

SIE, einsam, aber nicht blöd, seit Längerem kastanienbraun, frei von Lastern ... na gut, manchmal rauche ich. Mir selbst Schwester genug, Sternzeichen: Senfkorn, nach dem Druidenhoroskop. Größe: passe in deine Achselhöhle. Umfang: keiner. Augen: wie die Teiche von Heschbon am Tor Bat-

Rabbim. Materielle Absicherung: vorhanden, denke ich mal. Früher habe ich in dem Krankenhaus hinter der hohen Ziegelmauer gearbeitet, bespickt mit Glasscherben, an denen der Wind hängen bleiben soll. Da hatten die Kinder Angst vor den Spritzen, nicht vorm Krebs, und tatsächlich musste man lange suchen, um an den zerstochenen Ärmchen noch eine passende Stelle zu finden.

Jetzt gebiete ich über Leben. Bote und Botschaft.

Setze das Komma in dem Satz: Ich begnadige nicht hinrichten.

Zum Ausschaben nehme ich eine Schlinge. In der Schale liegen ein Ärmchen, ein Beinchen, ich schaue nach, was noch fehlt – bis ich alles draußen habe.

Abends komme ich müde heim, und ein Heim ist das auch nicht.

Nachts wälze ich mich auf dem alten Diwan, der knarrt etwas auf Altdiwanesisch, mit vielen Zischlauten. In der Küche kann der Hahn das Wasser nicht halten. Das neu gekaufte Kissen missfällt mir, es riecht nach Huhn. Außerdem dringen die Schreie der Nacht zum Oberlicht herein, sonderbare Schreie, wie aus einer anderen Welt. Das kommt, weil ich neuerdings neben dem Zoo wohne. Bis ich das nächste Mal dort spazieren gehe, ist wieder Winter, und die Käfige sind leer.

Einmal war ich dort, da lag der erste Schnee. Noch nicht viel, nur ein paar Krümel. Der Teich war schon abgepumpt, am Grund lag alles voll Müll.

Ich ging ins Affenhaus, wo es warm war und stank. Ich sah den Affen zu, wie sie sich die Hände und das Fell mit Urin einrieben, womit sie bestimmt etwas sagen wollen.

Dann schloss ich mich einer Schulklasse an, wir wurden ans andere Ende des Zoos geführt, wo es bloß Hühner gab, stinknormale Haushühner, es roch wie mein Kissen. Hier nun bekamen wir erzählt, dass ein Huhn die Eier beim Brüten beständig wendet. Das tut es, möchte man meinen, damit die Leben spendende mütterliche Wärme auch ja jedes Zipfelchen des Jungen erreicht, denn nur so, mit viel Ausdauer und Sorge, schlüpfen einmal gesunde Kinder. In Wirklichkeit geht die Mutterliebe aber durchaus nicht so weit, nein, in Wirklichkeit passiert das Folgende: Die Bauchwärme der getretenen Henne nimmt zu und wird als lästig empfunden; auf der Suche nach Abkühlung setzt die Henne sich auf die kühlen Eier, die sie aber nach kurzer Zeit durch ihre Körperwärme aufgeheizt hat, weshalb sie die untere, kühlere Seite nach oben dreht. Das wiederholt sie genügende Male, bis die Jungen so weit sind, dass sie sich durch die Schale picken, und dann staunt das Huhn, wenn es eine Riege Küken vor sich hat. Auf diese Weise, liebe Kinder, hat die Natur an alles gedacht.

Von den Hühnern kommend, sah ich die Elefantenkuh. Einsam und verloren stand sie in der frühen Dezemberdämmerung im Freien und fror, während man ihr Unheim reinigte. Schaukelte, von einem Bein aufs andere tretend, schauderte. Aus dem Rüssel stieg Dampf.

Auf einmal fühlte ich mich als Winterelefantin. Stand da und schaukelte mit. Wie bin ich hierher geraten? Warum ist es so kalt? Was tue ich hier? Ich muss nach Hause! Ich will es warm!

Mama hatte sich, als Vater weg war, gegen die Einsamkeit eine Katze angeschafft, die zuverlässig jedes Jahr ihre Jungen bekam, Mama gab sie kostenlos an Händler auf dem Geflügelmarkt weiter, um sie nicht ersäufen zu müssen. Sie hatte in den letzten Jahren ziemlich abgebaut; immer wenn ich sie besuchte, ging es um nichts anderes als um die Katzenmutter und die Kleinen: Sie wollte, dass ich eins nehme, ich wollte nicht. Diesmal, nach der Elefantin, nahm ich eins. Jetzt, wo ich so nahe am Zoo wohne, dachte ich mir, kann ich auch eine Filiale aufmachen.

Ich konnte mich lange nicht entscheiden und nahm schließlich das, das sich am schnellsten mit mir angefreundet hatte. Wir tauften es Knöpfchen, seiner Nase wegen.

Unterwegs wollte es immerzu unter der Jacke hervorkriechen, ich blies ihm ins Gesicht, es rümpfte das Näschen und trat den Rückzug an.

Knöpfchen spielte den ganzen Tag, ihm zuzusehen war herrlich. Als es sich zum ersten Mal im Spiegel erblickte, sträubten sich die Nackenhaare, mit gespreizten Krallen warf es sich auf sein Spiegelbild. Schlug sich ein paarmal die Nase platt, ehe es sein Interesse für den Spiegel ein für alle Mal verlor. Dafür konnte es stundenlang einer Schnur hinterherjagen. Ansonsten tobte es, wenn es nicht gerade schlief, wie ein geölter Blitz durchs Zimmer: vom Bett auf den Sessel, von da an die Gardinen, von da auf den Schrank, von da auf den Diwan und so immerfort im Kreis, bis irgendetwas dabei umfiel. Dann floh es unter den Diwan, und man musste es von dort hervorlocken, am besten mit einem hüpfenden Stück Papier.

Mein Vorhaben, Knöpfchen an die Benutzung des Toilettenbeckens zu gewöhnen, endete damit, dass es hineinfiel und von da an panische Angst vor Wasser hatte.

In die Kiste mit Sand wollte es auch nicht gehen, aber dafür gefiel es ihm im Pappkarton mit raschelnden Zeitungsschnipseln.

Knöpfchen verhielt sich so ungeniert, wie es einem Kind der Natur zusteht. Konnte sich, während ich aß, auf dem Tisch vor mich hinkringeln und, ein Hinterbein in die Luft gestreckt, ausgiebig das rosa Anuslöchlein lecken. Komisch, dass die alten Ägypter mein Knöpfchen zur Gottheit erhoben.

Meinen Sessel hatte es schon ordentlich zerkratzt, als ich endlich auf die Idee kam, ihm einen fetten Holzkloben ins Zimmer zu schleppen. Ich konnte mir schwer vorstellen, dass mein Knöpfchen ein Raubtier war, das seine Krallen einmal in jemanden schlagen würde.

Unmerklich wuchs Knöpfchen heran und wurde zur Knöpfin.

Irgendwo hatte ich wen sagen hören, den Katzen sei es egal, ob Herrchen oder Frauchen zu Hause ist oder nicht. Das ist Unsinn! Knöpfchen freute sich jedes Mal, wenn ich kam. Sah mich, stand auf und machte einen Buckel, streckte sich wonniglich und kam, um zu schmusen. Und wenn ich mir nach dem Duschen den warmen, flauschigen Bademantel angezogen und das Gesicht eingecremt hatte, machte ich es mir mit einem Buch im Bett bequem und packte die Katze als Wärmflasche an meine Füße. Beim Lesen kraulte ich sie mit den Zehen, sie schnurrte behaglich.

Schrecklich wurde es erst, als sie rollig wurde. Das arme Tier rieb sich an den Möbeln, wälzte sich oder robbte bäuchlings auf dem Fußboden herum, schrie dabei inbrünstig. Mama meinte, ich solle sie schleunigst zum Tierarzt bringen und sterilisieren lassen, aber das tat mir leid.

Unglückliche Katze! Ich wollte sie trösten und nett zu ihr sein, doch einmal Streicheln genügte, und sie signalisierte Paarungsbereitschaft. Ständig versuchte sie nach draußen zu entwischen, doch ich musste sie unter Verschluss halten.

Der Anblick ihrer Qualen und das herzzerreißende Geschrei bereiteten mir schlaflose Nächte. Und sowieso war es im Bett eiskalt. Ich lag mit offenen Augen im Mondlicht und dachte darüber nach, dass meine Katze Bestandteil eines gigantischen Getriebes war: Da spielten der Mond und der Frühling hinein, Ebbe und Flut, Tag und Nacht, eine Winterelefantin und alle Katzen und Nichtkatzen, geboren oder ungeboren, sowieso. Und mir schwante, dass auch ich dazugehörte, eingegliedert war in diese wie und von wem auch immer etablierte Ordnung, die nach Körperkontakt verlangt. Mir war auf einmal, als müsste ich mich neben sie legen und greinen wie sie. Wie viele Erdenwesen – nackt, befellt oder beschuppt – mögen es in Millionen von Jahren gewesen sein, die so wie Knöpfchen und ich die Nacht durchwachten mit dem einzigen quälenden Verlangen, geliebt zu werden.

Tagsüber gehe ich der Natur zur Hand und wühle in fremden Fortpflanzungsorganen, nachts verknäuele ich mich mit Knöpfchen, werde eins mit ihr, und wir heulen.

Mondnächte sind wie gemacht, um zu leiden.

Zumal da noch jemand irgendwo bei offenem Fenster seine Lust ins Universum hinausbrüllt: »Ja! Ja! Ja!«

Am Ende hat es Knöpfchen doch nicht ausgehalten. Eines Tages war sie weg.

Ich bin ohne Mantel auf die Straße gerannt, habe alle Gassen und Höfe im Umkreis abgesucht, gerufen, Passanten gefragt. Später hängte ich Suchanzeigen an die Laternenpfähle. Hoffte, sie würde wiederkommen, wenn es vorbei war. Was aber nicht geschah. Vielleicht hat sie jemand zu sich genommen, oder sie ist unter ein Auto geraten, mein armes Knöpfchen.

Als ich in der Klinik davon erzählte, suchte man mich mit der Geschichte von Bekannten zu trösten, die sich immer wieder eine neue Katze anschafften, wenn die vorige weggeblieben war, und ihr immer denselben Namen gaben. Alte Miez im neuen Fell. Auch eine Art von Unsterblichkeit.

Mama war natürlich schnell dabei, mir ein neues von ihren Kätzchen anzubieten.

Ich aber wollte nicht mehr. Man gewöhnt sich an so ein Tier und leidet unter dem Verlust. Lieber schaff ich mir eine Winterelefantin an, dachte ich mir. Die läuft wenigstens nicht weg.

Feiertagsdienste übernehme ich bereitwillig, um weniger mit mir allein zu sein. Tagsüber macht es mir nichts aus, doch komme ich abends an diesen merkwürdigen Ort, wo mein Bett steht, dann gieße ich mir gleich einen Likör ein, um möglichst schnell einzuschlafen und von mir loszukommen.

Auch zum Kinderhüten samstags bei Janka lasse ich mich nicht lange bitten.

Da gehe ich überhaupt gern hin. Kostik, der Große, kann es kaum erwarten, dass ich den Mantel ablege, schon zieht er mich hinter sich her in sein Zimmer. Holt immer neues Spielzeug aus dem riesigen Korb, um es mir zu schenken. Ich stehe da mit einem Berg Autos und Plüschtieren auf den Armen, manches fällt schon herunter, er aber legt immer noch Neues obenauf.

Irgendwann einmal war ich auf die Idee verfallen, die Nussknackerzange mit ihm reden zu lassen – seither holt das Kind sie bei jedem meiner Besuche hervor und möchte sich mit ihr unterhalten.

Und jetzt ist noch ein kleiner Igor da.

Janka wollte vor der Geburt nicht wissen, wen sie zur Welt bringt, wünschte sich ein Mädchen, gebar einen Jungen. War für den ersten Moment wohl ein bisschen traurig. »Soll ich ihn abschneiden, oder wie?«, scherzte die Hebamme, mit der Schere klappernd, die sie eben zum Kappen der Nabelschnur benutzt hatte.

Nach der Geburt hat sich die Wohnung wieder in eine Kinderfabrik verwandelt, alles ist davon in Beschlag genommen. Auf dem Schreibtisch steht die Babywaage, überall stapeln sich saubere Windeln, die nach Lavendel riechen, dazu bergeweise Strampler, in der Küche steht der Wasserdampf wie in der Sauna – da werden die Sauger ausgekocht.

Janka trägt den Bademantel überm Nachthemd, das immer feuchte Flecken hat von der Milch. Während wir uns unterhalten, häkelt sie an einer kleinen Socke, so winzig wie ein Puppenstrumpf. Das geht unglaublich fix. Kaum ist der eine fertig, kommt der andere dran. Ihr Mann schaut kurz herein, steckt sich die fertige Socke auf den Daumen und lässt ihn darin herumspazieren, über den Tisch hüpfen und über die

Frau, den Arm hinauf, die Schulter, den Kopf. Lachend nimmt Janka ihm das Söckchen ab: »Geh mal lieber wieder, du störst uns beim Schwatzen.«

Janka ist in Sorge, weil ihre Figur nach der zweiten Geburt aus dem Leim gegangen ist. Ihr Gesicht sei hässlicher geworden, behauptet sie. Vom Milchstau sind die Brüste voller Huckel, die Warzen rissig.

An der Schwangerschaft, sagt sie, habe ihr vor allem behagt, dass sie launisch sein durfte, Sonderwünsche äußern, die sie sich extra ausdachte, weil es Spaß machte, den Mann mitten in der Nacht auf die Suche nach einer Ananas zu schicken.

Sie schwingt das Zepter. Er ist für alle nur Jankas Mann.

Aber wenn im Haus etwas zu reparieren ist, muss Janka selbst anpacken, ihr Mann ist Zahntechniker und schont seine Hände.

Hat die komische Gewohnheit, die Unterlippe vorzuschieben und mit den Fingern zu kneten.

Er ist ein vorzüglicher Papa, gibt sich ständig mit den Kindern ab. Ein bisschen skurril. Als der Ältere noch in der Wiege lag, sprach er die ganze Zeit mit einem einzigen Wort auf ihn ein: »Papa, Papa!« – weil er wollte, dass das Kind als Erstes Papa und nicht Mama sagt. Es tat ihm den Gefallen aber nicht: »Daj*!«, sagte es als Erstes laut und vernehmlich.

Jankas erste Geburt war sehr kompliziert, ich weiß noch, wie sie damals sagte: »Nie wieder! Tu dir das bloß nicht an, Saschka!«

Doch als sie dann wieder schwanger war, sprach sie ganz anders: Alle Plagen und Schmerzen seien vergessen, man möchte leben und Leben geben!

»Wie gut die Natur das doch eingerichtet hat«, sagte sie. »Die Strapazen vergisst man, aber wie es ist, ein Neugebo-

---

\* (russ.) Gib!

renes in Händen zu halten, das wird man nie vergessen. Der Rücken passt auf die flache Hand, das Bäuchlein steht nach den Seiten über! Und diese samtweiche Haut...«

Die Qualen bei der Geburt seien nötig, um den Mutterinstinkt zu wecken, belehrte mich Jankas Mann, als wir einmal zu dritt mit dem Kinderwagen spazieren gingen. Er hatte von Experimenten mit Affen gelesen, die bei der Geburt anästhesiert worden waren, hinterher brav die Nabelschnur durchbissen und die Nachgeburt auffraßen, aber keine Anstalten machten, ihre Jungen zu säugen.

»Der Schmerz ist notwendig, das ist wissenschaftlich belegt. Ohne Schmerz kein Leben!«

An Jankas Seite fühle ich mich wohl. Wir teilen eine Menge Erinnerungen.

Zum Beispiel als sie einmal bei uns auf der Datscha übernachtete. Wie alt waren wir da: dreizehn? Vierzehn? Mama schickte uns Wäsche aufhängen, die Leine war zwischen den Birken gespannt. Wir machten uns einen Spaß daraus, die nassen Handtücher einander gegen die nackten Beine zu klatschen. Erst zum Spaß und dann immer wütender, bis Tränen flossen.

Welch ein Glück, dass ich Janka habe! Und ihren Kostik. Und jetzt noch Igorlein.

Die Brust des Kleinen ist zwei Zentimeter umfänglicher als der Kopf – ein Zeichen dafür, dass er gesund ist. Trinkt auch eifrig.

Milch ist mehr als genug da. Janka plagt sich, weiß nicht, wohin damit, ihr Mann darf auch mal saugen zwischendurch.

Wenn ich abends zum Babysitten komme, zapft sie vorher ein Fläschchen ab.

Vor dem Ausgehen muss sie sich Watte unter den BH stopfen.

»Jedes Mal laufe ich über, es ist ein Kreuz. Hätte man die Frau nicht gleich mit Zapfhahn erschaffen können?«

Dann gehen sie, und ich darf den Kleinen füttern, es gibt nichts Schöneres für mich. Während der Große auf dem Fußboden mit seinen Würfeln spielt, bringe ich das Fläschchen im Wasserbad auf dem Herd auf die nötige Temperatur. Dann mache ich es mir mit dem hungrigen kleinen Wonneproppen im Sessel bequem. Spritze ein paar Tropfen aus der Flasche in meine Armbeuge, die ich selbst auflecke, und beginne behutsam mit der Fütterung. Er zieht reizende Grimassen, die Milch schäumt ihm aus dem Mund, ich bin absolut glücklich. Stimmt irgendwas nicht, beschwert er sich sofort. Der Durchfluss im Sauger ist anscheinend zu klein. Ich gehe in die Küche und weite das Loch mit einer glühenden Nadel. Nun fließt es zu stark, ich muss den Sauger wechseln... Am Ende spaziere ich mit dem Baby an der Schulter durch das Zimmer, tätschele ihm den Rücken in Erwartung des Bäuerchens. Diesen so streng nach Milch und Pisse duftenden Winzling kann man gar nicht genug herzen.

Dann bringe ich Kostik ins Bett, lese die Gutenachtgeschichte.

Beim letzten Mal, als ich ihm vorlas, mich neben ihm ausstreckte, den Arm um ihn legte, spürte ich, dass Kostik von mir abrückte.

»Ist was?«

»Aus deinem Mund stinkt was.«

Ich weiß. Irgendwas stimmt nicht mit meinem Magen. Ich müsste ihn untersuchen lassen, scheue mich aber. Plötzlich finden sie was Ernstes?

In tiefer Nacht mache ich mich auf den Heimweg. Bevor ich ins kalte Bett steige, schicke ich meiner Winterelefantin noch einen Luftkuss aus dem Fenster.

Am Morgen erwache ich ein paar Minuten vor dem Weckerklingeln und schaue zur Decke, die voller gelblicher Wasserflecke ist. Sieht aus wie eine nasse Säuglingswindel.

Ohne Schmerz kein Leben.

Wie gut die Natur das eingerichtet hat mit dem Vergessen.

Am Sonntag schlafe ich richtig aus und erwache von strahlendem Sonnenschein. Durch das Oberfenster dringt ein fröhliches Gemisch von Tierlauten herein: Kreischen, Fauchen und Muhen. Da kreischt das Leben.

Ich dehne mich genüsslich und lausche den befremdlichen Stimmen. Dazwischen durchdringende Schreie, eine Art freudvolles Zetern. Paradiesvögel vielleicht? Als wäre ich mitten im Tropenwald erwacht. Oder gar im Paradies. Es ist die Begeisterung über diesen sonnigen Morgen, die sich da Bahn bricht. Einfach nicht zu unterdrücken. Und wer keine Stimme hat, vor Glück zu schreien, der ist vor Begeisterung stumm: der Baum, das Fenster, der Sonnenkringel an der Decke.

Saschenka!

Irgendwie fühle ich mich heute nicht gut.

Die Ruhr greift hier um sich, gestern gab es nun auch noch den ersten Typhusfall.

Es ist idiotisch: Einerseits verbieten sie, das Wasser zu trinken, und man hält sich daran, andererseits lassen sie es zu, dass Kessel und Geschirr damit gespült werden. Es wächst sich zur Epidemie aus, die Soldaten kommen nicht mehr runter von den Latrinen.

Am grässlichsten ist der Durchfall für die Verwundeten, zumal nirgends Heu oder Stroh zu kriegen ist.

Und noch immer herrscht diese brütende Hitze, der Kopf tut weh, die Gedanken laufen in die Irre.

Ich habe seit Langem nichts Sinnvolles mehr zu Papier gebracht, deshalb geht es auch in den Briefen bunt durcheinander. Und vor allem ist man keinen Moment mit sich allein, das geht am meisten auf die Nerven.

Die Hitze setzt uns zu – wir hatten hier noch nicht einen bewölkten Tag, geschweige Regen. Der Schädel brummt, man kann die Gedanken nicht zusammenhalten. Dabei habe ich das dringende Bedürfnis, wenigstens ab und zu über etwas Belangvolles nachzudenken, was sich nicht um Durchfall und Verlustlisten dreht.

Wieder den ganzen Vormittag Zahlen und Buchstaben gemalt – das, was von den Leuten am Ende übrig bleibt.

Ich bräuchte einmal Ruhe, Abgeschiedenheit. Um mich her immer nur Hatz, Lärm, Geschäftigkeit, Palaver, Gepolter, blöde Witze, dummes Gelächter, Rapporte, Meldungen, Befehle.

Man möchte auf und davon, möglichst weit weg, seiner Wege gehen. Die Unmöglichkeit, allein zu sein, ist bedrückend.

Bin heute mit Glasenap aneinandergeraten – er redete beständig auf mich ein, ohne zu merken, dass ich auch mal einen Gedanken fassen möchte, der Stille nachhängen, für mich allein sein. Jetzt stiefelt er mürrisch und verbiestert im Zimmer auf und ab.

Manchmal nimmt die Schreiberei kein Ende – so wie gestern. Die Finger werden lahm, die Handgelenke schmerzen. Ich versuche, meine Schrift zu verkleinern, um die Hand weniger anzustrengen, aber dann kommt gleich wieder der Anschiss, ich solle gefälligst größer schreiben. Derweil tropft der Schweiß von der Stirn auf das Formular und verschleiert das Geschriebene. Das Papier bleibt an der Hand kleben. Wenn etwas verwischt, muss ich es neu schreiben und werde gerüffelt.

Unangenehm ist auch, dass mir vom vielen Schreiben im Dunkeln – die meiste Arbeit fällt gegen Abend an, wenn schon die Dämmerung hereinbricht – die Augen so wehtun. Ich schreibe im Licht eines Kerzenstummels, das strengt an, alles beginnt zu flimmern, ich sehe doppelt. Wenn ich wieder zu Hause bin, muss ich zum Augenarzt, der wird mir wohl eine Brille verschreiben.

Und sowieso kann ich mich an diese Listen einfach nicht gewöhnen. Schreibe die Namen und stelle mir die betreffenden Familien vor, die Mütter. Keiner wird ihnen erklären können, wozu das alles nötig war.

Von den Kriegen hinterbleiben sowieso nur die Namen der Generäle. An die, deren Namen ich hier schreibe, erinnert sich später niemand.

Als ich seinerzeit den Briefwechsel zwischen Abaelard und Heloise las, fiel mir zum ersten Mal auf, dass es zweierlei Arten von Opfern gibt, angesehene und unangesehene. Abaelard widerfuhr eine Tragödie – rohe, grausame Menschen haben ihn entmannt. Seither fühlt die ganze Welt mit ihm mit, es geschieht seit Jahrhunderten und wird noch Jahrhunderte so weitergehen. Im selben Brief erwähnt er, man habe seine Peiniger ergriffen, einer von ihnen sei sein langjähriger Diener gewesen. Man fragt sich: Wie viehisch muss einer seinen Diener behandelt haben, dass der sich auf diese Weise rächt? Jedenfalls wurden die Täter zur Strafe nicht nur gleichfalls entmannt, sondern auch noch geblendet. Für sie hat aber niemand Mitleid übrig, kein Gedanke an sie, obwohl sie noch mehr zu leiden hatten.

Beim Aufstellen der Listen denke ich immer, dass keiner diese armen Kerle je bedauern wird.

Ihren Sohn haben Heloise und Abaelard Astralabius genannt, weißt du noch? Was mag aus ihm geworden sein? Sein Schicksal ist bestimmt auch einen ganzen »Hamlet« wert. Aber keiner schreibt ihn. Wozu auch? Wer will über ihn etwas wissen?

Wenigstens habe ich jetzt seiner gedacht und ihn bedauert. Vielleicht ist er ja keines allzu qualvollen Todes gestorben.

Gerade musste ich an meine Großmutter denken. Ihr ist der Tod von Leuten immer sehr nahegegangen. Wenn irgendwer erzählte, der und der sei gestorben, wollte sie immer genau wissen wie – auch wenn sie denjenigen gar nicht kannte. Ihr lag daran, dass dieser Fremde einen leichten, schmerzlosen Tod gehabt haben mochte, sich nicht zu sehr gequält. Ich fand das damals töricht und albern: Dieser Mensch war ja schon tot, manchmal wer weiß wie lange, warum sollte man ihm nachträglich einen leichten Tod wünschen?

Glasenap hat mich heute wieder auf die Palme gebracht. Da sitzt einer bis zum Hals in der von Ruhrbakterien vergifteten Sch…, wo er zudem noch jeden Moment damit rechnen muss, den Kopf abgerissen zu kriegen – und sinnt nach über seine Unsterblichkeit. Ist das nicht lächerlich?

Sitzt da und redet sich was ein: »Bevor ich auf die Welt kam, war ich ja auch nicht tot, sondern etwas anderes. Genauso wenig werde ich hinterher, wenn ich nicht mehr da bin, tot sein, es ist wieder nur das andere.«

»Plopp! Eins auf die Ohren!«, entgegnete ich.

Natürlich verstand er nicht, was ich damit meinte, ich hab es ihm auch nicht erklärt. Er würde es sowieso nicht begreifen.

Er will nicht verstehen, dass sämtliche Religionen und Philosophien der Welt nur dazu da sind, den Tod zu besprechen – so wie die Kräuterhexen das Zahnweh.

Wahrscheinlich ist es so: Der Körper hat den Schmerz, mit dem er den Tod bekämpft, und der Geist, das Bewusstsein, hat dafür das Denken. Am Ende hilft das eine so wenig wie das andere.

Vor allem bin ich mir jetzt sicher, dass Jesus am Kreuz genau wie Siddharta vom Geschlechte der Gautama mit offenem Mund starb. So wie alle. Ich kann mir die beiden jetzt gut als Leichen vorstellen, kein Problem. Auch die Fliegen, die in ihren Mundhöhlen summten. Dabei haben diese weisen Männer ihr Leben lang gepredigt, es gebe keinen Tod, sie sprachen von Auferstehung, Wiedergeburt, bis sie – plopp! –

eins auf die Ohren bekamen. So kann der Heiland natürlich auch niemanden erlösen, weil er niemals auferstanden ist und niemals auferstehen wird. Und Gautama ist verrottet wie alle, es ward kein Buddha aus ihm! Er war wieder ein Nichts, wie die Milliarden Jahre zuvor. Die Welt ist kein Traum, und ich bin keine Schimäre. Mein Ich existiert, und es will glücklich gemacht werden.

Vor dem Küchentrakt stand heute ein klappriges Pferd angebunden, für die Suppe. Es wartete auf seine Schlachtung. Wedelte mit dem Schwanz, wackelte mit dem Kopf. An beiden Augen saßen die Fliegen dicht an dicht. Ein an die Küchentür gebundenes Tier weiß nicht, wie wenig ihm noch zu leben bleibt. Das ist der Unterschied, der den Menschen zum Menschen macht. Wir sind das einzige Wesen, das einen Begriff von der Unausweichlichkeit des Todes hat. Darum dürfen wir unser Glück nicht auf morgen verschieben. Wir brauchen es hier und jetzt.

Aber wie soll man hier glücklich sein, liebste Saschenka?

Es könnte jeden Moment sein, dass ich unterbrochen werde – wir fahren raus auf Erkundung. Die Marschpläne zum Sturm auf Tientsin haben sich schon wieder geändert. Hier ändert sich immerzu alles, es gibt keine Gewissheiten. Aber dass der Angriff sich verschoben hat, bedeutet ja nur, dass diesem und jenem beschieden ist, noch den einen oder anderen Tag länger zu leben. Wenn man wüsste, wer der Glückliche ist... Gut, bald wissen wirs. Doch werden die Betreffenden die geschenkten zwei Tage Lebenszeit denn genießen können? Sieht nicht danach aus. Alle hoffen auf irgendwas.

Der Doktor und der Feldscher sind gekommen, sie wollen auch mitfahren, das Gelände inspizieren, von wo sie demnächst Verwundete zu bergen haben. Ich höre Zarembas Stimme, er erzählt wohl etwas Lustiges, alles grölt.

Du siehst, es ist einfach keine Zeit, in Ruhe einen Gedanken zu fassen. Dabei dächte ich so gerne nach über Dinge, die fern sind von alledem ...

Wo war ich stehen geblieben? Keine Zeit, war gesagt.

Woher auch. Stunden und Minuten, die gibt es. Aber die Zeit, das sind wir. Wie sollte sie losgelöst von uns existieren? Wir sind eine Existenzform der Zeit. Ihre Träger. Beziehungsweise Erreger. Demnach wäre die Zeit als eine Art Krankheit des Kosmos zu sehen. Irgendwann wird der Kosmos sich unserer erwehren, wir klingen ab, die Genesung setzt ein. Die Zeit wird verheilen wie eine Angina.

Und der Tod ist der Kampf des Kosmos mit der Zeit, also uns. Das Wort Kosmos bedeutet ja nichts weiter als Ordnung, Schönheit, Harmonie. Der Tod ist die Bewahrung der absoluten Schönheit und Harmonie vor uns und unserem Chaos.

Wir aber sträuben uns.

Die Zeit ist für den Kosmos nur ein Makel. Für uns ist sie der Baum des Lebens.

Merkwürdig übrigens, dass die Kosmeen, solch unauffällige irdische Blumen, diesen Namen tragen.

Mir geht es unschön im Bauch herum, wenn ich das einmal erwähnen darf. Ich habe Angst, Typhus zu kriegen. Und der Kopf glüht.

Da wird zum Aufbruch geblasen, ich schreibe den Brief heute Abend zu Ende.

Sascha!

Ich bin zurück. Es ist Nacht.

Die Hände zittern noch, tut mir leid. Ich ringe um Fassung. Dröhnen in den Ohren von den Detonationen.

Ich sollte Dir den Bericht ersparen, aber ich kann nicht. Was ich gerade mitgemacht habe, ist zu viel, um es für mich zu behalten.

Dabei waren unser neuer Bataillonskommandeur Stankewitsch, der schwerhörige Ubri, von dem ich Dir erzählt habe, unser Doktor Zaremba und sein Feldscher, noch ein Offizier namens Uspenski, ein ganz junger Kerl, hatte gerade heute den Befehl über seine Beförderung zum Fähnrich bekommen. Und noch ein paar Stabsgefreite und Soldaten dazu.

Dieser Uspenski plapperte in einem fort und stotterte zudem. Für einen Stotterer erstaunlich redselig. Er war einfach überglücklich über seine Beförderung. Es kam so weit, dass Stankewitsch ihm befahl, den Mund zu halten.

Mir zwirbelte es wieder die Gedärme, sodass ich beiseitegehen musste und in einer kleinen Bodenwelle verschwand. Ich hatte mich gerade hingekauert, da ging es los. Eine Granate schlug genau dort ein, wo die Gruppe beisammenstand.

Ich hingerannt... Den Anblick kann ich Dir nicht beschreiben.

Entschuldige, das Zittern geht wieder los.

Als Ersten sehe ich Ubri, in zehn Schritt Entfernung. Arme und Beine wie abgeschnitten. Einfach weg. Ein Stiefel mit Beinstumpf liegt in der Nähe. Das Gesicht unter grauem Ruß. Ich beuge mich zu ihm hinunter, mir scheint, er lebt noch. Der Mund steht ihm offen. Und ich sehe, wie so eine Art Schleier über seine Pupillen fällt. Er stirbt in dem Moment, da ich mich zu ihm hinunterbeuge... Irgendwie weiß ich, dass ich ihm die Augen schließen muss, strecke die Hand aus – und bringe es nicht über mich, ihn zu berühren.

Ich laufe weiter. Überall Schreie, Stöhnen, Zappeln im eigenen Blut.

Ich sehe Stankewitsch, unseren Kommandeur. Er liegt im Gras, man könnte denken, er hätte sich da hingelegt, um auszuruhen. Ich renne hin. Das Gesicht ist ruhig, die Augen halb offen, eine Art lauernder Blick. Die Hände wie durch einen Fleischwolf gedreht. Ich fasse unter seine Schultern, um ihn aufzuheben. Der Körper lässt sich leicht anheben, der Kopf bleibt im Gras liegen.

Nebenan zuckt ein verwundetes Pferd mit den Hinterbeinen. Dahinter liegt Michal Michalytsch, unser Feldscher – ohne Gesicht. Ein Brei aus Zähnen, Knochen und Knorpeln.

Dann höre ich es woanders stöhnen, laufe hin, und es ist Doktor Zaremba. Er lebt noch, schaut mich an, ist bei Bewusstsein, jault etwas, gluckst Blut. Sein Bauch ist aufgerissen, die Gedärme sind hervorgequollen, liegen halb im Straßenstaub. Um ihn eine Lache von schwarzem Blut. Zaremba stöhnt – es ist nicht zu fassen, dass er noch lebt, ich weiß nicht, was ich machen soll, »was soll ich machen?«, brülle ich ihn an, er jault nur, aber irgendwie kann ich mir denken, was er will, ich soll ihm den Gnadenschuss geben.

Da schreien aber noch andere, ich springe auf und renne weiter.

Einer von den Stabsgefreiten liegt tot vor mir, die Beine verrenkt wie bei einem Zirkusakrobaten. Mund offen, das kennen wir schon. Die Augen blicken, ohne zu sehen. Im Bart klumpt das Blut.

Endlich finde ich einen, der noch lebt – Uspenski, der Stotterer. Ich kann nicht erkennen, wo es ihn erwischt hat, er blutet stark aus dem Mund, seine Uniform qualmt, Brauen, Wimpern, Haare sind versengt, durch die aufgerissenen Reithosen sehe ich klaffende Wunden an den Beinen, aus denen Blut sickert.

Ich bin vollkommen kopflos, unfähig zu handeln. Hocke neben ihm, suche ihn zu beruhigen: »Halte durch, alles wird gut!«

Soldaten kommen gerannt, Sanitäter. Gemeinsam schleppen wir Uspenski ins Lazarett, derweil verschluckt er sich an seinem Blut, ein Sanitäter schiebt ihm die Finger in den Mund, damit es ungehindert abfließen kann.

Im Lazarett habe ich eine Stunde an Uspenskis Seite verbracht, konnte mich nicht entschließen wegzugehen. Er war bei Bewusstsein. »Halte durch, alles halb so schlimm!«, anderes fiel mir nicht ein, ich wiederholte es immer wieder.

In dem Zelt war es heiß und stickig, Schwärme von Fliegen, Leichengeruch. Ich wedelte die Fliegen weg. Mehr konnte ich nicht für ihn tun.

Und als er gestorben war, fuhr ich ihm mit der Hand übers Gesicht, schloss seine Augen. Es war leichter als gedacht.

Er musste weggeschafft werden, ich half ihn aufheben. Tote sind viel schwerer als Lebendige, das hatte ich schon andere sagen hören.

Sascha, ich muss jetzt unbedingt bei Dir sein.

Ich bin sehr müde.

Ich will zu Dir, den Kopf auf Deine Knie legen, Du streichst darüber und sagst: »Ist ja gut, Liebster. Alles ist gut. Du hast es hinter dir. Jetzt wird alles gut, ich bin doch bei dir!«

*B*eim Losgehen am Morgen ahnte ich schon, dass ich bei dem Sternengucker über Nacht bleiben würde.

Den aufreizenden Geruch seines Parfüms hatte ich noch in der Nase.

Ich sah in den Spiegel und erkannte mich kaum wieder. Dieses graue Gesicht, die dunklen Augenringe …

Mein Körper verblasst zusehends.

Ich ordnete mir die Haare, zupfte ein paar graue heraus.

Die Augen wie immer: das linke blau, das rechte braun. Die Lider ein bisschen geschwollen.

Die Haut am Hals wird faltig.

Ich beugte mich über das Waschbecken, um mir die Brüste mit kaltem Wasser zu besprengen. Schlaff und wabbelig baumelten sie hinein. Blau geädert. Um die Warzen sprießen Härchen, ich zupfte sie mit der Pinzette aus.

Knotige Zehen.

Beim Kaffee feilte ich mir die Nägel, dabei müsste ich die Feile an mein Leben anlegen.

Wir trafen uns am Eingang zum Park, wo haufenweise Pappelflaum lag. Eine alte Frau spielte Ziehharmonika.

Wir schlenderten ein bisschen herum, dann gingen wir zu ihm nach Hause.

Auf dem Weg dorthin kamen wir an einem Schaufenster vorbei, in dem ein Spiegel aufgestellt war. Ich verweilte kurz, meine Frisur zu ordnen, und fing den spöttischen Blick eines vorbeigehenden Mädchens auf, dem zu entnehmen war, was ich für sie darstellte: eine welkende alte Frau, der keine Frisur der Welt mehr auf die Sprünge helfen konnte.

An seinem Fenster stand ein Teleskop auf dreibeinigem Stativ.

Abendessen im Kerzenschein. Don Giovanni.

Er zählte die Saturnmonde auf.

»Titan, Iapetus, Rhea! Dione! Mimas! Hyperion! Phoebe!«

Ich lächelte verzückt, obwohl er Tethys und Enceladus vergessen hatte.

Dass die letzte Mondfinsternis ins Wasser gefallen war, darüber kam er nicht hinweg.

Er schloss das Fenster, damit keine Mücken hereinkamen und kein Flaum. Eine Motte klopfte hartnäckig gegen die Scheibe.

Dann pries er lang und breit sein Teleskop, dem er dabei liebevoll über den Rücken strich.

»Das ist, nebenbei gesagt, die einzige reale Zeitmaschine! Und meins ist sechsmal stärker als das von Galilei!«

Es folgte die angekündigte Vorführung. Er ergriff das Instrument, und wir stiegen aufs Dach.

Auf der Treppe, als er sich vornüberbeugte, um einen Schnürsenkel zuzubinden, sah ich die kahle Stelle an seinem Kopf.

Ganz oben angekommen, öffnete er ein großes Vorhängeschloss zum Dachboden. Wir kletterten hinaus auf das Dach.

Es wehte ein warmer Wind. Unten das Lichtermeer. Oben der Sternenfries. Selbst hier lag der Pappelflaum zu Wehen zusammengeschoben.

»Hier oben habe ich einen Himmel ganz für mich.«

Er wies mir die einzelnen Sternbilder.

»Da die Plejaden, schauen Sie. Und dort« – ein Griff um meine Schultern – »der Aldebaran. Es ist frisch geworden. Sie werden sich doch nicht erkälten?«

Er fasste kräftiger zu.

»In Wirklichkeit sind Sternbilder natürlich Unsinn. Eine vorübergehende Konstellation, die nichts zu besagen hat. Genauso gut könnte man zufällige Passanten auf der Straße oder vorbeifliegende Vögel zu Sternbildern ordnen. Sternen überhaupt Namen zu geben ist, als trüge man Wellenkämme ins Grundbuch ein.«

Das liege an der Disparität von Zeit, erläuterte er. Jeder Sternenpassant habe seine eigene, die der unseren nicht entspreche.

»Verstehst du?«

»Verstehe.«

»Alle diese Kugelhaufen und diffusen Nebel betrachten wir wie Fotoabzüge: klick! – für die Ewigkeit. Es war einmal eine Riesenexplosion: kawumm!, und alles flog auseinander. Aber das kommt nur uns so vor. In Wirklichkeit flog es auseinander und fügte sich in Windeseile wieder zusammen. Und wieder kawumm: wieder auseinander, wieder zusammen. Und dasselbe gleich noch mal. Wie erkläre ich es dir am einfachsten? Sagen wir, ein Kind nimmt einen Klumpen Knete, knetet lauter kleine Männlein, Tiere, Bäume, Häuser. Dann rollt und quetscht es alles wieder zu einem Klumpen zusammen. Am nächsten Tag wird neu geknetet. Oder nein, erinnere dich an die Alte im Park mit der Ziehharmonika. Was sich für uns als Ewigkeit ausnimmt, ist in Wirklichkeit nur ein Akkord: einmal auseinandergezerrt und einmal zusammenquetscht. Auf und zu, auf und zu, verstehst du?«

»Verstehe.«

Während er das Teleskop auf das Stativ setzte und langwierig Einstellungen vornahm, jagten Wolkenfetzen über uns hinweg. Dann durfte ich das Auge ans Okular pressen, um mir den Mond anzuschauen. Dabei strich er mir über den Kopf.

»Du hast da diesen Flaum im Haar ...«

Wir gingen wieder nach unten. Im Schlafzimmer stand ein Schrank offen, ich staunte, wie viele Anzüge darin hingen, und es gab Unmengen Schuhe.

An der Wand diverse Fotos seiner Kinder: ein Zwillingspaar, Junge und Mädchen. Im Kinderwagen, bei der Einschulung und als Abiturienten.

Überall in der Wohnung Spuren von anderen Frauen. Wahrscheinlich setzten sie absichtlich ihre Marken. Hier auf dem Regal im Bad eine Packung Binden, da eine Dose Haarspray. Ein Lippenstift zwischen den Herrenparfüms. Obenauf im Mülleimer ein Büschel schwarze Haare; eben war mir auf dem dunklen Sesselbezug ein rotes ins Auge gefallen.

»Du hast wohl viele Frauen?«, fragte ich.

Er lachte.

»Es gibt nur eine. Die, die mich liebt ... Schon mal was von Metempsychose gehört? Die liebende Frau ist ein Geschöpf an sich. Stirbt sie oder verwandelt sich in eine nichtliebende, wechselt seine Seele in eine neue über, welche liebt. Die eine liebende Frau in einer Vielzahl von Körpern.«

Ich rechnete damit, entkleidet zu werden, so geziemt es sich doch wohl, er aber zog sich flugs als Erster aus und machte sich lang, die Hände unter dem Kopf verschränkt. Aus dem Flur fiel Licht ins Schlafzimmer herein, es war alles zu erkennen, ich schämte mich meiner Brüste und behielt den Büstenhalter an.

Und während er auf mir zugange war, stellte ich mir die Frage, auf die ich keine Antwort wusste: Warum schlief ich mit einem Menschen, den ich gar nicht liebte?

Das Gleichnis von dem weisen Mann fiel mir ein, der seine Getreuen törichte, unerklärliche Dinge tun lässt; er allein weiß um ihren tieferen Sinn, der den anderen hinterher aufgeht. Als Erstes heißt er sie das Boot armer Fischer leckschlagen und versenken, als Nächstes einen Mann töten, der ihnen zufällig entgegenkommt; schließlich baut er unentgeltlich eine zerstörte Mauer wieder auf, obwohl die Bewohner der betreffenden Siedlung ihm zuvor Kost und Logis verwehrt hatten. Nachher erläuterte er den Sinn, der all dem sonderbaren Tun zugrunde lag: Das Boot hatten sie versenkt, damit es dem Tyrannenkönig nicht in die Hände fiel, der schon hinter ihnen her war und überall Schiffe enterte, der zufällige Passant war auf dem Weg zu seinem Sohn gewesen, um ihn zu töten, und die Mauer gehörte einer Witwe mit Kindern, darunter lag ein Schatz, den würden sie später finden.

Ich erinnere mich, einmal einem Mann begegnet zu sein, der einen Eimer voll Schnee durch die Straßen trug, und natürlich hatte ich mich gefragt, wohin es diesen Schnee zu tragen lohnte, wenn er doch überall zuhauf lag, aber der weise Mann, der ihn losgeschickt, wusste bestimmt, wozu das gut war. Und nun hatte er mich in dieses nicht sehr frische Bett entsandt, und der Sinn war noch unklar.

Der Sternengucker war immer noch am Rackern, schweißüberströmt.

Bis er endlich auf den Rücken kippte, sich eine Zigarette ansteckte und in zufriedenem Ton fragte: »Na? Wie wars?«

»Wie bei Donna Elvira, als sie merkte, dass es Leporello war.«

»Hä?«

Er wusste nicht, wovon ich sprach.

Fingerfertig verknotete er das Präservativ, um es in den Mülleimer zu werfen, dabei grinste er und sagte unter Gähnen: »Ein Teelöffel Flüssigkeit, und hält den Menschen auf Trab, lässt ihn nach seiner Pfeife tanzen. Eine Sklaverei ist das!«

Kurze Zeit später schnarchte er.

Ich versuchte einzuschlafen, doch es gelang nicht. Das Bett war unbequem, viel zu weich, man versank darin wie in einem Plumeau. Und diese Bettwäsche... Wer mochte vor mir in ihr gelegen haben?

Immer wieder sah ich das Mädchen in dem Schaufensterspiegel vor mir, ihren spöttischen Blick, der mir bedeutete, dass die Frisur nichts mehr wettmachen kann... Wenn eine das so sieht, dann ist es wohl so.

Die Motte ließ die ganze Nacht nicht ab vom Fenster.

Mir graute davor, diesem Menschen am Morgen in die Augen zu sehen. Und mich an seiner Seite. Leise zog ich mich an, hob auch seine Klamotten, Hose und Hemd, vom Boden auf, faltete sie akkurat und legte sie auf den Stuhl. Dann ging ich.

Draußen wurde es schon hell. Die Stadt war still und leer, meine Schritte hallten. Selbst der Pappelflaum war längs der Gehsteige in Flözen zur Ruhe gekommen.

Ich lief durch einen Pulk von Straßenbahnen, die vor dem Depot nächtigten.

Als ich mich dem Zoo näherte, bot sich mir ein Anblick, der jenes Gleichnis wieder aufrief. Meine Elefantin wurde entlang der Straßenbahngleise geführt! Gemächlich schaukelnd, mit den Ohren schlackernd, wandelte sie einher, die

Füße im wirbelnden Pappelflaum, der Rüssel über Pflaster und Gleise schnüffelnd. Der weise Mann wusste, wohin sie geführt wurde und zu welchem Zweck.

Ich kam nach Hause mit dem dringenden Bedürfnis, mich zu säubern. Erst duschte ich, dann ließ ich die Wanne voll. Legte mich hinein wie zum Einweichen.

Lag da und sah zu, wie sich an den Härchen auf der Haut überall winzige Bläschen bildeten.

Bekam plötzlich Lust, ganz unterzutauchen, mit Haut und Haar. Wie ein Axolotl. Zog den Schnorchel aus dem Wandschrank, den ich vor Zeiten erworben und bis jetzt kein einziges Mal benutzt hatte. Tauchte ab und bewegte mich nicht mehr.

Unter Wasser herrscht eine solche Totenstille, dass es beinahe dröhnt. Man hört alles, selbst das, was normalerweise nicht hörbar ist. Doch es dringt wie durch eine dicke Membran. Und am lautesten ist der eigene Puls.

So wird es in Mamas Bauch gewesen sein, dachte ich.

Ich weiß nicht, wie lange ich mit dem Rohr zwischen den Zähnen unter Wasser hockte – zehn Minuten oder eine Stunde –, dann war das Wasser kalt, und ich bibberte.

Stieg aus der Wanne, zog den Bademantel über, stellte mich vor den Spiegel und sah lange hinein.

Danach musste ich mich den ganzen Vormittag übergeben.

Saschenka!

Tientsin ist eingenommen.

Die Meldung ist eben fertig geworden.

150 Gefallene allein bei uns. Die dreifache Zahl an Verwundeten. Auch unser Brigadekommandeur Stoeßel ist verletzt worden, aber nach der Wundversorgung in den Stab zurückgekehrt.

Insgesamt belaufen sich die Verluste der Alliierten auf über 800 Mann. Am härtesten traf es die Japaner. Sie riskierten einen Frontalangriff und sprengten die Stadttore. Bei den Amerikanern ist der Tod von General Butler zu beklagen.

Die Verbündeten haben die Chinesenstadt von Westen angegriffen, während unsere Abteilung von Osten, vom Lutaikanal her, vorrückte und Li Hung Tschangs Stellungen stürmte. Die chinesischen Truppen wurden teils in die Flucht geschlagen, teils zogen sie sich nach Yangtsun und Beitsang zurück.

Ich schrieb also die Siegesmeldung. Alle sind hier in Hochstimmung. Besonders die Stabsangehörigen strahlen wie Honigkuchenpferde.

Na, am größten wird die Freude bei denen sein, die zu Buchstaben und Ziffern in meinem Bericht geworden sind.

Das war gestern. Heute waren wir die eroberte Stadt besichtigen.

An dieser Stelle also meine ganz persönliche Siegesmeldung für Dich, Saschenka.

Als Erstes suchten wir verschiedene Vorposten der Chinesen auf, die unsere Truppen gestern erobert haben. Ein Chinesenlager war mit allem Hab und Gut im Stich gelassen. Ich sah einen hingeworfenen Satz chinesische Spielkarten, erst wollte ich ihn zum Andenken aufheben, dann überlegte ich es mir anders. Andenken – woran? Immerhin lagen da noch tote chinesische Soldaten, über die sich schon Hunde und Fliegen hermachten.

Bauern waren unter Bewachung dabei, die Leichen wegzuräumen. Mit Haken wurden sie in große Gruben gezerrt. Die Sonne stand schon hoch und brannte, der Leichengeruch war unerträglich. Die Bauern hatten sich die Nasenlöcher mit Grasbüscheln zugestopft.

Die ganze Nacht hatte in der Stadt ein Feuer gewütet. Die Trümmer rauchten noch. Nichts sprach dafür, dass in dieser Stadt vor Kurzem noch mehr als eine Million Menschen gelebt haben. Überall zerstörte Handwagen und Schubkarren, Rikschas, totes Vieh und tote Menschen. Es stank nach Rauch und verbrutzeltem Fett.

Tote auf Schritt und Tritt. Manche noch irgendwie bekleidet, die meisten – wer weiß warum – nackt. Eine alte Frau, auf dem Rücken liegend – die Brüste seitlich bis in die Achseln hängend. Stellenweise war man schon dabei, die Leichen aufzuhäufen und abzutransportieren. Über allem Schwärme hysterischer Fliegen, die nicht mehr unterscheiden können, wer schon tot ist und wer noch am Leben.

Wir mussten Barrikaden überklettern. An einer Stelle kam der Fuß ins Rutschen, ich fing mich gerade noch – und sah unter den Trümmern in ein entstelltes, verkohltes Gesicht.

Dann dieser Hund, der jeden anknurrte, der vorüberkam. Die Vorderpfoten heil, die hinteren zertrümmert. An der Flanke eine Wunde, worin es von Fliegen und Maden wimmelte. Bellen konnte er nicht mehr, versuchte mit den Vorderpfoten zu krauchen. Alles lief vorbei, von mir bekam er den Gnadenschuss.

Dies, Saschenka, war mein erster Mord. Aus mir wird wohl kaum ein guter Krieger.

In einer Brandstätte unter rauchenden Balken und Sparren wühlten ein paar ascheverklebte Schweine. Worin sie wühlten, sah nach geschwärzten Holzscheiten und Kohlebrocken aus, ich begriff nicht gleich, dass es verkohlte Menschen waren. Ein verglommener Arm ragte empor, bekam einen Stoß, die Finger bröckelten ab. Es stank wie die Pest. Jetzt hab ich also auch noch gesehen, wie Schweine gebratene Menschen fressen, schoss es mir durch den Kopf, aber wozu musste ich das?

Eine der verkohlten Leichen ging mir besonders an die Nieren – entweder hatte das Feuer diesen Menschen extrem zusammenschnurren lassen, oder es war ein Kind.

Dieser Amerikaner mit dem Fotoapparat war auch wieder da.

Der unversehrte Teil der Stadt ist von Japanern besetzt. An Häusern und Geschäften wehen japanische Flaggen. Die Japaner in ihrer Weitsicht hatten einen großen Vorrat davon mitgeführt und sie an die Bewohner verteilt, kaum dass die Stadt eingenommen war.

Die Chinesenstadt selbst ist in elendem Zustand. Die Chinesen pflastern ihre Höfe und halten sie reinlich, doch den Müll kippen sie vor die Tür. Die Straßen sind eng und staubig, zur Regenzeit bestimmt unbegehbar vor Schlamm. Wir stiefelten durch die krummen Gassen, in denen mitunter absolut kein Mensch war, sodass es einen gruselte. Überall eingeschlagene Türen, auf die Straße gezerrter Hausrat.

Die Chinesen haben entweder das Weite gesucht oder halten sich versteckt – die wenigen, die wir antrafen, fielen vor den Europäern sogleich auf die Knie, wedelten mit weißen Stoff- oder Papierfetzen, auf die Schriftzeichen gemalt waren. Dieselben konnten wir an den Wänden sehen. *Shun min,* las Kirill es uns vor – friedliches Volk.

Banken, Geschäfte und Kioske sind geplündert. Man läuft über Trümmer und Scherben aller Art. Ab und an begegnen einem alliierte Soldaten und Offiziere, die Beutegut davontragen. In der Stadt vollzieht sich ein regelrechter Pogrom. Was sich nicht fortschaffen lässt, wird zertrampelt und zertrümmert.

Auch Leute von uns tun sich gütlich. Ich sah einen Soldaten irgendwo herauskommen, Pelze, Seidenstoffe, Statuetten in seinen Rucksack stopfen. Zur nächsten Tür wieder hinein.

Dort findet er Besseres, also wird das Vorige in den Staub gekippt und der Sack neu gefüllt.

Immer wieder Schreie, Schüsse.

Einmal kreischte eine Frau in unmittelbarer Nähe, es klang wüst und herzzerreißend. Wir rannten in den Hof, aus dem es kam, doch da strömten uns schon ein paar schwer beladene Sepoys entgegen, einer schnallte im Laufen den Gürtel seiner Hose zu. Sie bedeuteten uns mit Gesten, dass dort hineinzugehen nicht mehr lohnte. Das Schreien hatte aufgehört.

Ein invalider Bettler hockte mitten auf der Straße; als er unser ansichtig wurde, verneigte er sich und stammelte: »Katoliko shan\*, katoliko shan!«

Trupps der Alliierten suchen nach Boxern und chinesischen Militärs, die in Zivil in der Bevölkerung untergetaucht sind. Finden sie einen, wird Standgericht gehalten, und die Erschießung folgt auf dem Fuße. Die Ermittlungen beschränken sich darauf, dem Betreffenden die Kleider vom Leib zu reißen – Spuren von Kolbenrückschlägen an den Schultern gelten als hinreichender Beweis und ziehen die Todesstrafe nach sich, die an Ort und Stelle vollstreckt wird. In unserem Beisein wurden mehrere Chinesen exekutiert. Zuerst schnitt man ihnen die Zöpfe ab, dann schlug man sie mit Gewehrkolben blutig, erst danach wurden sie erschossen.

Beim Überlesen des Vorigen frage ich mich, wozu ich all diese Gräuel hier niederschreibe.

Eigentlich möchte man das alles nur so schnell wie möglich vergessen. Und trotzdem werde ich aufschreiben, was hier geschieht. Jemand muss es doch festhalten. Vielleicht bin ich ja zu diesem Zweck hier. Hinschauen und aufschreiben.

Tue ich das nicht, wird es alsbald vergessen sein. Wie gar nicht gewesen.

---

\* (chin.) gut

Aber vielleicht sollte ich es ja auch besser lassen. Für wen kann das gut sein? Was hat es für einen Sinn?

Ich habe schreckliche Kopfschmerzen. Mir zerspringt fast der Schädel.

Saschenka, ich weiß nicht mehr, wer ich bin und was ich hier tue.

*I*ch hatte einen Traum. Mit Papa und Mama am Meeresstrand. Mama ist auf dem Weg ins Wasser. Setzt sich die Badekappe auf, schiebt die Haare darunter. Plötzlich sehe ich: Sie ist nackt.

»Aber Mama!«, rufe ich.

»Ist doch keiner da!«, lacht sie.

Ich schaue mich um, und tatsächlich ist der Strand ganz leer, wir sind die Einzigen weit und breit. Sie geht ins Wasser, ruft, will uns ins Tiefe locken. Aber Papa und ich bleiben am Rand. Sie schwimmt in lockeren, kräftigen Zügen, ihre Arme pflügen das Wasser, wir sehen nur ihr weißes Mützchen auf den Wellen hüpfen.

Ich erwache von einem seltsamen Ploppen. Noch halb im Abgang meines Traumes, brauche ich eine Zeit, um zu begreifen, was das war: Eine Weihnachtskugel ist vom verdorrten Tannenbaum gefallen.

Dann komme ich zu mir und erinnere mich, ach ja, Mama ist gestorben.

Nachts ist alles still, man kann die trockenen Nadeln auf den Boden rieseln hören.

Kratzen im Hals. Schluckbeschwerden. Die Nase verstopft, ich kann nichts riechen. Matschbirne. Ich werde krank.

Schon zum dritten Mal in diesem Winter.

Ich bin es leid, im Dunkeln aufzustehen.

Überhaupt bin ich alles leid.

Es war an Mamas Geburtstag gewesen, ich war nur auf einen Sprung bei ihr, sie hatte Gäste, ich wollte nicht lange bleiben. Seit ein paar Jahren arbeitete sie abends als Programmverkäuferin in der Oper, von daher gab es neue Freundinnen, ich kannte keine von ihnen. Zwischendurch wollte sie, dass ich mit ins Badezimmer komme.

»Sieh mal, was ich hier habe! Spürst du den Huckel? Saschenka, mir ist so bange!«

Da war ein Knoten in ihrer Brust.

»Erst war er ganz klein, wie ein Furunkel. Aber neuerdings wächst er. Oder bilde ich mir das ein? Und auch unter den Achseln sind die Drüsen geschwollen. Fühlst du die Beule? Genauso am Kopf, hinter den Ohren...«

»Mama, solche kleinen Verhärtungen haben wir doch alle von Geburt an. Das ist nichts Schlimmes. Alle Frauen haben das. Lass dich halt mal untersuchen. Tut es denn weh?«

»Eigentlich nicht.«

»Na, dann hab keine Angst. Alles halb so wild.«

War es aber nicht. Die Untersuchung ergab ein bösartiges Geschwür, ein Eierstock war angegriffen. Überhaupt nahm die Krankheit einen rapiden Verlauf.

Es begann die Zeit der Klinikaufenthalte und Operationen. Ich fuhr beinahe täglich hin.

Sie kam mit den Kliniken nicht zurecht, dort klebten die Krankheiten an den Wänden wie der Ruß überm Küchenherd, behauptete sie und wollte nach Hause.

Beim ersten Mal hatte sie eine alte, ausgemergelte Frau zur Bettnachbarin, der nur noch ein paar Büschel Haare vom Kopf abstanden und die ständig dabei war, sich zu schminken. Je mehr sie verfiel, umso greller wurde ihr Make-up. Lippen hatte sie kaum noch, doch sie malte fette purpurne Kreise um ihren eingefallenen Mund. Ihr Stöhnen raubte Mama den Schlaf.

»Saschenka, ich bitte dich, hol mich hier raus!«, flehte sie, als ich sie besuchen kam. »Ich krieg hier kein Auge zu! Das halt ich nicht aus!«

»Mamotschka! Hab ein bisschen Geduld! Sie machen dich hier wieder gesund!«

Sie brüllte mich an, ich nähme doch sowieso keine Rücksicht auf sie, es wäre mir schnurz, wenn sie hier durchdrehte. Zeit ihres Lebens war Mama nie ausfällig geworden, die Krankheit hatte sie vollkommen verändert. Mal befand sie, die Ärzte seien Pfuscher, mal fühlte sie sich falsch verpflegt, falsch untersucht. Am meisten kriegten die Schwestern ab. Sie kämen nicht, wenn man sie rufe, beschwerte sich Mama, sie seien grob zu ihr und scherten sich einen Dreck darum, was die Patienten durchmachten.

»Die wollen nur unser Geld und tun nichts dafür«, entrüstete sie sich so laut, dass man es auf dem Flur hören konnte, »husch, husch nach Hause und sich des Lebens freuen, darauf kommts denen an!«

Die Krankenschwestern wiederum beklagten sich bei mir: Man komme mit ihr nicht mehr zum Arbeiten, kaum sei man raus aus dem Zimmer, drücke sie den Rufknopf schon wieder, und wenn man dann erscheine, habe sie vergessen, was sie wollte, und beschwere sich auch noch, dass man ihr die Ruhe raube.

Welche Pein, sich das anhören zu müssen.

Galle und Gereiztheit entluden sich über mir, es war, als wartete sie nur auf mein Kommen, um ihren Ärger und ihre Verbitterung an mir auszulassen. So als wäre ich schuld daran, dass der Krebs sie befallen hatte und nicht die Schwestern, nicht den Passanten da vor dem Fenster, nicht mich.

Hatte sie sich abreagiert, saßen wir schweigend beieinander, ich streichelte ihre Hand, und ihr kamen plötzlich die Tränen.

»Hier wischt eine immer den Fußboden, die ist schon alt, aber kräftig und zäh, sieht aus, als würde sie hier noch zwanzig Jahre wischen, und ich liege da und denke: Wieso hat es mich getroffen und nicht die? Und gleich darauf frage ich mich, wie man so was auch nur denken kann. Du musst entschuldigen, ich erkenne mich manchmal selbst nicht wieder. Ich verwandle mich hier in irgendwen...«

Sie hatte zu der Zeit schon starke Beschwerden und bat immerzu um Schmerzmittel.

»Nicht mal spritzen können die hier. Du findest kein heiles Fleckchen mehr an mir!«

Und sie wies mir ihre zerstochenen Arme und Beine vor.

Die nächste Spritze setzte ich ihr selbst, und sie wurde ruhig.

»Saschenka, du kannst gut spritzen, es tut gar nicht weh.«

Und sie dämmerte weg.

Ich war furchtbar übermüdet. Immer nach der Arbeit fuhr ich zu Mama und versorgte sie: half ihr beim Waschen und Kämmen, schnitt ihr die Nägel, massierte ihr den Rücken, cremte die Füße ein, rückte das Bett unters Fenster, damit sie die Bäume sah. Mehr noch als das viele Tun ermüdete es mich, ständig von ihren Gedanken umfangen zu sein, ihren Reden und ihrem Schweigen. Ihrer Angst vor dem Ende.

»Wir haben nicht alles entfernen können«, hatte der Chirurg nach der ersten Operation zu mir gesagt.

Während ich ihr einzureden versuchte, es gehe nun aufwärts.

An manchen Tagen ging ich statt in die Klinik zum Kinderhüten zu Janka. Das war meine Erholung, hier fand ich zu mir, konnte wieder auffrischen, was Mama und ihr Krebs mir abverlangt hatten.

Jankakinder nenne ich sie. Ihnen gefällt das.

Ich komme aus dem Staunen nicht heraus, wie schnell sie heranwachsen: Eben noch stand Kostik im Laufställchen oder im umgedrehten Schemel, dann wollte er ständig auf die

Eisenbahnbrücke gehen, »Tuff-Tuff« gucken, und jetzt ist er ein Schulkind! Zum Fürchten ist das. Ich ging für ihn Hefte, Federkästchen, Füller und Stifte und einen Ranzen kaufen, Janka war froh, dass ich ihr das abnahm.

Sie lieben mich. Einmal bekam ich von Kostik eine Streichholzschachtel geschenkt.

»Vorsichtig aufmachen!«

»Was ist denn drin?«

Kostik legte sie mir ans Ohr, drinnen rappelte etwas. Er hatte mir einen Käfer gefangen!

»Nimm ihn mit nach Hause, Tante Sascha, er kann bei dir wohnen, dann bist du nicht mehr allein und musst keine Langeweile haben!«

So ein Goldstück! Sorgt sich um meine Einsamkeit.

Bei ihnen fällt alles von mir ab: Mamas Krankheit, die Klinik und dass es so etwas wie Krebs gibt. Ich packe die Tasche aus, stelle die Lebensmittel auf den Tisch – Milch, Saft, Kekse –, sie schauen zu und rufen: »Hurra, Milch! Hurra, Saft! Hurra, Kekse!« Ich stimme ein: »Hurra, Kefir! Hurra, Kondensmilch! Kringel, hurra!« Und wir sind glücklich. Mir nichts, dir nichts, einfach so.

Dem Großen hatte ich ein Bänkchen vor die Toilette gestellt, damit er nicht mehr auf den Topf gehen musste. Da war er schrecklich stolz darauf, ins Klo zu pinkeln wie ein Erwachsener. Er stellte sich auf die Zehenspitzen, und natürlich ging viel daneben… Jetzt hat der Kleine das Bänkchen geerbt. Er hat es nicht leicht. Als hätte er nicht schon genug Kinderkrankheiten, muss er sich auch noch mit einer Phimose plagen. Eine Zeit lang hatten wir gehofft, dass es sich von alleine gibt und ihm das Messer erspart bleibt, doch es ist nicht mitanzusehen, wie sich das Kind jedes Mal abmüht.

Die beiden zu waschen macht mir Spaß, besonders im Sommer, wenn sie dreckig und verschwitzt von der Straße raufkommen. Dann setze ich sie in die Wanne, reibe ihnen mit dem Bastwisch den Dreck von den Füßen, die braun gebrannt sind mit hellen Streifen von den Sandalenriemen. Sie albern herum, werfen mit Schaum und spritzen, am Ende bin ich pitschenass, wir lachen uns tot. Ich seife ihnen die Haare mit Shampoo ein, was nicht ohne Kreischen abgeht. Die Haare fühlen sich ganz seidig an. Dann geht es unter die Dusche.

Nach dem Baden wird alles kräftig abgerubbelt, und natürlich finden wir es lustig, wie die gewaschenen Haare unter den Fingern quietschen.

Am Ende bin ich müde und mache mich ein bisschen lang. Klein Igor legt sich daneben und lässt sein Auto auf mir fahren wie durch ein Gebirge. Dazu aus tiefster Kehle Motorbrummen. Das ist herrlich!

Natürlich wird auch gestritten, Tränen fließen, es gibt Geschrei. Sie streiten und raufen wegen jeder Lappalie. Am Ende siegt immer der Stärkere, Kostik. Einmal konnten sie sich nicht über ein Spielzeug einigen, ich entschied, dass der Kleine es kriegen sollte, der eine Minute später heulend angerannt kam.

»Igorlein, was ist passiert?«

Er schluchzte, bekam kein Wort heraus.

Ich rief Kostik, der in gespielter Verwunderung die Schultern hob: »Du hast gesagt, ich solls ihm geben, und das hab ich gemacht!«

»Ja, aber vorher hast dus ins Klo getaucht!«, rief Igor entrüstet.

Einmal traf ich sie beim Doktorspielen an: gegenseitiges Fiebermessen mit dem Finger im Po. Was sagt man dazu!

Janka war zu der Zeit schon wieder schwanger, obwohl sie kurz vorher verkündet hatte, keine Kinder mehr zu wollen.

»Guck dir doch meine Brüste an. Weich gekochte Eier! Wie schön fest die mal waren. Und an den Beinen die reinsten Landkarten. Ein Delta am andern!«

Ich betrachtete ihre Brüste: durchscheinend, hellblau geädert, mit dunkelbraunen Warzen – lebendig, intakt und in Gebrauch, ich beneidete sie darum.

Janka überlegte zu der Zeit ernsthaft, sich die Eileiter unterbinden zu lassen.

»Was soll ich damit noch?«

Seinerzeit hatte Janka erzählt, wie Kostik auf die Nachricht reagierte, er bekomme ein Brüderchen – helles kindliches Entsetzen darüber, im Universum nicht allein zu sein: »Wozu denn noch eins? Ihr habt doch mich!«

Doch als Igor dann auf der Welt war, zeigte Kostik sich so begeistert von dem neuen Baby, dass alle Eifersucht vergessen war. Einmal wollte er, dass ich ihn in eine Decke wickelte und herumtrug wie einen Säugling. Ich tat es und spazierte mit ihm im Zimmer umher. Er schob den Daumen in den Mund und schloss die Augen. Irgendwann lachte er und fing an zu strampeln: »Lass mich los! Lass mich runter!«

Das wollte ich aber nicht.

Inzwischen war Jankas Familie nahe am Zerbrechen; ich hegte die Hoffnung, dass das neue Kind sie wieder zusammenschweißen würde.

Vor dieser Schwangerschaft hatte ich mir so einiges an Klagen über ihren Mann anhören müssen.

»Liegt auf der Couch, Kopf zur Wand, und sagt nichts. Steht irgendwann auf, kommt in die Küche und schmeißt das Abendbrot auf den Fußboden!«

Er sei Mamas Einziger gewesen und führe sich immer noch auf wie ein verwöhntes Kind: immer am Nörgeln und Krakeelen, dann wieder kniefällig, von einer Hysterie in die andere.

»Und den Abwasch hat er noch kein einziges Mal gemacht!«

»Aber du hast so wunderbare Kinder«, suchte ich sie zu trösten.

»Saschka, glaub mir: Kinder sind kein Liebesersatz!«

Und irgendwann sagte sie voller Bitterkeit: »Inzwischen weiß ich, was Familie ist: Lernen, in der Hölle zu leben, und das so, dass die Kinder nichts mitkriegen.«

Sie stritten sich seit Langem. Einmal nach großem Zoff flüchtete sie mit den Jungen zu mir und blieb über Nacht. Am Morgen kam ihr Mann um Verzeihung bitten, klingelte, klopfte, drohte die Tür aus den Angeln zu schlagen. Janka wollte ihn nicht hereinlassen, aber die Kinder heulten. Ich ging aufmachen, da war er schon wieder im Brass, weil wir ihn so lange hingehalten hatten, also neues Geschrei. Die armen Jungen! Sie stürzten sich mit Fäusten abwechselnd auf Papa und auf Mama. Enden tat das Ganze in einem Schmierentheater von Versöhnung und Heimholung, während ich mit Migräne zurückblieb.

Dem nicht genug, fing Janka auch noch an, mich zu bedauern.

»Saschka! Ich such dir jemanden. Du brauchst einen Mann zum Heiraten!«

»Wozu das denn?«

»Sag bloß, du weißt nicht, wozu man heiratet.«

»Nein.«

»Um die Leere auszufüllen. Wir zum Beispiel streiten uns immerzu, gerne auch vor Leuten, brüllen uns an, knallen mit den Türen, zerdeppern Geschirr, er ballt die Fäuste, ich heule – aber hinterher, nach dem großen Gewitter, haben wir einander wieder lieb. Ohne diese Ausbrüche fehlte mir was.«

Jetzt, wo Janka ein neues Kind erwartete, schien ein bisschen Ruhe eingekehrt zu sein. Wenn ich zu Besuch war, umarmte er seine Frau, legte die Hand auf den sich rundenden Bauch und lächelte selig wie ein Kind.

»Endlich krieg ich ein Töchterlein. Da haben wir uns ordentlich Mühe gegeben, was?«

Janka raffte die Bluse, besah sich ihren Bauch im Spiegel, und wir alle – die Kinder, der Mann und ich – bewunderten ihn, jeder wollte mit dem Finger über den senkrechten braunen Strich fahren und auf den hervorstehenden Nabel drücken wie auf einen Klingelknopf. Einer nach dem anderen drückte.

»Klingeling! Wir warten auf dich!«

Als der erste Schnee gefallen war und die ganze Stadt eingeschneit, ging ich mit den Kindern auf den Hof, einen Schneemann bauen. Wir wälzten riesige Kugeln. Als er fertig war, trat Igorchen vor ihn hin, strich ihm mit dem Handschuh über den Kugelbauch.

»Wie Mama!«, sagte er.

Derweil wurde meine Mama vor der zweiten Operation für vier Wochen nach Hause entlassen. Ich musste Urlaub nehmen, um sie zu betreuen.

Kochte ihr Kräutertee, pürierte Suppen.

Ertappte mich dabei, wie ich es vermied, aus ihrer Tasse zu trinken, obwohl mir doch klar war, dass Krebs nicht ansteckend ist. Um es mir zu beweisen, probierte ich die Suppe mit ihrem Löffel.

Mama hatte sich unmerklich in eine von der Krankheit ausgezehrte Greisin verwandelt. Es war schmerzlich zuzusehen, wie sie, auf der Bettkante sitzend, mit ihren krummen Zehen eine Ewigkeit nach den Pantoffeln tastete, um dann schlurfend, in Zeitlupe, aufs Klo zu tapern, immer mit der dürren Hand gegen die Wand gestützt. Auch ihre Stimme war schon ganz ausgedörrt.

Ich weiß noch, wie sie nach dem Kämmen vor dem Spiegel ein Knäuel ihrer rapide ausgehenden Haare aus der Bürste zog und seufzte: »So wenig ist übrig von mir …«

Ist das wirklich noch Mama?, fragte auch ich mich, wenn ich sie in der Wanne wusch.

Das Haar färbte sie schon lange nicht mehr. Nur an den Spitzen war es noch kastanienbraun, sonst schlohweiß. Große, hässliche Narben anstelle der Brüste, müdes, graues Gewöll im Schoß, hervortretende Krampfadern an den Beinen, ein Geflecht roter und blauer Beulen.

Häufig fielen ihr jetzt Begebenheiten aus der Kindheit und Jugend ein, die sie mir früher nie erzählt hatte.

Als kleines Mädchen habe sie von langen weißen Brauthandschuhen geträumt.

»Solche schmalen Glacédinger, bis zu den Ellbogen, weißt du?«

Dieser Traum hatte sich nicht erfüllt.

Als Papa ihr den Hof machte, flanierten sie bis spät in die Nacht durch die Stadt. Kam eine Straßenbahn, mit der sie hätte nach Hause fahren können, überredeten sie einander, auf die nächste zu warten. Das ging so lange, bis die letzte verpasst war und sie zu Fuß durch die halbe Stadt laufen mussten.

»Wer hätte damals gedacht, dass das Leben so schnell dahingeht, und am Ende ist es die verpasste Straßenbahn, die bleibt?«, seufzte sie.

Von ihren Eltern hatte sie früher nie erzählt, nun tat sie es, sprach von »deinem Großvater«, »deiner Großmutter«, obwohl ich beide nicht gekannt hatte, sie waren lange vor meiner Geburt gestorben.

Auch von ihrem ersten Kind, meinem älteren Bruder, war nun öfter die Rede. Plötzlich stand sogar ein Foto von ihm auf dem Nachttisch, ich hatte es nie gesehen. Dickes Baby mit rundem Po und zahnlosem Lachen.

Einmal im Halbschlaf rief sie plötzlich: »Sascha! Saschenka!«

Ich lief hin.

»Mama, ich bin bei dir«, sagte ich.

Sie schlug die Augen auf, mich traf ein irritierter Blick, und mir war sofort klar, dass der Ruf nicht mir gegolten hatte.

Das Leben schien sich immer mehr zu komprimieren für sie, alles Durchlebte wurde transparent, eins trat hinter dem anderen hervor.

Als ich sie nach dem Baden abtrocknete, fiel ihr plötzlich ein, wie ich als Kind, noch im Puppenalter, zu ihr gesagt hatte: »Später, wenn ich groß bin, da bin ich groß, und du bist klein!«

»Genauso ist es gekommen«, sagte sie wie mit einem entschuldigenden Lächeln, »wir haben die Rollen getauscht.«

Von Zeit zu Zeit war es unerlässlich, mich aus ihrer Krankheit zu lösen. Mama verstand das, scheuchte mich geradezu aus dem Haus: Ich solle mir ruhig etwas vornehmen, frische Luft schnappen, nicht immer bei ihr hocken.

»Und was tust du in der Zeit?«, fragte ich sie. »Du wirst dich langweilen!«

»Ach, ich hab genug zu tun! Allein die ganzen Erinnerungen ...«

So ging ich abends häufiger zu Janka und durfte erleben, wie ihr Mann die Hand auf das Kind im Bauch legte und mir zuzwinkerte: »Endlich ein Mädchen! Ich hab es bestellt!«

Ich aber wusste mehr als er.

Janka zog mich bei allem ins Vertrauen, beichtete die intimsten Dinge, auch solche, die ich besser nicht hätte wissen sollen.

Im Glauben, schon wieder schwanger zu sein, hatte Janka darauf verzichtet zu verhüten, als sie mit ihrem Geliebten schlief, während ihr Mann auf Dienstreise war. Dann aber stellte sich heraus, dass sie sich in den Tagen verrechnet hatte; das Kind musste in Abwesenheit ihres Mannes gezeugt worden sein.

Janka hinterging ihren Mann beinahe von Anfang an. Nicht selten lag sie, während ich die Kinder hütete, in einem fremden Bett; für den Fall, dass ihr Mann dumme Fragen stellte, hatte ich eine Notlüge parat. Er fragte aber nie.

Den zweiten Liebhaber schaffte Janka sich an, um den ersten zu vergessen. Mit dem dritten verhielt es sich ebenso.

Ich glaube, so war sie schon immer, auch in ihrer Jugend: Sie verliebte sich nie, mochte es aber, den Jungen den Kopf zu verdrehen und zuzusehen, wie sie Feuer fingen, tollwütig wurden, sich prügelten um sie.

Der letzte war ein Musikologe. Von den heimlichen Rendezvous abgesehen, trafen sie einander manchmal bei gemeinsamen Bekannten.

»Wir saßen auf dem Sofa nebeneinander, ich war ins Gespräch vertieft und merkte nicht, wie ich ihm auf einmal, ganz aus Gewohnheit, das Haar wuschelte. Ein Glück, dass es keiner gesehen hat!«

Er hege eine kindische Eifersucht auf ihren Ehemann, berichtete sie amüsiert.

Einmal, auf dem Sprung zu ihrem Lover, stand sie mit dem Lippenstift vor dem Spiegel und sagte: »Er hat wenigstens ein Gespür für meinen Körper. Ganz anders als mein Mann!«

Dabei hatte sie gerade Husten und Schnupfen, noch dazu eine entzündete Lippe.

»Janka«, mahnte ich sie, »wo willst du denn hin mit der verrotzten Nase? Kurier dich lieber aus!«

Sie aber lachte nur.

»Das findet er gerade gut, wenn er in mir ist, und ich muss husten. Dann zieht sich alles so schön zusammen, sagt er.«

Ich fragte Janka, wie das gehe, mit zwei Männern an einem Tag. Ja, gestand sie, das habe sie anfangs gestresst, solange sie es nicht gelernt hatte, einen symbolischen Strich zwischen beiden zu ziehen – indem sie zwischendurch ausgiebig duscht, die Haare mit verschiedenen Shampoos wäscht, sich die Beine rasiert, verschiedene Parfüms benutzt.

»Ich weiß nicht, wie man das erklären soll. Es ist das Fundament, auf dem eine Familie überhaupt nur existiert, Saschka, glaub mir. Komme ich vom Geliebten nach Hause, bin ich ausgeglichen und versöhnt. Nach dem Ehebruch bin ich wieder in der Lage, zu meinem Ehemann zärtlich zu sein. Habe die Kraft, den Haushalt zu führen, die Kinder zu versorgen, ihm seine gefüllten Paprikaschoten zu kochen, die er so liebt. Derweil denkt er: Was habe ich für eine tolle Frau!«

Ihr Musikologe war mir von Anfang an unsympathisch. Ich begriff nicht, was sie an ihm fand – schon dass er ständig nach saurem Schweiß roch, fand ich abscheulich. Und wie er mich ansah, gefiel mir nicht. Einmal, es war noch Sommer, kamen die zwei noch spät zu mir, beide hungrig, doch es war nichts vorbereitet. Also verzog sich Janka in die Küche, er legte irgendeine Platte auf und wollte unbedingt, dass ich mit ihm tanze. Fing prompt an, sich an mir zu scheuern und zu schubbern, die Hände wurden zudringlich. All dies mit einem lauernden Blick zur Küche hin – ob sie nicht etwa auftauchte.

Ich zerrte ihn auf den Balkon, schlang im Dunkeln die Arme um ihn, küsste ihn auf den Mund. Er fing an zu keuchen, saugte sich an mir fest, ohne den Seitenblick in Richtung Janka aufzugeben.

Brüsk stieß ich ihn von mir und lachte höhnisch.

»Was hast du?«, fragte er erschrocken.

»Nichts. Ich hab einfach ein Faible für alles Schöne, alles Lustige, Lockere und Leckere. Dafür ist das Leben da! Aber du hast eine lange Nase, eng stehende Augen, schiefe Zähne, und dein Bauch sieht aus wie vorgeschnallt!«

Den Geruch erwähnte ich lieber nicht.

Seitdem dürfte er mich hassen.

Von Janka ging ich zurück zu Mama und ihrem Krebs.

Nach einigem Zaudern stellte ich eine Frage, die mich seit Langem bewegte.

»Mama, warum hast du Papa damals eigentlich betrogen?«

»Das kannst du mir wohl nie verzeihen?«

»Darum geht es nicht. Ich hatte kein Recht, dir etwas vorzuwerfen, das war mir schon damals klar. Auch zu verzeihen steht mir nicht zu. Ich meine nur, es muss doch anstrengend gewesen sein, die ganze Zeit zu lügen, Ausreden zu erfinden...«

»Ich habe nicht gelogen. Lügen ist etwas anderes. Du kommst nach Hause, die eine Wahrheit ist vergessen, die andere gilt. Aus der einen Frau ist die andere geworden.«

»Warst du verliebt in die anderen Männer? So wie in Papa?«

»Ja freilich! Es ist mir vor der Hochzeit passiert, dass ich mich verliebt habe, und genauso danach. Die Ehe hat damit nichts zu tun. Manchmal verliebt man sich über Nacht. Du wachst auf und merkst, du bist verliebt, es muss im Schlaf passiert sein. Den Ehemann liebt man sowieso auf andere Art.«

»Und das lief alles heimlich ab?«

»Wozu hätte ich ihm wehtun sollen, Qualen auferlegen? Einen nahestehenden Menschen unglücklich machen?«

Sie versuchte noch ein paarmal dieses Gespräch wiederaufzunehmen; zur Rechtfertigung, wie mir schien.

»Mama«, fiel ich ihr ins Wort, »du musst mir nichts erklären...«

»Nein, hör doch mal. Ein Mann kann eine Frau verwandeln. Ich habe mich immer mit den Augen der Männer gesehen, das gefühlt, was sie für mich empfanden. Mit dem einen war ich ein müdes, schlaffes Geschöpf, mit dem sich nichts anfangen ließ. Mit dem anderen war ich eine richtige Frau, die man begehrt... Wir Frauen wollen uns verschwenden. Ist die Möglichkeit dazu nicht gegeben, sucht unsere Freigiebigkeit sich einen Ausweg.«

Einmal nach langem Schweigen – ich dachte schon, sie wäre eingeschlafen, dabei weilte sie nur andernorts, in der Vergangenheit – sagte sie: »Ich habe Papa immer die Haare geschnitten, wie du weißt. Dass ich ihn betrog, kam mir richtig zu Bewusstsein erst, als ich es zum ersten Mal bei dem anderen tat.«

Sie schien darauf zu lauern, dass ich etwas dazu sage. Aber da konnte sie lange warten.

»Betrügen, das ist überhaupt so ein dämlicher Ausdruck«, fuhr sie fort. »Man nimmt ja keinem etwas weg dabei. Es ist einfach das andere, das man genauso nötig hat. Keiner wird dadurch von seinem Platz verdrängt. Es besetzt eine Leerstelle, die sonst unausgefüllt bliebe. Man liefe herum, als wäre von der Welt ein Stück abgeschnitten und von einem selber auch. So aber fühlt man sich vollständig, leibhaftig, am Leben! Ich war mit den anderen glücklich als Frau, verstehst du? Sie sagten mir Sachen, die hätte dein Vater nie über die Lippen gebracht... Ich bin eine alte Närrin, was? Soll ich lieber den Mund halten?«

Es klang verlegen.

»Nicht doch, Mama, sprich dich aus. Du hast über diese Dinge nie mit mir geredet. Nur keine Scham!«

»Scham? Woher denn. Da ist nichts, dessen ich mich schämen oder wofür ich mich rechtfertigen müsste. Das eigentlich Schreckliche ist nicht, dass es passierte, sondern dass man seinen Allernächsten, dem Mann und der Tochter, nichts davon sagen durfte – obwohl es die größte Herzenssache war, tiefste Qual und höchstes Glück zugleich!«

Irgendwann kam sie unversehens und als wäre es sonst wie weltbewegend darauf zu sprechen, wie sie als Kind einmal ihrer Freundin ein hübsches Puppenkleidchen stahl. Das Mädchen war untröstlich, Mama erschrak und wollte das Kleid zurückgeben, merkte aber im selben Moment, dass das schon nicht mehr ging, und beteiligte sich an der Suche nach dem verschwundenen Kleidchen, das sie in ihrem Schlüpfer versteckt hielt und später, als niemand hinsah, in ein Brennnesselgebüsch warf.

»Und das hast du all die Jahre für dich behalten, um es mir heute zu erzählen?«

»Seitdem habe ich nie wieder fremdes Gut an mich genommen.«

»Ach, Mamotschka ... Ich hab dich lieb!«

In solchen Momenten fühlte ich mich an ihrer Seite so wohl und unbeschwert wie vor langer, langer Zeit, als wir mit angezogenen Füßen nebeneinander auf dem Sofa hockten und über Gott und die Welt redeten.

Wäre der Krebs nicht gewesen, ich hätte diese Nähe zu ihr wohl nicht noch einmal gespürt.

Es geschah zur selben Zeit, während Mama zu Hause war, dass Janka plötzlich ins Krankenhaus musste. In ihrer Schule war ein Trüppchen Unterstufler während der Pause in wilder Jagd den Flur entlanggerast und einer im vollen Lauf gegen ihren Bauch geprallt.

Erst war sie mächtig erschrocken, doch es schien nichts passiert zu sein. Bald darauf aber stellte Janka fest, dass sich in ihrem Bauch nichts mehr regte. Ihr Mann fuhr sie in die Klinik, ich blieb bei den Kindern. Er kam allein zurück, deprimiert.

»Ich hab den Arzt gefragt, ob Gefahr besteht. Nicht wenn die Frucht noch am Leben ist, hat er gesagt. Nur wenn sie tot ist und sich schon zersetzt hat, wird es schwieriger. Aber ich soll mir erst mal keine Sorgen machen!«

Er konnte es nicht fassen, wie man sein ersehntes Töchterlein plötzlich als eine sich zersetzende Frucht ansehen konnte.

Janka verlor das Kind, es traten Komplikationen ein, sie musste in der Klinik bleiben.

In jener Zeit zerteilte ich mich buchstäblich zwischen Mama und Janka sowie den Kindern. Mama sah ein, dass ich dort noch nötiger war, so zog ich ganz zu Janka, um die Jungen zu versorgen, nahm unbezahlten Urlaub dafür.

Die Tage, die ich mit ihnen zubrachte, waren schwierig und großartig zugleich. Das Großartige daran war das Gefühl, gebraucht zu werden. Ich schlief auf der Klappliege im Kinderzimmer. Morgens stand ich beizeiten auf, um als Erste im Bad zu sein und nicht mit verschlafenem Gesicht und wirren Haaren durch die Wohnung laufen zu müssen. Dann machte ich das Frühstück. Jankas Mann fuhr zur Arbeit, ich brachte den Großen zur Schule, den Kleinen in den Kindergarten. Ging einkaufen, putzte, wusch die Wäsche und kochte. Alles Dinge, die ich zu Hause verabscheute und die mir hier Spaß machten. Dann holte ich die Kinder wieder ab und gab ihnen zu essen, spielte mit ihnen, half Kostik bei den Schulaufgaben. Abends kam Jankas Mann, den ich gleichfalls bekochte. Er lobte, was auf den Teller kam. Das tat mir gut.

Jankas Mann sah mich nun mit ganz anderen Augen, was mir nicht verborgen blieb. Früher hatte er mich ja geflissentlich übersehen. Jetzt übernahm er selbst Arbeiten im Haushalt, den Abwasch zu erledigen war plötzlich kein Problem. Einmal fiel ihm auf, dass ich ganz krumm saß, und er verabreichte mir eine Rückenmassage. Er hat sehr sanfte Hände. Ein andermal brachte er Blumen mit, einfach so. Umarmte und küsste mich ganz verlegen. »Ich bin dir sehr dankbar. Was fingen wir an ohne dich?«

Es war wie ein Spiel für mich: Ich spielte Familie. Mein Haus, mein Mann, meine Kinder. Sie spielten alle mit.

Meistens schafften wir es abends noch, Janka zu besuchen, das Krankenhaus war nicht weit.

Auf dem Weg dorthin fassten wir uns alle an den Händen, Außenstehende mochten denken, eine Familie aus dem Bilderbuch.

Janka sah schlecht aus. Eingefallene Wangen, verheulte, fiebrige Augen. Sie fieberte tatsächlich.

»Guck mich lieber nicht an, du kriegst einen Schreck!«, sagte sie zu ihrem Mann.

Mit den fettigen Haaren, den abstehenden Ohren und den Hasenzähnen war sie tatsächlich ein Anblick zum Fürchten.

»Dafür siehst du aus wie das blühende Leben!«, sagte sie zu mir.

Man hatte ihr eröffnet, dass sie keine Kinder mehr bekommen konnte. Ich wusste nicht, was ich dazu sagen sollte.

»Eigentlich wolltest du es doch so haben?«

»Jaja, schon.«

Und sie fing wieder an zu heulen.

Wir saßen auf dem Bettrand, und es entging ihr nicht, dass die Jungen sie mieden, so verheult, krank und zum Fürchten, wie sie aussah, und sich lieber bei mir anschmiegten. Und dass auch ihr Mann mit mir ungezwungener umging als mit ihr.

»Gehts euch gut ohne mich?«, fragte sie mit schmerzlichem Lächeln.

Kurze Zeit später wurde Janka entlassen, das Spiel war aus, ich ging nach Hause.

Mama wurde zum zweiten Mal operiert.

An das Gespräch mit dem Arzt, das mir die letzte Hoffnung nahm, kann ich mich gut erinnern.

»Und wie viel Zeit bleibt ihr noch?«, fragte ich. »Ein Jahr?«

»Wo denken Sie hin! Das geht jetzt alles ganz schnell.«

»Und da ist nichts mehr zu machen?«

»Nein.«

Er hatte wenig Zeit und entschuldigte sich dafür. »Sagen Sie es ihr«, riet er mir noch. »Ich bin immer dafür, dass die Patienten es von ihren Angehörigen erfahren und nicht vom Arzt.«

Ich machte mich auf den Weg zurück in Mamas Zimmer, wo sie auf mich wartete, die Frage auf den Lippen: »Und? Was sagt er?«

Vorher ging ich hinunter auf den Hof, mich zu sammeln. Einmal tief durchatmen an frischer Luft. Es fiel ein bisschen Schnee, der Hausmeister schippte ihn zu kleinen Haufen. Eine Katze lief vorüber, für den Moment meinte ich mein Knöpfchen in ihr zu sehen, ich rief sie, doch es war ein Knöpfchen im neuen Fell.

Ich weiß noch, was ich über den Arzt dachte, der mir die Mitteilung gemacht hatte.

Bote und Botschaft.

Er hätte mir ja auch einen Stuhl anbieten können, dasselbe in einem anderen Ton sagen, aus dem zumindest ein Quäntchen Mitgefühl herauszuhören gewesen wäre.

Aber wahrscheinlich war das sein Selbstschutz vor derlei Botschaften – dieser kalte, sachliche Ton.

Der Hausmeister lächelte mir zu, bevor er auf den Boden schnäuzte, so als wollte er damit angeben: Schau her, wie viel Rotz bei mir in ein Nasenloch passt, und jetzt kommt das andere dran, pass mal auf!

Ein altes Pärchen spazierte vorbei, ich hörte ihr Gespräch: »In der Hinsicht kann man bei Leberkrebs noch von Glück reden...«

Keine Ahnung, warum sich mir das alles so eingeprägt hat.

Dann ging ich hinauf. »Und? Was sagt er?«, fragte Mama. »Alles wird gut«, antwortete ich.

Sie bekam ihr Schmerzmittel gespritzt und schlief ein.

Ich saß daneben, schaute aus dem Fenster, sah zu, wie es schneite, dunkle Flocken vor hellem Himmel. Kaum war Mama eingeschlafen, zuckte es in ihr, sie schlug die Augen wieder auf. Ihr Blick ging durchs Zimmer, fiel auf mich.

»Ich hab die ganze Zeit an ein Wunder geglaubt«, sagte sie. »Und anscheinend ist eins geschehen... Ich bin darauf gefasst jetzt. Die Angst ist weg.«

Es begann eine neue Phase ihrer Krankheit. Mama war plötzlich die Ruhe selbst, beinahe ergeben. Hatte sie vorher das Alleinsein gefürchtet, so sehnte sie es jetzt geradezu herbei. Früher hatte ich ihr immer aus der Zeitung vorlesen sollen, um sie abzulenken, jetzt schien ihr alles, was von außen in ihre geschrumpfte Welt eindrang, ungelegen zu sein. Früher hatte sie mich gebeten, ihre Bekannten anzurufen und zum Besuch zu mahnen; kaum sei man krank, schon mieden einen die Leute, so beklagte sie sich: »Man hat ihnen nichts mehr zu bieten, also bleiben sie weg.« Nun war ihre ausdrückliche Bitte, in Ruhe gelassen zu werden. Und kam doch einmal jemand, war sie einsilbig und schien zu warten, dass er wieder ging.

Die letzten Tage brachten wir schweigend zu, nur selten fielen ein paar belanglose Worte.

Einmal hielt sie mir ein verschlossenes Kuvert hin: Sie habe über ihr Begräbnis nachgedacht und mir alles genau aufgeschrieben.

»Versprich mir, dass du kein unnötiges Geld ausgibst! Das möchte ich nicht. Versprichst du mir das?«

Ich nickte nur.

Äußerlich veränderte sie sich zusehends. Sie dörrte aus, schrumpfte, der Krebs fraß sie auf. Sie liegend umzudrehen bereitete keine Mühe mehr. Die Lider wurden dunkel und fielen ein.

Der Hunger quälte sie, doch sie konnte nichts mehr essen, alles, was sie an Nahrung aufnahm, spuckte der Organismus sofort wieder aus. Zuerst schämte sich Mama für diesen beständigen Brechreiz, wollte nicht, dass ich sie dabei sah; bald schon fehlte ihr die Kraft, sich zu schämen. Ich saß daneben, streichelte ihre Schulter, während ihr Stöhnen den überstandenen Würgekrämpfen galt und der Aussicht auf die nächsten.

Ich versuchte, in ihr die Hoffnung am Leben zu erhalten, beteuerte, es werde alles wieder gut, und mir schien, als klammerte sie sich an diese Hoffnung, doch dann traf ich eine ihrer Freundinnen auf dem Korridor.

»Sascha, deine Mama weiß, dass es mit ihr zu Ende geht, ich soll es dir aber nicht sagen, um dich nicht aufzuregen ...« Sie brach in Tränen aus. »Was die Arme zu leiden hat! Wenn sies doch bald hinter sich hätte!«

»Sterben muss jeder, aber wieso muss ich mich dabei so quälen?«, klagte Mama. »Man würde seine letzten Tage doch gern in Würde verbringen – solche Schmerzen, das ist entwürdigend! Schlimm genug, dass man aussieht wie ein Gespenst. Aber dass einem alles so egal werden kann!«

Am meisten graute ihr vor den Nächten, sie ließ sich das Schmerzmittel in doppelter Dosis geben. Manchmal verging nach so einer Spritze keine halbe Stunde, und sie verlangte die nächste.

Wie gerne hätte ich etwas für sie getan, doch ich war machtlos, von Kleinigkeiten abgesehen: zum x-ten Mal das Kissen richten, die kalte Bettpfanne vor dem Unterschieben anwärmen ...

Und dann konnte ich nur noch nach Hause gehen und sie allein lassen.

Einmal, kurz vorm Ende, bat sie mich, über Nacht bei ihr zu bleiben. Sie hatte ein Gespräch auf dem Korridor gehört, dem, wie sie glaubte, zu entnehmen gewesen war, dass sie die kommende Nacht nicht überleben würde. Mama wurde von Panik ergriffen. Sie bettelte mich so inständig an, dass ich mit dem diensthabenden Arzt übereinkam und bleiben durfte, obwohl ich am nächsten Morgen zeitig zur Arbeit musste. Man bezog für mich ein leeres Bett, das so durchgelegen war und knarrte, dass selbst ein gesunder Mensch darin kein Auge zubekam.

Mama lag reglos. Ich machte ihr die ganze Zeit kalte Umschläge.

Sie litt, ich drückte ihre Hand, und mir fiel ein, wie wir ihre Katze eingeschläfert hatten. Die war lange krank gewesen; als wir mit ihr zum Tierarzt gingen, schaute der nur kurz hin und fragte: »Warum wollen Sie das Tier weiter quälen?«

Es bestand keine Hoffnung auf Gesundung, wir beschlossen, sie einschläfern zu lassen. Mama nahm sie auf den Arm, sie bekam die Spritze. Die Katze rollte sich ein und schnurrte. Es war zu sehen, wie sehr es ihr behagte, in liebenden Armen einzuschlafen.

Das ist schon seltsam, hatte ich damals gedacht. Dass unser Mitleid mit den Katzen ausreicht, ihre Todesqualen zu verkürzen, während wir das Leid des Menschen nach Kräften verlängern, und das aus lauter Mitgefühl.

Man hätte meinen können, dass zwischen Mama und mir in so einer Nacht noch Wichtiges zu besprechen gewesen wäre. Doch wir sprachen nur das Übliche.

Ich war todmüde.

Nichts Wesentliches kam zwischen uns mehr zur Sprache.

Sie kriegte starke Schlafmittel gespritzt, die aber nicht mehr wirkten.

Ihre Stimme brach, sie konnte nur noch flüstern. »Mit solchen Schmerzen ist man kein Mensch mehr«.

Die Schwestern mussten sich zu ihr niederbeugen, um sie noch zu verstehen; ich sah sie dabei die Luft anhalten, so als ließe sich der Krebs einatmen.

»Bitte, bitte bald«, hörte ich Mama immer öfter flüstern.

Als ich sie zum letzten Mal sah, ging es ihr sehr schlecht, sie stöhnte, ihr Mund war ausgetrocknet, auf der Stirn perlte der Schweiß. Ein einziger Schluck Tee führte zum Erbrechen. Der Atem ging schwer und rasselnd. Die Metastasen waren dabei, sie aus dem Körper zu drängen.

In der Arbeit erreichte mich der Anruf, dass sie im Sterben liege, ich solle kommen. Ich rief Vater an.

Er nahm lange nicht ab. Als er sich endlich meldete, wusste ich sofort: Er war betrunken, und das schon am Mittag.

»Häschen! Rat mal, was ich gestern gekauft habe!«

»Papa, hör zu, ich muss dir etwas Wichtiges sagen.«

»Filzstiefel! Und Galoschen dazu! Wie neu!«

»Papa! Mama liegt im Sterben.«

Ich trug ihm auf, er solle ins Krankenhaus kommen. Er brummte etwas.

Erst kam lange keine Straßenbahn, dann musste ich mich in eine überfüllte zwängen.

Am Bahnhof stieg Vater zu, in denselben Wagen. Er bemerkte mich nicht. Gerade wollte ich ihn rufen, da war er schon dabei, sich mit jemandem anzulegen. Es war mir peinlich. Ich wollte nicht, dass die Leute mitbekamen, dass das mein Vater war.

Anscheinend hatte er nach dem Telefonat noch weitergetrunken.

Ich hatte ihn lange nicht gesehen und war verblüfft, wie sehr er gealtert und heruntergekommen war. Hohlwangig, unrasiert, mit grauem Stoppelbart. Ein albernes Strickmützchen auf dem Kopf. Am schmutzigen Mantel fehlten Knöpfe. Und er hielt Volksreden, sodass der ganze Wagen es hörte, wie von einer Bühne herab.

»Jetzt stirbt sie also, sieh mal an! Und wir, sterben wir etwa nicht? Wir fahren Straßenbahn! Wohin? Dahin, wo der Pfeffer wächst, jawohl! Jetzt stirbt sie, die Schwimmhäsin!… Was gucken Sie so«, fuhr er irgendwen an, »Filzstiefel mit Galoschen, passt Ihnen das nicht? Das ist äußerst praktisch. Sind zwar alt, aber geruchsfrei unter null!«

Und weiter ging das Gefasel, irgendetwas über Galoschen und Schokolade.

Ich brachte es nicht über mich hinzugehen. Erst beim Aussteigen an der Klinik gewahrte er mich. Kam auf mich zugewankt, wollte mich küssen. Ich stieß ihn weg.

»Wie du aussiehst!«

Beleidigt brummelnd taperte er hinter mir her.

Wir kamen zu spät. Mama war bereits gestorben.

Ich hatte das Gefühl, dass etwas verloren war, nicht wiedergutzumachen. Nicht, dass sie gestorben war, erschütterte mich – die lange Leidenszeit hatte genügt, um darauf gefasst zu sein. Doch all die Monate hatte ich ein vages Schuldgefühl empfunden, das ich mir selber nicht erklären konnte. Vielleicht hatte es damit zu tun, dass sie gehen musste und ich blieb. All meine Hoffnung war gewesen, dass dieses Gefühl vergehen würde, wenn ich im Augenblick des Todes an ihrer Seite wäre. Ich hatte da sein und ihre Hand halten wollen. Nun hatte ich es versäumt.

Die ganze Zeit war ich bei ihr gewesen, doch gestorben war sie allein. Das tat am meisten weh.

Zum ersten Mal seit Monaten war ihr Gesicht ruhig und friedlich. Die Leiden hatten ein Ende.

Heulend stand Vater vor ihr, die Hände vor das Gesicht geschlagen. Die vielen Pigmentflecken an ihnen fielen mir auf, vermutlich hatte er es mit der Leber.

Nur gut, dass ich den Papierkram selbst zu erledigen hatte, das Begräbnis zu organisieren, all die Angelegenheiten, die mit dem Tod in Verbindung stehen, es lenkte ab.

Am Abend saß ich mit Mamas Adressbüchlein vor dem Telefon und rief ihre Bekannten an, um ihnen mitzuteilen, dass sie gestorben war. Es war ein merkwürdiges Gefühl, denn jedes Mal, wenn ich aufgelegt hatte und mir den Nächsten vornahm, schien Mama wieder aufzuerstehen und starb ein neues Mal, wenn ich die Worte »Mama ist gestorben« in den Hörer sprach.

Alles war seltsam. Der Kranz, die Schleifen, der Sarg. Dieser starre Körper, aus dem ich einmal auf die Welt gekommen war. Damals war ich in ihr und sonst nirgendwo. Jetzt ist sie in mir – und auch nirgends sonst.

Als ich Mama herrichtete, besprengte ich den Körper mit ihrem Parfüm, legte den Flakon in den Sarg.

Wie sich herausstellte, hatte Mama vorab für alles bezahlt. Ihr Platz auf dem Friedhof war reserviert. Es war das alte Grab ihrer Mutter, in dem auch schon ihr erstes Kind begraben lag. Sie hatte mich nie dorthin mitgenommen. Bei ihnen wollte sie liegen. Auch das Foto für die Grabsteinplakette war seit Langem ausgesucht, darauf war sie jung und schön. Eltern haben den Vorteil, dass sie die Welt verlassen, bevor ihre Kinder alt sind. Mama wird mich nie als die reizbare, larmoyante Greisin sehen, als die ich sie erlebt habe.

Ich dachte zurück an die Zeit, da ich – das gehässige, unerbittliche junge Ding, das ich damals war – mit ihr beständig im Streit lag, Hass auf sie empfand, ihr einmal gar den Tod wünschte, der nun eingetreten war.

Am Tag der Beerdigung schneite es von morgens an in dichten, dicken Flocken und verwandelte den Friedhof in einen Schneeskulpturenpark: Bäume, Sträucher, Zäune, Grabsteine sahen sich selbst nicht mehr ähnlich.

Die Anwesenden wischten sich in Abständen den schweren Schnee von den Mützen und Mänteln. Papa rieb sich mit dem Ende des Schals die buschigen Brauen.

Am Tor trafen wir auf einen anderen Trauerzug und mussten warten. Aus dem anderen Sarg ragte ein Bart, aus dem der Schnee gleichfalls eine kleine weiße Plastik gemacht hatte. Sie hatten Musik dabei, die Musiker schüttelten den Schnee von den Instrumenten, klopften die Spucke aus den Mundstücken, fröstelten, traten missmutig von einem Bein aufs andere. Einer nahm verstohlen einen Schluck aus dem Flachmann.

Hie und da waren auf dem Friedhof Feuer entfacht, um den Boden aufzutauen. Rauch zog durch die schwer fallenden Flocken.

Ich hatte das sonderbare Gefühl, dass wir nicht Mama zu Grabe trugen, sondern irgendjemanden anderen.

Dass das nicht sie war, die da im Sarg lag, nur ihre leere Hülle, war mir klar. Wie hätte Mama so vollgeschneit, die bloßen bläulichen Hände auf der eingefallenen Brust, in dieser unbequemen kalten Kiste liegen können? Nur war die Ähnlichkeit dieser toten Frau im Sarg mit meiner Mama bisweilen kaum auszuhalten, mir flossen die Tränen, schon weil der Schnee auf ihren Händen und auf dem Gesicht nicht tauen wollte, ich musste ihn mit dem Handschuh herunterwedeln.

Bevor der Deckel geschlossen wurde, beugte ich mich über sie, um ein letztes Mal ihren Geruch einzusaugen. Was ich roch, war der Duft des Parfüms, vermischt mit dem Geruch der Sargbespannung, des Schnees, des Holzfeuers und der Blumen, dem Leichengeruch. Das war nicht der Geruch von Mama.

Der Vater neigte sich vor, berührte ihre Stirn mit der seinen. Dann kam er zu mir. An den aus der Nase sprießenden Haaren hingen Tropfen. Er wollte etwas sagen, doch in diesem Moment ging ein Schütteln durch seinen Kopf, als wäre ihm beim Baden Wasser in die Ohren geraten. Ich wischte ihm mit dem Taschentuch die Nase, umarmte ihn, legte meinen Kopf an seinen nassen Schädel.

»Setz die Mütze auf, Papa, du erkältest dich noch!«

Ein Angestellter zog das Seil unter dem Sarg hindurch, um Mama in die Grube hinabzulassen. Dazu umarmte auch er den Sarg – als wäre in diesem Moment allen nach Umarmungen zumute.

Ich war erstaunt, auf der Beerdigung außer Mamas Freundinnen noch andere Leute zu sehen, die ich gar nicht kannte.

Eine Frau küsste mich und sagte: »Sascha! Ganz die Mama! Also wirklich!«

Zurück gingen wir den Weg, der den toten Friedhof, auf dem schon lange nicht mehr begraben wurde, von unserem lebenden trennte, und mir kam der Gedanke, dass ich Mama nun nie mehr würde umarmen können, an meiner statt täte es höchstens ein Baum, der seine Wurzeln gegen sie presste ...

Janka war nicht zum Begräbnis erschienen, obwohl ich darauf gehofft hatte. Überhaupt war etwas mit ihr vorgegangen seit jenem Klinikaufenthalt, als ich bei ihrer Familie gewohnt hatte. Immerhin war sie meine beste Freundin gewesen – und jetzt rief sie nicht mehr an, kam nicht vorbei, lud auch nicht mehr ein zum Kinderhüten. Zu Weihnachten hatte ich einen Tannenbaum nach Hause geschleppt und geschmückt, den Kindern Geschenke gekauft, wollte sie zu mir einladen, es ein bisschen festlich machen für sie und mich, doch Janka ließ die Jungen nicht zu mir, sie seien beide erkältet, gab sie vor. Dabei konnte ich sie im Hintergrund rufen hören, dass sie zu Tante Sascha wollten.

Ich sichtete Mamas Dokumente und Fotos und verabredete mich mit Vater, um ihm einen Teil davon zu überlassen. Er habe angefangen, seine Memoiren zu schreiben, verkündete er, und könne all das gut gebrauchen. Die Frage, ob es schon etwas zu lesen gebe, verneinte er.

»Alles zu seiner Zeit.«

Wir sprachen über Mama und wie sehr sie vor dem Tod hatte leiden müssen.

»Du bist noch zu klein, Häschen«, räsonierte er, »du weißt noch nichts vom Leben! Krankheiten sind notwendig, sie sind eine große Hilfe! Wer solche Qualen leidet, der tritt leichter ab!«

Obwohl er nur wenig getrunken hatte, war er im Nu betrunken.

»Dass die sich nicht schämen«, entrüstete er sich. »Der Toten irgendwelche Lappen in den Mund zu stopfen, damit die Wangen knuddelig aussehen wie bei einem Baby, und dann wird ein glückliches Lächeln aufgeschminkt! Wenn ich daran denke, dass sie mir am Ende auch so eine Clownsmaske verpassen, wird mir jetzt schon schlecht! Sowieso kann ich mir nicht vorstellen, unter der Erde zu sein. Will es auch gar nicht! Mir wärs lieber auf Seemannsart: zack über Bord, und weg war er!«

»Papa, du brauchst dringend wieder eine Frau!«

Die zermürbenden Fahrten ins Krankenhaus hatten ein Ende. Nun, ohne den Krebs, die Spritzen, den Schieber, die Kotzerei, das Stöhnen, die Ausdünstungen des siechen Körpers, hätte ich drei Kreuze machen sollen – doch merkte ich erst jetzt, dass es mir zur lieben Gewohnheit geworden war, abends zu Mama zu fahren und unterwegs zu überlegen, was ich ihr von meinem Tag erzählen würde, Gutes und Schlechtes: wie ich herumgerannt war, mich geplagt, mir die Beine in den Bauch gestanden hatte und am Ende doch noch alles gut geworden war.

Ich sortierte Mamas Sachen. Kämme, Puderdosen, Spiegel, Cremes, Gesichtswasser, Haarnadeln, Döschen, Tuben, Pinzetten, Scheren, Bürsten, all der Krimskrams, der eine Frau nicht überleben muss: in den Müll damit!

Im Schrank stieß ich auf ihre alten Kleider. Zog jedes einzeln hervor, versuchte mich zu erinnern, wo und wann ich sie darin gesehen hatte. Bei manchem fiel mir nichts ein, bei anderen wieder sah ich sie lebhaft vor mir. Mama in ihrem blauen Samtkleid auf dem Sprung ins Theater, wie sie vor dem Spiegel stand, sich kämmte und dabei telefonierte, ihre Gewissheit in den Hörer posaunte: Wer zupfe sich denn heutzutage noch *so* die Augenbrauen… Zuletzt fand ich auch noch ihren chinesischen Morgenmantel mit den blauen

Drachen, knitterte ihn zwischen den Fingern, grub die Nase in die fließende Seide – doch er roch nur nach alter Wäsche.

Dann ein paar kleine Briefumschläge, akkurat beschriftet:
*Saschas erster Zahn*
Meiner oder seiner?
*Saschas Babylocke – 1 ¼ Jahr*
Die gleiche Frage.

Ich fand den Pappfächer, den ich ihr als Kind auf der Datscha gebastelt hatte, um Wespen zu verjagen. Sie hatte ihn aufgehoben.

Beim Betrachten der Fotos kam ich selbst ins Staunen, wie ähnlich sie mir auf ihren Jugendbildern sah. Würde ich also im Alter aussehen, wie sie zuletzt ausgesehen hatte?

Auf der Rückseite mancher Fotos standen Daten von Mamas Hand. Auf einem war sie Arm in Arm mit Papa zu sehen, inmitten von Schneehaufen. Sonderbar – im Oktober! Beide in altmodischen Skianzügen, nur die Skier fehlten. Ich schaute auf das Datum und rechnete: Das Bild musste in den Tagen meiner Zeugung entstanden sein. Mamas Mund lächelte, die Augen blickten ernst. Papa hingegen lachte übers ganze Gesicht. Da wusste er noch nichts, weder von mir noch von Mama, noch von sich. Auf alten Fotos weiß überhaupt nie einer etwas von sich.

Einmal erzählte Mama, wie sie damals verhüteten: Auf den Muttermund kam ein mit Vaseline eingeschmiertes Metallkäppchen. Während der Menstruation musste man es entfernen. Mama benutzte es nicht immer, manchmal behalf sie sich mit sauren Tampons: Bevor sie mit Papa ins Bett ging, löste sie ein bisschen Zitronensäure auf, tränkte einen Wattebausch damit und führte ihn sich ein.

Aber in jener Nacht hatten sie mich gewollt.

Diese »meine« Nacht kann ich mir irgendwie gut ausmalen.
Sie gingen aus und kehrten spät heim, es schneite, ein Wet-

ter wie am Tag ihrer Beerdigung. Mama hängte ihren schwarzen Persianerpelz zum Trocknen auf den Bügel.

Ich sehe Papa vor mir, wie er darangeht, Mama die Strümpfe auszuziehen, und sie flüstert: »Vorsicht! Nicht dass du mir noch eine Masche reißt!«

Wie Mama erzählte, gab es früher am Bahnhof eine Werkstatt zur Laufmaschenaufnahme, da standen die Frauen immer Schlange.

Also wird Papa sie ungeduldig geküsst haben, während Mama behutsam ihre Strümpfe von den Beinen rollte und sie in den Spalt zwischen Matratze und Kopfende schob. Dann musste sie noch den Hüfthalter ablegen – zurückgelehnt, mit krummem Rücken. Oder war sie in Liebesdingen doch nicht so akkurat wie sonst?

Ich weiß von ihr gar nichts.

Was ich wieder weiß, ist, dass Papa hinterher, als ich schon im Werden war, aufstand, um zu rauchen. Dazu öffnete er das Fenster, das noch nicht für den Winter verklebt war.

»Guck mal, es hat schon wieder geschneit! Komm her!«

Mama warf ihren Persianerpelz über die nackten Schultern und lief barfüßig, den Kragen zuhaltend, zu ihm hin. Lehnte sich, noch erhitzt von der Liebe, zum Fenster hinaus. Griff sich eine Handvoll Schnee vom Fensterstock, schob ihn sich in den Mund und kaute.

So standen sie in der Dunkelheit am offenen Fenster und sahen zu, wie es schneite.

Papa legte den Arm um sie, hielt die Hand mit der Zigarette nach der anderen Seite, wohin er auch den Rauch aus dem Mundwinkel entließ. Mama im nassen Pelzmantel schmiegte sich an ihn und fuhr ihm mit ihrer Schneehand über die heiße Haut am Hals. Dabei war ihr Arm, nackt bis zum Ellbogen, vom schneehellen Licht so weiß wie ein langer Glacéhandschuh.

Meine liebe Saschenka!

Hier hat Dauerregen eingesetzt.

Wir sind wieder im Feldlager. Auch jetzt trommelt der Regen auf das Zeltdach. Ich sehe zu, wie der gelbe Schlamm den Weg entlangkriecht. Blasen auf den Pfützen.

Im Zelt ist alles klamm und sagenhaft dreckig. Nur von außen sieht es blitzsauber aus, aller Staub ist heruntergespült.

Anfangs, als der Regen losging, waren alle selig. Was es an Eimern und Kesseln gab, wurde hinausgestellt, man zog sich aus und seifte sich ein, rannte splitternackt herum, wusch Uniformen und Wäsche. Der Regen hier ist von tropischer Art, warm und wie aus Kannen.

Als alles gewaschen war, wusste man nicht, wo das Zeug trocknen. Nun hängt es im Zelt herum und mieft.

Dieses Getrommel auf das Dach macht stumpfsinnig.

Seit dem Morgen habe ich Schüttelfrost. Vermutlich Fieber. Ein sonderbares Gefühl. Sehe und höre alles wie durch eine Wand.

Zwischendurch klinke ich mich irgendwie ganz aus und verstehe die einfachsten Dinge nicht mehr. Woher diese ganzen Leute kommen zum Beispiel und was ich mit ihnen zu schaffen habe. Was suche ich in diesem klammen, verräucherten Zelt unter diesen wiehernden, nach Paichiu stinkenden Kerlen mit abgeschnalltem Lederzeug, von denen einer sich zwei Rauchstoßzähne aus den Nüstern pustet, der andere vom Mützenrand einen roten Reif um die Stirn hat, ein dritter kein Haar auf dem Kopf, die Schädelhaut glänzt wie dünnes Zigarettenpapier. Und jetzt streiten sie auch noch, es geht um die Funktionsweise von Melinitgranaten.

Oder liegt es doch am Fieber? Wahrscheinlich bin ich krank, und nur deshalb verkocht der normale Gang der Dinge in meinem Kopf zu Püree.

Der Feldkoch beschwert sich, dass er in Ermangelung von guter Butter Sojaöl zum Braten nehmen muss.

Ich komme an der Admiralsküche vorbei, da stehen Käfige mit nassen Hühnern im Regen. Versteh ich nicht.

Nein, Moment, was ist daran schwer zu verstehen? Hühner, Käfige, Regen, Küche, Admiral ... Ich steige trotzdem nicht dahinter.

Weil Admiral Alexejew sich angekündigt hatte, wurde eine Inspektion anberaumt: tagelanges Putzen und Schniegeln, Mützenschirme richten, Aufstellung in aller Herrgottsfrühe, zwei Stunden im Regen gestanden, bis der Korpskommandeur schließlich kam und salutierte, einem Schützen ins Flintenrohr guckte, das Rohr war dreckig, und alle kriegten ihren Anschiss. Aber was hab ich damit zu tun?

Unklar, wer wir sind, wo wir sind und wodurch miteinander verbandelt. Unerklärlich dieser Regen, die Schüsse in der Ferne. Unglaublich diese Papiere, die ich abschreiben muss ohne Ende. Es kann doch nicht sein, dass die Hand, die Dir Liebesbriefe schreibt, dass dieselbe Hand dann wieder Buchstaben pinselt, die anderen Leid ins Haus bringen. Als wäre ich ein Unglücksbote! Nein, ich bin kein Bote nicht.

Kirill hat einem toten Boxer ein Amulett abgenommen, das der an einer Schnur um den Hals hatte, ein gelber Zettel in einem Säckchen. Darauf ein magischer Spruch, mit roter Tusche geschrieben, der ihn unverwundbar machen sollte. Jetzt hat Kirill ihn um den Hals hängen. Versteh ich nicht.

Er und ich, wir streiten gerade wieder. Versteh ich erst recht nicht.

Soldaten wissen – auch ohne Shakespeare gelesen zu haben, das tun sie gewiss nicht –, dass man nicht mit vollem Magen in die Schlacht geht. Es könnte sonst im Falle eines Bauchschusses zu Komplikationen kommen. Sie wissen, dass man eine verschmutzte Wunde mit Urin reinigen kann oder ausbrennen, wofür sich notfalls auch das Pulver aus einer Patrone eignet... Was gehen die Monologe eines dänischen Prinzen sie an? Sein oder Nichtsein? Lächerlich. Unbegreiflich.

Oben auf dem Zelt sammelt sich das Wasser in Lachen. Kirill lässt es abfließen, indem er von unten mit einem Bambusstab gegen die durchhängende Leinwand stößt... Warum schreibe ich das? Versteh ich nicht.

Die Stadt wird ausgeplündert, hemmungslos und unersättlich. Alle machen mit. Zum Kommandanten wurde ein Engländer, Captain Bailey, ernannt. Um den Plünderungen einen Riegel vorzuschieben, ließ er einen seiner englischen Soldaten, genauer gesagt: einen Sepoy, öffentlich hinrichten. Worauf unsere Chefs nicht dumm dastehen wollten und den Befehl zur Hinrichtung zweier Russen gaben. Dazu schnappten sie sich die Erstbesten, die ihnen unter die Finger kamen. Als General Fukushima davon Wind bekam, ließ er drei Japaner erschießen.

Ich hab die Papiere der beiden Soldaten ausgefertigt: Simin, Wassili Alexandrowitsch, und Loktew, Alexander Michailowitsch. Der eine zwanzig, der andere einundzwanzig. Vor drei Tagen Geburtstag gehabt.

Ich war Zeuge, wie das Erschießungskommando hinterher die Waffen mit kostbaren Seidentüchern reinigte. Vollkommen unverständlich das alles.

Und dieser Regen macht einen wahnsinnig.

Loktew habe ich persönlich gekannt: so ein helläugiger Blonder, fast ohne Brauen.

Während ich dies schrieb, ist Glasenap nach heißem Wasser gegangen und auf dem Rückweg im Schlamm ausgeglitten, hat sich die linke Hand verbrüht. Jetzt sitzt er da und wimmert, auf der Haut bilden sich große rote Quaddeln. Alleweil kommt einer hereingeschneit mit guten Ratschlägen. Jetzt ist er ins Lazarett gerannt.

Übermorgen brechen wir gen Peking auf, dem Regen zum Trotz. Ich habe heute den Marschplan ins Reine geschrieben. Dabei hat es von der Decke des Kommandeurszelts getropft. Ich musste mich die ganze Zeit vor den Tropfen in Acht nehmen.

Peking, was ist das nun wieder? Gibt es das überhaupt?
Und wie soll man da hinkommen bei dem Schlamm?

Ich kann mich kaum noch konzentrieren. Eine üble Magenverstimmung plagt mich. Solange ich nichts esse, geht es noch. Aber sobald ich etwas zu mir nehme – Durchfall und Kotzerei. Im Lazarett bekam ich ein Pulver, das aber nicht anschlägt.

Und dabei habe ich ständig Hunger.

Bloß gut, dass Du mich nicht siehst, so unrasiert und vom Fleisch gefallen. Hier sehen alle so aus. Und dreckig! Gelber Lehm bis in die Zelte, die Betten, die Kleider hinein. Aber das schrieb ich wohl schon. Oder nicht? Ich weiß es nicht mehr. Wozu auch.

Wozu schreiben? Solange man schreibt, ist man noch am Leben. Dass Du diese Zeilen liest, heißt, der Tod ist hinausgeschoben. Mir fehlt wohl nicht viel zur Scheherazade mit ihren Geschichten. Aber die hatte es gut im Vergleich zu mir. Tausend Nächte, das muss man sich vorstellen! Eine Ewigkeit. Wie viele Nächte sind mir noch beschieden? Die Zahl ist schon in der Welt irgendwo, wartet auf mich wie ein unentdecktes Amerika.

Manchmal kenne ich mich selbst nicht mehr, und dann brauche ich Dich, Liebste, um zu mir zurückzufinden, mich wiederherzustellen, meiner zu vergewissern. Man muss sich an etwas Greifbarem festhalten, und das bist für mich Du.

Dass ich Dir schreibe, kann nur heißen, dass alles gut ist, denn ich lebe noch. Ich schreibe, also bin ich... Komisch, gerade das hatte ich ja vermeiden wollen. War wohl nichts.

Manchmal kommt mir alles, was geschieht, wie ein Traum vor: wirr und unerklärlich, doch dabei so real, dass es wehtut, in den Ohren klingt, in die Nase fährt. Man müsste sich zwicken und in der Wirklichkeit erwachen. Aber wie erwacht man aus diesen unregelmäßigen Tropfen von der Zeltdecke, dem schimmligen Mief der ewig feuchten Kleider, wie entrinnt man dem?

Ich habe es umgekehrt versucht: Wenn schon nicht erwachen, dann wenigstens einschlafen, dachte ich mir. Ging genauso wenig. Der Kopf ist zu schwer, zu aufgerührt.

Wasser getrunken. Sand knirscht zwischen den Zähnen.

Glasenap ist zurück mit verbundener Hand. Hockt auf seinem Bett, freut sich über den hübschen weißen Verband und meint ganz versonnen: »Alles auf der Welt ist doch ein Zeichen, nicht wahr? Alles hat seinen Sinn. Alles hat etwas zu sagen. Vielleicht ist das hier ein Zeichen, dass ich heil davonkomme?«

Gut, dass das keiner gehört hat außer mir.

Schön wärs, man könnte Glasenap, diesem Narren, glauben, dass man einfach einschlafen und in einer anderen Welt zu anderer Zeit wieder aufwachen kann, leben und alles Gewesene vergessen wie einen bösen Traum.

Das Unbegreiflichste von allem ist der Tod. Und daran wird sich wohl nichts ändern.

Ich versteh das alles nicht und werd es nie verstehen!

Wahrscheinlich schlafe ich längst und träume. Irgendwann ist der Spuk vorbei. Dann wache ich auf. Hoffentlich bald!

Ich kann nicht mehr.

Gerade trinken hier irgendwelche Leute Tee. Keine Ahnung, wer die sind und was sie zu mir sagen. Ich weiß nicht, was ich hier verloren habe. Warum bin ich nicht bei Dir?

Meine liebe Saschenka, ich glaube, alles was es hier für mich zu begreifen gab, habe ich begriffen. Es reicht. Ich will nach Hause. Zu Dir.

Stattdessen treibt man uns demnächst irgendwelche Schlammstraßen lang, wo kein Durchkommen sein wird.

Sascha, jeder Schritt, den ich hier tue, hat nur deshalb einen Sinn, weil es ein Schritt auf Dich zu ist. Wohin ich auch gehe, Liebste, ich bin auf dem Weg zu Dir.

Der Regen trommelt mir das Hirn aus dem Schädel, und ich muss auf einmal daran denken, wie es war, wenn der Regen früher auf das Verandadach der Datscha getrommelt hat. Wie lauschig das klang, dieses unentwegte Rauschen von morgens an!

Solche verregneten Tage liebte ich über alles, weil man dabei auf dem Sofa liegen, das Laub vor dem Fenster rascheln hören und schmökern konnte.

Ich frage mich, warum ich in jenem Sommer nicht vor Glück verging!

Gewiss war ich glücklich, nur ohne es zu wissen. Obwohl ich damals dachte, ich wüsste alles und mir entginge nichts.

Damals las ich den »Hamlet«. Die Zeit ist aus den Fugen, so stand es da.

Das meinte ich damals auf Anhieb zu verstehen. Wieso auch nicht?

Doch erst jetzt weiß ich wirklich, was damit gemeint war.

Willst Du wissen, was Shakespeare im Sinn hatte, als er das schrieb? Dass die Zeit sich erst dann wieder einrenken wird, wenn wir uns wiedersehen und ich den Kopf auf Deine Knie legen kann.


*M*ein einzig Geliebter!
So lange habe ich Dir nicht geschrieben.
Bei mir ist alles gut so weit.
Bin nur oft sehr müde.
Denk ja nicht, dass ich lamentiere. Ich bin stark. Besser gesagt, meine Schwester ist es. Mir kann es passieren, dass

ich aus heiterem Himmel zu heulen anfange, dazu braucht es nicht viel, wie Du weißt.

Also muss ich mir wieder etwas einfallen lassen, eine Schwester zum Beispiel.

Ich kann mich einfach nicht an mich gewöhnen. Das ganze Leben versuche ich es schon, vergeblich. Auch die Gewöhnung an das Leben gelingt mir nicht, obwohl es langsam an der Zeit wäre.

Insbesondere mit der Kommasetzung zwischen Hinrichten und Begnadigen tue ich mich nach wie vor schwer. Ich weiß darüber alles, verstehe alles, und trotzdem.

Jeden Morgen im Dunkeln aufzustehen. Und erst abends alleine im Dunkeln nach Hause zu gehen!

Sie ist da ganz anders. Ihr fällt es leicht. Sie sieht alles anders, empfindet es anders als ich. Das kann man keinem erklären, aber Du wirst es verstehen.

Morgens zum Beispiel, auf dem Weg zur Arbeit. Warten auf die Straßenbahn. Vom eisigen Wind tränen die Augen, brennen die Wangen. An der Haltestelle eine frierende Menschentraube, mürrisch und stumm. Mehr Schatten als Menschen. Die Bahn lässt auf sich warten, vielleicht kommt sie nie mehr. Allgemeines Tänzeln, Abhusten, Dösen im Stehen. Auch ich schließe die Augen, um das alles nicht sehen zu müssen.

Sie aber schaut hin. Sieht etwas ganz anderes.

Schneewanderdünen. Bäume und Leitungen über Nacht fingerdick bereift. Selbst die Mülltonne im Brautschmuck.

Die Menschentraube an der Haltestelle in dicke Schwaden gehüllt: Seelenfortpflanzung, Selbstaussäer.

Die Straßenbahn nähert sich schlitternd, schlingernd, scheppernd. Der Bügel schabt Funken von den Oberleitungen.

In die Haltestellenschatten kommt Bewegung. Attacke!

Irgendwie gehen alle hinein. Die Schaffnerin schimpft, ihre Brille schwitzt. In der Umhängetasche klimpern die Münzen.

Ich bekomme eine Schlaufe zu fassen und schaukele. Das Leder riecht sauer. An jeder Weiche knetet die Bahn ihre Menschenfüllung einmal kräftig durch.

Die Deckenfunzel macht aus der Zeitung von gestern eine Wasserleiche. Auf der ersten Seite ist Krieg, auf der letzten das Kreuzworträtsel. Das Reich des Priesterkönigs Johannes hat uns hinterrücks überfallen. Waagerecht, senkrecht: Schnittpunkt von Parallelen in der Perspektive, Nabel der Welt, eine Handvoll Buchstaben.

Die Nachrichten sind immer dieselben. Massakriert die einen, zu Staub zertreten die anderen. Gerichtet mit links, von Rechts wegen. Die Pharaonen waren noch gar nicht gestorben, da waren ihre Grabkammern schon geplündert. Wenn die Schafe lammen, ist das Ende des Winters nah. Jetzt, in diesem Augenblick, stößt sich der Fuß des Gondoliere von der glitschigen, mit Schimmel und Tang behafteten Mauer ab.

Die Wissenschaft hat zu vermelden, dass wir Warmblüter mit unserem Atem Straßenbahnen beheizen können. Tatsächlich wird es im Wagen warm und feucht, doch an jeder Haltestelle kommt der Frost zur Tür herein und fasst mir unter den Rock.

Die Zeit ist es, die den Forschern einfach keine Ruhe lässt! Dass sie den Raum nicht nur ausfüllt bis zum Rand wie dünne Suppe, sich gar noch ein bisschen darübertürmt wie dicker Brei, das weiß man seit Langem, das haben Experimente gezeigt. Aber jetzt ist die Konservierung das Problem. Neuesten Untersuchungen zufolge lässt sich Zeit nur chronologisch aufbewahren, immer hübsch eins nach dem anderen, in gerader Linie auf den Punkt zu, wo die Straßenbahngleise hinführen, da läuft am Ende alles zusammen. Und es braucht Chronisten, die die lineare Zeit der Handhabbarkeit halber in Zeilen schneiden wie Endlosmakkaroni.

Leserbriefe. Es gibt doch dieses Spiel für unsere Kleinsten: ein Brett, aus dem verschiedene Formen geschnitten sind, Kreis, Quadrat, Dreieck und so weiter, da müssen die passenden Figuren rein. Hat man eine davon versiebt, gibt es keinen Ersatz. Wo kein Dreieck ist, bleibt ein Loch. Mir kommt es so vor, als bestünde mein Leben aus lauter Leerstellen: Haus, Mann, Geliebter, was mache ich heute Abend – alles vakant. Löcher im Universum, durch die es zieht. Mit den Jahren werden es mehr, weil Menschen sterben ...

Das Wetter: Hinter den sieben Bergen ist Sonnenschein.

Horoskop von morgen: alles kreuz und verquer.

Biete und suche.

SIE, einsam, glücklich trotz alledem, entzündete Augen, konnte gestern Nacht wieder nicht einschlafen, ewig gejapst, weil die Nase zu war, mit offenem Mund geschlafen, vom eigenen Schnarchen aufgewacht, geht verrotzt und mit schwerem Kopf durch die Tage, schnäuzt sich, bis die Nüstern platzen, trocknet ihr Taschentuch auf dem Heizkörper, wovon es jedes Mal härter und steifer wird, bis es am Ende knistert beim Herunternehmen – sieht alles, weiß alles über jeden, hat ihre Portion Glück schon weg und will noch mal.

Jetzt hat es mich ans Fenster verschlagen, welch ein Glück. Den Handschuh zwischen die Zähne geklemmt, hauche ich gegen die Scheibe und reibe mit den Fingern ein Loch in den überfrorenen Reif.

Der Wagen schlingert über die Weichen. Donnert über die Brücke.

Ich lege das Auge ans Loch und schaue auf den Fluss im Morgenlicht, der von Skispuren scharriert ist. Auch wir hatten dort unten früher Sportunterricht, und ich weiß noch, wie beklommen mir auf meinen alten Skiern unter dem Brückenbogen zumute war: über dem Kopf die rostigen Eisenkonstruktionen, das Donnern einer unsichtbaren Straßenbahn, und ich dahinfliegend über dem Nichts, die Tiefe des Flusses unter den dünnen Brettern. Andererseits war es wunderbar, so linkisch übers Wasser zu gehen, zwei Stöcke, mit denen man sich abstoßen kann ...

Jedes Mal, wenn wir über die Brücke rattern, muss ich an das schreiende Bündel auf der Eisscholle denken. Vielleicht war es ja dieser Fluss?

Mein Guckloch ist eine Passform für den Mond. Der Rauch über der Fabrik zum Brummschädel gefroren. Gasometer mit Signallichterkronen ziehen einer nach dem anderen vorbei. Dann kommt die Haltestelle an der Schule, wo hinter Eisblumenfenstern schon die erste Stunde läuft und den verpennten, gähnenden Rotznasen eingetrichtert wird, dass man nicht zu lange in den Mond gucken darf, sonst wird man mondsüchtig; dass Jungen die Soldaten von morgen sind und Mädchen die Sanitäterinnen; dass es zwar ein Unterschied ist, ob eine Raupe ich sagt oder ein Schmetterling, aber letztlich kommt es doch auf eins.

Ich muss fast bis zur Endhaltestelle, der Wagen leert sich, füllt sich wieder mit kalter Luft.

Ich steige aus. Stecknadeliger Reif an den Büschen. Längs des Zaunes goldene Monogramme im Schnee. Hund oder Mensch? ... Worüber ich mir so alles Gedanken mache!

Eine Frau mit orthopädischem Schuh kommt die Treppe zur Poliklinik heruntergehinkt, es sieht aus, als schraube sie ihr Bein bei jedem Schritt ein Stück tiefer ein. Sie arbeitet in der Bibliothek und hasst ihre Leser dafür, dass sie Bücher entleihen und speckige Schwarten mit heraushängenden Seiten wiederbringen; sie rächt sich an ihnen, indem sie mit Bleistift auf Seite eins schreibt, wer der Mörder ist.

Hinter dem Schalter der Aufnahme hört man eine plappern, ohne sie zu sehen; ihr Mundwerk geht so schnell wie bei einem Kaninchen, wenn es eine Möhre nagt.

Ich suche mein Sprechzimmer auf, erster Stock rechts, Schild an der Tür: *Frau Dr. Soundso, Herrin über die Frauen, Gebieterin über das Leben.* Und da sitzen sie schon wieder Schlange, in allen keimt die Wintersaat. Gespräche drehen sich um trüben Urin, ein Kind mehr – ein Zahn weniger, Spitzbauch gleich Junge, Rundbauch gleich Mädchen.

Und ich weiß über jede Bescheid.

Bei der hier vergehen die Nächte überhaupt nicht, doch die Jahre schwuppdiwupp. Das Leben spult sich ab als endlose Kartoffelschale.

Die da hätte so gern ein normales Leben mit Mann und Kind am Frühstückstisch, kriegt es nicht auf die Reihe. Voriges Jahr hat sie eine Flussreise gebucht, hat sich gesagt: Schluss jetzt, alles auf eine Karte, ich trete die Reise solo an und gehe glücklich von Bord. Und dann sitzt sie den letzten Abend an Deck und guckt auf die Möwe, die auf der Reling sitzt, und die guckt zurück. Und die Möwe denkt: Die und ich, wir könnten Schwestern sein. Die und ich und die Anlegestelle da drüben, wo nie einer festmacht.

Und erst die da: Kälberblick, Möchtegernkünstlerin, schenkt allen Bekannten zum Geburtstag ihre Bilder, und die wissen nicht, wohin damit. Zum Beispiel voriges Jahr dieses Pärchen – er Tölpel, aber Glückspilz, tippt bei der Frage: welche Hand? immer auf die richtige, sie in einem Hundesalon angestellt, wäscht und frisiert Hunde, und das bei Affenhitze, alle Fenster zu, denn so ein Hündchen könnte sich nach dem Bad erkälten, weshalb sie immer schweißüberströmt und voller Hundehaare auf der Straße steht und raucht – die beiden also haben das Geschenk im Beisein der Künstlerin im Wohnzimmer aufgehängt, später abgehängt und beim nächsten Besuch wieder aufzuhängen vergessen, sie kommt und sieht anstelle des Stilllebens eine Uhr hängen … Jetzt sitzt sie nachdenklich auf dem Bänkchen am Fenster und zählt etwas an den Fingern ab.

Ich betrete das Sprechzimmer, lege den Mantel ab, hänge ihn auf den Kleiderbügel hinter der Tür, ziehe den knisternden Kittel an.

Und los gehts.

»Die Nächste bitte!«

Sie zieht die Strumpfhose aus und den Schlüpfer, wischt sich mit dem Handgelenk die laufende Nase, steigt auf den kalten Stuhl. Gänsehaut wandert über die mageren fahlblauen Schenkel und den Po mit den roten Streifen vom Schlüpfergummi. Dazwischen rotblondes Gekräusel.

Begnadige nicht hinrichten.

Und heute Morgen, als Schnee und Dämmerung noch eine graue Masse bildeten, stand und schniefte an der Straßenbahnhaltestelle eine Jungfer zart und verrotzt.

Ich stand neben ihr. Die Bahn kam ewig nicht.

Endlich ein Aufatmen: »Sie kommt.«

Die Haltestelle erwachte zum Leben. Spähende Blicke.

»Was kommt, die Fünf oder die Zwölf?«

Es war die Fünf. Als die Bahn einfuhr, sprang das Mädchen plötzlich Hals über Kopf hinter das Haltestellenhäuschen, knickte röchelnd ein und übergab sich. Omas eingelegte Gurken und noch irgendetwas Gehäckseltes fanden zurück ans Tageslicht.

Während sie spuckte und japste, fuhr die Bahn davon. Mit mir.

Nein, ohne mich.

Ich fuhr in der Bahn und stand an der Haltestelle.

Vom Erbrochenen stieg Dampf auf. Eine Dohle kam geflogen, hüpfte schräg heran und pickte es brühwarm.

Ich trat näher, ganz nahe heran, sodass sich unsere Atemwolken verschränkten und gemeinsam auflösten.

»Alles in Ordnung?«, fragte ich.

Sie wischte sich den Mund mit Schnee und äugte als wie: Bleib mir vom Leibe.

Ich: »Wie alt bist du?«

Sie: »Was geht Sie das an?«

Ich: »Gar nichts. Ich hätte nur mal beinahe eine Tochter gehabt. Und als ich dich sah, dachte ich mir, die könnte jetzt so alt sein wie du.«

Sie: »Was wollen Sie? Wer sind Sie überhaupt?«

Ich: »Ist doch egal. Straßenbahnbenutzerin. Gebieterin über das Leben. Bote und Botschaft... Egal. Musst keine Angst vor mir haben.«

Sie: »Hab ich auch nicht.«

Ich: »Ich weiß Bescheid.«

Sie: »Nichts wissen Sie.«

Ich: »Unbefleckte Empfängnis, und keiner wills glauben, nicht wahr?«

Sie: »Was geht Sie das an!«

Ich: »Wo soll es auch sonst herkommen! Einmal im Teich gebadet, und fertig?«

Sie: »Aber es war gar nichts! Ehrlich nicht!«

Ich: »Es kommt alles Mögliche vor, Mädchen. Man kann es an der Fingerspitze haben, und schon ist es drin. Vögel bringen es fertig und übertragen ihr Sperma im Flug.«

Sie: »Vögel? Wieso Vögel?«

Ich: »Vergiss es. Der Mensch an sich ist einsam, das kannst du noch nicht wissen. Der einzige Zustand, in dem der Mensch seine Einsamkeit wirklich aufgibt, ist, wenn eine Frau ein Kind erwartet. Also freu dich, Dummchen! Glaubst du, es ginge dir alleine so? Weit gefehlt! Was meinst du, was es alles gibt. Kinder sind ja wohl nicht aus Samen gemacht. Bleib ruhig bei deiner unbefleckten Empfängnis.«

Sie: »Ich hab Angst.«

Ich: »Alles wird gut, du wirst sehen. Ruhig Blut! Du bist gesund und schön, du kriegst das auf die Reihe. Und bringst ein schönes, gesundes Kind zur Welt.«

Sie: »Aber ich will nicht. Ich hab beschlossen, es nicht zu kriegen.«

Ich: »Ob du willst oder nicht, das entscheidest nicht du. Wer fragt denn dich? Denk du mal lieber an deinen Bauch. Spitzbauch heißt, es wird ein Junge, Rundbauch – ein Mädchen. Beziehungsweise je nachdem.«

Sie: »Nein!«

Ich: »Komm zu dir und sei gescheit! Bedank dich bei dem Teich für das Geschenk und bitte ihn, wie Aljonuschka den stillen Weiher im Märchen, dass an dem Kind alles dran sein möge und am rechten Fleck, man weiß ja nie. Und dass es möglichst Kulleraugen hat!«

Sie: »Ich krieg es sowieso nicht.«

Ich: »Du kriegst es!«

Sie: »Niemals!«

Ich: »Und ob du es kriegst! Nimm dich zusammen! Hier hast du ein Taschentuch, putz dir die Nase. Und hör gut zu. Es war einmal ein Mädchen, ganz so eins wie du, genauso verrotzt und schniefend und von unbefleckter Empfängnis betroffen. Keiner hat ihr geglaubt. Und in ihrem halbwüchsigen Kopf ging es genauso zu wie in deinem. Und es war gerade Eisgang. Sie lief des Nachts hinunter zum Fluss und legte ihr Bündel auf eine Eisscholle. Das Kind trieb mit der Strömung davon. Das Mädchen weinte bitterlich, ging zurück in das, was kein Heim war, sah, dass dort kein Leben mehr sein würde. Irrte durch die Straßen bis zum nächsten Morgen. Ihre Brüste liefen aus, denn die Frau ward erschaffen und der Zapfhahn vergessen. In ihren Ohren gellte die ganze Zeit das Kinderschreien. Schließlich hielt sie es nicht mehr aus und lief zurück zum Fluss. Und das Geschrei in ihren Ohren wurde lauter und lauter. Sie gelangte ans Ufer. Das Geschrei schien ganz nahe. Und da sah sie das Bündel auf der Scholle liegen, die den Fluss auf der anderen Seite herabgetrieben kam. Sie stürzte los, sprang von Scholle zu Scholle, brach immer wieder ein, ergriff das Kind und erreichte, mehr tot als lebendig, das rettende Ufer. Setzte sich in eine Wehe von Schnee, holte ihre heiße Brust hervor, schob sie dem Kind in den Mund. Das saugte und schmatzte. Und das Leben fing an: stimmgewaltig, wohlriechend, unverweslich.«

Liebste Saschenka!

Wir sind seit Tagen im Felde.

Nur fetzenweise bin ich klar im Kopf, so schreibe ich Dir fetzenweise.

Der Regen hat aufgehört. Lagerfeuer sind mit Ach und Krach zum Brennen gebracht. Ringsum tintige Nacht, nichts zu sehen, nur die Gesichter im Feuerschein.

Nachts sind alle anders, fremd. Müde und verdrossen.

Manchmal flammt ein Feuer plötzlich auf, und man sieht kurz ein Fuhrwerk und ein Pferdemaul, ehe die Finsternis sich wieder schließt.

Ich fiebere nun doch. Im Kopf Lichtblitze, ansonsten Schwärze. Manchmal kommen mir ganz abwegige Gedanken.

Du hast mich mal gefragt, was ich von der Mona Lisa halte. Inzwischen weiß ich sicher, worüber sie lächelt. Sie lächelt, weil sie schon dort ist, und wir sind noch hier. Sie lächelt uns zu von dort drüben. Und eigentlich ist es gar kein Lächeln. Sie weiß einfach schon, was wir noch nicht wissen. Wir alle hoffen, dass dort drüben etwas sein möge, sie aber weiß schon, dass da nichts ist, und so lacht sie uns aus, weil wir so dämlich sind und daran glauben.

Von dem Fieber geht mir im Kopf alles durcheinander! Der Tag ist vorüber, es regnet schon wieder und weht noch dazu. Es gießt in Strömen, die Zeltklappe flattert. Dem Kopf ist heiß, den Füßen kalt.

Den ganzen Tag nass bis auf die Haut und immer marschiert. Keine Gelegenheit zu trocknen.

Mit mir stimmt etwas nicht. Es gibt Momente, in denen ich nicht weiß, wo ich bin und was los ist. Bin ich es überhaupt?

Mal ist es finster, mal bricht etwas auf.

Das Flattern der Zeltklappe fällt auf den Wecker, es abzustellen fehlt die Kraft.

Von dem Regen sind die Mücken wieder da. Gesicht und Hände sind geschwollen von den Stichen. Auch jetzt beim Schreiben muss ich die Augen zusammenkneifen und den Kopf immerzu schütteln.

Die Wege sind aufgeweicht, in den Fahrrinnen steht das Wasser knietief. Der zähe Schlamm hängt kiloschwer an den Füßen, verklebt die Räder, die Pferde haben zu kämpfen.

Der Durst ist quälend. Ich hab schon ein paarmal Pfützenwasser getrunken, obwohl ich weiß, dass der kranke Magen davon noch mehr verdorben wird. Der Brand war einfach zu groß.

Die Reisfelder sind überflutet, dort ist alles voller Schlangen. Sie schwimmen an der Oberfläche, ihre Schlängelspuren sind noch lange auf dem Wasser zu sehen.

Beim Gehen hast du immerzu das Gefühl, als bewegte sich etwas im hohen Gras, du hörst es rascheln.

Gestern, als wir tagsüber Rast machten, waren alle so erschöpft, dass sie hinsanken, wo sie gerade standen. Hinterher zeigte ein Schütze eine tote Schlange herum, auf der er geschlafen hatte, ohne es zu merken.

»Ich hab mich gewundert, was da für ein blöder Strick unter meiner Hüfte liegt…«

Es herrscht ein großes Tohuwabohu. Einzelne Truppenteile bleiben zurück, geraten durcheinander. Es bleibt nicht aus, dass man aufeinander ballert vor lauter Angst. Die russischen Schützen, die gestern ein Dorf abseits der Straße besetzten, wurden von englischer Artillerie für Chinesen gehalten und mit Schrapnells beschossen. Es gab mehrere Verwundete, einer starb auf dem Weg ins Lazarett, zu viel Blut verloren.

Die Angriffspläne ändern sich ständig. Momentan gehen die Japaner voran, dahinter wir, dann die Amerikaner.

Heute kamen wir durch mehrere verlassene, von den Japanern verwüstete Dörfer.

In einem wurden plötzlich Schüsse auf unsere Kolonne abgegeben, die sich lang hinzog. General Stoeßel ließ eine Geschützbatterie in Stellung bringen. Binnen weniger Minuten war von dem Dorf nichts mehr übrig.

Wir ziehen am rechten Ufer den Peiho hinauf. Die chinesische Armee weicht in völliger Unordnung zurück. In den Dörfern trifft man auf Lagerplätze, die von einem überstürzten Aufbruch künden: Alles blieb stehen und liegen, selbst Waffen und Munitionskisten.

Wo die Japaner durchgezogen sind, ist kein Stein mehr auf dem anderen. Alles Essbare sammeln sie ein, rekrutieren die verbliebenen Chinesen als Träger. Auch Erschießungen kommen vor, zur Abschreckung. Leichen getöteter Dorfbewohner sieht man überall herumliegen.

Die Räuberei wird von unseren Leuten fortgesetzt, auch wenn es nicht viel ist, was sie mit eigenen Kräften fortzuschleppen vermögen. Die Dörfer werden durchkämmt, Hühner, Melonen und Gemüse eingesackt.

Brot kennen die Chinesen nicht, an seiner Stelle essen sie gekochten Reis und Fladen, alles ohne Salz.

Auf Schweinefleisch verzichtet man neuerdings, obwohl Schweine in großer Zahl durch die Gegend streunen – sie tun sich an den Leichen gütlich, die in den Dörfern massenweise herumliegen. Keiner da, der sie wegräumen könnte.

In allen Korps gibt es Leute, die beim Marschtempo nicht mehr mithalten. Ständig überholen wir Japaner, die in endloser Kette ihren Einheiten hinterherzuckeln oder gar auf dem Weg zurück nach Tientsin sind. Alle, gleich welcher Nation, plagt dasselbe Problem: die Ruhr. Mit Leidensmiene und herabgelassenen Hosen kauern sie am Straßenrand, Japaner genauso wie Russen. Die allerschwächsten der Japaner werden von uns aufgelesen und auf Schubkarren, Lazarettwagen und Lafetten gesetzt.

Heute ist ein heißer Tag, kein Lüftchen regt sich. Doch die Straße trocknet nicht, auch wenn sie oben auf dem Damm verläuft, der die Felder vor Überflutung schützen soll. Allenthalben stehen brackige Pfützen, entsetzlicher Gestank erhebt sich von den Böschungen zu beiden Seiten, Spuren dessen, was kranke Gedärme dort hinterlassen haben.

Heckenschützen sind gefürchtet wie die Pest. Immer wieder wird aus dem Dickicht geschossen. Der Kaoliang wächst undurchdringlich dicht und hoch, selbst ein Reiter fände dort Deckung.

Manchmal gehen den Soldaten die Nerven durch, dann feuern sie aufs Geratewohl hinein, denn immerzu scheint es so, als säße dort jemand.

Wieder einmal möchte ich ein paar Worte schreiben. Immer noch die gleichen Dörfer, der gleiche Kaoliang. Er wuchert wahnsinnig dicht – wenige Schritte hinein, und man ist vollkommen untergetaucht. Den Soldaten ist es untersagt, dorthin austreten zu gehen. Es gab schon mehrere Fälle, wo man die Leute mit aufgeschlitzten Bäuchen wiederfand.

Entschuldige, meine liebe Saschka, mir will schon lange kein richtiger Brief mehr gelingen. Ich notiere das Nötigste während der Rast.

Was hier vor sich geht... Man möchte davonlaufen. Ich schreibe es trotzdem auf, vielleicht werden die Notizen irgendwann einmal gebraucht.

Könnte ja sein, dass jemand etwas über uns wissen will. Darüber, was meine Augen heute gesehen haben. Darüber, dass wir bis spät in die Nacht marschiert sind und den Rest verschliefen, ohne erst ein Zelt aufzubauen, auf der nackten, nassen Erde. Der Regen hat die lehmige Straße in ein Schlammbad verwandelt. Trosswagen und Geschützprotzen sanken bis über die Naben ein, die Soldaten mussten sie mit bloßen Händen herauszerren. Als ich heute ein Bein aus dem breiigen Lehm ziehen wollte, blieb der Stiefel darin stecken.

Aber wer sollte sich für diesen meinen Stiefel interessieren? Ich schreibe trotzdem weiter.

Wieder Nacht. Wir haben in einem zerstörten Dorf Quartier genommen. Uniform und Unterwäsche zum Auswringen nass. Keine Möglichkeit, auch nur die Fußlappen trocken zu kriegen. Der Kerzenstummel, in einer chinesischen Papierlaterne steckend, gibt kaum Licht. Wir schlürfen eine trübe, parfümierte Flüssigkeit: chinesischen grünen Tee, im Feldgeschirr gebrüht. Drei Eier gegessen, musste mich zwingen. Moskitos, Schwüle, dazu die Ausdünstungen aus den Pfützen und Gräben, es macht einen wahnsinnig.

Das Brunnenwasser wird mit Vorsicht genossen, das heißt, erst lässt man die Chinesen davon trinken. Die paar Alten, die in den Dörfern hocken geblieben sind. Das Wasser ist braun und sämig wie Erbssuppe.

Wie ich bereits schrieb, marschieren die Japaner uns voraus. Vorhin kamen wir an einem Baum vorbei, an dem mehrere Chinesen hingen, aufgeknüpft am eigenen Zopf, als Schlinge um den Hals.

Tagsüber gibt es entweder sengende Hitze, in der die Leute reihenweise umfallen, oder tropische Regenfälle, die alles binnen einer Stunde überfluten. Das Wasser wird vom lehmigen Grund nicht aufgesogen, in jeder Senke entsteht ein See,

Kanäle und Bäche werden zu reißenden Flüssen, die nicht zu durchwaten sind.

Wenn Leute vor Schwäche umfallen, werden sie beiseitegezerrt, möglichst an Stellen, die höher liegen und trockener sind, damit sie nicht in den Pfützen oder im Schlamm ersaufen.

Der Vorhutführer hat seine Kompanie soeben zur Postenkette ausschwärmen lassen, im strömenden Regen. Die Posten stehen knöcheltief im Wasser – absichtlich an tiefer gelegenen Stellen, weil man nachts von unten nach oben mehr sieht.

Über dem Kaoliang schwebende Baumwipfel lassen entweder auf einen Friedhof oder auf ein Dorf schließen.

Nachtlager unter freiem Himmel. Alles dicht beieinander, man ist auf der Hut. Das Rascheln des Kaoliangs hört sich an, als käme einer geschlichen.

Sobald die kleinste Rast angesagt ist, sackt die Kolonne sofort in sich zusammen und pennt. Die Leute sind so müde, dass sie auf der nackten Erde einschlafen, jeder in anderer Stellung.

Die Nacht durchmarschiert. Benachbarte Dörfer in Flammen. Glutroter Himmel erhellte die Umgebung. Bald darauf neuer Regen, doch die Glut blieb sichtbar. Der Regen davon rötlich, wie er in Wirklichkeit nicht vorkommt.

Die Straße nach wie vor in grauenvollem Zustand, öfter muss man den Pferden beispringen, um einen stecken gebliebenen Karren aus dem Dreck zu zerren.

Am Ende war ich so müde, dass ich umfiel wie tot und in Klamotten schlief, mit den dreckigen Stiefeln an den Füßen. Die Soldaten alle in eine kleine Lehmhütte gepfercht, auf dem nackten Boden, den Kopf auf den Nachbarn gebettet. Einer wie der andere stinkt nach Schimmel, Schweiß und porentiefem Dreck.

Ich kann mich selbst nicht mehr erriechen.

Anfangs war es draußen still, dann tönten aus den Feldern wunderliche Schreie.

»Ist das ein Vogel?«, fragte Kirill.

»Nein. Da werden sie die Verwundeten nicht eingesammelt haben.«

Schlaf war uns kaum vergönnt. Gegen Morgen sahen die Posten im Dunst eine verdächtige Bewegung und hielten sogleich darauf. Es war aber nur ein Hund gewesen. Die Nerven liegen blank, die Leute rasten aus bei geringstem Anlass, brüllen aufeinander ein.

Alle sind verbittert bis dorthinaus. Bestialitäten an der Tagesordnung.

Chinesische Soldaten schießen aus dem Hinterhalt, im Kaoliang versteckt. Wenn Gefahr droht, sind sie schnell dabei, die Uniformen abzuwerfen, Waffen wegzuschmeißen und als friedliche Bauern unter vielfachen Verbeugungen hervorzutreten. Japaner, Briten und Russen töten inzwischen umstandslos jeden, der ihnen unter die Augen kommt.

Ich war Zeuge, wie Kosaken ein paar Männer meuchelten, auf die sie im Feld gestoßen waren. Kann sein, es waren Bauern, die sich vor den anrückenden Truppen versteckt hielten, wer will das noch wissen? Wen interessiert es? Vom Tod dieser Leute wird man so wenig erfahren, wie man von ihrem Leben gewusst hat.

Ich sah, wie einer aufs Bajonett gespießt wurde, das er noch mit den Händen packte, um es von sich wegzulenken.

In einem Dorf wurde ein Junge aufgegriffen und in meinem Beisein verhört, Kirill dolmetschte. Der Gefangene hockte auf dem Boden, Kopf im Nacken, weil die Hände hinter dem Rücken mit seinem Zopf gefesselt waren. Er war nur Haut und Knochen. Und Augen, von Hass und Angst erfüllt.

Schmutziges, ausgezehrtes Gesicht. Alle Fragen beantwortete der Junge mit »mei yu«, das heißt nein. Man schoss ihm in die Fußsohlen, er wälzte sich kreischend am Boden, sein Blut spritzte, doch er blieb bei seinem »mei yu«. Er wurde auf den Hof gezerrt und in den Brunnen geworfen.

Saschenka! Wie müde ich bin. Todmüde.

Kraft gibt mir nur noch, dass Du auf mich wartest.

Weitergeschrieben am nächsten Tag. Kirill ist tot.

Es geschah so: Ein paar unserer Soldaten wurden ins nächste Dorf vorausgeschickt, Kirill ging mit. Sie ließen auf sich warten. Weitere Leute wurden hingeschickt, die zurückkamen und sagten, dass sich in dem Dorf Chinesen verschanzt hielten. Wir stürmten hin.

Ich begriff nicht gleich, was ich sah.

Besser gesagt, ich begriff es sofort, wollte es nur nicht wahrhaben.

Alle waren tot. Aber zuvor gefoltert worden. Ihre Leiber grässlich verstümmelt. Ich möchte nicht beschreiben, was ich sah.

Man begann die Häuser in Brand zu stecken, was aufgrund des Regens nicht gelang.

Am anderen Ende des Dorfes fand sich ein alter Mann, der an den Füßen herbeigeschleift wurde. Vollkommen zugeschmiert mit gelbem Lehm. Als man ihn fallen ließ, blieb er bäuchlings liegen, das Gesicht im Schlamm. Lebte aber noch. Man drehte ihn mit den Stiefelspitzen auf den Rücken.

Ein alter Mann mit langem weißem Zopf, den sie ihm um den Hals geschlungen hatten.

Man begann ihn zu treten, mit Gewehrkolben auf ihn einzuschlagen.

Ich wollte dazwischengehen, sie davon abbringen, doch ich wurde einfach beiseitegeschleudert, sodass ich ausglitt und in den Schlamm fiel.

Einer trat ihm auf den Adamsapfel, ich hörte das Knacken.

Jetzt trinken wir Tee. Das heiße Getränk tut gut.

Worin bestand der Sinn des zurückliegenden Tages?

Dumme Frage. Von der Art, wie ich sie mir schon ein Leben lang stelle.

Also, falls dieser Tag einen Sinn hatte, dann nur den, dass er zu Ende ist. Noch einer, der vorüberging und das Wiedersehen mit Dir näher rücken ließ.

W olodenka!

Ich brauche Dich sehr, denn nur mit Dir bin ich ich.

Du verstehst mich. Alles an mir, auch das, was ich selber nicht verstehen kann.

Wie gern teilte ich nur das Schöne mit Dir... Läge mir nicht so viel daran, *alles* mit Dir zu teilen!

Aber ich will mich durchaus nicht beklagen, im Gegenteil – es ist das Glück, das ich heute mit Dir teilen muss.

Ich habe mich glücklich gefühlt in einer Situation, in der andere Kummer empfinden.

Das kann ich keinem erklären außer Dir. Du wirst es verstehen.

Was ein Déjà-vu ist, weiß ich jetzt auch. Hatte ich doch gerade erst Mamas Totenschein in Händen gehalten – und schon wurden die gleichen Formalitäten für meinen Vater fällig. Dieselben Vordrucke, dieselben Worte. Das Begräbnis war zu organisieren, all die sonderbaren, unnützen Rituale, falschen Zeremonien, die mit Mama und Papa, wie sie wirklich waren, nichts zu tun haben.

Papa starb zu Hause. Wie er es gewollt hat.

Die Überführung zum Krematorium hatte etwas Groteskes.

Der Fahrstuhl war zu klein, das Treppenhaus eng, die Träger mühten sich und schwitzten, als sie Papa die vier Stockwerke hinunterbugsierten. Immer wieder eckte der Sarg an den Wänden und am Geländer an, die Träger machten eine Menge Lärm, Türen gingen auf, Nachbarn lugten hervor. Ein paar Frauen, die am Eingang standen, legten die Hand vor den Mund.

Auf dem Hof spielten Kinder kreischend Fußball, dann ließen sie ab vom Spiel und kamen gaffen. Einem rutschte der Ball aus den Händen, sprang bis vor den Sarg.

Wir fuhren zum Krematorium.

Papa lag mit gefalteten Händen im Sarg wie ein artiges Kind. Ich strich ihm über die Brust, die nun nicht mehr flatterte wie in den letzten Minuten vor dem Tod. Strich ihm eine Strähne aus der Stirn. An seinen Wangen, ungeschickt rasiert von meiner Hand, sah ich Tränen perlen – meine.

Es war heiß, Fliegen ließen sich auf Papa nieder, ich wedelte sie weg.

Im Krematorium, während wir auf einer Bank saßen und warteten, sah ich nur Papas Fingerknöchel und den Bauch, der, aufgeschwemmt zuletzt von den vielen Tabletten, sich über den Sargrand erhob. Unwillkürlich glich mein Blick die gefalteten Hände auf der Brust mit dem dahinterliegenden Fensterriegel ab, und plötzlich war mir, als ob Papa atmete.

Unter den Trauergästen waren Frauen, die ich nicht kannte. Waren es Liebschaften? Lebensgefährtinnen? Frauen, die er einmal geliebt hatte? Die ihn einmal geliebt hatten? Ich weiß nichts über ihn.

Als ich Papa das letzte Mal küsste, sah ich ein Marienkäferchen auf seiner Schulter landen. Ich vertrieb es, nicht dass es noch ins Feuer kam.

Im Hintergrund hörte ich jemanden nach der Ofentemperatur fragen.

Als der Deckel geschlossen wurde, erhaschte ich noch ein kurzes Lächeln von ihm.

Nun sitze ich da und lese in dem Heft, in das er die letzte Zeit Eintragungen gemacht hatte, ohne sie mir zu zeigen.

Den Wunsch, seine Memoiren zu schreiben, hatte er seit Langem geäußert. Vielleicht war sogar etwas dran gewesen. Doch er hinterließ nur ein dünnes Heft, in dem mehr Seiten herausgerissen als vollgeschrieben waren.

Er schreibe am Buch seines Lebens, so hatte er im Scherz gesagt. »Meine Bilanzbroschüre. Warte ab, bis sie fertig ist, der letzte Punkt gesetzt, dann kannst du lesen.«

Nach dem Schlaganfall verbrachte ich viel Zeit an seinem Bett. Er war rechtsseitig gelähmt. Mundwinkel und Augenlider waren schief und verzerrt. Er gab unklares Gestammel von sich, das ich jedoch mit der Zeit immer besser verstand. An Aufstehen war noch nicht zu denken, als er schon wieder mit der linken Hand in sein Heft kritzelte. Mich an seiner statt schreiben lassen wollte er nicht.

Überhaupt schien sich sein Zustand rasch zu bessern. Im Krankenhaus blieb er keinen Tag länger, als es unbedingt sein musste. Die Schwestern seien erstens hässlich, behauptete er, und sähen zweitens nur selten nach dem Rechten, täten nicht mehr, als man in schweren Fällen wohl oder übel tun muss.

Die Fürsorgeschwester, die ins Haus kam, um Rehabilitationsgymnastik mit ihm zu betreiben, empörte sich: Er greife mit seiner gesunden Hand nach allem, was sich greifen lasse.

»Anscheinend ist er auf dem Weg der Besserung«, kommentierte ich.

»Aber wie soll ich denn arbeiten, wenn Ihr Vater mir an die Brust grapscht?«

»Geben Sie ihm eins auf die Finger! An der Hand spürt er ja noch was.«

Und zu Vater sagte ich: »Was fällt dir ein? Kannst du nicht an dich halten?«

Er murmelte etwas mit schiefem Mund.

Und nun blättere ich in seinen Aufzeichnungen und finde – nichts. Nichts von dem jedenfalls, was ich erhofft hatte. So gut wie gar nichts über mich, meine Kindheit. Ich komme überhaupt nur an einer Stelle vor:

*Manchmal scheint mir im Rückblick auf mein Leben alles für die Katz. Aber nein, denke ich dann, immerhin habe ich Saschka gezeugt. Sie allein dürfte meine Rettung sein. Ihretwegen, hoffe ich, wird mir mein ganzes bescheuertes Leben vergeben werden!*

Wahrscheinlich hatte ich gehofft, etwas über mich zu erfahren, mehr über unser damaliges Leben und jene Seite davon, die Kinderaugen verborgen blieb. Stattdessen nur konfuse Betrachtungen über alles und nichts.

*Nachts liegst du wach und hörst dem Wecker zu, wie er das Leben Sekunde für Sekunde kassiert. Einsamkeit ist, wenn du eigentlich alles hast, um nicht einsam zu sein, und nichts davon zählt. Nackt und greis stehst du im Bad vor dem Spiegel, weil du nicht schlafen kannst. Betrachtest deinen Körper, der dich im Stich lässt. Geschwollene Augensäcke, Haare sprießen aus den Ohren. Du schabst dir mit der Zahnbürste den Rücken und denkst: Der Tod ist nah. Wie konnte das bloß passieren?*

*… Dem Tod gegenüber müsste man Gelassenheit zeigen: Was reif ist, wird ausgerissen, wie beim Möhrenernten auf dem Gemüsebeet. Funktioniert leider nicht.*

*… Schon wieder Zeitumstellung. War nicht gerade erst eine? Ich muss mich beeilen, noch etwas zu Papier zu bringen, sonst wird, ehe man sich versieht, die Zeit ganz abgeschafft.*

*… Als junger Mann habe ich mir überlegt, dass ich, wenn ich mal alt bin, meine Memoiren schreibe, und deshalb Tagebuch geführt, um es später verwenden zu können. Jetzt, viele Jahre später, am anderen Ende des Lebens, fällt mir dieses Tagebuch wieder ein, das ich als junger Mann schrieb und das mir ja nun eine Hilfe sein müsste, wichtige Ereignisse und Erlebnisse meines Lebens wieder aufzurufen, doch es stellt sich heraus: Was mir damals wichtig vor-*

*kam, ist alles albernes Zeug. Und was wirklich wichtig war, hab ich damals missachtet oder übersehen. Jetzt über den von damals schreiben zu wollen, wäre also Mogelei.*

*... Ich weiß noch, wie Vater mit mir in die Zoohandlung ging und eine Schildkröte kaufte. Ich war glücklich. Es war ein kalter Wintertag, und ich beeilte mich, nach Hause zu kommen, damit die Schildkröte sich nicht erkältete. Den Laden gibt es heute, ein halbes Jahrhundert später, immer noch. Neulich kam ich dort vorbei und hatte die Idee hineinzugehen. Was wollte ich da? Meinem Glück von einst begegnen? Was hat dieser Junge von damals, dem sein Papa begreiflich zu machen versucht, warum ein Achilles gegen die Schildkröte, die da in seiner Schuhschachtel rumort, keine Chance hat, was hat der mit dem missmutigen, beschwipsten Alten zu tun, der jetzt hier herumstand? Doch nicht das Geringste!*

*... Las etwas über Reinkarnation. Beschloss mich zu rasieren. In Betrachtung meiner grauen Stoppeln kam mir die Erkenntnis, dass die Seelenwanderung sich eigentlich unentwegt vollzieht: Wir verpflanzen uns in uns selbst. Auf dem Weg vom Kind damals zum Greis, der ich heute bin, ist die Seele zahllose Male von Körper zu Körper gewandert, jeden Morgen. Über Nacht entsteht unmerklich ein anderer Körper.*

Ich sah meinen Vater noch als jungen, kräftigen Mann vor mir, wie er Turnübungen machte. Wir spielten Schaukel: Er hielt den Arm ausgestreckt, ich umklammerte sein Handgelenk und schaukelte... Jetzt, nach dem Schlaganfall, war er ein Anblick zum Gotterbarmen. Die Sprache rudimentär, der rechte Arm nicht zu gebrauchen, Papa war buchstäblich vom Fleisch gefallen, die Haut am Hals hing in Falten.

Er war auch früher schon krank gewesen, hatte es nur nie erwähnt. Mochte wohl keine Schwäche zeigen. Einmal wurde ihm ein Magengeschwür operiert, ohne dass ich davon erfuhr, kein Anruf, nichts. Von seinen Krankheiten sprach er erst, wenn sie überstanden waren.

Diesmal aber hatte er seine Hilflosigkeit akzeptieren müssen.

Die ersten Tage war es am schwierigsten. Eben erst war ich von meiner bettlägerigen Mutter erlöst worden, nun galt es, täglich zum Vater zu fahren.

Seine Wohnung war ziemlich verwahrlost, ohne jede Annehmlichkeit. Die heiße Pfanne kam auf den Aschenbecher, weil kein Untersetzer im Haus war. Die Vorhänge benutzte er als Handtuch. Alles musste ich kaufen oder von zu Hause mitbringen.

Und wieder ging es los mit Bettpfanne, Massagen, Dekubitus. Fütterung, Löffel für Löffel. Die erste Zeit nach dem Schlaganfall war er inkontinent. Ich musste ihn windeln wie einen Säugling. Dann schlug es um in Verstopfungen, ich musste ihm regelmäßig Einläufe machen.

Einmal, als sein Darminhalt im Laken gelandet war und ich mit gerümpfter Nase das Bett frisch bezog, nuschelte er etwas, das ich nicht gleich verstand.

»Wie? Was sagst du?«

Es war die Bitte um Entschuldigung.

»Red keinen Unsinn, Papa! Du hast mir doch damals auch den Po abgewischt, oder nicht?«

Dabei benahm er sich kapriziös wie ein kleines Kind. Beim Waschen war ihm das Wasser entweder zu kalt oder zu heiß. Der Babyschwamm, mit dem ich ihn einseifte, passte ihm nicht – er kratze auf der Haut, maulte er, ich solle ihn lieber mit den Händen einseifen. Die Haut war so schlaff und welk, als wollte sie sich vom Körper lösen. Ich gab mir Mühe, jede Falte, jede Runzel einzubeziehen.

Während ich ihm den behinderten Arm massierte, dachte ich: Wo ist er hin, der kräftige, muskulöse Balken von einst, an dem ich wie ein Äffchen turnte? Vermutlich werden Arme auch wiedergeboren, zuletzt in diesem schlaffen, von matschigen Venensträngen und braunen Flecken überzogenen Pumpenschwengel.

Ich schnitt ihm Haare und Nägel. Ließ Hühneraugen, eingewachsene gelbe Fußnägel und die verhärteten Beulen an den Fersen im heißen Wasser weichen. Die zweite und dritte Zehe am linken Fuß waren ihm im Alter über Kreuz gerutscht. Das bringt Glück!, beliebte er zu scherzen.

Ich ließ beim Waschen nichts aus – auch nicht die mageren Schenkel, die hängenden Gesäßbacken, die Leisten. Sollte ich mich tatsächlich einmal in dem befunden haben, was da schlapp und verschrumpelt im grauen Gewöll hing?

Er hatte Angst, Prostatakrebs zu kriegen. Ich tat ihm den Gefallen, die Vorsteherdrüse abzutasten.

»Wenn du erst wieder auf dem Damm bist, Papa, wirst du mir noch Brüderchen und Schwesterchen machen, pass mal auf!«

Er fing an, medizinische Bücher zu lesen und legte sich mit den Ärzten an, wollte ihnen vorschreiben, wie sie ihn richtig zu behandeln hätten.

Sie verboten ihm das Rauchen. Er qualmte weiter, unbeirrt. Ich winkte innerlich ab.

Ich kochte ihm Brei. Er klapperte missmutig mit dem Löffel, stocherte schnaufend im Teller herum, verzog das Gesicht.

»Hering mit Zwiebel wäre mir lieber!«

»Iss jetzt, sonst kippe ich dir den Brei über den Kopf!«

Er fing gehorsam zu mampfen an; vielleicht erinnerte er sich, wie er einmal den Becher Kefir über mir ausgegossen hatte.

Ich saß an seinem Bett und hatte Spaß daran, mit ihm meiner Kinderzeit zu gedenken. Wunderte mich, wenn er an Dinge, die mir deutlich vor Augen standen, überhaupt keine Erinnerung hatte.

An den Hulatanz – Hände in den Hosentaschen – erinnerten wir uns beide.

Als ich den Schlipsknoten konnte, übernahm ich Mamas Amt, ihm die Krawatte zu binden.

Einmal brachte er mir einen japanischen Holzschnitt als Geschenk mit. Ehe ich das Bild richtig betrachten konnte, hatte Mama es gesehen und empört verschwinden lassen; ich weiß bis heute nicht, was Anzügliches darauf zu sehen gewesen war.

Ich erinnere mich an seine Zeit als Polarflieger und den wunderbaren Ledergeruch, wenn er mir die Fliegerkappe aufsetzte, dazu die Riesenbrille, und ich in seine Stiefel stieg.

Den Film habe ich mir später angesehen und war baff – oder besser gesagt: peinlich berührt. Nicht weil der Film so ein Schmarren war, sondern weil ich erst jetzt erkannte, dass Papa ein schlechter Schauspieler gewesen war. Nicht authentisch.

Authentisch war er da, wo er sich einen Turban band, im Türkensitz dasaß, und ringsum, so weit das Auge reichte, erstreckte sich das Reich des Priesterkönigs Johannes.

Was hatte es eigentlich auf sich mit all diesen weißen und rotgüldenen Löwen, Greifen, Lamien und Methagallinarii?

Noch etwas fiel mir ein, und ich erzählte es ihm, weil er es nicht wissen konnte: »Einmal lief ich in euer Zimmer, und da lagst du und schliefst – eingerollt wie ein kleines Kind. Ich wollte meinen Augen nicht trauen: mein Papa, und schläft wie ein kleines Kind!«

Außerdem bat ich ihn um Verzeihung für jene Jahre, als ich auf ihm herumtrampelte, ihn fertigmachte, als hätte ich Rache zu üben. Rache wofür? Dafür, dass er doch nicht der große Gebieter war, Herr über alle Herren? Nicht der König der Nacktweisen? Dass er nicht in der Metropole der Metropolen residierte, der Hauptstadt aller bewohnten und unbewohnten Gefilde? Nicht im Palazzino auf der Elefantenkuh seine Ländereien bereiste?

Warum hatte ich behauptet, ich würde ihn verachten, ihn und Mama? Tat ich das wirklich?

»Papa, verzeih mir, dass ich mich damals so aufgeführt habe! All das Geschwafel, das dich ins Herz getroffen hat… Mama bäte ich auch gern um Verzeihung, es ist mir nur nie eingefallen, und jetzt ist es zu spät.«

»Ach du lieber Gott. Saschka! Das hab ich dir doch schon damals verziehen. Ist nun mal die Art, wie Menschen erwachsen werden.«

Als ich einmal irgendein Buch aus dem Regal nahm und aufschlug, kamen Haarschnipsel aus dem Falz gerutscht. Mama muss ihm vor Zeiten einmal die Haare geschnitten haben, während er dasaß und las…

Auf dem Schrank zwischen allerlei Gerümpel stieß ich auf die Schachtel mit den Schachfiguren.

»Papa, wie wärs mit einer Partie, so wie früher? Das haben wir tausend Jahre nicht gemacht!«

Wir spielten, und seltsamerweise gewann ich.

»Hast du mich etwa absichtlich…?«

Er lächelte fein, doch ich sah, es war nicht mit Absicht gewesen. Er war wohl auch kein guter Schachspieler.

*Schon seit Längerem erkenne ich in mir meinen Vater wieder. Ich merke, dass ich mich bewege wie er, habe sein Grinsen an mir, seine Gesten. Wie hat er sich auf einmal eingeschlichen? Früher, da wollte ich mich auf Teufel komm raus von ihm unterscheiden – und siehe da, er hat mich ausgetrickst. Noch eine späte Niederlage!*

Papa hat nie von seinen Eltern erzählt. Sie seien weggegangen, weit weg, und in der Fremde gestorben, mehr war nicht zu erfahren. So kam es, dass ich nie Oma und Opa hatte.

In irgendeinem Zusammenhang sagte er mir einmal: »Was wirklich passiert ist, weiß schon zu der Zeit, wo es passiert, kein Mensch. Nur wenn sich ein Chronist erbarmt und schreibt es auf, kann etwas zum Ereignis werden… Weißt du, worum es beim Memoirenschreiben hauptsächlich geht? Ums Verschweigen!«

Irgendwelche Neider und Widersacher wollte er damit strafen, dass sie in seinem Buch nicht vorkamen.

»Mit keinem Wort! So als hätte es sie nicht gegeben. Einfach ausradieren aus dem Leben. Sag doch selbst, Saschka: Ist das nicht der perfekte Mord?«

An dem Tag, als er das erste Mal wieder mit mir draußen war, Schrittchen für Schrittchen einmal ums Haus herum, schrieb er ins Heft:

*Was bin ich zusammengeschnurrt! Der Hemdkragen viel zu weit für meinen Schildkrötenhals. Als Kind konnte ich das mit Achilles und der Schildkröte nicht einsehen. Jetzt kann ich es. Ich bin die Schildkröte, und Achilles kriegt mich nicht ein.*

Hier noch ein paar ältere Einträge:

*Mit den Jahren sollte der Mensch doch an Weisheit gewinnen. Aber ich alter Trottel, wie sehen meine Weisheiten aus? Ich habe nur Antworten auf Fragen parat, die früher von Belang waren und heute vollkommen nebensächlich sind. Selbst die unabweisbare Tatsache, dass ich bald abtrete, wird von mir nur vage registriert.*

*... Im Radio wurde über Pflanzen und Vögel berichtet, die vom Aussterben bedroht sind. Irgendwelche armen Tiere, die demnächst verschwunden sein werden. Und ich, ich bin eins von ihnen, ein demnächst aussterbendes Tier!*

Das Folgende schrieb er, als er schon wieder allein spazieren gehen konnte:

*Abends eine Runde ums Haus gemacht. Angenehm, so alleine vor sich hin zu gehen! Da muss einen erst der Schlag treffen, dass man klüger wird und merkt, worauf es ankommt. Einmal bin ich stehen geblieben, um Atem zu schöpfen, und sah etwas auf dem Asphalt glitzern im Laternenlicht. Der Schleim von einem Wurm, der dort entlanggekrochen ist und seine Spur im Leben hinterlassen hat – nicht in seinem, sondern in meinem! Jetzt steht er sogar hier in diesem Heft. Und wird es nie erfahren. Ich fand das irgendwie tröstlich und zum Lachen. Am liebsten wäre ich auf eine Parkbank gesprungen und hätte einen Stepptanz hingelegt, so wie einst. Wie alt war ich Lümmel damals?*

Ich suchte in dem Heft nach Stellen, wo Mama vorkam, es fand sich nichts. Nur an einer Stelle erwähnte er die Familie, mit einem Satz – der bestimmt irgendwo abgeschrieben war:

*Familie – das ist der Hass von Leuten, die nicht ohneeinander können.*

Ob er es bereut habe, Mama damals verlassen zu haben, fragte ich ihn einmal. Er verneinte.

»Wir hätten uns ineinander verbissen, in Stücke gerissen wie wilde Tiere. Wenn die menschliche Würde in Gefahr ist, sollte man voneinander lassen. Einmal, nach einem Streit, lehnte sie sich aus dem Fenster, um abzukühlen, ich ging hinter ihr vorbei in die Küche, und es zuckte in mir, sie an den Beinen zu packen und rauszuschmeißen. Das muss man sich mal vorstellen!«

Irgendwann fragte er mich: »Willst du wissen, warum ich mich damals von deiner Mutter getrennt habe?«

»Nein.«

Ein andermal fing er aus heiterem Himmel zu erzählen an, er habe Mama damals glaubhaft versichert, dass mit der anderen alles zu Ende sei, Mama habe es geglaubt, und dabei stimmte es gar nicht.

»Ich sah ihr in die Augen und fühlte mich hundsgemein, wie ein Schwein, ein Henker!«

»Wozu erzählst du mir das? Du hättest es Mama sagen sollen!«

»Genau. Und weil ich das nicht tat, erzähle ich es dir.«

»Und was bezweckst du damit?«

»Ach, was weiß ich ... Vielleicht hätte ich gern, dass sie mir noch verziehe.«

»Was verziehe? Was du eben erzählt hast?«

»Das und alles andere. Aber ja, am meisten das.«

»Na, dann ist ja alles gut. Sie hätte dir verziehen. Das und alles andere. Ihr seid schon zwei komische Menschen! Selbst nach dem Tod bringt ihr es ohne mich nicht fertig, euch auszusprechen!«

*Morgens aufgewacht und nicht mehr gewusst, wozu eigentlich. Dann fiel es mir wieder ein, und ich dachte: Wie mag er mir entgegentreten, der Tod? Doch nicht wirklich als Gerippe mit Sense? ... Damals wollte ich von Vater wissen, warum er log. »Werd erst mal groß, dann reden wir drüber«, hat er gesagt. Heute bin ich groß, werde gar schon wieder kleiner, und meine Frage wäre eine ganz andere: Vater, wie sieht der Tod aus? Sag es mir, du musst es doch wissen! Wahrscheinlich wird es ein ganz banaler Anblick sein. Die Zimmerdecke, das Fenster. Das Tapetenmuster. Oder das Gesicht, das du als letztes siehst.*

Vor mir riss er nur seine Witze, wollte frohgemut erscheinen, derweil suchte er in seinem Heft mit sich allein dem Tod ins Auge zu sehen.

*Nach dem Tode kommen die Menschen bestimmt von ganz alleine zurück und werden, was sie immer waren – nämlich nichts.*

*... Irgendwo las ich den Bericht über eine rituelle Totenverbrennung in Indien. Der Schädel soll aufgeplatzt sein wie eine Kastanie. Kaum zu glauben. Aber ein Bekannter hat mir erzählt, sie hätten seine Mutter eingeäschert in dem Krematorium, das damals neu eröffnet war, als eine der Ersten. Zu der Zeit war es den Angehörigen noch möglich, durch eine Scheibe zuzusehen, wie die Leiche brannte. Man fragt sich, wozu – etwa um sicherzugehen, dass es die richtige ist? Jedenfalls bekam er zu sehen, wie seine Mutter von den Flammen angehoben wurde.*

Dass er nicht in der Erde begraben werden wollte, hat Papa mehrfach betont.

*Soll es erquicklich sein zu wissen, dass man nicht ganz weg ist, sondern zwei Meter tief im Sand liegt und still vor sich hin gam-*

*melt? Auch noch unter einem Stein! Die Dinger wurden doch nur draufgepackt, damit die Toten nicht rauskriechen!*

Zu Mamas Grab ist er kein einziges Mal mitgefahren. Friedhöfe seien ihm ein Graus, so sagte er. Doch aus seinem Heft erfuhr ich, dass er schon im Frühjahr dort gewesen war.

*Ich wollte meiner Häsin einen Strauß Blumen kaufen, überall gab es Tulpen zu kaufen. Wenn ich es schon zu Lebzeiten nicht fertiggebracht habe, ihr Blumen zu schenken. Aber dann dachte ich mir: Ach was, die werden sowieso nur geklaut ... Der Stein, den die Tochter hat setzen lassen, sieht doof aus. Aber gescheitere wird es wohl gar nicht geben. Ich hab mich hingesetzt und ihrer gedacht. Es war hübsch da, still und beschaulich. Der Schnee schon fast weg. Es roch nach vorjährigem Laub. Das Grab bräuchte eine Umrandung, aber so was ist heutzutage furchtbar teuer. Ich war spät gekommen und ging als Letzter, hinter mir wurde das Tor verschlossen. Dann sah ich, wie ich die Friedhofsmauer entlanglief, ein paar alte Leutchen über die Mauer klettern. Friedhofsflüchtlinge! Amüsant.*

Er bat darum, verbrannt zu werden und die Asche irgendwo in freier Natur zu verstreuen.

»Papa! Was redest du da!«

»Ist das zu viel verlangt? Ich will ja nicht stehend begraben werden wie Nostradamus! Verbrennen und die Asche verstreuen, das ist alles, worum ich bitte. Ich will verschwinden, mich in nichts auflösen. Streu mich auf irgendein Beet ... Versprochen?«

»Versprochen.«

*Welcher Klugscheißer hat behauptet, dass Leiden erhebt? Dummes Gerede. Leiden erniedrigt.*

Er möchte nicht so leiden müssen wie Mama, hat er immer wieder gesagt. Und dass er seinen Abgang selbst bestimmen wolle.

*Darüber habe ich ja schon früher öfter nachgedacht. Was wäre dabei? Nur nicht in der Wohnung – das wäre unfair gegenüber den*

*Leuten, die da später noch wohnen wollen. Eines schönen Tages sagt man der Nachbarin Bescheid, dass man in Urlaub fährt – und dann ist man weg. Nur der Gedanke, dass ich der Tochter etwas sagen müsste, hat mich davon abgehalten. Was soll ich ihr sagen?*

Er hing an mir, während ich monatelang nicht einmal mit ihm telefonieren wollte.

»Saschka«, drang er in mich nach dem Schlaganfall, »wenn es mir richtig dreckig gehen sollte ... Versprich mir, dass du mir was spritzt! Du weißt am besten, was man da nimmt.«

»Bist du noch ganz dicht, Papa?«

Er fing wieder an zu trinken, wollte sein Ende gewaltsam abkürzen, ich konnte ihn nicht daran hindern. Er betrank sich, wenn ich nicht da war. Danach litt er jedes Mal sehr, Sodbrennen, behauptete er, gegen das er becherweise Sodawasser trank. Ich versuchte ein paar Mal, ihn zur Vernunft zu bringen, er aber wischte alle Fläschchen und Pillenschachteln mit einer brüsken Bewegung vom Nachttisch, das war seine Antwort.

Ende Mai erlitt er den zweiten Hirnschlag, von dem er sich nicht mehr erholte.

*Dass das Leben am Tag meines Todes ganz normal und ohne Zwischenfälle weitergehen wird, kränkt mich natürlich schon. Am Bahnhof werden geröstete Sonnenblumenkerne verkauft wie immer: ein gehäufter kleiner Becher aus dem Sack in die aufgehaltene Jackentasche. An der Ecke wird Bier getrunken werden und der Schaum von den Lippen geleckt. Eine Frau wird am Fenster stehen und den Rahmen putzen. Und das Interessante ist, dass dieser Tag schon feststeht, jedes Jahr einmal steht er im Kalender, man könnte ihn ankreuzen. Es gibt ihn schon, nur seine Entdeckung steht mir noch bevor, so wie eine Insel oder ein Naturgesetz entdeckt wird.*

Heute, da ich dies lese, weiß ich, dass Papa am fünften Juni gestorben ist. Sein Todestag war das also auch schon vorher, schon immer. Der Tag war schon da, der Tod stand noch aus. Was sich voriges Jahr an diesem Tag ereignet hat, weiß ich nicht mehr. Das Übliche wohl: Sonnenblumenkerne, Bier, Lilo am Fenster.

Ich streichelte seine Hände, die gelb waren und im Vergehen. Die Nägel wurden schon langsam schwarz.

Die letzten Tage sprachen wir fast gar nicht mehr, tauschten nur ein paar belanglose Worte, genau wie es mit Mama gewesen war.

»Hast du Kaffee getrunken?«, fragte er mich, als ich aus der Küche kam.

Er hatte es gerochen.

Als ich an meinen Niednägeln knabberte, knurrte er: »Lass das!«

Er wünschte sich Kakifrüchte, ich fuhr auf den Markt und kaufte welche, schnitt sie in Stücke, wollte sie ihm mit dem Löffel in den Mund schieben, er aber wollte nicht mehr.

Es war heiß, ich riss das Fenster auf, von draußen kam es noch heißer herein. Er wünschte sich kalte Hände auf seiner heißen Stirn und den Wangen. Ich hielt die Hände unters fließende kalte Wasser, bevor ich sie ihm auflegte.

Den Abend vorher spürte er, dass es so weit war.

»Ich sterbe, Mädchen«, flüsterte er kaum hörbar.

»Er stirbt, denk mal an! Und wir, sterben wir etwa nicht? Wir fahren Straßenbahn …«

Er zog eine Grimasse. Es war sein Lächeln.

»Saschka, ich hab dich so lieb!«, flüsterte er.

Mama war ohne mich gestorben, und ich hätte nicht erklären können, warum es mir so wichtig war, Papas Hand zu halten in dem Moment, wo es geschähe.

»Papa«, bat ich ihn, »ich möchte deine Hand halten, wenn du stirbst. Versprichst du mir, nicht ohne mich zu sterben?«

Er senkte die Lider.

Dann brachen seine letzten Minuten an. Papas Atem rasselte, dass das Bett unter ihm bebte. Sprechen konnte er schon nicht mehr. Seine Augen fixierten mich, sie schauten flehend.

Ich wusste, worum sie flehten.

Mich verlangte es, den Arm um ihn zu legen. Ich machte mich neben ihm lang, schaute ihm unverwandt in die Augen. Sein Blick veränderte sich. Er sah mich noch an, doch das Flehen war verschwunden. Ein Staunen lag jetzt darin.

Dann begann er sich zu entfernen. War noch bei mir, doch sein Blick ging schon nach dort. Auf der Grenze hielt er kurz inne, zögerte wohl einen Moment. Sah etwas, das ich aus diesem Zimmer nicht sehen konnte.

Er schien sich anzustrengen, mir noch etwas sagen zu wollen.

»Was ist, Papa? Sprich!«

Ein Kollern entrang sich seiner Kehle.

Und auf einmal meinte ich zu verstehen, was er mir, mit einem Auge nach drüben schauend, sagen wollte. Er wollte mir sagen, dass dort tatsächlich unverwesliche Menschen wohnen und stumme Baumgrillen.

Ein paarmal hatte Papa verlauten lassen, den letzten Satz seiner Aufzeichnungen wüsste er schon. Irgendwo war er auf eine Schlussformel gestoßen, mit dem Schreiber und Kopisten früher ihre Bücher schlossen – irgendetwas von einem Schiff und den Untiefen des Meeres. Doch der letzte Satz in seinem Lebensheft lautet nun doch ganz anders.

*Neueste Forschungen besagen, dass ein Toter noch eine Weile hören kann – von allen Sinnen erlischt das Gehör zuletzt. Sascha, Mädchen, sag irgendwas!*

All dies schreibe ich nur, um ein wundersames Gefühl zu erklären: dass ich in dem Moment, der womöglich der wichtigste im Leben eines Menschen ist, Papas Hand hielt und glücklich war.

Saschenka, mein Liebes!

Hieltest Du es für möglich, sag, dass das alles ringsumher in Wirklichkeit gar nicht existiert?

Es regnet schon wieder den ganzen Tag.

Kann das alles wahr sein? Noch dazu in meinem Leben? Das kann gar nicht sein.

Gut, es regnet. Aber Regen gibt es überall. Es könnte sich um einen ganz anderen handeln, und nicht jeder ist echt.

Vielleicht ist es der Landregen von damals, auf der Datscha. Der fing schon am frühen Morgen an. An ihm ist alles echt. Das Surren der Mücken auf der Veranda. Das Knallen der Tropfen von der Decke in die Blechschüssel – das Dach ist undicht. Rinnsale an den Scheiben. Der Garten rauscht zum angelehnten Fenster herein. Klatschnasser Flieder riecht besonders, ein Regenduft. Die Pfützen auf dem Weg vor der Holztreppe wabern wie lebendig.

Ich fläze auf dem Sofa mit dem Shakespeare-Band auf den Knien und schreibe in dieses Heft. Geschichten von Liebe und Tod und den Dingen des Lebens. Das macht großen Spaß. Hinterher kann man das Geschriebene einfach hernehmen und verbrennen. Himmlisch!

Eben erst, scheint mir, habe ich es mir mit dem Heft hier bequem gemacht, versonnen ein bisschen am Bleistift geknabbert, auf die Uhr gesehen – und schon ist es zehn vor zwei! Du wirst auf mich warten! Rasch fahre ich in die Gummistiefel, werfe den alten Regenmantel über und gehe los – unseren vertrauten Weg. Erst bis zur Ecke, den Zaun entlang, hinter dem der Nachbar seine Teerosen züchtet, dann quer durch den Wald bis zur Brücke über die Schlucht. Von da ist das Dach Eurer Datscha schon zu sehen. Der Pfad durch unseren Wald ist das Beste. Und wie Du Dich jedes Mal wunderst, wenn ich die Namen der Pflanzen hersagen kann – das macht mir Spaß. Dabei kann das doch jeder! Keine Kunst.

Geliebte! Hab noch etwas Geduld!

Ich komme!

*M*ein einzig Geliebter!

Ich bin heute zeitig aufgewacht. Hab dagelegen und an Dich gedacht.

Du, ich glaube, das wird ein überaus freudvoller Brief werden.

Aber erst einmal muss ich erzählen. Alles schön der Reihe nach, wie es sich gehört. Vor allem sollst Du wissen, dass die Stadt unter einer Schneedecke liegt – endlich!

Mitten in der Nacht bin ich aufgewacht. Mir fiel ein, dass heute dienstfrei war, ich also getrost noch ein Weile im Bett bleiben konnte. In dem Moment kam mir erst meine Müdigkeit zu Bewusstsein, die sich die letzten Tage und Wochen aufgestaut hat. Wenn nicht Jahre. Draußen vor dem Fenster gewahrte ich ein Leuchten. Ich stand auf, sah nach – alles verschneit! Ich ging zurück ins Bett, kroch unter die Decke in meinen Kokon – was Du so an mir magst – und schaute durch das Luftloch nach draußen, wie es schneite. Welche Wonne, dabei langsam wieder einzuschlummern!

Am Morgen wachte ich zur gewohnt frühen Zeit auf, es war noch dunkel, doch ich hörte vor dem Haus Schaufeln kratzen, der Schnee fiel mir wieder ein, das Glücksgefühl kam zurück. Und wieder schlummerte ich ein und schlief diesmal durch bis Mittag, schlief nach Herzenslust aus.

Ich frühstückte, und vor meinen Augen schneite es.

Dann blieb ich einfach am Fenster sitzen, war Zuschauerin, wie die nassen Flocken gegen die Scheibe schlugen und langsam daran herabrutschten.

Als Nächstes kochte ich mir einen kräftigen Tee.

Ich musste nirgends hin. Wie wunderbar!

Der Winter vor dem Fenster machte, dass der Tee im Glas in einem besonderen Rot schimmerte.

Dann hielt ich es doch nicht aus und ging spazieren. Stürzte mich ins Schneetreiben.

Lief dahin und atmete den Wintergeruch, so frisch und rein, dass er einem zu Kopf stieg.

Dem Tag schien es genauso zu gehen, er fiel aus der Rolle und extemporierte.

Die ganze Stadt wie von Sinnen.

Die Kreuzung hat ihre Backen voller Schneebrei, kann nur noch grummeln.

Das Denkmal, sonst brünett, ist zum Albino geworden.

Rätselt man immer noch über die Heimat des Schneemenschen? Er wohnt hier, in unserem kleinen Park.

Die Zweige hängen schwer durch, wollen dir ans Genick. Vor jedem musst du dich verneigen.

Winter und Schnee, so muss es sein! Schnee ist was Tolles. Kommt und erschafft die Welt einfach neu.

Den halben Winter hat der Park hohl und zugig dagelegen, jetzt ist er ein barockes Schneekunstwerk mit Bögen, Türmen und Kuppeln. Die Bäume neigen sich so tief über die Straße, dass die Autos wie in Schneetunnel einfahren.

Und überhaupt bewirkt der Schnee, dass plötzlich alles zusammengehört. Ein jedes Ding auf der Welt führte bis dahin sein Eigenleben, jetzt aber ist jede Bank und jeder Poller, ganz zu schweigen vom Briefkasten, von der nahtlosen Einheit und Vollkommenheit allen Daseins überzeugt.

Ein Passant hat unterm Schirm Schutz vor dem Schnee gefunden. Nur einer war so schlau, die anderen streifen ihn notdürftig ab, beklopfen sich mit den Handschuhen, während auf Schultern und Mützen weiße Plätzchen wachsen, aufgehen wie Hefeteig.

Auf jedem Hof wälzen Kinder Kugeln aus Schnee und bauen Schneemänner.

Der Schnee ist nass und pappt. Ich greife eine Handvoll und kann nicht anders, als ein Stück davon abzubeißen.

Der Schnee fällt flott, leichtfüßig, verwegen. Die ganze Stadt steckt er an mit seiner Quirligkeit, doch am meisten kleine Jungen und kleine Hunde. Auf dem Schulhof ist unter den Größeren eine Schneeballschlacht im Gange, Hände voll Schnee landen in Kragen und Gesichtern, Schals und Mützen segeln zu Boden. Ein Straßenhund fegt den Schneebällen bellend hinterher, stupst und beißt schnaubend ins Weiß.

Ich stehe da und schaue zu, wie der Hund geifernd vor Freude hin und her flitzt. Plötzlich stoppt er direkt vor mir und schaut mich verwundert an, als wie: Was stehst du hier rum, mach doch mit?! – dann gähnt er, knackt vernehmlich mit den Kiefern und tobt aufs Neue los mit stiebendem Schwanz und glücklichem Gebell.

Ich aber stapfe weiter aufs Geratewohl, ist ja auch egal wohin, bei so viel überschäumendem Schnee.

Auf dem Gehsteig Fußspuren im Fischgrätenmuster.

Schwarze Lichtungen rund um die Kanalisationsdeckel.

Straßenschilder, schneeverklebt.

Der Schnee weht in schrägen Böen auf die Fensterbretter, wo er sich schiefwinklig auftürmt.

Und an den Bäumen bleibt er nur einseitig kleben, die Stämme wie mit weißen Biesen.

Ein Busch schiebt sich aus dem Schneegestöber auf mich zu, mit runkelroten Ruten. Du wüsstest, wie er heißt.

Ein einzelner Radfahrer will dem Winter trotzen. Wickelt sich den pappigen Schnee zwischen die Speichen, bis er am Ende doch abspringt und schiebt.

Ich komme an einer Baustelle vorbei. Der Gehsteig ist überdacht und führt über Stege aus schmutzigen nassen Planken, die angenehm federn, bei jedem Schritt wird man eine Winzigkeit weitergeschleudert.

Eine Friseurin ist vor den Laden getreten, um zu rauchen, hascht mit der Glut ihrer Zigarette nach den Flocken, die hängen schon reichlich in ihrem Haar. Jemand verlässt das Geschäft, eine penetrante Melange aus Friseurgerüchen schlägt mir entgegen. Wie hält man es aus, diesen Brodel den ganzen Tag einzuatmen?

Dann komme ich am Kindergarten vorbei, spähe durch das Fenster hinein.

Ich sehe Mütter und Großmütter damit beschäftigt, in Kostümen zu wühlen und die Kleinen zu verkleiden – als Füchslein und Häslein, Schneeflöckchen-Weißröckchen und Teddybär. Einer hat eine Wolfsmaske auf und gibt sich Mühe, die anderen zu erschrecken. Ein Mädchen ist dabei, einen weißen Kniestrumpf anzuziehen, hüpft auf einem Bein.

Im nächsten Fenster ist ein großer geschmückter Weihnachtsbaum zu sehen, die elektrische Beleuchtung flackert noch. In einer Ecke werden Geschenke in einen Sack gepackt.

Und im letzten Fenster ist Ded Moros, der Weihnachtsmann, dem Schneemädchen behilflich, den Reißverschluss am Kleid zu schließen. Derweil schaut das Mädchen in einen Handspiegel und schminkt sich die Lippen rot. Quicklebendig ist es, obwohl einstmals aus Schnee geformt. Und keiner wundert sich.

Ich gehe nach Hause.

Beim Sortieren irgendwelcher Unterlagen klopfe ich mir mit einem kleinen Stoß Papier gedankenverloren gegen die Lippen, und das so ungeschickt, dass mir die Kante eines Blattes in die Lippe schneidet. Ein dummer Schnitt, sehr schmerzhaft.

Abends beschließe ich ins Konzert zu gehen, auch wenn ich die Skandinavier nicht besonders mag.

Ich kann nicht leben ohne Musik. Da fällt alles Zwanghafte, Überflüssige wie Schuppen von mir ab, und es bleibt nur, was wirklich ist.

Aber diesmal kann ich mich irgendwie nicht konzentrieren, das ganze Drumherum lenkt ab und stört.

Es fängt schon an der Garderobe an, wo die Besucher den Schnee von den Schuhen stampfen und von den Mänteln schütteln, sich die verklebten Brillen putzen.

Auf der Damentoilette wird emsig gepudert und gesalbt, ein Lärm wie im Badehaus. Mit ihm in den Ohren betrete ich den Konzertsaal.

Ich versuche in die Musik hineinzufinden, mich vor allem Übrigen zu verschließen, es gelingt nicht. Es ist, als zöge man sich Splitter an dieser Musik.

Ich sitze da und betrachte das abblätternde Gold der Balkone, den verschlissenen Samt.

Jemand raschelt mit Bonbonpapier, eine Garderobenmarke klimpert zu Boden. Von der Straße dringt eine Feuerwehrsirene herein, dann hört man die Erste Hilfe vorübersausen.

Die ganze Zeit ist meine Zungenspitze an dem Riss in der Lippe.

Ich versuche an die Musik zu denken, doch die Gedanken rutschen in die Lücken.

Keine Ahnung, warum mir gerade jetzt einfällt, wie Du einmal auf der Datscha Dein Fahrrad repariertest. Mit den Rädern nach oben stand es auf der Veranda. Das Werkzeug hattest Du auf einer Zeitung abgelegt. Im Vorübergehen streifte ich mit dem Schenkel die Pedale, das Hinterrad begann sich leise surrend zu drehen.

Die Frau vor mir spielt den ganzen ersten Teil mit den Korallen ihrer Halskette. Als sie zur Pause aufsteht, versucht der Sitz, dieser Wüstling, ihr den Rock hochzuheben.

Ich bin in der Pause gegangen.

Unterdessen hatte es noch mehr geschneit. Es wollte und wollte nicht aufhören.

Autos glitten lautlos durch den fallenden Schnee. Auf dem Platz fuhren sie im Kreis: ein stummes Karussell.

Unter jeder Laterne schwärmte es. Man sah die Schatten der Flocken.

Auch wo keine Laterne brannte, war es hell vom Schnee.

Und an der Kreuzung konnte man bei Weiß über die Straße gehen.

Ich blieb vor einem Schuhladen stehen. Im Schaufenster warme Kinderpantoffeln mit einem Elefantengesicht. Ich hab sie angeschaut und sie mich.

Dann fuhr ich nach Hause.

Lag schon im Bett und stand wieder auf, zog mich an und ging auf den Hof.

Hier war alles still und unberührt. Nichts als Schnee. Die Luft war würzig, das Atmen fiel leicht.

Ich beschloss, mir einen kleinen Schneemann zu bauen. Nein, ein Mädchen!

Das sollte meine Tochter sein.

Ich griff den Schnee, er war luftig und pappte. Ging prima zu formen. Arme, Beine, alles kein Problem.

Als mir die Finger kalt wurden, steckte ich sie in die Tasche und wärmte sie ein bisschen, dann ging es weiter.

Mund, Nase, Wangen. Ohren! Finger und Zehen. Ein strammer, runder Po. Der Nabel.

Es wurde ein bildschönes Mädchen.

Das hob ich behutsam auf und nahm es mit nach oben.

Legte es ins Bett, deckte es schön zu.

Aber es hatte eiskalte Füße, stellte ich fest. Die musste ich natürlich warm reiben, hauchen, küssen.

Dann setzte ich Wasser auf und kochte dem Kind einen Himbeertee.

Ich wärme ihm die Füßchen und erzähle von jenem Land, wo es Menschen gibt, die nur ein Bein haben, auf dem sie aber schneller vorankommen als wir auf zweien, und ihr Fuß ist so breit, dass er sie vor der Sonne und vor dem Winde beschirmen kann, außerdem gibt es dort Leute, die sich vom Duft der Früchte ernähren, und wenn sie sich auf Reisen begeben, packen sie etwas Obst zum Riechen ein.

Ich erzähle, rubbele die kleinen Fersen und schaue dabei in den Spiegel, darin ist das Fenster zu sehen und im Fenster der fallende Schnee.

Dann sind die Füße warm, und das Mädchen scheint eingeschlafen.

Ich beuge mich nieder, um ihm den Gutenachtkuss zu geben, da fragt es:

»Mama, was hast du da?«

»Ich hab mich an einem Blatt Papier geschnitten, nicht weiter schlimm. Schlaf schön!«

Ich decke es zu, stecke die Decke rundherum fest, bin schon im Hinausgehen, da ruft es mich zurück.

»Mama!«

»Ja? Was gibt es noch?«

»Kaufst du mir die Elefantenpantoffeln?«

»Natürlich, mein Häschen. Schlaf schön!«

Saschenka! Geliebte!

Hier ist nichts. Gar nichts.

Wo ist die Stendelwurz? Der Sauerklee?

Kein Gauchheil, kein gelber Enzian, keine Gänsedistel. Kein Liebstöckel und keine Frauenminze.

Wo ist der Kreuzdorn? Und das Knabenkraut? Wo ist die Witwenblume?

Warum gibt es hier kein Weidenröschen?

Wo ist die Bärentraube? Der Ginster?
Und die Vögel? Wo sind die Vögel?
Wo ist die Goldammer? Wo das Braunkehlchen? Wo ist der Schwarzspecht?
Und der Fitis? Wo ist der Fitis?

*L*iebster Wolodenka mein!
Mit jedem Tag rückst Du mir näher.
Ein Tag wie jeder andere.
Ich gehe sie wecken. Sie bockt. Zieht den Kopf unter die Decke.
»Zeit zum Aufstehn, Häschen!«
»Gar nicht! Jetzt ist noch Nacht. Ich träum dich bloß.«
Was soll man da machen! So geht das immerzu.
Ich komme immer viel zu spät zu Bett, schlafe ein, kaum dass der Kopf das Kissen berührt, manchmal schlafe ich schon auf dem Weg dorthin, scheint mir. Darum fällt mir das Aufstehen furchtbar schwer. Trotzdem stelle ich den Wecker etwas vor der Zeit. Ein paar Minuten für mich zu haben ist mir heilig.
Draußen ist es finster. Ewiger Winter. Eisig kalt.
Ich koche mir einen Kaffee und überdenke den eben beginnenden Tag. Denke an Dich. An Gott und die Welt.
Dann springe ich unter die Dusche, aber vorher wecke ich noch mein Häschen. Das ist ein richtiges Zeremoniell. Es beginnt mit dem Dornröschenspiel. Sie ist das schlafende Dornröschen, gekuschelt in ihre Decke, das sind die Berge und Wälder, durch die der Prinz geritten kommt auf der Suche nach seiner Geliebten, und am Ende findet er sie – er bin ich – und küsst sie ausgiebig. Sie schnauft behaglich, ist natürlich längst wach, will es aber nicht zugeben. Und ihr Scheitel duftet so lecker um diese Morgenstunde, bevor sich ihm die Gerüche des Tages anheften!

Wenn auch der Prinz nichts mehr ausrichten kann, kommt ein Igel unter ihre Decke gekrochen. Mein Häschen springt auf mit fröhlichem Quietschen und wirft sich mir an den Hals. Der Tag hat begonnen.

Komme ich aus der Dusche, ist sie immer noch nicht angezogen. Versucht mit der Ferse voran in die Strumpfhose zu rutschen, was natürlich nicht geht. Inzwischen friert sie, bibbert, tut aber nichts, das Anziehen zu beschleunigen, sitzt lieber da und schmollt.

Außerdem wackelt bei ihr ein Zahn, den muss sie immerzu befühlen. Ich klopfe ihr auf die Finger, sie zieht eine Flunsch.

Ich koche in der Küche den Frühstücksbrei. Beide sehen wir gerne zu, wie der Brei im Töpfchen mit den Lippen schmatzt.

»Wo bleibst du denn?«, rufe ich.

Sie kommt herein, den Pullover halb angezogen, mit einem Ärmel wedelnd, sie spielt den einarmigen Banditen, kichernd.

»Hör auf zu albern. Setz dich und iss!«

Ein neues Spiel beginnt: Sie schiebt den Brei auf dem Teller herum, malt mit dem Löffel Figuren.

»Häschen, es ist schon sehr spät!«

Darauf sie in belehrendem Ton: »Wie kann es denn spät sein, wenn es doch früh ist!«

Während sie auf ihrem Brei herumpustet, sitze ich daneben, schaue abwesend auf das zugefrorene Fenster – und kriege im nächsten Moment von ihr eins auf die Finger.

»Mama! Nicht an den Fingernägeln knabbern! Wie oft soll ich dir das noch sagen!«

Ich gehe ins Wohnzimmer, schlüpfe hastig ins Kleid. Als ich zurückkomme, hat sie schon das Weiche aus dem Brotkanten gepolkt und teilt fröhlich mit: »Mama, guck mal, das Brot muss gähnen!«

Und sie lacht sich scheckig über ihren Spaß.

Wir sind spät dran, ziehen uns an in rasender Eile, doch all die Sachen, die wir am Abend extra bereitgelegt haben, spielen morgens mit uns Verstecken. Immer ist etwas weg: Handschuhe, Mütze, Schal, Hausschuhe. Ich packe das Mädchen sorgfältig ein, mich selbst knöpfe ich erst auf der Treppe zu. Man ist noch gar nicht zum Haus hinaus, da verschlägt es einem den Atem vor Kälte.

Wir fallen in die frostige Finsternis. Flitzen zur Haltestelle. Es ist stockfinster. Die Schritte klappern hallend über den gefrorenen Gehsteig. Überall Eis. Nur ja nicht ausrutschen!

Vorbei an den Mülltonnen, die man normalerweise mit angehaltenem Atem passiert, doch heute ist selbst der Gestank eingefroren.

Das Häschen hat unterwegs allerlei unaufschiebbare Fragen zu klären, ich kann nicht hören, was sie vor sich hin plappert, sehe nur die weißen Wölkchen von ihren Lippen steigen.

Der Himmel hängt noch voller Sterne, doch sie sind flockig von den Tränen, die der Frost einem in die Augen treibt.

Wir schaffen die Bahn gerade so. Und haben Glück, ergattern zwei freie Plätze nebeneinander. Das kurze Stück Weg bis zur Haltestelle hat genügt, dass uns die Wangen eingefroren sind, sie sind wie taub.

Das Häschen geht sogleich daran, das vereiste Fenster anzuhauchen und ein Guckloch zu reiben.

Eine Straßenbahn wie jede andere. Klirrend, funkensprühend. Die Fahrgäste dösen, in ihre Schals versunken, sitzen da wie aufgeplusterte Hühner.

Dafür ist die Schaffnerin heute gesprächig: »Friert ihr Warmblüter euch bei mir einen ab, he? Ihr werdet mir die Bude schon mollig hauchen!«

Jemand hält über meinem Kopf eine Zeitung aufgeschlagen. Erste Seite Krieg, letzte Seite Kreuzworträtsel.

»Mama, Mama, ein Elefant!«

»Red keinen Unsinn.«

»Doch, da war einer! Wir haben gerade einen Elefanten überholt!«

»Im Winter gibt es keine Elefanten.«

Sie bläst die Backen auf und wendet sich ab. Klebt wieder mit dem Auge am Guckloch. Kriegt sich nicht gleich wieder ein.

»Aber wenn es doch einer war! Ich hab ihn gesehen! Wirklich! Er ging an der Leine, wir haben ihn überholt!«

Ich nehme ihr die Kapuze ab, gebe ihr einen Kuss in den Nacken.

Heute Abend wird mal wieder gebadet, beschließe ich. Das ist für mich immer ein kleines Fest. Auch sie ist gern in der Wanne, könnte stundenlang dort herumspielen, immer fällt ihr etwas Neues ein: Bilder malen mit dem Finger auf die beschlagene Fliesenwand zum Beispiel. Oder eine Seifenschalenregatta. Oder mit den Kniescheiben knapp über Wasser unbewohnte Inseln spielen.

Ich geselle mich zu ihr ins gut geheizte Bad, in dem der Dampf steht, schließe schnell die Tür hinter mir, damit keine kalte Luft hereinzieht. Der Boiler summt, der heiße Strahl aus der Dusche piekt sie wie mit feinsten Nadelstichen, sie quiekt und spritzt.

Ich wasche ihre Haare, bis es quietscht.

Zuletzt zieht sie immer selbst das Kettchen mit dem Stöpsel und rührt mit steifem Finger im kreisenden Trichter des Wassers, hilft ihm beim Abfließen.

Ich nehme das warme Handtuch vom Boiler, wickle sie hinein, lasse mich auf der Klobrille nieder und setze sie mir auf die Knie. Rubbele ihr Rücken, Bauch und Beine. Dabei warten wir auf den Moment, in dem das restliche Wasser glucksend und gurgelnd im Abfluss der Wanne verschwindet – das Geräusch finden wir beide gut.

Sie betrachtet ihre runzligen Fingerspitzen und möchte den Moment nicht verpassen, da sie sich in glatte zurückverwandeln. Ich weiß noch, wie erschrocken sie war, als es ihr zum ersten Mal auffiel: Sie sei doch noch klein, wieso habe sie jetzt alte Finger, so barmte sie – untröstlich, bis sie nach fünf Minuten wieder hinschaute.

Manchmal, wenn ich ihr so zusehe, erkenne ich mich selbst als Kind wieder. Genauso war ich doch, an einem Apfel knabbernd, den Lichtstreifen auf und ab gelaufen, der durch den Spalt zwischen den Gardinen auf das Parkett fiel! Genauso habe ich die Brotsuppe geliebt, die Mama mir machte – und bin es jetzt selbst, die eine Scheibe Brot in Würfel schneidet, in eine Schüssel gibt, mit warmer Milch übergießt und einen Teelöffel Zucker darüberstreut. Von Mama lernte ich damals auch, wie man sein Bett macht – und ich musste meinem Häschen bloß einmal zeigen, wie man es anstellt, dass zwei Kissenohren stramm unter der Decke hervorschauen, seither ist das Bett immer gemacht.

Manches aber kenne ich nur von ihr. Zum Beispiel hat sie ein unsichtbares Tierchen. Besser gesagt: Keiner außer ihr kann es sehen. Es wohnt bei ihr im Schneckenhaus – unserer alten Strombus strombidas, die also wieder zu einer echten Behausung geworden ist. Es macht Spaß zuzusehen, wie sie mit diesem unsichtbaren Wesen umgeht, es füttert, ihm Tee zu schlürfen gibt. Genau weiß ich nicht, was für ein Tier das eigentlich ist. Sorgsam bläst mein Häschen in das Schälchen, bevor sie es ihm hinschiebt, damit es sich nicht den Mund verbrennt. Schimpft mit ihm, es solle den Tee endlich runterschlucken und nicht so lange im Mund damit herumgurgeln. Befeuchtet ihr Taschentuch mit Spucke und reibt ihm den Schmutz aus dem Gesicht. Den Tonfall, in dem sie es zurechtweist, hat sie von mir. Und ist das Tierchen einmal krank, kriegt es eine ganz spezielle Medizin: Schokoladengeruch, der noch in der großen Schachtel von den Weihnachtspralinen steckt, davon muss es eine Nase nehmen.

Manchmal überkommt es mich, dann nehme ich sie fest in die Arme und küsse sie wahllos überallhin, auf Hals, Scheitel und Wangen, bis sie genug hat und sich mir entwindet: »Loslassen, Mama!«

Einmal, als ich sie ins Bett brachte, wollte sie plötzlich wissen, wie sie auf die Welt gekommen sei.

»Ich habe dich aus Schnee geknetet.«

»Stimmt ja gar nicht! Ich weiß, wo die Kinder herkommen!«

Sie ist schon putzig.

Am Bahnhof steigt mein Vater in die Straßenbahn zu, die sehr voll ist; wir sitzen ganz hinten, er steigt vorne ein, ich winke ihm, er bemerkt es nicht. Dann höre ich ihn laut, wie von der Bühne herab, reden, sodass der ganze Wagen es hört – wahrscheinlich hat er schon morgens getrunken. Er erzählt die Geschichte, wie er als Kind neue Galoschen bekommen hat:

»Die waren bildschön! Rot gefüttert, ganz flauschig und zart! Und rochen so wunderbar nach Gummi! Ich konnte es nicht erwarten, sie anzuziehen und auf die Straße zu laufen in den frischen Schnee und die Abdrücke meiner neuen Galoschen darin zu betrachten – die sehen aus wie Schokoladentafeln! Und wir Kinder taten so, als wäre es tatsächlich Schokolade: Handschuh ausgezogen, die Tafel vorsichtig aufgehoben und angeknabbert! Was haben wir uns den Bauch vollgeschlagen mit Schneeschokolade!«

»Mama, ist es noch weit?«

»Nein, nein, wir sind gleich da.«

Der Schaffnerin ist die Brille beschlagen, sie schiebt sie auf die Stirn, um das Kleingeld in ihrer Tasche zu zählen. Forschend betrachtet sie ein paar Münzen Utrechter Prägung ohne Kopf.

»Mama, ist es noch weit?«

Ich drücke sie an mich und flüstere ihr ins Ohr: »Hör mal, ich muss dir was sagen. Nicht dass du dich wunderst: Wir fahren jetzt zu einem Mann, der legt gern den Kopf auf meine Knie.«

»Warum? Weil er dich lieb hat?«

»Ja!«

»Ich hab dich auch lieb. Ganz, ganz sehr!«

Und sie legt mir den Kopf auf die Knie.

Meine liebe, geliebte Saschenka!

Ich bin auf dem Weg zu Dir. Es dauert gar nicht mehr lange. Seltsames ist mir widerfahren.

»Zeig mir mal deine Muskeln!«, hörte ich plötzlich jemanden sagen.

»Nanu, wer bist du denn?«, fragte ich verdattert.

Darauf er: »Wer ich bin? Ja, sieht man das denn nicht? Ich bin der Priesterkönig Johannes, und das hier alles, was da schallt und wallt, kriecht und riecht, pest und nie verwest, ist mein Reich! Ich bin der Herr über alle Herren, König über alle Könige. In meinem Reich weiß jeder, welche Zukunft ihm beschieden ist, und lebt doch getrost sein Leben. Die Liebenden lieben sich schon, noch ehe sie voneinander wissen, ehe sie einander begegnet sind, ehe sie das erste Wort miteinander wechseln. Und die Flüsse, sie fließen tagsüber in die eine Richtung und nachts in die andere ... Müde?«

Ich: »Ja.«

Er: »Dann setz dich. Ich stell Teewasser auf.«

Ich: »Das geht nicht. Ich muss weiter.«

Er: »Ich weiß.«

Ich: »Ich hab es sehr eilig. Es ist nämlich so, dass ...«

Er: »Ich weiß, ich weiß. Sie wartet sehnsüchtig auf dich.«

Ich: »Ich hab wirklich keine Zeit. Ich muss zu ihr. Also dann...«

Er: »Warte. Du findest ohne mich sowieso nicht hin. Ich bringe dich. Sitz noch ein Weilchen und verschnaufe. Ich muss hier nur noch schnell eine Sache zu Ende bringen, dann können wir los. Bin gleich fertig.«

Ich: »Sag mal, dieses Bild dort an der Wand...«

Er: »Sprich ruhig weiter. Stör dich nicht daran, dass ich schreibe. Ich muss das noch beenden, es ist nicht mehr viel. Ich höre.«

Ich: »Woher hast du das?«

Er: »Was denn?«

Ich: »Na, den aufgeschnittenen Ozeandampfer da. Mit dem dazugemalten kleinen Matrosen auf dem Anker, mit Eimer und Quast?«

Er: »Das musst du mitnehmen. Zieh die Reißzwecken aus der Wand, nimm es ab und roll es ein. Übrigens, weißt du nicht, dass der Anker das Einzige an einem Schiff ist, was nicht gestrichen wird? Na, Schwamm drüber. Du musst alles Wichtige mitnehmen, nur nichts vergessen. Nimm deine Gedanken zusammen!«

Ich: »Ich habe ja nichts. Ich brauche auch nichts.«

Er: »Ach. Alles schon wieder vergessen? Du hast doch selbst gesagt: Auf die unnützen Dinge kommt es an. Da! Hörst du das?«

Ich: »Das tut jemand mit der Rute, den Gitterzaun entlang, nicht wahr?«

Er: »Na genau. Da gehen sie und klappern mit allem, was zur Hand ist, der eine mit dem Stock, der andere mit dem Regenschirm. Und jetzt die Heupferdchen, kannst du sie hören? Als zöge jemand die Wanduhr auf. Und das da war eine ferne Straßenbahn, sie ist über eine Weiche gerumpelt.«

Ich: »Und was ist das?«

Er: »Wie? Da fragst du noch? Das sind die Kletten. Die du ihr ins Haar geworfen hast. Und selber wieder rausgezogen, aber sie hingen fest. Das muss alles mit. Und erst die Gerüche! Als könnte man die vergessen! Den schweren, süßen Duft aus der Konditorei. Vanille, Zimt, Schokolade ... Und deine geliebten Schokoladenkartoffeln.«

Ich: »Und hier, sieh mal, das Blatt aus dem Herbarium, auf dem steht in Kinderschönschrift: *Wegwarte. Plantago.* Soll das auch mit?«

Er: »Natürlich. Und der Stapel Bücher auf dem Fußboden in deinem Zimmer. Und Mamas Ring, der sich immer noch auf dem Fensterbrett dreht und hüpft wie eine klingende goldene Kugel. Und wie einmal einer mit dem Schlips seine Brille geputzt hat.«

Ich: »Und der Zeitungsschnipsel an der Wunde, wenn man sich beim Rasieren geschnitten hat?«

Er: »Aber ja! Zu jedem dieser Schnipsel gehört ein ganz eigener, unvergleichlicher Mensch, der mit den Fingern über die Zeiger seiner Uhr tastet, denn die Uhr hat kein Uhrglas.«

Ich: »Jetzt müssen wir aber!«

Er: »Jaja. Gleich brechen wir auf. Einen Moment noch.«

Ich: »Wo ist eigentlich dieser runde, flache Kieselstein, der die Ewigkeit ist?«

Er: »Den hab ich weggeworfen. Ich hatte ihn in der Tasche stecken und bin spazieren gegangen. Da war ein Teich. Die Ewigkeit ist ein paarmal übers Wasser geflitscht, und dann zack, weg war sie. Es blieben nur Kreise, und auch die nicht lange.«

Ich: »Gehen wir endlich?«

Er: »Gleich! Gleich! Irgendwas wollte ich dir noch sagen, jetzt fällt es mir nicht ein. Ach, ich habs: Du solltest besser nicht auf Demokrit hören, weißt du. Genau wie Körper einander berühren können, so können auch Seelen ohne Zwischenraum beieinander sein. Und dann werden die Menschen zu dem, was sie immer waren: Wärme und Licht. So, jetzt lass uns gehen, es ist an der Zeit. Hast du auch nichts vergessen? Ich schreibe nur noch den letzten Satz. Die Feder quietscht übers Papier, wie frisch gewaschenes Haar unter den Fingern quietscht... Erlahmend strebt die Hand dem Ende zu und zögert doch, das Letzte niederzuschreiben: Getrost wie ein Schiff, das alle Untiefen des Meeres glücklich durchschwommen, schließt der Schreiber sein Buch.

Zitiert wird aus Übersetzungen von Elise Guignard (Marco Polo, *Il Milione: Die Wunder der Welt*), Ignaz E. Wessely (Campanella, *Der Sonnenstaat*), Lenelotte Möller *(Die Enzyklopädie des Isidor von Sevilla)*, Heinrich Lindemann (Ovid, *Heilmittel der Liebe*), Waldemar Dege (Twardowski, *Zwei Zeilen)*, Christine Fischer (Simonow, *Töte ihn)* und einem Anonymus aus dem 15. Jh. *(Epistola presbiteri Johannis,* Pariser Handschrift).

# btb

# Abbas Khider

**Die Orangen des Präsidenten**
Roman. 160 Seiten
ISBN 978-3-442-74461-9

Meine Mutter weinte, wenn sie sehr glücklich war. Sie nannte diesen Widerspruch »Glückstränen«. Mein Vater dagegen war ein überaus fröhlicher Mensch, der überhaupt nicht weinen konnte. Und ihr Kind? Ich erfand eine neue, melancholische Art des Lachens. Man könnte es als »Trauerlachen« bezeichnen. Diese Entdeckung machte ich, als mich das Regime packte und in Ketten warf.

**»Ein starker, ein bewegender Text,
ein Augen öffnendes Buch.«**
*Denis Scheck, druckfrisch*

www.btb-verlag.de